MICHAEL CONNELLY
NEUN DRACHEN

DER 14. FALL FÜR HARRY BOSCH

Aus dem amerikanischen Englisch
von Sepp Leeb

KAMPA

Die amerikanische Originalausgabe erschien 2009 unter dem Titel
Nine Dragons im Verlag Little, Brown and Company, New York.
Die deutsche Erstausgabe erschien 2011 im Knaur Taschenbuch Verlag, München.

Für den Blick hinter die Verlagskulissen:
www.kampaverlag.ch/newsletter

KAMPA POCKET
DIE ERSTE KLIMANEUTRALE TASCHENBUCHREIHE
Gedruckt auf säurefreiem und chlorfrei gebleichtem Papier zur Unterstützung verantwortungsvoller Waldnutzung, zertifiziert durch das Forest Stewardship Council. Der Umschlag enthält kein Plastik. Kampa Pockets werden klimaneutral gedruckt, kampaverlag.ch/nachhaltig informiert über das unterstützte CO_2-Kompensationsprojekt.

Veröffentlicht im Mai 2025 als Kampa Pocket

Hegibachstrasse 2, CH-8032 Zürich
info@kampaverlag.ch
GPSR-Kontakt: Schöffling & Co. Verlagsbuchhandlung GmbH,
Kaiserstraße 79, D-60329 Frankfurt am Main
info@schoeffling.de

Covergestaltung: Lara Flues, Kampa Verlag
Covermotiv: © Veronika / AdobeStock
Satz: Tristan Walkhoefer, Leipzig
Gesetzt aus der Stempel Garamond LT / 1. Auflage 2025
Druck und Bindung: GGP Media GmbH, Pößneck
Auch als E-Book erhältlich
ISBN 978 3 311 15553 9

www.kampaverlag.ch

Für die ganze Mannschaft
vom Enterprise Boulevard
in Lebanon, Indiana.
Vielen, vielen Dank.

TEIL I

Homicide Special

1

Harry Bosch schaute über den Gang in das Abteil seines Partners und beobachtete ihn bei seinem täglichen Ritual: die Kanten der Aktenstapel ausrichten, den Schreibkram aus der Mitte des Schreibtisches räumen und zum Schluss die ausgespülte Kaffeetasse in die Schreibtischschublade stellen. Bosch sah auf die Uhr. Es war erst zwanzig vor vier. Wie es schien, begann Ignacio Ferras mit seinem Ritual jeden Tag ein, zwei Minuten früher als am Tag zuvor. Es war erst Dienstag, der Tag nach dem verlängerten Labor-Day-Wochenende und der Anfang einer kurzen Woche, und schon wieder legte es Ferras auf einen frühen Dienstschluss an. Eingeleitet wurde das Ritual immer von einem Anruf von zu Hause. Dort wartete eine Ehefrau mit einem kleinen Kind und neugeborenen Zwillingen. Sie hatte die Uhr im Auge wie ein Süßwarenladenbesitzer die dicken Kids. Sie brauchte die Entlastung, und dafür brauchte sie ihren Mann zu Hause. Obwohl der Gang Bosch von seinem Partner trennte und die Arbeitsplätze im neuen Bereitschaftsraum mit einem Meter zwanzig hohen Schallschutzwänden voneinander abgeschottet waren, bekam er normalerweise beide Seiten dieser Anrufe mit. Sie begannen immer mit: »Wann kommst du nach Hause?«

Als an Ferras' Arbeitsplatz alles seine Ordnung hatte, schaute er zu Bosch herüber.

»Ich mache mich dann mal auf den Weg, Harry. Bevor der Feierabendverkehr einsetzt. Es stehen noch verschiedene Rückrufe aus, aber die haben alle meine Handynummer. Deswegen extra hierzubleiben, brächte nichts.«

Ferras rieb sich beim Sprechen die linke Schulter. Auch das war Teil des Rituals. Damit erinnerte er Bosch unausgesprochen daran, dass er an dieser Stelle vor zwei Jahren eine Kugel abbekommen und sich den frühen Dienstschluss verdient hatte.

Bosch nickte bloß. Es ging eigentlich nicht darum, wann sein Partner Feierabend machte oder was er sich verdient hatte. Es ging um seine Einsatzbereitschaft für die Mission Mordaufklärung und ob sie zu spüren wäre, wenn sie endlich zu ihrem nächsten Einsatz gerufen würden.

Ferras hatte neun Monate Physiotherapie und Reha durchlaufen, bevor er sich zum Dienst zurückgemeldet hatte. Allerdings war er in dem Jahr, das seitdem vergangen war, seinen Aufgaben als Ermittler mit einem Widerstreben nachgekommen, für das Bosch zusehends weniger Verständnis aufbrachte. Er war nicht engagiert, und Bosch war es leid, auf ihn zu warten.

Er war es auch leid, auf ein neues Mordopfer zu warten. Es war vier Wochen her, dass sie den letzten Fall an Land gezogen hatten, und die spätsommerliche Hitzephase war schon ziemlich weit fortgeschritten. Bosch wusste: So sicher, wie die Santa-Ana-Winde die Bergpässe heruntergeweht kamen, käme auch ein neues Mordopfer.

Ferras stand auf und schloss seinen Schreibtisch ab. Gerade als er sein Sakko von der Stuhllehne nahm, sah Bosch

Larry Gandle von seinem Büro am anderen Ende des Bereitschaftsraums auf sie zukommen. Als der Ranghöhere der beiden Partner hatte sich Bosch sein Abteil als Erster aussuchen dürfen, als die Robbery-Homicide Division einen Monat zuvor aus dem maroden Parker Center in das neue Police Administration Building umgezogen war. Die meisten 3er-Detectives hatten Abteile genommen, von denen man durch die Fenster auf die City Hall blicken konnte. Bosch hatte sich für das Gegenteil entschieden. Er hatte seinem Partner die Aussicht überlassen und das Abteil gewählt, von dem aus er mitbekam, was sich im Bereitschaftsraum tat. Jetzt sah er den Lieutenant auf sie zukommen, und ihm war sofort klar, dass sein Partner diesmal nicht früh nach Hause gehen würde.

Gandle hatte einen von einem Notizblock gerissenen Zettel in der Hand und etwas Federndes in seinem Schritt. Das verriet Bosch, dass das Warten ein Ende hatte. Ein Einsatz stand an. Ein neues Mordopfer. Bosch stemmte sich aus seinem Stuhl hoch.

»Bosch und Ferras, Sie sind dran«, sagte Gandle, als er sie erreichte. »Sie müssen mir fürs South Bureau einen Fall übernehmen.«

Bosch sah die Schultern seines Partners nach unten sacken. Ohne sich darum zu kümmern, griff er nach dem Zettel, den Gandle ihm entgegenhielt. Er schaute auf die Adresse, die darauf stand. South Normandie. Dort war er schon mal gewesen.

»Ein Getränkemarkt«, sagte Gandle. »Hinter dem Ladentisch liegt ein Mann, die Streife hält einen Zeugen fest. Das ist alles, was ich habe. Können Sie das übernehmen?«

»Können wir«, erwiderte Bosch, bevor sein Partner protestieren konnte.

Aber es nützte nichts.

»Lieutenant, wir sind hier bei Homicide Special.« Ferras drehte sich um und deutete auf den Keilerkopf über der Tür des Bereitschaftsraums. »Wieso sollen wir einen Überfall auf einen Liquor Store übernehmen? Sie wissen genau, das können nur irgendwelche Ghettokids gewesen sein, und so etwas haben die Jungs vom South Bureau noch vor Mitternacht unter Dach und Fach – oder zumindest wissen sie bis dahin den Namen des Täters.«

Damit hatte Ferras nicht ganz unrecht. Homicide Special war für die schwierigen und komplizierten Fälle zuständig. Es war eine Eliteeinheit, die sich mit dem unnachsichtigen Riecher eines Ebers, der im Dreck nach Trüffeln wühlt, die schwierigen Fälle vornahm. Ein Überfall auf einen Getränkemarkt im tiefsten Ghetto fiel da kaum darunter.

Mit einer Geste, die keinerlei Verständnis signalisierte, breitete Gandle, mit seiner Glatze und dem Dauerflunsch der Inbegriff des Schreibtischhengstes, die Hände aus.

»Ich habe doch bei der Besprechung letzte Woche allen gesagt: Wir müssen South diese Woche aushelfen. Sie haben zurzeit nur ein Rumpfteam zur Verfügung, weil alle anderen bis zum Vierzehnten auf Mordlehrgang sind. Drei Fälle haben sie übers Wochenende reinbekommen und einen heute Morgen. Damit ist das Rumpfteam ausgelastet. Deshalb sind jetzt Sie beide dran, und der Überfall gehört Ihnen. So einfach ist das. Noch Fragen? Die Streife wartet mit einem Zeugen.«

»Wir können los, Boss«, sagte Bosch, um die Diskussion zu beenden.

»Und Sie halten mich auf dem Laufenden, ja?«

Damit kehrte Gandle in sein Büro zurück. Bosch nahm sein Sakko von der Stuhllehne, schlüpfte hinein und öffnete die mittlere Schublade seines Schreibtisches. Dann zog er die lederne Notizblockhülle aus seiner Gesäßtasche und ersetzte den linierten Block darin durch einen neuen. Ein neuer Mord bekam immer einen neuen Block. Das war sein Ritual. Er sah kurz auf die Detective-Dienstmarke, die in die lederne Hülle geprägt war, und steckte sie in die Gesäßtasche zurück. Ihm war egal, was für ein Fall es war. Hauptsache, ein Fall. Es war wie mit allem anderen. Man kam nur aus der Übung und verlor den Biss. Das wollte Bosch nicht.

Ferras hatte die Hände an die Hüften gestemmt und schaute zu der Uhr an der Wand über den Anschlagtafeln hinauf.

»Scheiße«, zischte er. »Jedes Mal wir.«

»Was heißt hier ›Jedes Mal wir‹?«, entgegnete Bosch. »Wir haben schon einen Monat keinen Fall mehr bekommen.«

»Na ja, daran hatte ich mich eben gewöhnt.«

»Also, wenn du keine Morde machen willst, gibt es immer noch Autodiebstähle. Da kannst du jeden Tag Punkt fünf nach Hause gehen.«

»Klar, genau.«

»Dann lass uns mal gehen.«

Bosch verließ sein Abteil und ging in Richtung Tür. Ferras folgte ihm und holte sein Handy heraus, um seine Frau anzurufen und ihr die schlechte Nachricht zu überbringen. Auf dem Weg nach draußen hoben beide Männer die Hände und tätschelten den kurzen Rüssel des Ebers, damit er ihnen Glück brächte.

2

Bosch brauchte Ferras auf der Fahrt nach South L. A. keine Standpauke zu halten. Sein Schweigen war Standpauke genug. Sein junger Partner schien unter dem Druck dessen, was nicht gesagt wurde, immer weiter einzuknicken, und irgendwann konnte er einfach nicht mehr an sich halten.

»Das macht mich noch total wahnsinnig«, platzte es aus ihm heraus.

»Was?«, fragte Bosch.

»Die Zwillinge. Sie machen irrsinnig viel Arbeit, und dazu dieses ständige Geplärre. Der reinste Dominoeffekt. Einer wacht auf, und davon wird dann der andere wach. Und davon wacht dann auch der Große auf. Niemand kommt noch zum Schlafen, und meine Frau fängt langsam an …«

»Was?«

»Ich weiß auch nicht, sie dreht einfach allmählich durch. Ständig ruft sie mich an und will wissen, wann ich nach Hause komme. Also komme ich nach Hause und kriege prompt gleich als Erstes die Jungs aufgedrückt. Ich komme einfach nicht dazu, mal abzuschalten. Immer nur Arbeit, Kinder, Arbeit, Kinder, Arbeit, Kinder. Jeden Tag.«

»Nehmt euch doch ein Kindermädchen.«

»Ein Kindermädchen können wir uns nicht leisten. Jedenfalls nicht in der momentanen Situation. Überstunden bekommen wir ja auch keine mehr bezahlt.«

Bosch wusste nicht, was er sagen sollte. Seine Tochter Madeline war vor einem Monat dreizehn geworden und wohnte fast zehntausend Meilen von ihm entfernt. Er war nie direkt daran beteiligt gewesen, sie aufzuziehen. Er sah sie vier Wochen im Jahr – zwei davon in Hongkong und zwei in L. A. –, und damit hatte es sich. Wer war er also, einem Vollzeitvater mit drei kleinen Kindern, darunter Zwillinge, gute Ratschläge zu erteilen?

»Tja, was soll ich dazu sagen? Du weißt, du kannst voll auf meine Unterstützung zählen. Ich tue, was ich kann, wenn es irgendwie möglich ist. Aber ...«

»Ich weiß, Harry. Ich weiß das durchaus zu schätzen. Es ist nur das erste Jahr mit den Zwillingen, verstehst du? Wenn sie ein bisschen älter werden, wird alles wesentlich leichter.«

»Schon, aber was ich damit eigentlich sagen will, ist, dass es vielleicht nicht nur an den Zwillingen liegt. Vielleicht liegt es auch an dir, Ignacio.«

»An mir? Was soll das jetzt wieder heißen?«

»Es soll heißen, dass es vielleicht an dir liegt. Vielleicht bist du zu früh zurückgekommen – hast du dir darüber schon mal Gedanken gemacht?«

Ferras zog einen Flunsch und antwortete nicht.

»Ich meine, so was soll vorkommen«, fuhr Bosch fort. »Es hat dich einmal erwischt, und schon fängst du an, dir Gedanken zu machen, ob der Blitz ein zweites Mal einschlagen könnte.«

»Also wirklich, Harry, was ist das jetzt wieder für ein Scheiß? Was das angeht, habe ich nun echt keine Probleme. Nicht die geringsten. Ich rede hier von chronischem Schlafmangel und dass ich total auf dem Zahnfleisch gehe und einfach nicht dazu komme, mich wieder zu berappeln, weil mir sofort meine Frau auf die Pelle rückt, kaum dass ich nach Hause komme, verstehst du?«

»Na ja, das musst du schließlich am besten wissen, Partner.«

»Genau, Partner. Das muss ich am besten wissen. Glaub mir, ich kann mir schon von ihr genügend anhören. Da brauchst jetzt nicht auch noch du mit so einer Scheiße anzukommen.«

Bosch nickte, und damit war genug gesagt. Er wusste, wann er aufhören musste.

Die Adresse, die Gandle ihnen gegeben hatte, war im Siebzigerblock der South Normandie Avenue. Nur ein paar Straßen weiter befand sich die berüchtigte Kreuzung von Florence und Normandie, wo von Fernsehhubschraubern einige der verstörendsten Bilder der Unruhen von 1992 aufgenommen und in alle Welt übertragen worden waren. Und diese Bilder schienen sich in den Köpfen vieler festgesetzt zu haben, wenn sie an Los Angeles dachten.

Aber Bosch merkte rasch, dass er die Gegend und den Getränkemarkt, zu dem sie unterwegs waren, von anderen Unruhen und aus einem anderen Grund kannte.

Fortune Liquors war bereits mit gelbem Tatort-Tape abgesperrt. Es hatte sich eine kleine Gruppe Schaulustiger gebildet, auch wenn in dieser Gegend ein Mord nichts Besonderes war. So etwas hatten die Leute hier schon zur Genüge zu sehen bekommen. Bosch hielt in einer Gruppe von drei Streifenwagen und stieg aus. Nachdem er seine Aktentasche aus dem Kofferraum geholt hatte, schloss er den Wagen ab und ging auf die Absperrung zu.

Bosch und Ferras nannten dem Streifenpolizisten mit dem Tatort-Logbuch Namen und Dienstnummer, dann duckten sie sich unter dem Band durch. Als sie auf den Eingang des Getränkemarkts zugingen, zog Bosch ein Streichholzbriefchen aus seiner rechten Jackentasche. Es war alt und abgenutzt. Auf dem Deckel stand *Fortune Liqours*, und darunter war die Adresse des kleinen gelben Baus vor ihnen angegeben. Er klappte das Heftchen mit dem Daumen auf. Es fehlte nur ein Streichholz, und auf der Innenseite des Deckels stand der Spruch, der in keinem dieser Briefchen fehlte:

Glücklich der Mann, der
Zuflucht in sich selbst findet.

Bosch trug das Streichholzbriefchen schon über zehn Jahre mit sich herum. Nicht so sehr wegen des Spruchs – auch wenn er ihn zutreffend fand –, sondern wegen des fehlenden Streichholzes und woran es ihn erinnerte.

»Was ist, Harry?«, fragte Ferras.

Bosch merkte, dass er kurz stehen geblieben war.

»Nichts. Es ist nur, dass ich schon mal in dem Laden war.«

»Wann? Dienstlich?«

»Gewissermaßen. Ist aber schon lange her. Lass uns reingehen.«

Bosch trat an seinem Partner vorbei durch die offene Tür des Getränkemarkts.

Drinnen standen mehrere Streifenpolizisten und ein

Sergeant. Der Laden war lang und schmal, mit dem Grundriss eines Shotgun-Hauses, und nur vier Regalreihen breit. Bosch konnte den Mittelgang zwischen den Regalen hinunter zu einem Quergang und einer offenen Hintertür sehen, die auf einen kleinen Parkplatz hinausführte. Die Kühlvitrinen mit den kalten Getränken verliefen entlang der linken Seitenwand und dann quer an der Rückwand des Ladens. Die Spirituosen befanden sich im rechten Gang, und der Mittelgang war den Weinen vorbehalten, roter rechts, weißer links.

Im hinteren Teil des Ladens sah Bosch zwei weitere Streifenpolizisten stehen, und er vermutete, dass sie dort hinten in einem Lager oder Büro den Zeugen festhielten. Er stellte seine Aktentasche neben der Tür auf den Boden, zog zwei Paar Gummihandschuhe aus seiner Anzugjacke und reichte eines Ferras. Sie streiften sich die Handschuhe über.

Der Sergeant merkte, dass die beiden Detectives eingetroffen waren. Er löste sich von seinen Männern und kam auf sie zu.

»Ray Lucas«, sagte er statt eines Grußes. »Das Opfer liegt hinter dem Ladentisch. Sein Name ist John Li, ›L-I‹ geschrieben. Dürfte noch keine zwei Stunden her sein. Sieht nach einem Raubüberfall aus, bei dem der Täter keine Zeugen wollte. Viele von uns hier unten im Siebenundsiebzigsten kannten Mr. Li. Netter alter Mann.«

Lucas winkte Bosch und Ferras zum Ladentisch. Um nichts mit seinem Jackett zu berühren, hielt Bosch es eng an seinen Körper, als er sich hinter den Ladentisch zwängte. Dann ging er auf der kleinen Fläche dahinter wie ein Baseball-Catcher in die Hocke, um sich den Toten auf dem Fußboden genauer anzusehen. Ferras beugte sich wie ein Schiedsrichter über ihn.

Das Opfer war ein etwa siebzigjähriger Asiate. Er lag auf dem Rücken, und sein Blick war starr an die Decke gerichtet. Seine Lippen waren von den zusammengebissenen Zähnen zurückgezogen, es wirkte fast wie ein hämisches Grinsen. Auf Lippen, Wangen und Kinn des Toten war Blut, das er wahrscheinlich im Todeskampf ausgehustet hatte. Die Vorderseite seines Hemds war blutgetränkt, und Bosch konnte mindestens drei Einschusslöcher in seiner Brust erkennen. Das rechte Bein war am Knie angewinkelt und in einer unnatürlichen Stellung unter das andere Bein geknickt. Anscheinend war der alte Mann an der Stelle zusammengebrochen, an der er gestanden hatte, als ihn die tödlichen Schüsse getroffen hatten.

»Keine Hülsen, soweit wir gesehen haben«, berichtete Lucas. »Wahrscheinlich hat der Täter sie eingesammelt, und dann war er auch noch so schlau, die DVD aus der Anlage hinten zu nehmen.«

Bosch nickte. Die Kollegen von der Streife wollten immer helfen, aber das waren lauter Informationen, die Bosch noch nicht brauchte und die irreführend sein konnten.

»Außer er hatte einen Revolver. Dann hätte er keine Hülsen einsammeln müssen.«

»Schon klar«, meinte Lucas. »Bloß sind hier unten nicht allzu viele Revolver in Umlauf. Wer will bei einem Drive-by-Shooting schon mit nur sechs Kugeln in seiner Knarre erwischt werden.«

Lucas wollte Bosch zeigen, dass er wusste, was hier

unten in South L. A. Sache war. Bosch war nur auf Besuch hier.

»Ich werde es mir merken«, sagte Bosch.

Dann richtete er seine Aufmerksamkeit wieder auf das Opfer und blickte sich wortlos um. Er war sich ziemlich sicher, dass der Tote derselbe Mann war, dem er vor vielen Jahren in diesem Laden begegnet war. Er befand sich sogar an derselben Stelle wie damals, hinter dem Ladentisch. Und Bosch konnte ein Päckchen Zigaretten in seiner Hemdtasche stecken sehen.

Ihm fiel auf, dass die rechte Hand des Toten voll Blut war. Das war nicht weiter ungewöhnlich. Es war eine ganz normale menschliche Reaktion, die Hände auf eine Verletzung zu legen, um sie zu schützen und die Heilung zu beschleunigen. Ein angeborener Instinkt. Entsprechend hatte wahrscheinlich auch der Inhaber des Getränkemarkts an seine Brust gefasst, als ihn der erste Schuss getroffen hatte. Der Abstand zwischen den Schusswunden, die ein Dreieck bildeten, betrug jeweils etwa zwölf Zentimeter. Bosch wusste, dass drei aus nächster Nähe rasch hintereinander abgefeuerte Schüsse normalerweise anders angeordnet waren. Daraus schloss er, dass zunächst nur ein Schuss auf das Opfer abgegeben worden war, und als der alte Mann daraufhin zu Boden ging, hatte sich der Täter wahrscheinlich über den Ladentisch gebeugt und zwei weitere Male auf ihn geschossen. Und das war der Grund für die Streuung.

Die Kugeln hatten die Brust des Opfers durchschlagen und Herz und Lunge massiv geschädigt. Das durch den Mund ausgetretene Blut war ein Zeichen dafür, dass der

Tod nicht sofort eingetreten war. Das Opfer hatte noch zu atmen versucht. In all den Jahren als Mordermittler hatte Bosch zumindest eins gelernt. So etwas wie einen leichten Tod gab es nicht.

»Kein Kopfschuss«, sagte Bosch.

»Richtig«, stimmte Ferras zu. »Was bedeutet das?«

Bosch merkte, dass er laut nachgedacht hatte.

»Vielleicht gar nichts. Bei drei Schüssen in die Brust möchte man eigentlich meinen, der Täter wollte auf Nummer sicher gehen. Aber warum dann kein Kopfschuss?«

»Das ist ein gewisser Widerspruch.«

»Vielleicht.«

Erst jetzt wandte Bosch den Blick von der Leiche ab und schaute sich aus seinem niedrigen Blickwinkel um. Dabei stach ihm sofort die Pistole ins Auge, die in einem an der Unterseite des Ladentischs angebrachten Holster steckte. Dort wäre sie bei einem Überfall leicht zugänglich gewesen, aber sie war nicht einmal ein Stück hervorgezogen worden.

»Hier drunter steckt eine Pistole«, sagte Bosch. »Sieht nach einer Fünfundvierziger in einem Holster aus. Aber der alte Mann kam nicht mehr dazu, sie zu ziehen.«

»Wahrscheinlich ist der Täter reingekommen und hat den Alten erschossen, bevor er nach seiner Kanone greifen konnte«, vermutete Ferras. »Vielleicht war in dem Viertel hier sogar bekannt, dass der Alte eine Kanone unter dem Ladentisch hatte.«

Lucas machte mit dem Mund ein Geräusch, als wäre er anderer Meinung.

»Was ist, Sergeant?«, fragte Bosch.

»Die Pistole muss neu sein«, sagte Lucas. »In den fünf Jahren, die ich inzwischen hier bin, ist der Mann mindestens sechsmal überfallen worden. Soweit ich weiß, hat er nie zur Waffe gegriffen. Das ist das erste Mal, dass ich überhaupt etwas von einer Pistole höre.«

Bosch nickte. Das war eine hilfreiche Information. Er drehte den Kopf, um den Sergeant über seine Schulter hinweg zu fragen:

»Was können Sie mir über den Zeugen sagen?«

»Äh, sie ist eigentlich keine richtige Zeugin«, erwiderte Lucas. »Es ist Mrs. Li, die Frau des Opfers. Sie kam in den Laden, um ihm sein Essen zu bringen, und dann fand sie ihn. Sie ist im Hinterzimmer, aber Sie werden einen Dolmetscher brauchen. Wir haben bei der ACU angerufen und einen Chinesen angefordert.«

Bosch schaute noch einmal in das Gesicht des Toten, und als er sich danach aufrichtete, gaben beide Knie ein lautes Knacken von sich. Mit ACU hatte Lucas die Asian Crimes Unit gemeint. Sie war vor Kurzem in Asian Gang Unit umbenannt worden, um nicht den Eindruck zu erwecken, mit dieser Bezeichnung die asiatischen Mitbürger verunglimpfen zu wollen, weil der Name suggerierte, alle Asiaten seien kriminell. Aber alte Hasen wie Lucas nannten sie immer noch ACU. Ungeachtet des Namens oder der Abkürzung hätte jedoch die Entscheidung, einen zusätzlichen Ermittler egal welcher Art hinzuzuziehen, Bosch als Leiter der Ermittlungen überlassen bleiben sollen.

»Sprechen Sie Chinesisch, Sarge?«

»Nein, deshalb habe ich die ACU angerufen.«

»Woher wussten Sie dann, dass Sie einen Chinesen

anfordern müssen und keinen Koreaner oder Vietnamesen?«

»Ich mache diesen Job jetzt schon sechsundzwanzig Jahre, Detective, und …«

»Und Sie erkennen einen Chinesen vom bloßen Ansehen.«

»Nein, was ich damit sagen will, ist, dass es mir zunehmend schwerer fällt, meine Schicht durchzustehen, ohne mich zwischendurch ein bisschen zu dopen, wenn Sie verstehen, was ich meine. Deshalb komme ich einmal am Tag hier vorbei, um mir einen dieser Energy Drinks zu kaufen. Hält einen fünf Stunden auf Zack. Jedenfalls habe ich Mr. Li im Zug meiner Besuche hier etwas näher kennengelernt. Er hat mir erzählt, dass er und seine Frau aus China kommen, und deshalb weiß ich das.«

Bosch nickte und schämte sich ein wenig für seine Versuche, Lucas zu blamieren.

»Dann sollte ich vielleicht auch mal so einen Energy Drink probieren«, sagte er. »Hat Mrs. Li Sie verständigt?«

»Nein. Sie spricht, wie gesagt, kaum Englisch. Soviel ich von der Zentrale mitbekommen habe, hat Mrs. Li ihren Sohn angerufen, und er hat dann uns verständigt.«

Bosch kam hinter dem Ladentisch hervor. Ferras blieb dahinter und ging in die Hocke, um sich den gleichen Blick auf Leiche und Pistole zu verschaffen, den Bosch gerade gehabt hatte.

»Wo ist der Sohn?«, fragte Bosch.

»Schon unterwegs, aber er arbeitet oben im Valley«, antwortete Lucas. »Er müsste jeden Augenblick hier sein.«

Bosch deutete auf den Ladentisch.

»Weisen Sie Ihre Leute an, ihn erst mal nicht reinzulassen, wenn er ankommt.«

»Alles klar.«

»Und dass hier im Laden möglichst alles so bleibt, wie es war.«

Lucas schaltete sofort und schickte seine Leute aus dem Getränkemarkt. Als Ferras hinter dem Ladentisch fertig war, kam er zu Bosch, der am Eingang stand und zu der Überwachungskamera hinaufschaute, die in der Mitte des Ladens an der Decke angebracht war.

»Sieh dich doch mal hinten um«, sagte Bosch zu seinem Partner. »Ob der Kerl die DVD tatsächlich rausgenommen hat. Und wirf mal einen Blick zu unserer Zeugin rein.«

»Okay.«

»Ach, und sieh mal nach, wo der Thermostat ist, und dreh ihn etwas runter. Viel zu warm hier drinnen. Nicht, dass der Verwesungsprozess schon einsetzt.«

Ferras ging den Mittelgang hinunter. Bosch blickte sich um und versuchte, sich einen Gesamteindruck von dem Getränkemarkt zu verschaffen. Der Ladentisch war etwa dreieinhalb Meter lang. Die Kasse befand sich in der Mitte neben einer freien Fläche, auf der die Kunden ihre Einkäufe ablegen konnten. Sie war auf einer Seite von Gestellen mit Kaugummis und Süßigkeiten begrenzt. Auf der anderen Seite der Kasse fanden sich Produkte wie Energy Drinks, ein Plastikbehälter mit billigen Zigarren und ein Lottoschalter. Von der Decke hing ein Maschendrahtbehälter mit Zigarettenstangen.

Hinter dem Ladentisch waren Regale mit hochpreisigen Spirituosen, nach denen die Kunden fragen mussten. Bosch sah sechs Reihen Hennessy. Er wusste, der teure Cognac war bei Gangmitgliedern sehr beliebt, wenn sie es richtig krachen lassen wollten, und er war sich ziemlich sicher, dass Fortune Liquors auf dem Territorium der Hoover Street Criminals lag, einer Gang, die einmal zu den Crips gehört hatte, dann aber so mächtig geworden war, dass ihre Anführer beschlossen hatten, sich selbstständig zu machen.

Bosch fielen zwei Dinge auf, und er stellte sich näher an den Ladentisch.

Die Registrierkasse war verschoben worden, sodass da, wo sie gestanden hatte, ein Viereck aus Staub und Wollmäusen auf der Resopaloberfläche zu sehen war. Daraus schloss Bosch, dass sie der Mörder zu sich herumgedreht hatte, als er das Geld aus der Schublade nahm. Das war insofern wichtig, als es bedeutete, dass nicht Mr. Li die Kasse geöffnet und dem Räuber das Geld gegeben hatte, sondern dass er zu diesem Zeitpunkt wahrscheinlich schon tot gewesen war. Möglicherweise war Ferras' Theorie, dass der Mörder hereingekommen war und sofort geschossen hatte, zutreffend. Und das wiederum konnte sich als wichtig erweisen, wenn dem Täter im Zuge eines Strafverfahrens eine Tötungsabsicht nachgewiesen werden sollte. Und noch wichtiger: Es verschaffte Bosch einen besseren Eindruck vom Tathergang und dem Tätertypus, nach dem sie suchen mussten.

Bosch holte seine Brille heraus, die er immer dann brauchte, wenn er etwas aus der Nähe betrachten wollte. Er setzte sie auf und beugte sich, ohne etwas zu berühren, über den Ladentisch, um die Tastatur der Registrierkasse zu untersuchen. Er entdeckte weder einen Knopf mit der Aufschrift *Öffnen* noch sonst einen Hinweis, wie sich die Kasse bedienen ließ. Bosch hatte keine Ahnung, wie er sie aufbekommen könnte. Er fragte sich, woher es der Täter gewusst hatte.

Er richtete sich wieder auf und schaute auf das Wandregal mit den Flaschen, das hinter dem Ladentisch angebracht war. Es enthielt fast ausschließlich Hennessy, damit Mr. Li den teuren Cognac sofort griffbereit hatte, wenn Hoover-Street-Mitglieder in den Laden kamen. Aber die Reihen waren lückenlos. Keine Flasche fehlte.

Bosch beugte sich erneut über den Ladentisch, und diesmal versuchte er, nach einer der Hennessy-Flaschen zu greifen. Er merkte, dass er ohne Weiteres an eine der Flaschen kommen und sie aus dem Regal nehmen könnte, wenn er sich mit der anderen Hand auf dem Ladentisch abstützte.

»Harry?«

Bosch richtete sich auf und drehte sich zu seinem Partner um.

»Der Sergeant hatte recht«, sagte Ferras. »Die Aufnahmen der Überwachungskamera werden auf DVD gespeichert. Aber es ist keine Disc im Rekorder. Entweder hat sie jemand verschwinden lassen, oder der Alte hat die Überwachungsvideos gar nicht auf DVD gespeichert. Vielleicht diente die Kamera nur zur Abschreckung.«

»Gibt es irgendwelche Back-up-DVDs?«

»Dort auf dem Ladentisch sind zwei, aber das Aufnahmegerät speichert alles immer nur auf der Festplatte, und wenn sie voll ist, fängt es wieder von vorn an und überspielt die alte Aufnahme. Als ich noch bei Raubüberfällen war, hatten wir ständig mit diesen Dingern zu tun. Sie reichen etwa einen Tag, und wenn sie voll sind, werden die alten Aufnahmen einfach überspielt. Wenn man also irgendwas nachsehen will, muss man es noch am selben Tag tun.«

»Okay, aber sieh zu, dass wir alle vorhandenen DVDs auf jeden Fall bekommen.«

Lucas kam wieder zur Tür herein.

»Die ACU ist hier«, sagte er. »Soll ich ihn reinschicken?«

Bosch sah Lucas eine Weile an, bevor er antwortete.

»Es heißt AGU«, entgegnete er schließlich. »Aber schicken Sie ihn nicht rein. Ich komme gleich raus.«

3

Bosch trat aus dem Laden in den Sonnenschein hinaus. Obwohl der Tag zu Ende ging, war es noch warm. Die trockenen Santa-Ana-Winde strichen durch die Stadt. Feuer auf den Hügeln hatten eine Blässe aus Rauch in die Luft gelegt. Bosch spürte den Schweiß in seinem Nacken trocknen. Vor der Tür trat sofort ein Ermittler in Zivil auf ihn zu.

»Detective Bosch?«

»Ja, das bin ich.«

»Detective David Chu, AGU. Die Streife hat mich angefordert. Kann ich Ihnen irgendwie helfen?«

Chu war klein und schmächtig. Er hatte nicht den Anflug eines Akzents. Bosch duckte sich unter dem Absperrband durch und winkte Chu, ihm zu seinem Auto zu folgen. Er zog im Gehen sein Sakko aus, nahm das Streichholzheftchen heraus und steckte es in seine Hosentasche. Dann faltete er das Sakko mit dem Futter nach außen und legte es in eine saubere Schachtel, die er immer im Kofferraum seines Dienstwagens hatte.

»Ganz schön heiß da drinnen«, sagte er zu Chu.

Bosch öffnete den mittleren Knopf seines Hemds und steckte die Krawatte hinein. Er hatte vor, sich gleich an der Untersuchung des Tatorts zu beteiligen, und wollte nicht, dass sie ihm dabei im Weg wäre.

»Hier draußen ist es auch nicht viel kühler«, erwiderte

Chu. »Der Sergeant von der Streife meinte, ich sollte warten, bis Sie nach draußen kommen.«

»Ja, entschuldigen Sie das bitte. Also, die Sache ist Folgende. Der alte Mann, dem der Laden schon seit Jahren gehört, liegt tot hinter dem Ladentisch. Mindestens drei Schüsse. Wahrscheinlich ein Raubüberfall. Seine Frau, die kein Englisch spricht, kam in den Laden und fand ihn. Sie rief ihren Sohn an, der darauf die Polizei verständigte. Wir müssen sie natürlich vernehmen, und dafür brauchen wir Sie. Möglicherweise benötigen wir auch beim Sohn Hilfe, wenn er herkommt. Das ist im Moment so ziemlich alles, was ich weiß.«

»Und es sind sicher Chinesen?«

»Ziemlich sicher. Der Sergeant, der Sie angefordert hat, kannte das Opfer, Mr. Li.«

»Wissen Sie, welchen Dialekt Mrs. Li spricht?«

Sie kehrten zur Absperrung zurück.

»Nein. Könnte es denn da Probleme geben?«

»Die fünf chinesischen Hauptdialekte beherrsche ich einigermaßen, Kantonesisch und Mandarin spreche ich fließend. Die beiden Letzteren sind hier in L.A. am weitesten verbreitet.«

Diesmal hielt Bosch Chu das Band hoch, damit er darunter durchgehen konnte.

»Welchen sprechen Sie?«

»Ich bin hier geboren, Detective. Aber meine Familie ist aus Hongkong, und wir haben zu Hause Mandarin gesprochen.«

»Tatsächlich? Ich habe eine Tochter, die mit ihrer Mutter in Hongkong lebt. Sie kann schon ganz gut Mandarin.«

»Ist doch wunderbar. Hoffentlich kann sie später mal Nutzen daraus ziehen.«

Sie betraten den Laden, und Bosch zeigte Chu kurz den Toten hinter dem Ladentisch, bevor er ihn nach hinten führte, wo sie von Ferras erwartet wurden. Als Erstes erklärte Chu Mrs. Li, wer er und die beiden Ermittler waren.

Die frisch verwitwete Frau schien unter Schock zu stehen. Soweit Bosch erkennen konnte, hatte sie bisher keine Träne über den Tod ihres Mannes vergossen. Sie schien sich in einem dissoziativen Zustand zu befinden, wie Bosch das schon gelegentlich beobachtet hatte. Vorn im Laden lag ihr Mann tot auf dem Boden. Und sie war hier hinten von lauter Fremden umgeben, deren Sprache sie nicht verstand. Bosch vermutete, dass sie auf das Eintreffen ihres Sohnes wartete. Dann würden die Tränen kommen.

Zunächst schlug Chu der alten Frau gegenüber einen freundlichen, in keiner Weise amtlichen Ton an. Bosch vermutete, dass sie Mandarin sprachen. Seine Tochter hatte ihm einmal erklärt, dass Mandarin mehr diesen Singsangcharakter hatte und weniger guttural war als Kantonesisch und einige der anderen Dialekte.

Nach ein paar Minuten wandte sich Chu von der Witwe ab und berichtete Bosch und Ferras, was er von ihr erfahren hatte.

»Ihr Mann blieb allein zurück, als sie nach Hause fuhr, um das Abendessen zu holen. Als sie zurückkam, dachte sie, der Laden wäre leer. Aber dann fand sie ihn hinter dem Ladentisch. Es war niemand im Geschäft, als sie hereinkam. Sie hat hinten geparkt und mit einem Schlüssel den Hintereingang aufgeschlossen.«

Bosch nickte.

»Wie lang war sie weg? Fragen Sie sie, wie spät es war, als sie den Laden verlassen hat.«

Chu gab die Frage an Mrs. Li weiter und wandte sich danach wieder Bosch zu.

»Sie fährt jeden Tag um halb drei von hier los, um das Abendessen zu holen. Dann kommt sie zurück.«

»Gibt es im Laden noch andere Angestellte?«

»Nein, das habe ich sie bereits gefragt. Nur sie und ihr Mann. Sie haben täglich von elf bis zehn geöffnet. Außer sonntags.«

Eine typische Immigrantenvita, dachte Bosch. Bis auf die Kugeln am Ende.

Bosch hörte aus dem vorderen Teil des Ladens Stimmen näher kommen und steckte den Kopf durch die Tür. Das Spurensicherungsteam vom SID war eingetroffen und machte sich an die Arbeit.

Er drehte sich wieder in den Lagerraum, wo Chu das Gespräch mit Mrs. Li fortführte.

»Chu«, unterbrach er den AGU-Detective.

Dieser blickte zu ihm auf.

»Fragen Sie sie, was mit dem Sohn war. War er zu Hause, als sie ihn anrief?«

»Das habe ich sie bereits gefragt. Sie haben einen zweiten Laden. Im Valley. Dort hat er gearbeitet. Die Familie wohnt in der Mitte zwischen den beiden Geschäften. Im Wilshire District.«

Bosch war inzwischen klar, dass Chu wusste, was er zu tun hatte. Er musste nicht erklärt bekommen, welche Fragen er stellen sollte.

»Gut, dann gehen wir jetzt wieder nach vorn. Kümmern Sie sich um Mrs. Li, und wenn ihr Sohn kommt, ist es wahrscheinlich das Beste, alle in die Stadt zu bringen. Ist das für Sie okay?«

»Ja, ja, sicher«, sagte Chu.

»Gut. Rühren Sie sich einfach, wenn Sie was brauchen.«

Bosch und Ferras verließen den Lagerraum und gingen nach vorn. Die Kollegen von der Spurensicherung kannte Bosch bereits. Außerdem war inzwischen ein Team aus der Rechtsmedizin eingetroffen, um die Stelle, an der das Opfer gestorben war, zu dokumentieren und die Leiche abzutransportieren.

An diesem Punkt beschlossen Bosch und Ferras, sich aufzuteilen. Bosch würde am Tatort bleiben. Als leitender Ermittler würde er die Sicherstellung der forensischen Beweise und den Abtransport der Leiche beaufsichtigen. Ferras würde losgehen und Klinken putzen. Der Getränkemarkt befand sich in einem Areal mit zahlreichen kleinen Geschäften. Ferras würde von Tür zu Tür gehen und fragen, ob jemand etwas gesehen oder gehört hatte, was mit dem Mord in Zusammenhang stehen könnte. Beiden Ermittlern war klar, dass dabei vermutlich nichts herauskäme, aber machen mussten sie es trotzdem. Die Beschreibung eines Autos oder einer verdächtigen Person wäre unter Umständen das Puzzleteilchen, das am Ende zur Lösung des Falls beitrüge. Es gehörte einfach zur Arbeit eines Mordermittlers.

»Ist es okay, wenn ich einen der Streifenpolizisten mitnehme?«, fragte Ferras. »Sie kennen sich hier in der Gegend aus.«

»Klar.«

Bosch glaubte, der wahre Grund, weshalb Ferras einen Streifenpolizisten dabeihaben wollte, war nicht, dass der mit der Umgebung vertraut war. Sein Partner glaubte, er bräuchte Unterstützung, wenn er in dieser Gegend von Tür zu Tür ging und Fragen stellte.

Zwei Minuten nachdem Ferras gegangen war, hörte Bosch vor dem Laden laute Stimmen und die Geräusche eines Tumults. Er ging nach draußen und sah, wie am gelben Absperrband zwei von Lucas' Streifenpolizisten einen Mann mit Gewalt am Betreten des Ladens zu hindern versuchten. Der sich heftig zur Wehr setzende Mann war ein schmächtiger Asiate Mitte zwanzig in einem eng anliegenden T-Shirt. Rasch schritt Bosch auf die Rangelei zu.

»So, jetzt aber Schluss hier«, forderte er energisch, um erst gar keine Zweifel aufkommen zu lassen, wer hier das Sagen hatte.

»Lassen Sie den Mann los«, fügte er hinzu.

»Ich will meinen Vater sehen«, stieß der junge Mann hervor.

»Auf diese Tour werden Sie das aber nicht unbedingt erreichen.«

Bosch blieb bei der Gruppe stehen und nickte den zwei Streifenpolizisten zu.

»Um Mr. Li kümmere ich mich jetzt.«

Sie ließen Bosch mit dem Sohn des Toten allein.

»Wie lautet Ihr vollständiger Name, Mr. Li?«

»Robert Li. Ich möchte meinen Vater sehen.«

»Das kann ich durchaus verstehen. Wenn Sie das möchten, lasse ich Sie zu Ihrem Vater. Aber das geht erst, wenn der Tatort freigegeben ist. Ich leite die Ermittlungen, aber selbst ich kann im Augenblick nicht in die Nähe Ihres Vaters. Deshalb muss ich Sie bitten, sich erst einmal zu beruhigen. Nur wenn Sie sich wieder gefangen haben, bekommen Sie, was Sie wollen.«

Der junge Mann blickte zu Boden und nickte. Bosch berührte ihn an der Schulter.

»Okay, gut.«

»Wo ist meine Mutter?«

»Sie wird im Hinterzimmer gerade von einem anderen Ermittler vernommen.«

»Kann ich wenigstens sie sehen?«

»Selbstverständlich können Sie das. Ich bringe Sie gleich nach hinten. Aber erst muss ich Ihnen noch ein paar Fragen stellen. Sind Sie damit einverstanden?«

»Sicher. Was wollen Sie wissen?«

»Zuallererst, mein Name ist Harry Bosch. Ich leite die Ermittlungen in diesem Fall. Ich werde herausfinden, wer Ihren Vater umgebracht hat: Das verspreche ich Ihnen.«

»Machen Sie keine Versprechungen, die Sie nicht zu halten beabsichtigen. Sie kannten ihn doch nicht mal. Es ist Ihnen vollkommen egal. Er ist für Sie doch nur irgendein … egal.«

»Irgendein was?«

»Ich sagte doch, egal.«

Bosch sah ihn eine Weile an, bevor er weitersprach.

»Wie alt sind Sie, Robert?«

»Sechsundzwanzig. Und jetzt würde ich gern meine Mutter sehen.«

Er wandte sich von Bosch ab und begann, auf den Eingang des Getränkemarkts zuzugehen, aber Bosch packte ihn am Arm. Der junge Mann war stark, aber in Boschs Griff steckte überraschende Kraft. Robert Li blieb stehen und blickte auf die Hand an seinem Arm hinab.

»Erst möchte ich Ihnen etwas zeigen, dann bringe ich Sie zu Ihrer Mutter.«

Bosch ließ Lis Arm los und holte das Streichholzheftchen aus seiner Tasche. Er reichte es Li, der es verständnislos ansah.

»Was soll damit sein? Diese Dinger haben wir lange an unsere Kunden verteilt, doch mit der Wirtschaftskrise konnten wir uns solche Werbeausgaben irgendwann nicht mehr leisten.«

Bosch nahm das Streichholzbriefchen wieder an sich und nickte.

»Ich habe es vor zwölf Jahren hier, in diesem Laden, von Ihrem Vaters bekommen«, sagte er. »Sie waren damals wahrscheinlich gerade mal vierzehn. In L. A. wäre es damals um ein Haar zu schweren Unruhen gekommen. Genau hier. An dieser Kreuzung.«

»Ich weiß. Sie haben den Laden geplündert und meinen Vater verprügelt. Er hätte ihn hier nicht wieder eröffnen sollen. Meine Mutter und ich, wir haben ihn zu überreden versucht, lieber oben im Valley einen Laden aufzumachen, aber er wollte nicht auf uns hören. Er wollte sich von niemandem vertreiben lassen, und jetzt sehen Sie, was dabei herausgekommen ist.«

Er deutete hilflos auf die Fassade des Getränkemarkts.

»Tja, ich war an dem Abend damals auch hier«, berichtete Bosch. »Vor zwölf Jahren. Es brachen Unruhen aus, aber sie verliefen sich rasch wieder im Sand. Genau hier. Es gab einen Toten.«

»Ein Cop. Ich weiß. Sie haben ihn einfach aus seinem Auto gezerrt.«

»Ich war mit ihm in diesem Auto, aber mich haben sie nicht erwischt. Und als ich es bis hierher geschafft hatte, war ich außer Gefahr. Ich brauchte dringend eine Zigarette und ging in den Laden Ihres Vaters. Er stand zwar hinterm Ladentisch, aber die Plünderer hatten nicht eine Packung Zigaretten zurückgelassen.«

Bosch hielt das Streichholzbriefchen hoch.

»Es gab jede Menge Streichhölzer, aber keine Zigaretten. Und dann fasste Ihr Vater in seine Tasche und holte seine eigenen heraus. Er hatte noch eine Zigarette übrig, und die hat er mir gegeben.«

Bosch nickte. Das war die ganze Geschichte. Das war alles.

»Ich kannte Ihren Vater nicht, Robert. Aber ich werde die Person finden, die ihn umgebracht hat. Das ist ein Versprechen, das ich halten werde.«

Robert Li nickte und blickte zu Boden.

»So«, sagte Bosch. »Und jetzt gehen wir zu Ihrer Mutter.«

4

Es dauerte fast bis Mitternacht, bis die Detectives den Tatort freigaben und in den Bereitschaftsraum zurückkehrten. Bis dahin hatte es sich Bosch anders überlegt und beschlossen, die Angehörigen des Opfers nicht zu einer förmlichen Vernehmung ins PAB bringen zu lassen. Nachdem er sich mit ihnen darauf geeinigt hatten, dass sie am Mittwochmorgen zur Polizei kommen würden, ließ er sie nach Hause fahren, um dort zu trauern. Kurz nach ihrer Rückkehr in den Bereitschaftsraum schickte Bosch auch Ferras nach Hause, um die Wogen in seiner Familie zu glätten. Bosch blieb allein zurück, um das Beweismittelinventar zu erstellen und sich zum ersten Mal über den Fall Gedanken zu machen, ohne ständig gestört zu werden. Er wusste, am Mittwoch wartete einiges an Arbeit auf ihn: Am Vormittag die Gespräche mit den Angehörigen, und dann würden nach und nach die ersten Ergebnisse der kriminaltechnischen Untersuchungen und möglicherweise auch der Obduktion eintrudeln.

Während bei Ferras' Runde in den umliegenden Wohnungen und Geschäften erwartungsgemäß nichts herausgekommen war, hatte die erste Befragung der Angehörigen des Opfers zu einem möglichen Verdächtigen geführt. Am Samstagnachmittag, drei Tage vor seiner Ermordung, hatte Mr. Li einen jungen Mann zur Rede gestellt, der seiner Meinung nach regelmäßig Dinge aus dem Laden mitgehen ließ. Laut den von Detective Chu übersetzten Aussagen Mrs. Lis hatte der Jugendliche aufgebracht abgestritten, jemals etwas aus dem Laden gestohlen zu haben, und prompt die Rassismuskarte gezogen und behauptet, Mr. Li habe ihn nur beschuldigt, weil er schwarz sei. Das entbehrte nicht einer gewissen Absurdität, weil der Laden neunundneunzig Prozent seines Umsatzes mit Anwohnern machte, die schwarz waren. Jedenfalls rief Li nicht die Polizei, sondern erteilte dem Jugendlichen lediglich Hausverbot und verlangte von ihm, sich nie mehr in seinem Laden blicken zu lassen. Mrs. Li erzählte Chu, darauf sei der Junge gegangen, habe ihrem Mann aber noch hingeschleudert, dass er ihm das nächste Mal, wenn er in den Laden käme, die Rübe wegpusten würde. Daraufhin hatte Li seine Pistole unter dem Ladentisch hervorgeholt und auf den Jugendlichen gerichtet, um ihm zu verstehen zu geben, das solle er ruhig mal versuchen.

Das hieß, der Junge hatte von der Pistole gewusst, die Li unter dem Ladentisch aufbewahrte. Wenn er seine Drohung hätte wahrmachen wollen, hätte er in den Laden kommen und Li, ohne lange zu fackeln, erschießen müssen, bevor dieser seine Pistole ziehen konnte.

Bosch hatte vor, am nächsten Morgen mit Mrs. Li die Gang-Bücher durchzusehen, um festzustellen, ob sie den Jungen auf einem der Fotos wiedererkannte. Wenn er zu den Hoover Street Criminals gehörte, standen die Chancen gut, dass ein Bild von ihm in den Büchern war.

Aber Bosch glaubte nicht, dass es ein brauchbarer Anhaltspunkt war und der Junge als Verdächtiger infrage kam. Es gab am Tatort Verschiedenes, was nicht zu einem Mord aus Rache passte. Selbstverständlich würden sie dieser Spur nachgehen und mit dem Jungen reden, aber Bosch rechnete nicht damit, den Fall mit ihm als Täter zum Abschluss zu bringen. Das wäre zu einfach gewesen, und bei diesem Fall deutete einiges darauf hin, dass seine Lösung nicht ganz so simpel war.

Neben dem Büro des Captains war ein Besprechungszimmer mit einem langen Holztisch, das in den Mittagspausen vor allem als Aufenthaltsraum genutzt wurde. Ansonsten fanden dort gelegentlich Personalversammlungen oder Besprechungen zu Fällen statt, an denen mehrere Ermittlerteams beteiligt waren. Der Bereitschaftsraum war inzwischen leer, und Bosch hatte das Zimmer unter Beschlag genommen und mehrere Tatortfotos, frisch von der Spurensicherung, auf dem Konferenztisch ausgebreitet.

Er hatte die Fotos zu einem Mosaik aus sich überlappenden Bildern zusammengefügt, die als Ganzes betrachtet den gesamten Tatort abbildeten. Es erinnerte stark an die Fotoarbeiten des britischen Künstlers David Hockney, der eine Weile in Los Angeles gelebt und zahlreiche Fotokollagen von südkalifornischen Szenen geschaffen hatte. Bosch kannte die Fotomosaiken des Künstlers, weil Hockney in den Hügeln über dem Cahuenga Pass eine Weile sein Nachbar gewesen war. Obwohl Bosch Hockney nie persönlich kennengelernt hatte, fühlte er sich dem Künstler verbunden, weil er seine Tatortfotos immer schon zu einem Mosaik zusammengefügt hatte, das ihm ermöglichte, die Dinge aus einem anderen Blickwinkel zu betrachten und neue Details zu entdecken. Genauso verfuhr Hockney bei seiner Arbeit.

Als Bosch sich nun, an einem Becher schwarzem Kaffee nippend, die Fotos ansah, lenkten zunächst dieselben Dinge seine Aufmerksamkeit auf sich, die ihm schon am Tatort am stärksten in die Augen gefallen waren. Ganz besonders galt das für die Hennessy-Flaschen, die unangetastet hinter dem Ladentisch aufgereiht standen. Bosch bezweifelte, dass eine Gang hinter dem Mord steckte, weil er sich nicht vorstellen konnte, dass ein Gang-Mitglied zwar das Geld, aber keine einzige Flasche Hennessy mitgenommen hätte. Der Cognac wäre eine Trophäe gewesen. Und er befand sich in Reichweite, vor allem dann, wenn sich der Täter über den Ladentisch gebeugt hatte oder sogar hinter ihn gegangen war, um die Patronenhülsen einzusammeln. Warum dann nicht auch den Hennessy mitnehmen?

Das ließ für Bosch nur einen Schluss zu: Sie hatten es mit einem Täter zu tun, den der Hennessy nicht interessiert hatte. Mit einem Täter, der keiner Gang angehörte.

Der nächste wichtige Punkt waren die Wunden des Opfers. Nach Boschs Ansicht kam schon allein ihretwegen der geheimnisvolle Ladendieb nicht als Tatverdächtiger infrage. Drei Schüsse in die Brust ließen keinen Zweifel daran, dass der Täter das Opfer hatte töten wollen. Aber er hatte ihm nicht ins Gesicht geschossen, und das sprach gegen die Annahme, dass es sich um einen Mord aus Wut oder Rache handelte.

Bosch hatte in Hunderten von Mordfällen ermittelt, bei denen vorwiegend Schusswaffen zum Einsatz gekommen waren, und er wusste, dass bei einem Schuss ins Gesicht einem Mord mit großer Wahrscheinlichkeit persönliche Motive zugrunde lagen und der Täter jemand war, der das Opfer kannte. Umgekehrt hieß das: Bei drei Schüssen in die Brust ging es nicht um etwas Persönliches, sondern um rein Geschäftliches. Bosch war sich sicher, dass der unbekannte Ladendieb nicht der Mörder war. Höchstwahrscheinlich hatte John Li seinen Mörder vorher nie gesehen. Es war jemand gewesen, der einfach in den Laden gekommen war und Li dreimal in die Brust geschossen hatte, dann in aller Ruhe die Registrierkasse ausgeräumt und die Patronenhülsen eingesammelt hatte und schließlich ins Hinterzimmer gegangen war, um die DVD aus dem Aufzeichnungsgerät der Überwachungskamera zu nehmen.

Bosch vermutete, dass es sich mit hoher Wahrscheinlichkeit nicht um ein Erstdelikt handelte, und nahm sich vor, am nächsten Morgen nach ähnlichen Straftaten im Großraum Los Angeles zu forschen.

Als er das Foto vom Gesicht des Opfers betrachtete, fiel ihm plötzlich etwas auf. Lis Kinn und Wangen waren blutverschmiert. Aber die Zähne waren sauber.

Bosch hielt das Foto näher an seine Augen und überlegte, was das bedeuten könnte. Bisher hatte er angenommen, dass Li das Blut, das sich auf seinem Gesicht befand, ausgehustet hatte; dass es mit seinen letzten stoßartigen Atemzügen aus seinen zerfetzten Lungenflügeln gekommen war. Aber wie sollte das gehen, ohne dass Blut auf seinen Zähnen zurückblieb?

Bosch legte das Foto an seinen Platz zurück und ließ den Blick über das Bildermosaik zur rechten Hand des Opfers wandern. Sie war an die Seite des Toten hinabgesunken. Von dem Blut auf Fingern und Daumen zog sich ein dünnes Rinnsal zur Handfläche hinab.

Boschs Blick wanderte wieder zum blutverschmierten Gesicht des Toten, und plötzlich wurde ihm klar, dass sich Li mit seiner blutigen Hand an den Mund gefasst hatte. Es war zu einer zweimaligen Übertragung gekommen. Li hatte mit der Hand seine Brust berührt, sodass Blut an seine Finger gekommen war, und dieses Blut von seiner Hand auf den Mund übertragen.

Die Frage war nun, warum. Waren diese Bewegungen eine Folge der letzten Todeszuckungen gewesen, oder hatte Li dies aus einem bestimmten Grund getan?

Bosch holte sein Handy heraus und rief die nur Ermittlern zugängliche Nummer der Rechtsmedizin an, die er in seinem Schnellwahlverzeichnis hatte. Während es anläutete, sah er auf die Uhr. Es war zehn Minuten nach Mitternacht.

»Rechtsmedizin.«

»Ist Cassel noch da?«

Max Cassel war der Ermittler, der den Tatort im Fortune Liquors untersucht und die Leiche hatte abtransportieren lassen.

»Nein, er ist gerade … nein, halt, er ist noch hier.«

Bosch wurde zu Cassel durchgestellt, und der Rechtsmediziner nahm das Gespräch an.

»Ist mir völlig egal, wer Sie sind, ich bin schon zur Tür raus. Bin nur noch mal zurückgekommen, weil ich meinen Kaffeewärmer vergessen habe.«

Bosch wusste, dass Cassel draußen in Palmdale wohnte und mindestens eine Stunde zur Arbeit fahren musste. Kaffeebecher mit Warmhaltevorrichtungen, die man an den Zigarettenanzünder anschloss, waren für Pendler mit langen Fahrtzeiten ein Muss.

»Ich bin's, Bosch. Haben Sie meinen Mann schon in einen Schub gepackt?«

»Nein, die sind alle besetzt. Er ist in Eisbox drei. Aber ich bin fertig mit ihm und fahre jetzt, Bosch.«

»Schon klar. Nur eine kurze Frage. Haben Sie in seinen Mund geschaut?«

»Was soll denn das für eine Frage sein: ob ich in seinen Mund geschaut habe? Klar habe ich in seinen Mund geschaut. Das ist mein Job.«

»Und war dort nichts? Nichts in Mund oder Rachen?«

»Doch, dort war was.«

Bosch durchzuckte ein Adrenalinstoß.

»Warum haben Sie mir davon nichts gesagt? Was hatte er im Mund?«

»Seine Zunge.«

Das Adrenalin versiegte, und bei Bosch war schlagartig die Luft raus. Cassel lachte leise. Bosch hatte geglaubt, er wäre auf eine neue Spur gestoßen.

»Sehr witzig. War denn auch Blut drin?«

»Ja, ein bisschen. Auf der Zunge und im Rachen. Steht alles in meinem Befund, den Sie morgen erhalten.«

»Aber drei Schüsse. Seine Lunge muss ausgesehen haben wie ein Schweizer Käse. Muss da nicht eine Menge Blut ausgetreten sein?«

»Nicht, wenn er schon tot war. Nicht, wenn der erste Schuss das Herz getroffen hat, sodass es zu schlagen aufgehört hat. Aber ich muss jetzt wirklich los, Bosch. Sie haben morgen um zwei einen Termin bei Laksmi. Dann können Sie das alles sie fragen.«

»Werde ich. Aber jetzt rede ich mit Ihnen. Ich glaube, wir haben etwas übersehen.«

»Wie bitte?«

Bosch blickte auf die Fotos, die vor ihm auf dem Tisch lagen. Sein Blick wanderte von der Hand zum Gesicht.

»Ich glaube, er hat sich etwas in den Mund gesteckt.«

»Wer?«

»Das Opfer. Mr. Li.«

In der Stille, die daraufhin eintrat, überlegte Cassel wahrscheinlich, was er übersehen haben könnte.

»Also, wenn das wirklich so ist, habe ich jedenfalls nichts in seinem Mund gesehen. Und wenn er es hinuntergeschluckt hat, fällt es nicht unter meine Zuständigkeit. Dann ist es Laksmis Sache, und sie wird es morgen finden – wenn da wirklich etwas ist.«

»Könnten Sie ihr einen Vermerk machen, dass sie auch wirklich darauf achtet?«

»Bosch, ich möchte jetzt endlich nach Hause. Sagen Sie ihr das am besten selbst, wenn Sie morgen zum Tranchieren kommen.«

»Ich weiß, aber zur Sicherheit. Machen Sie einen Vermerk.«

»Na schön, wenn Sie unbedingt meinen, dann mache ich eben einen Vermerk. Aber Sie wissen schon, dass hier niemand mehr Überstunden bezahlt bekommt, Bosch.«

»Ja, weiß ich. Ist bei uns auch nicht anders. Danke, Max.«

Bosch beendete das Gespräch und beschloss, die Fotos vorerst beiseitezulegen. Ob seine Schlussfolgerung richtig war, würde die Obduktion zeigen, und bis dahin gab es nichts, was er tun konnte.

Er griff nach den zwei Beweismitteltüten mit den DVDs, die neben dem Aufnahmegerät der Überwachungskamera gelegen hatten. Jede befand sich in einer flachen Hülle, auf die mit Marker ein Datum gekritzelt war. Auf einer stand *1. September* – das war genau eine Woche zuvor gewesen –, auf der anderen *27. August*. Bosch ging mit den Discs zu der Anlage an der Rückwand des Besprechungszimmers und legte die vom 27. August in den DVD-Player ein.

Auf dem geteilten Bildschirm erschienen die Bilder zweier Kameras. Eine war auf den vorderen Teil des Getränkemarkts mit der Registrierkasse gerichtet, die andere zeigte den hinteren Teil des Geschäfts. Am oberen Bildschirmrand waren Uhrzeit und Datum eingeblendet. Die Vorgänge im Laden waren in Echtzeit aufgenommen. Bosch stellte fest, dass er sich, da der Laden von elf bis zweiundzwanzig Uhr geöffnet war, zweiundzwanzig Stunden Videoaufnahmen ansehen müsste, wenn er nicht den Schnellvorlauf benutzte. Er sah wieder auf die Uhr. Er wusste, entweder konnte er die Nacht durcharbeiten und herauszufinden versuchen, warum John Li diese zwei DVDs aufgehoben hatte, oder er konnte nach Hause fahren und sich ein wenig ausruhen. Es ließ sich nie vorhersehen, was ein Fall mit sich brachte, und es schadete nie, gut ausgeruht zu sein. Dazu kam, dass nichts darauf hindeutete, dass die DVDs etwas mit dem Mord zu tun hatten. Die Disc, die sich zum Zeitpunkt der Tat im Aufnahmegerät befunden hatte, war verschwunden. Auf ihr war der Mord aufgezeichnet, aber sie war weg.

Was soll's, dachte Bosch und beschloss, sich die erste Disc anzusehen. Vielleicht gelang es ihm, das Rätsel zu lösen. Er zog sich einen Stuhl heran, ließ sich damit vor dem Fernsehgerät nieder und stellte den Suchlauf auf das Vierfache der normalen Abspielgeschwindigkeit. Er schätzte, er bräuchte knapp drei Stunden, um die erste DVD durchlaufen zu lassen. Dann würde er nach Hause fahren, ein paar Stunden schlafen und am Morgen wie alle anderen wieder zum Dienst kommen.

»Hört sich doch gar nicht so schlecht an«, sagte er zu sich selbst.

5

Bosch wurde unsanft aus dem Schlaf gerissen, und als er die Augen öffnete, sah er Lieutenant Gandle auf sich herabstarren. Er brauchte einen Moment, um einen klaren Kopf zu bekommen und zu begreifen, wo er war.

»Lieutenant?«

»Was machen Sie in meinem Büro, Bosch?«

Bosch setzte sich auf der Couch auf.

»Ich … ich habe im Besprechungszimmer ein Video angesehen, und dann wurde es so spät, dass es sich nicht mehr gelohnt hat, nach Hause zu fahren. Wie spät ist es jetzt?«

»Fast sieben. Aber das ist trotzdem keine Erklärung dafür, wie Sie in mein Büro gekommen sind. Ich habe die Tür abgeschlossen, als ich gestern Abend nach Hause gefahren bin.«

»Tatsächlich?«

»Ja, tatsächlich.«

Bosch nickte und tat so, als müsste er erst einen klaren Kopf bekommen. Er war froh, dass er die Picks in seine Brieftasche zurückgesteckt hatte, nachdem er die Tür damit geöffnet hatte. Gandle hatte die einzige Couch in der Robbery-Homicide Division.

»Vielleicht war das Reinigungspersonal hier und hat abzuschließen vergessen«, versuchte er, sich herauszureden.

»Nein, die haben keinen Schlüssel. Nur damit das klar ist, Harry, ich habe nichts dagegen, wenn jemand auf meiner Couch schläft. Aber wenn die Tür abgeschlossen ist, hat das einen Grund. Es geht nicht an, dass jemand meine Tür öffnet, wenn ich sie abgesperrt habe.«

»Klar, Lieutenant, natürlich. Aber glauben Sie, wir könnten vielleicht für den Bereitschaftsraum eine Couch bekommen?«

»Mal sehen, ob sich da etwas machen lässt, aber darum geht es nicht.«

Bosch stand auf.

»Schon verstanden. Dann mache ich mich mal lieber wieder an die Arbeit.«

»Nicht so schnell. Was war so interessant an diesem Video, dass Sie deswegen die ganze Nacht hiergeblieben sind?«

Bosch schilderte dem Lieutenant kurz, was er entdeckt hatte, als er sich mitten in der Nacht fünf Stunden lang die zwei DVDs angesehen hatte, und dass ihnen John Li unbeabsichtigt etwas hatte zukommen lassen, was nach einem konkreten Anhaltspunkt aussah.

»Soll ich es Ihnen im Besprechungszimmer kurz vorspielen?«

»Warten wir lieber, bis Ihr Partner hier ist. Dann können wir es uns gemeinsam ansehen. Holen Sie sich erst mal einen Kaffee.«

Bosch verließ Gandles Büro und ging durch den Bereitschaftsraum, ein unpersönliches Labyrinth aus Abteilen und Schallschutzwänden. Es herrschte eine Stille wie in einem Versicherungsbüro; genau genommen war es so leise, dass Bosch manchmal Schwierigkeiten hatte, sich zu konzentrieren. Im Moment war der Raum noch leer, aber er würde sich rasch füllen. Gandle kam immer als Erster zum Dienst. Er wollte der Truppe mit gutem Beispiel vorangehen.

Bosch fuhr in die Cafeteria hinunter, die seit sieben geöffnet hatte, aber noch leer war, weil das Gros des Polizeipersonals noch im Parker Center arbeitete. Der Umzug in das neue Police Adminstration Building ging langsam voran. Zuerst ein paar Ermittlereinheiten, dann der Verwaltungsapparat und schließlich der Rest. Es war eine gleitende Übersiedlung, und die offizielle Einweihung würde frühestens in zwei Monaten stattfinden. Vorerst hieß das, dass es in der Cafeteria keine Schlangen gab, aber auch keine vollständige Speisekarte. Bosch holte sich ein Polizistenfrühstück: zwei Donuts und einen Kaffee. Außerdem nahm er für Ferras einen Kaffee mit. Die Donuts schlang er hastig hinunter, während er Milch und Zucker in die Tasse seines Partners gab, dann nahm er den Lift nach oben. Wie erwartet, saß sein Partner an seinem Schreibtisch, als er in den Bereitschaftsraum zurückkehrte. Bosch stellte ihm einen der Kaffeebecher hin und ging in sein Abteil.

»Danke, Harry«, sagte Ferras. »Hätte ich mir eigentlich denken können, dass du vor mir … Moment, diesen Anzug hattest du doch gestern schon an. Sag bloß, du hast die ganze Nacht durchgearbeitet.«

Bosch setzte sich.

»Ein paar Stunden habe ich auf der Couch des Lieutenants geschlafen. Wann kommen Mrs. Li und ihr Sohn her?«

»Ich habe sie um zehn einbestellt. Warum?«

»Ich glaube, ich bin auf was gestoßen, dem wir nachgehen sollten. Ich habe mir gestern Nacht die zwei anderen DVDs aus dem Laden angesehen.«

»Und?«

»Nimm deinen Kaffee mit, dann zeige ich es dir. Der Lieutenant möchte es sich auch ansehen.«

Zehn Minuten später stand Bosch mit der Fernbedienung vor der Videoanlage, Ferras und Gandle saßen am Ende des Konferenztischs. Er spielte die Disc mit der Aufschrift *1. September* zu der fraglichen Stelle vor und hielt dann das Bild an.

»Also, der Täter hat die DVD aus dem Aufnahmegerät genommen, damit wir von dem, was gestern im Laden passiert ist, keine Videoaufzeichnung haben. Was wir aber *haben*, sind zwei andere DVDs, eine vom siebenundzwanzigsten August, die andere vom ersten September. Das hier ist die Diskette vom ersten September, also zufällig genau gestern vor einer Woche. So weit alles klar?«

»Ja«, sagte Gandle.

»Der Grund, warum Mr. Li die beiden Disketten aufgehoben hat, ist folgender: Er hat darauf zwei Ladendiebe aufgenommen. Das verbindende Element zwischen den beiden DVDs ist, dass an diesen beiden Tagen dieselben zwei Typen in den Laden gekommen sind; einer kommt an den Ladentisch und kauft Zigaretten, der andere geht den Gang mit den Spirituosen runter. Der Erste lenkt Li von seinem Partner und dem Überwachungsmonitor ab, den Li hinter dem Ladentisch stehen hat. Als Li dem Kerl am Ladentisch die Zigaretten gibt, lässt der andere zwei Flaschen Wodka in seiner Hose verschwinden und kommt mit einer dritten nach vorn, um sie zu bezahlen. Der Typ am Ladentisch holt seine Geldbörse raus, merkt, dass er vergessen hat, Geld einzustecken, und die beiden verlassen den Laden, ohne etwas gekauft zu haben. Diese Nummer ziehen sie an beiden Tagen ab, nur jeweils mit vertauschten Rollen. Und das ist meiner Meinung nach der Grund, warum Li die DVDs aufgehoben hat.«

»Du meinst, er wollte Beweise gegen sie sammeln?«, fragt Ferras.

»Gut möglich«, sagte Bosch. »Wenn er die zwei auf Video hatte, hätte er der Polizei etwas Konkretes an die Hand geben können.«

»Und das ist Ihr Anhaltspunkt?«, fragte Gandle. »Deswegen haben Sie die ganze Nacht gearbeitet? Ich habe die Berichte gelesen, aber ich glaube, mir gefällt der Junge, den Li mit der Pistole bedroht hat, besser.«

»Nein, das ist nicht der Anhaltspunkt«, knurrte Bosch unwirsch. »Es ist nur der Grund, weshalb Li die DVDs aus dem Aufnahmegerät genommen und aufgehoben hat. Er muss diese zwei Typen durchschaut haben, und deshalb hat er diese Aufnahmen nicht überspielt. Allerdings hat er auf der DVD vom ersten September zufällig auch noch das gefilmt.«

Bosch ließ die Aufnahme zurücklaufen. Beide Kameraeinstellungen auf dem geteilten Bildschirm zeigten, dass der Laden bis auf Li hinter dem Ladentisch leer war. Der Zeitangabe am oberen Bildschirmrand zufolge war es Dienstag, der 1. September, 15:03 Uhr.

Die Ladentür ging auf, und ein Kunde kam herein. Er winkte Li am Ladentisch beiläufig zu und ging in den hinteren Teil des Getränkemarkts. Trotz der körnigen

Aufnahme war deutlich zu erkennen, dass der Kunde ein Asiate Anfang dreißig war. Die zweite Kamera zeigte, wie er zu einem der Kühlschränke ging und eine Dose Bier herausnahm. Damit ging er dann wieder nach vorn an den Ladentisch.

»Was macht der Kerl da?«, fragte Gandle.

»Schauen Sie einfach«, sagte Bosch.

Am Ladentisch sagte der Kunde etwas zu Li, worauf der alte Chinese zu dem Drahtgestell über ihm hochfasste und eine Stange Camel herausnahm. Er legte sie auf den Ladentisch und packte die Bierdose in eine kleine braune Papiertüte.

Der Kunde hatte eine beeindruckende Figur. Er war klein und gedrungen, hatte aber dicke Arme und breite Schultern. Er warf einen Geldschein auf den Ladentisch, und Li nahm ihn und öffnete die Kasse. Er legte den Schein in das letzte Fach der Schublade, zählte mehrere Scheine Wechselgeld ab und reichte sie dem Kunden. Dieser nahm sie und steckte sie ein. Dann klemmte er sich die Stange Zigaretten unter den Arm, griff nach dem Bier und deutete mit dem Zeigefinger seiner freien Hand wie mit einer Pistole auf Li. Er bewegte den Daumen, als drückte er ab, und verließ den Laden.

Bosch hielt die Aufnahme an.

»Was sollte das jetzt?«, fragte Gandle. »War das mit dem Finger eine Drohung? Haben Sie das gemeint?«

Ferras sagte zwar nichts, aber Bosch war sich ziemlich sicher, dass sein junger Partner bemerkt hatte, was Bosch ihm und Gandle hatte vorführen wollen. Er spulte die Aufnahme zurück und spielte sie noch einmal ab.

»Fällt dir irgendwas auf, Ignacio?«

Ferras machte einen Schritt nach vorn, um auf den Bildschirm deuten zu können.

»Zuallererst, der Typ ist Asiate. Er ist also nicht aus dem Viertel.«

Bosch nickte.

»Ich habe mir vierundzwanzig Stunden Videoaufnahmen angesehen. Der Kerl war außer Li und seiner Frau der einzige Asiate, der in den Laden gekommen ist. Was noch, Ignacio?«

»Das Wechselgeld«, sagte Ferras. »Er bekommt mehr heraus, als er Li gegeben hat.«

Auf dem Bildschirm war zu sehen, wie Li die Scheine aus der Kasse nahm.

»Da, Li legt den Geldschein, den ihm der Typ gegeben hat, in die Schublade, und dann gibt er ihm Geld zurück, unter anderem auch den Schein, den er gerade bekommen hat. Der Typ kriegt also das Bier und die Zigaretten umsonst und dazu noch das ganze Geld.«

Bosch nickte. Ferras war gut.

»Wie viel hat er genau bekommen?«, fragte Gandle.

Das war eine gute Frage. Die Aufnahme war nämlich zu körnig, um den Wert der einzelnen Scheine erkennen zu können.

»Die Schublade hat vier Fächer«, sagte Bosch. »Jeweils einen für Einer, Fünfer, Zehner und Zwanziger. Ich habe mir die Aufnahme gestern Nacht in Zeitlupe angesehen. Li legt den Schein des Kunden in das vierte Fach. Eine Stange Zigaretten und ein Bier. Es müsste also das Fach für die Zwanziger sein. Vorausgesetzt, das ist richtig, gibt Li dem Kerl einen Einer, einen Fünfer, einen Zehner und elf Zwanziger. Beziehungsweise zehn Zwanziger, wenn man den Schein, den ihm der Kunde zuerst gegeben hat, nicht zählt.«

»Es ist eine Schutzgeldzahlung«, stellte Ferras fest.

»Zweihundertsechsunddreißig Dollar?« Gandle klang nicht sehr überzeugt. »Etwas eigenartiger Betrag für ein Schutzgeld. Aber man sieht, dass noch Geld in der Schublade ist. Demnach war es auf jeden Fall ein fester Betrag.«

»Genau genommen«, meinte Ferras, »waren es zweihundert*sechzehn*, wenn man den Zwanziger abzieht, den der Kunde Li ursprünglich gegeben hat.«

»Richtig«, sagte Bosch.

Eine Weile blickten die drei Männer wortlos die angehaltene Aufnahme auf dem Bildschirm an.

»Tja, Harry«, sagte Gandle schließlich. »Und was hat das nun Ihrer Meinung nach zu bedeuten?«

Bosch deutete auf die Zeitangabe am oberen Bildschirmrand.

»Diese Zahlung erfolgte genau eine Woche vor dem Mord. Dienstag vor einer Woche um fünfzehn Uhr. Diesen Dienstag um fünfzehn Uhr wird Mr. Li erschossen. Vielleicht hat er sich diese Woche zu zahlen geweigert.«

»Oder er hatte das Geld nicht, um zu zahlen«, warf Ferras ein. »Sein Sohn hat uns gestern erzählt, das Geschäft wäre stark zurückgegangen, und sie wären wegen des Ladens, den sie im Valley eröffnet haben, fast pleite.«

»Der alte Mann weigert sich also und wird abgeknallt«, sagte Gandle. »Ist das nicht ein bisschen extrem? Man legt den Kerl um und bringt sich um seinen Kapitalnachschub, wie man so was in Finanzkreisen nennt.«

Ferras zuckte mit den Achseln.

»Da sind immer noch die Frau und der Sohn. Die Botschaft war unmissverständlich.«

»Sie kommen um zehn her, um ihre Aussagen zu Protokoll zu geben«, fügte Bosch hinzu.

Gandle nickte.

»Und wie werden Sie die Sache angehen?«, fragte er.

»Um Mrs. Li soll sich Chu kümmern, der Mann von der AGU, und mit dem Sohn werden Ignacio und ich reden. Wir finden raus, was da läuft.«

Gandles normalerweise mürrische Miene hellte sich auf. Er war zufrieden mit den Fortschritten und dem Anhaltspunkt, der aufgetaucht war.

»Also schön, meine Herren, und halten Sie mich auf dem Laufenden.«

Damit verließ Gandle das Zimmer, und Bosch und Ferras blieben allein vor dem Bildschirm stehen.

»Nicht übel, Harry. Du hast ihn richtig glücklich gemacht.«

»Noch glücklicher wird er, wenn wir das hier aufklären.«

»Was glaubst du?«

»Ich glaube, bevor die Lis anrücken, gibt es noch einiges zu tun. Du erkundigst dich, was sie im Labor schon alles gemacht haben. Vor allem, ob sie mit der Registrierkasse bereits fertig sind. Am besten, du bringst sie hierher, wenn es geht.«

»Und du?«

Bosch schaltete den Bildschirm aus und nahm die DVD heraus.

»Ich werde ein Wörtchen mit Detective Chu reden müssen.«

»Glaubst du, er hat etwas zurückgehalten?«
»Genau das will ich herausfinden.«

6

Die AGU war Teil der Gang and Operations Support Division, die viele verdeckte Ermittlungen durchführte. Entsprechend war die GOSD in einem unscheinbaren Bau untergebracht, der mehrere Blocks vom PAB entfernt war. Weil es länger gedauert hätte, sein Auto aus der Tiefgarage zu holen, sich durch den Stau zu quälen und schließlich einen Parkplatz zu finden, beschloss Bosch, zu Fuß zu gehen. Als er aber um halb neun den Eingang der AGU-Dienststelle erreichte und klingelte, öffnete niemand. Er wollte gerade sein Handy herausholen, um Detective Chu anzurufen, als hinter ihm eine bekannte Stimme ertönte.

»Guten Morgen, Detective Bosch. Was führt Sie hierher?«

Bosch drehte sich um. Es war Chu, der mit seinem Aktenkoffer auf ihn zukam.

»Solche Arbeitszeiten hätte ich auch gern«, bemerkte Bosch.

»Tja, wir gehen es hier ziemlich locker an.«

Bosch machte Chu Platz, damit er die Tür mit einem Kartenschlüssel öffnen konnte.

»Kommen Sie rein.«

Chu führte Bosch in einen kleinen Bereitschaftsraum mit etwa einem Dutzend Schreibtische und dem Büro des Lieutenants auf der rechten Seite. Chu ging zu einem der Schreibtische und stellte seinen Aktenkoffer auf den Boden.

»Was kann ich für Sie tun? Ich wollte zu dem Termin um zehn mit Mrs. Li sowieso in die RHD kommen.«

Chu setzte sich, aber Bosch blieb stehen.

»Ich würde Ihnen gern etwas zeigen. Haben Sie hier einen Videoraum?«

»Ja, dort hinten.«

Am Ende des AGU-Bereitschaftsraums waren vier Vernehmungszimmer. Eines davon war mit einem rollbaren TV-Rack mit Fernsehgerät und DVD-Player zu einem Video-Vorführraum umfunktioniert worden. Außerdem, stellte Bosch fest, enthielt das Rack auch einen Drucker, und das war etwas, was sie im RHD-Bereitschaftsraum noch nicht hatten. Bosch reichte Chu die DVD aus dem Fortune Liquors, und nachdem dieser sie eingelegt hatte, nahm Bosch die Fernbedienung und spulte die Aufnahme bis zu der Szene um fünfzehn Uhr vor.

»Könnten Sie sich den Mann mal ansehen, der gleich in den Laden kommt?«, bat Bosch.

Chu sah schweigend zu, wie der Asiate den Laden betrat, ein Bier und eine Stange Zigaretten kaufte und die üppige Rendite für seine Investition einstrich.

»War's das?«, fragte er, als der Kunde den Laden verließ.

»Das war's.«

»Könnten Sie es noch mal abspielen?«

»Selbstverständlich.«

Bosch spielte die zwei Minuten dauernde Szene noch einmal ab, dann hielt er das Bild an der Stelle an, an der sich der Kunde vom Ladentisch abwandte, um zu gehen.

Er probierte eine Weile herum, spulte die Aufnahme mehrere Male ganz kurz vor und zurück und hielt sie schließlich an der Stelle an, an der man das Gesicht des Kunden am besten sehen konnte.

»Kennen Sie den Mann?«, fragte Bosch.

»Nein, woher sollte ich?«

»Was haben Sie eben gesehen?«

»Offenkundig eine Art Schutzgeldzahlung. Er hat wesentlich mehr zurückbekommen, als er gezahlt hat.«

»Ja. Zweihundertsechzehn Dollar, zusätzlich zu seinen eigenen zwanzig. Wir haben das Geld gezählt.«

Bosch sah, dass Chu die Augenbrauen hochzog.

»Was heißt das?«, fragte Bosch.

»Na ja, dass er wahrscheinlich von einer Triade ist«, erwiderte Chu nüchtern.

Bosch nickte. Er hatte noch nie in einem Triadenmord ermittelt, wusste aber, dass die so bezeichneten chinesischen Geheimgesellschaften schon seit Langem über den Pazifik gekommen waren und in den meisten amerikanischen Großstädten Fuß gefasst hatten. Mit seinem hohen Chinesenanteil war Los Angeles neben San Francisco, New York und Houston eine ihrer Hochburgen.

»Wie kommen Sie darauf, dass er von einer Triade ist?«

»Sagten Sie nicht, er hätte zweihundertsechzehn Dollar kassiert?«

»Richtig. Li gab dem Mann nicht nur den Geldschein zurück, den er gerade von ihm bekommen hatte, sondern auch noch zehn Zwanziger, einen Zehner, einen Fünfer und einen Eindollarschein. Was bedeutet das?«

»Einen Teil ihrer Einnahmen beziehen die Triaden aus wöchentlichen Schutzgeldzahlungen kleiner Ladenbesitzer. Dabei handelt es sich in der Regel um Beträge in Höhe von einhundertacht Dollar. Zweihundertsechzehn ist ein Vielfaches davon. Eine doppelte Zahlung.«

»Warum einhundertacht? Erheben sie eine Steuer auf die Steuer? Führen sie die acht Dollar extra ans Finanzamt ab oder was?«

Ohne auf Boschs Sarkasmus einzugehen, antwortete Chu, als belehrte er ein kleines Kind.

»Nein, Detective, damit hat diese Zahl nicht das Geringste zu tun. Darf ich Ihnen zum besseren Verständnis vielleicht eine kurze Nachhilfestunde in chinesischer Geschichte erteilen?«

»Aber bitte«, antwortete Bosch.

»Die Entstehung der Triaden reicht ins China des siebzehnten Jahrhunderts zurück. Im Shaolin-Kloster gab es einhundertdreizehn Mönche. Buddhistische Mönche. Bei einem Angriff der Mandschu-Invasoren kamen bis auf fünf alle Mönche des Klosters ums Leben. Daraufhin gründeten diese restlichen fünf Mönche ebenso viele Geheimbünde, die sich alle zum Ziel gesetzt hatten, die Invasoren zu vertreiben. Das war die Geburtsstunde der Triaden, die sich jedoch im Verlauf der Geschichte stark veränderten. Ihre ursprünglichen politischen und patriotischen Motive traten immer mehr in den Hintergrund, und sie entwickelten sich zu kriminellen Organisationen, die sich, ähnlich der italienischen und russischen Mafia, vor allem auf Erpressung und das Eintreiben von Schutzgeldern verlegten. Zu Ehren der getöteten Mönche sind jedoch die Schutzgeldbeträge in der Regel bis zum heutigen Tag ein Vielfaches von einhundertacht.«

»Aber es haben doch fünf Mönche überlebt und nicht drei«, bemerkte Bosch. »Warum heißen sie dann ›Triaden‹?«

»Weil jeder Mönch seine eigene Triade gründete. ›Tian di hui‹. Das heißt ›Himmel-und-Erde-Gesellschaft‹. Jede dieser Geheimgesellschaften hatte eine dreieckige Fahne, die für die Beziehung von Himmel, Erde und Mensch stand. Deshalb wurden sie ›Triaden‹ genannt.«

»Na großartig, und dann haben sie dieses tolle System auch hier eingeführt.«

»Die Triaden sind schon sehr lange hier. Aber in Amerika eingeführt haben dieses System nicht sie. Das waren die Amerikaner selbst. Ins Land kamen die Triaden mit den chinesischen Arbeitskräften, die für den Bau der Eisenbahn nach Amerika geholt wurden.«

»Und jetzt erpressen sie ihre eigenen Leute?«

»Größtenteils ja. Aber Mr. Li war sehr religiös. Haben Sie gestern im Hinterzimmer diesen buddhistischen Schrein gesehen?«

»Leider nein.«

»Da war jedenfalls einer, und ich habe mit seiner Frau darüber gesprochen. Mr. Li hatte eine ausgeprägte spirituelle Ader. Er glaubte an Geister. Die Zahlungen an die Triade waren für ihn wahrscheinlich wie eine Opfergabe an einen Geist. An einen verstorbenen Ahnen. Sie müssen sich darüber klar werden, Detective Bosch, dass Sie hier als Außenstehender einen Blick in eine völlig fremde Welt werfen. Für jemanden wie Mr. Li, der nie etwas anderes gekannt hat, war es genauso selbstverständlich, einen Teil seines Geldes an die Triade zu zahlen, wie Sie Ihre Steuern ans Finanzamt abführen, und deshalb hat er sich auch nicht als Opfer betrachtet. Es war einfach fester Bestandteil seines Lebens.«

»Nur jagt einem das Finanzamt nicht drei Kugeln in die Brust, wenn man nicht zahlt.«

»Glauben Sie denn, Li wurde von diesem Mann beziehungsweise von der Triade ermordet?«

Chu deutete fast ungehalten auf den Bildschirm, als er die Frage stellte.

»Ich glaube, es ist im Augenblick unsere beste Spur«, erwiderte Bosch.

»Und was halten Sie von dem Hinweis, den wir von Mrs. Li bekommen haben? Dieser Junge, der Mr. Li am Samstag gedroht hat.«

Bosch schüttelte den Kopf.

»Da passt zu vieles nicht ins Bild. Trotzdem soll sie natürlich unbedingt die Karteien mit Ihnen durchgehen. Vielleicht erkennt sie den Jungen auf einem der Fotos. Aber ehrlich gestanden, halte ich es für pure Zeitverschwendung.«

»Denken Sie? Immerhin hat er Mr. Li damit gedroht, zurückzukommen und ihn umzubringen.«

»Nein, er hat gesagt, er würde zurückkommen und ihm die Rübe wegpusten. Aber Mr. Li hat drei Schüsse in die Brust bekommen. Das war kein Mord aus Wut, Detective Chu. Das passt einfach nicht ins Bild. Aber keine Sorge, auch wenn ich es für Zeitverschwendung halte, wir werden der Sache nachgehen.«

Er wartete, dass Chu antwortete, aber als dieser das nicht tat, deutete Bosch auf die Zeitangabe auf dem Bildschirm.

»Li wurde am gleichen Wochentag zur gleichen Uhrzeit erschossen. Wir müssen davon ausgehen, dass er regelmäßig Schutzgeld gezahlt hat. Und wir müssen davon ausgehen, dass dieser Mann bei Lis Tod seine Hand im Spiel hatte. Ich glaube, das macht ihn zu einem besseren Tatverdächtigen.«

Das Vernehmungszimmer war sehr klein, und sie hatten die Tür offen gelassen. Bosch schloss sie nun und sah Chu an.

»Und jetzt wollen Sie mir erzählen, von all dem hätten Sie gestern noch nicht mal was geahnt.«

»Natürlich nicht, woher auch?«

»Hat Ihnen Mrs. Li nichts von irgendwelchen Zahlungen an die lokale Triade erzählt?«

Durch Chu ging ein Ruck. Er war wesentlich kleiner als Bosch, aber seine Haltung signalisierte Kampfbereitschaft.

»Was wollen Sie damit sagen, Bosch?«

»Damit will ich sagen, dass das Ihre Welt ist und Sie mich darauf hätten aufmerksam machen sollen. Ich bin nur zufällig selbst darauf gestoßen. Li hat diese beiden DVDs aufgehoben, weil darauf ein Ladendieb zu sehen ist. Nicht wegen der Schutzgeldzahlung.«

Sie standen sich jetzt weniger als einen halben Meter gegenüber.

»Also, für mich war gestern nichts zu erkennen, was in diese Richtung gedeutet hätte«, erklärte Chu. »Ich wurde nur an den Tatort gerufen, um für Sie zu dolmetschen. Sie haben mich kein einziges Mal nach meiner Meinung gefragt. Sie haben mich ganz bewusst außen vor gelassen, Bosch. Hätten Sie mich einbezogen, hätte ich vielleicht etwas gehört oder gesehen.«

»Erzählen Sie mir doch keinen Blödsinn. Sie sind nicht zum Ermittler ausgebildet worden, um Däumchen drehend herumzustehen. Sie brauchen keine Extraeinladung, um Fragen zu stellen.«

»Den Eindruck hatte ich bei Ihnen aber schon.«

»Und was soll das jetzt bitte heißen?«

»Es heißt, dass ich Sie beobachtet habe, Bosch. Wie Sie Mrs. Li behandelt haben, Ihren Sohn … mich.«

»Ach, diese Leier wieder.«

»Woran liegt es, an Vietnam? Sie waren doch in Vietnam, oder?«

»Bilden Sie sich bloß nicht ein, Sie wüssten irgendetwas über mich, Chu.«

»Ich bilde mir überhaupt nichts ein, aber ich weiß doch, was ich hier jeden Tag sehe. Ich bin nicht aus Vietnam, Detective. Ich bin Amerikaner. Hier geboren, wie Sie.«

»Können wir das vielleicht sein lassen und uns wieder mit dem Fall befassen?«

»Wie Sie meinen. Sie leiten die Ermittlungen.«

Chu stemmte die Hände gegen die Hüften und wandte sich wieder dem Bildschirm zu. Bosch versuchte, seine Emotionen hinunterzuschlucken. Er musste zugeben, dass Chu nicht ganz unrecht hatte. Und es war ihm peinlich, so leicht als einer von denen zu durchschauen zu sein, die mit Rassenvorurteilen aus Vietnam zurückgekehrt waren.

»Also gut«, begann er. »Vielleicht war es ja wirklich nicht richtig, wie ich mich Ihnen gegenüber gestern verhalten habe. Es tut mir leid. Aber jetzt sind Sie mit dabei, und ich muss alles wissen, was Sie wissen. Ohne dass Sie etwas zurückhalten.«

Auch von Chu fiel die Anspannung ab. »Was ich Ihnen gerade erzählt habe, ist alles. Das Einzige, was mir noch zu denken gibt, sind die zweihundertsechzehn Dollar.«

»Wieso?«

»Es ist eine doppelte Zahlung. Als ob Mr. Li eine Woche im Rückstand gewesen wäre. Vielleicht hatte er Schwierigkeiten, das Geld zusammenzukratzen. Sein Sohn sagte, das Geschäft wäre schlecht gegangen.«

»Und deshalb wurde er vielleicht umgebracht.«

Bosch deutete wieder auf den Bildschirm.

»Könnten Sie mir davon einen Ausdruck machen?«

»Ich hätte selbst auch gern einen.«

Chu ging zum Drucker und drückte zweimal auf einen Knopf. Kurz darauf wurden zwei Bilder des Mannes ausgedruckt, wie er sich vom Ladentisch abwandte.

»Haben Sie Verbrecherkarteien?«, fragte Bosch. »Observierungsdaten von Verdächtigen?«

»Natürlich«, erwiderte Chu. »Ich werde versuchen herauszufinden, wer er ist. Und dann Erkundigungen über ihn einziehen.«

»Aber er darf auf keinen Fall mitbekommen, dass wir ihn im Visier haben.«

»Danke, Detective. Aber das habe ich mir fast gedacht.«

Bosch sagte nichts weiter. Schon wieder ins Fettnäpfchen getreten. Er hatte wirklich seine Schwierigkeiten mit Chu. Obwohl sie beide die gleiche Dienstmarke trugen, konnte er sich nicht dazu bringen, ihm zu trauen.

»Außerdem hätte ich gern einen Ausdruck von dem Tattoo«, sagte Chu.

»Von welchem Tattoo?«

Chu nahm Bosch die Fernbedienung aus der Hand und drückte auf die Rückspultaste. Schließlich hielt er das Bild in dem Moment an, in dem der Mann die linke Hand ausstreckte, um sich von Mr. Li das Geld geben zu lassen. Chu fuhr mit dem Finger eine kaum zu erkennende Kontur auf der Innenseite des Arms nach. Es war tatsächlich eine Tätowierung, aber sie war auf dem grobkörnigen Bild so schwer zu erkennen, dass Bosch sie übersehen hatte.

»Was ist das?«, fragte er.

»Sieht aus wie die Umrisse eines Messers. Ein selbst gemachtes Tattoo.«

»Er war im Gefängnis.«

Chu drückte auf den Knopf, um das Bild auszudrucken.

»Nein, diese Sorte Tattoo macht man sich normalerweise auf einem Schiff. Während einer langen Überfahrt.«

»Was bedeutet es Ihrer Meinung nach?«

»Das chinesische Wort für Messer ist ›kim‹. Im südlichen Kalifornien gibt es drei Triaden. Yee Kim, Sai Kim und Yung Kim. Das heißt ›Rechtschaffenes Messer‹, ›Westliches Messer‹ und ›Tapferes Messer.‹ Alle drei sind Ableger einer Hongkonger Triade, die sich Fourteen K nennt. Sehr mächtig und einflussreich.«

»Hier oder dort drüben?«

»Sowohl als auch.«

»Fourteen K? Wie vierzehn Karat Gold?«

»Nein, vierzehn ist eine Unglückszahl, weil das Wort vierzehn, wenn man es ausspricht, genauso klingt wie das chinesische Wort für Tod. Und *K* steht für killen.«

Von seiner Tochter und seinen häufigen Besuchen in Hongkong wusste Bosch, dass jede Zahlenkombination mit vier mit Unglück in Verbindung gebracht wurde. Seine Tochter lebte mit seiner Ex-Frau in einem Hochhaus, in dem es keine Stockwerke gab, die die Zahl vier enthielten. Der vierte Stock wurde mit *P*, wie die Abkürzung für Parkhaus, bezeichnet und der vierzehnte einfach ausgelassen, wie das in vielen westlichen Hochhäusern mit dem dreizehnten Stockwerk der Fall war. Außerdem befanden sich in den Stockwerken, die real das vierzehnte und vierundzwanzigste waren, die Wohnungen von Ausländern, die diesen Aberglauben nicht mit den Han – den Chinesen – teilten.

Bosch deutete auf den Bildschirm.

»Sie glauben also, dieser Kerl könnte einem dieser Fourteen-K-Ableger angehören?«

»Durchaus möglich«, antwortete Chu. »Ich werde dem sofort nachgehen, sobald Sie weg sind.«

Bosch sah Chu an und versuchte erneut herauszufinden, was in ihm vorging. Er glaubte, verstanden zu haben. Chu wollte ihn loswerden, damit er sich an die Arbeit machen konnte. Bosch ging zum DVD-Player, nahm die Disc heraus und steckte sie ein.

»Ich höre von Ihnen, Chu.«

»Ja«, erwiderte Chu kurz angebunden.

»Sobald Sie auf etwas Neues stoßen, geben Sie mir Bescheid.«

»Ich habe Sie verstanden, Detective. Sehr gut sogar.«

»Gut, dann sehen wir uns um zehn, wenn Mrs. Li und ihr Sohn kommen.«

Bosch öffnete die Tür und verließ das winzige Zimmer.

7

Ferras hatte die Registrierkasse von Fortune Liquors auf seinem Schreibtisch stehen. Sie war mit einem Kabel an seinen Laptop angeschlossen. Bosch legte die Videoausdrucke auf seinen Schreibtisch und schaute zu seinem Partner hinüber.

»Irgendwas Neues?«

»Ich war bei der Spurensicherung drüben. Sie waren mit der Kasse schon fertig. Keine Fingerabdrücke außer denen des Opfers. Ich versuche gerade, in den Speicher reinzukommen. Was ich jetzt schon sagen kann, ist: Die Tageseinnahmen bis zum Mord betrugen weniger als zweihundert Dollar. Das Opfer hätte also kaum eine Zahlung von zweihundertsechzehn Dollar leisten können, falls du glaubst, dass das der Fall war.«

»Was das angeht, kann ich dir inzwischen einiges Neues erzählen. Sonst noch was von der Spurensicherung?«

»Nicht viel. Sie analysieren noch alle ... ach, der Schmauchspurentest bei der Witwe war übrigens negativ. Aber das hatten wir erwartet.«

Bosch nickte. Weil Mrs. Li die Leiche ihres Mannes entdeckt hatte, war es gängige Praxis, ihre Hände und Arme auf Schmauchspuren zu untersuchen, um festzustellen, ob sie kurz davor eine Schusswaffe abgefeuert hatte. Wie erwartet, fanden sich keinerlei Schmauchspuren an ihr. Bosch fand, dass sie jetzt endgültig von der Liste der potenziellen Verdächtigen gestrichen werden konnte, auf der sie ohnehin nie richtig gestanden hatte.

»Wie weit reichen die in der Kasse gespeicherten Daten zurück?«, fragte Bosch.

»Wie es aussieht, ein ganzes Jahr. Ich habe auch schon ein paar Zahlen. Die wöchentlichen Bruttoeinnahmen betrugen im Schnitt etwas weniger als dreitausend Dollar. Berücksichtigt man jetzt Fixkosten, Wareneinsatz, Versicherungen und so weiter, konnte dieser Typ von Glück reden, wenn ihm fünfzigtausend im Jahr geblieben sind. Nicht gerade üppig, vor allem, wo sein Job in einer Gegend wie da unten wahrscheinlich gefährlicher war als der eines Streifenpolizisten.«

»Der Sohn hat gestern erzählt, in letzter Zeit wäre das Geschäft ziemlich schlecht gegangen.«

»Wenn ich mir diese Zahlen so ansehe, weiß ich nicht, wann es jemals gut gegangen sein soll.«

»In dieser Branche wird natürlich viel bar abgewickelt. Er könnte einiges schwarz eingestrichen haben.«

»Wahrscheinlich. Da war ja auch noch der Typ, an den er jede Woche zweihundert und ein paar Zerquetschte abdrücken musste. Das wären, aufs Jahr umgerechnet, schon mal zehntausend zusätzlich.«

Bosch erzählte Ferras, was er von Chu erfahren hatte und dass er hoffte, die AGU könnte den Mann identifizieren. Beide waren der Ansicht, dass sich die Ermittlungen mehr und mehr auf den Mann richteten, der auf dem körnigen Ausdruck des Überwachungsvideos zu sehen war. Der Geldeintreiber von der Triade. Dessen ungeachtet musste auch das mutmaßliche Gang-Mitglied, das am Samstag vor dem Mord mit Li aneinandergeraten war, identifiziert und vernommen werden, selbst wenn die Widersprüche zwischen den Gegebenheiten am Tatort und einem Mord aus Wut oder Rache diese Spur auf den zweiten Platz verdrängten.

Nachdem es vorerst nichts mehr zu besprechen gab, nahmen sie sich die Aussageprotokolle und den umfangreichen restlichen Papierkram vor, der mit jedem Mordfall einherging. Chu erschien als Erster zu dem Termin um zehn Uhr und kam unangemeldet an Boschs Schreibtisch.

»Ist Yee-ling noch nicht hier?«, fragte er statt eines Grußes. Bosch blickte von seiner Arbeit auf.

»Wer ist Yee-ling?«

»Yee-ling Li, die Mutter.«

Bosch merkte, dass er nicht einmal den vollständigen Namen der Frau des Ermordeten gewusst hatte. Es war ihm peinlich, denn es zeigte, wie wenig er eigentlich in den Fall eingestiegen war.

»Nein, sie ist noch nicht hier. Sind Sie bei der AGU auf irgendwas Neues gestoßen?«

»Ich habe unsere Fotoalben durchgesehen. Unser Mann war allerdings nicht drin. Aber wir ziehen Erkundigungen ein.«

»Ja, ja, das sagen Sie schon die ganze Zeit. Was genau heißt eigentlich ›Erkundigungen einziehen‹?«

»Es heißt, dass die AGU ein Netzwerk an Beziehungen innerhalb der Community aufgebaut hat und wir uns über diese Kanäle diskret erkundigen, wer dieser Mann ist und wie es um Mr. Lis Verbindungen bestellt war.«

»Um seine Verbindungen?«, schnaubte Ferras. »Er

wurde erpresst. Seine Verbindung ist, dass er ein Opfer war.«

»Detective Ferras«, erklärte Chu geduldig. »Sie sehen das alles aus typisch westlicher Sicht. Wie ich jedoch heute Morgen bereits Detective Bosch erklärt habe, könnte Mr. Li eine lebenslange Verbindung zu einer Triadengesellschaft gehabt haben. In seinem heimischen Dialekt nennt man das *quang xi*. Eine direkte Übersetzung gibt es dafür nicht, aber es hat etwas mit dem sozialen Netzwerk einer Person zu tun, und dazu gehört auch eine Triadenverbindung.«

Ferras sah Chu nur weiter an.

»Meinetwegen«, brummte er schließlich. »Bei uns hier nennt man das, glaube ich, ausgemachten Blödsinn. Das Opfer hat fast dreißig Jahre hier gelebt. Wie man so was in China nennt, interessiert mich nicht. Hier ist es Erpressung.«

Bosch bewunderte seinen jungen Partner für seine knallharte Reaktion. Er überlegte, ob er sich ebenfalls in den verbalen Schlagabtausch einschalten sollte, aber dann läutete das Telefon auf seinem Schreibtisch, und er nahm ab.

»Bosch.«

»Hier Rogers von unten. Sie haben Besuch. Zwei Personen, heißen beide Li. Sie sagen, sie haben einen Termin bei Ihnen.«

»Schicken Sie sie rauf.«

»Alles klar.«

Bosch hängte auf.

»Okay, sie sind auf dem Weg nach oben. Ich stelle mir die Sache so vor: Chu, Sie gehen mit der alten Dame in eines der Vernehmungszimmer, sprechen Ihre Aussage mit ihr durch und lassen Sie sie unterschreiben. Wenn sie unterschrieben hat, fragen Sie sie nach der Schutzgeldzahlung und dem Kerl auf dem Video. Zeigen Sie ihr sein Foto. Und lassen Sie auf keinen Fall locker, auch wenn sie sich dumm stellen sollte. Sie muss etwas darüber wissen. Ihr Mann muss mit ihr darüber gesprochen haben.«

»Dass Sie sich da mal nicht täuschen«, sagte Chu. »Es ist keineswegs gesagt, dass Eheleute über solche Dinge miteinander reden.«

»Tun Sie jedenfalls Ihr Bestes. Sie könnte einiges wissen, egal ob sie und ihr Mann darüber gesprochen haben oder nicht. Ferras und ich reden mit dem Sohn. Ich möchte wissen, ob er für den Laden oben im Valley Schutzgeld zahlt. Wenn ja, könnte das der Punkt sein, an dem wir den Kerl packen können.«

Bosch schaute durch den Bereitschaftsraum und sah Mrs. Li hereinkommen, aber ihr Sohn war nicht bei ihr. Stattdessen wurde sie von einer jungen Frau begleitet. Bosch hob die Hand, um sie auf sich aufmerksam zu machen, und winkte sie zu sich.

»Chu, wer ist das?«

Chu drehte sich zu den beiden Frauen um. Er sagte nichts. Er wusste es nicht. Als die zwei Frauen näher kamen, sah Bosch, dass die jüngere Frau Mitte dreißig war und auf eine dezente, etwas blaustrümpfige Art attraktiv. Auch sie war Asiatin. Sie trug Jeans und eine weiße Bluse. Sie ging mit zu Boden gesenktem Blick einen halben Schritt hinter Mrs. Li. Boschs erster Eindruck war, dass sie eine Angestellte war. Ein Dienstmädchen, das als

Fahrerin herhalten musste. Aber Rogers vom Empfang unten hatte gesagt, dass beide Li hießen.

Chu sprach Mrs. Li auf Chinesisch an. Als sie antwortete, dolmetschte er für Bosch und Ferras.

»Das ist Mr. und Mrs. Lis Tochter Mia. Sie hat ihre Mutter hergefahren, weil Robert Li aufgehalten wurde.«

Frustriert schüttelte Bosch den Kopf.

»Na großartig«, sagte er zu Chu. »Wieso erfahren wir erst jetzt, dass es auch eine Tochter gibt?«

»Weil wir gestern nicht die richtigen Fragen gestellt haben«, erwiderte Chu.

»Sie haben gestern die Fragen gestellt. Fragen Sie Mia, wo sie wohnt.«

Die junge Frau räusperte sich und blickte zu Bosch auf.

»Ich wohne bei meiner Mutter und meinem Vater«, antwortete sie. »Jedenfalls bis gestern. Jetzt lebe ich wohl nur noch bei meiner Mutter.«

Es war Bosch peinlich, dass er angenommen hatte, sie spräche kein Englisch, und dass sie seine Verärgerung über ihr Erscheinen gehört und verstanden hatte.

»Entschuldigung. Es ist nur, dass wir alle Informationen benötigen, die wir bekommen können.«

Er sah die zwei anderen Detectives an.

»Wir werden Mia vernehmen müssen. Detective Chu, gehen Sie doch schon mit Mrs. Li in ein Vernehmungszimmer und sprechen dort ihre Aussage mit ihr durch. Ich werde in der Zwischenzeit mit Mia reden, und Ignacio, du wartest, bis Robert Li auftaucht.«

Er wandte sich wieder Mia Li zu.

»Wissen Sie, wann wir ungefähr mit Ihrem Bruder rechnen können?«

»Er müsste schon unterwegs hierher sein. Er wollte um zehn im Geschäft losfahren.«

»In welchem Geschäft?«

»In seinem Geschäft. Im Valley.«

»Okay, Mia, dann kommen Sie doch bitte mit mir. Um Ihre Mutter wird sich Detective Chu kümmern.«

Mia sagte etwas auf Chinesisch zu ihrer Mutter, und die zwei Frauen standen abwartend da. Bosch griff nach einem Notizblock und dem Ordner mit dem Ausdruck aus dem Video und ging ihnen zu den Vernehmungszimmern am Ende des Bereitschaftsraums voran.

»Harry, soll ich mit dem Sohn schon mal anfangen, wenn er herkommt?«, fragte Ferras.

»Nein«, antwortete Bosch. »Komm mich bitte holen. Ich bin in Zimmer zwei.«

Bosch führte die Tochter des Opfers in einen kleinen, fensterlosen Raum mit einem Tisch in der Mitte. Sie nahmen einander gegenüber daran Platz, und Bosch versuchte, eine freundliche Miene aufzusetzen. Es fiel ihm schwer. Der Morgen begann mit einer Überraschung, und er mochte bei seinen Mordermittlungen keine Überraschungen.

»So, Mia«, sagte Bosch. »Dann lassen Sie uns noch mal ganz von vorn anfangen. Ich bin Detective Bosch. Ich leite die Ermittlungen in dem Mordfall, dessen Opfer Ihr Vater wurde. Darf ich Ihnen zunächst mein Beileid ausdrücken?«

»Danke.«

Sie hatte den Blick auf die Tischplatte gesenkt.

»Würden Sie mir bitte Ihren vollständigen Namen nennen?«

»Mia-ling Li.«

Ihr Name war insofern verwestlicht worden, als der Vorname vorangestellt und der Familienname hinten angehängt war. Aber im Gegensatz zu ihrem Vater und ihrem Bruder hatte sie keinen gänzlich westlichen Namen angenommen. Bosch fragte sich, ob das daran lag, dass sich die Männer in die westliche Gesellschaft integrieren sollten, während die Frauen von ihr abgeschottet wurden.

»Wann wurden Sie geboren?«

»Am vierzehnten Februar 1980.«

»Am Valentinstag.«

Bosch lächelte. Warum, wusste er nicht. Er versuchte lediglich, eine Beziehung aufzubauen. Dann fragte er sich, ob es in China überhaupt einen Valentinstag gab. Seine Gedanken wanderten weiter, und er begann zu rechnen. Ihm wurde klar, dass Mia, obwohl immer noch attraktiv, jünger war, als sie aussah, und nur wenige Jahre älter als ihr Bruder Robert.

»Sie sind mit Ihren Eltern in die Staaten gekommen? Wann war das?«

»1982.«

»Sie waren damals erst zwei Jahre alt.«

»Ja.«

»Und dann hat Ihr Vater den Laden eröffnet?«

»Eröffnet hat er ihn nicht. Er hat ihn von jemandem gekauft und in Fortune Liquors umbenannt. Davor hieß er anders.«

»Aha. Gibt es außer Ihnen und Robert noch andere Geschwister?«

»Nein, nur uns.«

»Okay, gut. Sie haben vorhin gesagt, Sie leben bei Ihren Eltern. Seit wann?«

Sie hob kurz den Blick, senkte ihn aber sofort wieder.

»Mein ganzes Leben lang. Bis auf zwei Jahre. Das war, als ich jünger war.«

»Waren Sie verheiratet?«

»Nein. Was hat das damit zu tun, wer meinen Vater umgebracht hat? Sollten Sie nicht den Mörder suchen?«

»Entschuldigung, Mia. Aber zuerst muss ich mir einen Überblick über ein paar grundlegende Dinge verschaffen, und dann, ja, dann werde ich nach dem Mörder suchen. Haben Sie mit Ihrem Bruder gesprochen? Hat er Ihnen erzählt, dass ich Ihren Vater kannte?«

»Er sagte, Sie wären ihm einmal begegnet. Aber von Kennen kann man da eigentlich nicht reden.«

Bosch nickte.

»Da haben Sie natürlich recht. Ich habe ein wenig übertrieben, aber aufgrund der speziellen Situation, in der wir uns befanden, als ich ... ihm begegnete, hatte ich das Gefühl, ihm irgendwie verbunden zu sein. Ich will seinen Mörder finden, Mia. Und ich werde ihn auch finden. Allerdings bin ich darauf angewiesen, dass Ihre Familie mich dabei nach besten Kräften unterstützt.«

»Ich verstehe.«

»Verschweigen Sie uns nichts, denn man kann nie wissen, was uns weiterhelfen könnte.«

»Das werde ich nicht.«

»Gut, was machen Sie beruflich?«

»Ich kümmere mich um meine Eltern.«

»Zu Hause, meinen Sie? Bleiben Sie zu Hause und führen Ihren Eltern den Haushalt?«

Jetzt blickte sie auf und direkt in Boschs Augen. Ihre Pupillen waren so dunkel, dass es schwer war, etwas in ihnen zu lesen.

»Ja.«

Bosch merkte, dass er es hier vermutlich mit kulturell bedingten Konventionen und Gebräuchen zu tun hatte, über die er nichts wusste. Mia schien seine Gedanken zu erraten.

»In meiner Familie ist es Tradition, dass sich die Tochter um ihre Eltern kümmert.«

»Sind Sie zur Schule gegangen?«

»Ja, ich war zwei Jahre auf der Universität. Aber dann bin ich nach Hause zurück. Ich koche und putze und führe den Haushalt. Auch für meinen Bruder, obwohl er sich eine eigene Wohnung nehmen möchte.«

»Aber bis gestern haben Sie noch alle zusammengelebt.«

»Ja.«

»Wann haben Sie Ihren Vater zum letzten Mal lebend gesehen?«

»Als er gestern Morgen zur Arbeit fuhr. Er fährt immer gegen halb zehn los. Ich habe ihm Frühstück gemacht.«

»Und Ihre Mutter ist mit ihm gefahren?«

»Ja, sie fahren immer gemeinsam ins Geschäft.«

»Und dann kam Ihre Mutter am Nachmittag zurück?«

»Ja, ich mache das Abendessen, und sie kommt es holen. Jeden Tag.«

»Wann ist sie nach Hause gekommen?«

»Um drei Uhr. Das ist immer so.«

Bosch wusste, das Haus der Familie lag im Larchmont-Viertel des Wilshire District, und die Fahrzeit zum Getränkemarkt betrug von dort gut eine halbe Stunde.

»Wie lang blieb Ihre Mutter gestern zu Hause, bevor sie mit dem Essen in den Laden zurückfuhr?«

»Sie blieb etwa eine halbe Stunde, bevor sie wieder losfuhr.«

Bosch nickte. Alles stimmte mit der Darstellung der Mutter und den Zeitangaben und allen anderen Informationen, die ihnen vorlagen, überein.

»Mia, hat Ihr Vater einmal jemanden erwähnt, vor dem er Angst hatte? Ein Kunde zum Beispiel oder sonst jemand?«

»Nein, mein Vater redete nicht viel. Er sprach zu Hause nicht über die Arbeit.«

»Lebte er gern in Los Angeles?«

»Nein, ich glaube nicht.«

»Warum nicht?«

»Er wollte nach China zurück, aber das ging nicht.«

»Warum nicht?«

»Weil man nicht zurückkann, wenn man einmal weggegangen ist. Sie haben China verlassen, weil Robert unterwegs war.«

»Heißt das, Ihre Familie hat China wegen Robert verlassen?«

»In unserer Provinz durfte jede Familie nur ein Kind haben. Sie hatten bereits mich, und in ein Waisenheim wollte mich meine Mutter nicht geben. Mein Vater wollte einen Sohn, und als meine Mutter schwanger wurde, wanderten wir nach Amerika aus.«

Bosch wusste nichts über die Einzelheiten der chinesischen Ein-Kind-Politik, aber er hatte davon gehört.

Diese Maßnahme zur Eindämmung des Bevölkerungswachstums hatte zur Folge, dass männliche Nachkommen wesentlich begehrter waren. Neugeborene Mädchen wurden deshalb oft in Waisenheime abgeschoben oder Schlimmeres. Statt Mia wegzugeben, war die Familie Li in die USA ausgewandert.

»Dann wäre Ihr Vater also grundsätzlich lieber in China geblieben?«

»Ja.«

Bosch fand, dass er diesbezüglich genügend Informationen gesammelt hatte. Er öffnete den Ordner und nahm den Ausdruck des Videostandbilds aus dem Getränkemarkt heraus. Er legte ihn vor Mia auf den Tisch.

»Wer ist das, Mia?«

Sie kniff die Augen zusammen, als sie das körnige Bild betrachtete.

»Ich habe diesen Mann noch nie gesehen. Hat er meinen Vater umgebracht?«

»Das weiß ich nicht. Und Sie sind sicher, dass Sie den Mann nicht kennen?«

»Ja, ganz sicher. Wer ist das?«

»Das wissen wir noch nicht. Aber wir werden es herausfinden. Hat Ihr Vater jemals über die Triaden gesprochen?«

»Über die Triaden?«

»Dass er ihnen Geld zahlen musste?«

Die Frage schien sie sehr nervös zu machen.

»Davon weiß ich nichts. Über so etwas haben wir nicht gesprochen.«

»Sie sprechen doch Chinesisch, oder?«

»Ja.«

»Haben Sie je mitbekommen, dass Ihre Eltern sich darüber unterhalten haben?«

»Nein, über so etwas haben sie nie gesprochen. Darüber weiß ich nichts.«

»Okay, Mia, dann können wir jetzt Schluss machen.«

»Kann ich meine Mutter schon nach Hause bringen?«

»Sobald Detective Chu mit ihr fertig ist. Was, glauben Sie, wird jetzt aus dem Getränkemarkt? Werden ihn Ihre Mutter und Ihr Bruder weiterführen?«

Sie schüttelte den Kopf.

»Ich glaube, sie werden ihn aufgeben. Meine Mutter wird jetzt im Geschäft meines Bruders arbeiten.«

»Und Sie, Mia? Wird sich für Sie etwas ändern?«

Sie dachte relativ lange nach, als ob sie sich darüber bis zu diesem Moment noch keine Gedanken gemacht hätte.

»Das weiß ich nicht«, antwortete sie schließlich. »Vielleicht.«

8

Als Bosch in den Bereitschaftsraum zurückkam, hatte Mrs. Li ihr Gespräch mit Chu bereits beendet und wartete auf ihre Tochter. Robert Li war immer noch nicht aufgetaucht, und Ferras sagte, er habe angerufen und sich entschuldigt, dass er nicht kommen könne, weil sich der stellvertretende Geschäftsführer krankgemeldet habe.

Nachdem er die zwei Frauen zum Lift begleitet hatte, entschied Bosch nach einem Blick auf die Uhr, dass er genügend Zeit hätte, um ins Valley zu fahren, mit dem Sohn des Opfers zu sprechen und zur Obduktion um vierzehn Uhr rechtzeitig wieder in der Stadt zurück zu sein. Außerdem musste er bei der Autopsie nicht von Anfang an dabei sein. Er konnte auch später dazustoßen.

Sie beschlossen, dass Ferras vor Ort bliebe, um mit der Spurensicherung die Ergebnisse der Analyse der am Vortag sichergestellten Beweise auszuwerten, während Bosch mit Chu ins Valley fahren würde, um mit Robert Li zu sprechen.

Bosch nahm seinen Crown Vic, der schon zweihundertzwanzigtausend Meilen auf dem Tacho hatte. Die Klimaanlage funktionierte, aber gerade mal so. Als es nicht mehr weit bis ins Valley war, begann die Temperatur zu steigen, und Bosch bereute, dass er sein Sakko nicht ausgezogen hatte, bevor er eingestiegen war.

Es war Chu, der das Schweigen im Auto schließlich als Erster brach und Bosch berichtete, dass Mrs. Li ihre Aussage unterschrieben und ihr nichts Neues hinzuzufügen gehabt hatte. Sie hatte den Mann auf dem Video aus dem Laden nicht gekannt und behauptet, nichts von irgendwelchen Schutzgeldzahlungen an eine Triade zu wissen. Dann gab Bosch das wenige wieder, was er von Mia-ling Li erfahren hatte, und fragte Chu, was er über die Tradition wüsste, dass eine erwachsene Tochter im Haus der Eltern blieb, um für sie zu sorgen.

»Eine typische Cinderella«, bemerkte Chu dazu. »Bleibt zu Hause und kocht und putzt und führt den Haushalt. Fast wie eine Dienerin ihrer Eltern.«

»Wollen sie denn nicht, dass sie heiratet und aus dem Haus geht?«

»Nein. Sie ist eine kostenlose Arbeitskraft für sie. Welches Interesse sollten die Eltern daran haben, dass sie heiratet? Dann müssten sie ein Hausmädchen und einen Koch und einen Chauffeur anstellen. So haben sie alles in einer Person, ohne dass es sie etwas kostet.«

Darauf fuhr Bosch eine Weile schweigend weiter und dachte über das Leben nach, das Mia-ling Li führte. Er bezweifelte, dass sich mit dem Tod ihres Vaters etwas für sie ändern würde. Da war immer noch ihre Mutter, um die sie sich kümmern musste.

Ihm fiel etwas ein, was den Fall betraf, und er begann wieder zu sprechen.

»Sie meinte, die Familie würde den Getränkemarkt jetzt wahrscheinlich aufgeben und nur das Geschäft im Valley behalten.«

»Gewinn haben sie damit sowieso keinen mehr gemacht«, sagte Chu. »Vielleicht können sie ihn an andere Chinesen verkaufen und bekommen so noch etwas Geld dafür.«

»Nicht gerade viel für dreißig Jahre in diesem Viertel.«

»Die Geschichte der chinesischen Einwanderer ist nicht immer eine glückliche«, sagte Chu.

»Wie ist das bei Ihnen, Chu? Ist es bei Ihnen eine Erfolgsstory?«

»Ich bin kein Einwanderer. Meine Eltern waren welche.«

»Waren?«

»Meine Mutter ist jung gestorben. Mein Vater war Fischer. Eines Tages lief sein Boot aus und kam nicht mehr zurück.«

Die Nüchternheit, mit der Chu seine Familientragödie erzählte, ließ Bosch verstummen. Er konzentrierte sich aufs Fahren. Es herrschte dichter Verkehr, und sie brauchten fünfundvierzig Minuten, um nach Sherman Oaks zu kommen. Fortune Fine Foods & Liquor befand sich im Sepulveda Boulevard, nur eine Straße südlich vom Ventura Boulevard. Damit befand sich das Geschäft in einer exklusiven Gegend mit teuren Miet- und Eigentumswohnungen direkt unterhalb der noch hochpreisigeren Villen, die sich den Hang hinaufzogen. Die Lage war gut, aber es schien nicht genügend Parkmöglichkeiten zu geben. Bosch fand am Straßenrand neben einem Hydranten eine freie Lücke. Er klappte die Sonnenblende nach unten, sodass das an ihrer Rückseite befestigte Schild zu sehen war, das das Auto als Dienstfahrzeug auswies, und stieg aus.

Während der langen Fahrt hatten Bosch und Chu einen

Plan ausgearbeitet. Wenn außer dem Opfer jemand etwas von den Schutzgeldzahlungen an die Triade wusste, dann am ehesten dessen Sohn Robert, der ebenfalls ein Geschäft führte. Die Frage war allerdings, warum er den Detectives am Tag zuvor nichts davon erzählt hatte.

Fortune Fine Foods & Liquor war nicht mit seinem Gegenstück in South L. A. zu vergleichen. Das Geschäft war mindestens fünfmal so groß, und entsprechend seinem Einzugsgebiet war das Warenangebot hochwertig und teuer.

Es gab eine Kaffeebar zur Selbstbedienung. Zwischen den Weinregalen hingen Schilder mit Angaben zu Sorte und Anbaugebiet, und man suchte vergeblich nach den Kanistern mit Billigwein. Die Kühlregale waren gut beleuchtet und zwecks besserer Zugänglichkeit nicht mit Glastüren versehen. Es gab Spezialitäten- und Feinkostabteilungen sowie Warm- und Kalttheken, an denen die Kunden frisch zubereitete Steaks und Fischgerichte oder vorgekochte Gerichte wie Grillhähnchen, Hackbraten und Spareribs erhielten. Der Sohn war in das Geschäft des Vaters eingestiegen und hatte es auf ein deutlich höheres Niveau gehoben. Bosch war beeindruckt.

Es gab zwei Kassen, und Chu erkundigte sich bei einer der Kassiererinnen nach Robert Li. Die Frau deutete auf einc Flügeltür, die in ein Lager mit drei Meter hohen Regalen führte. Auf der linken Seite war eine Tür mit der Aufschrift *Büro*. Bosch klopfte, und prompt wurde ihnen von Robert Li geöffnet.

Er schien überrascht, sie zu sehen.

»Kommen Sie rein«, forderte er die zwei Detectives auf. »Tut mir leid, dass ich es heute nicht in die Stadt geschafft habe. Mein Vertreter hat sich krankgemeldet, und ich kann das Geschäft nicht unbeaufsichtigt lassen. Entschuldigen Sie bitte vielmals.«

»Schon gut«, sagte Bosch. »Wir versuchen ja nur, den Mörder Ihres Vaters zu finden.«

Bosch wollte den jungen Mann verunsichern, denn der Umstand, dass er in seiner gewohnten Umgebung vernommen wurde, brachte für Li einen gewissen Vorteil mit sich. Bosch erzeugte ganz bewusst eine feindselige Grundstimmung. Verunsichert wäre Li den Ermittlern gegenüber zuvorkommender und hilfsbereiter.

»Wie gesagt, es tut mir wirklich leid. Allerdings dachte ich auch, ich bräuchte nur noch meine Aussage zu unterschreiben.«

»Ihre Aussage haben wir, aber es ist keineswegs damit getan, irgendwelche Papiere zu unterzeichnen, Mr. Li. Das ist ein laufendes Ermittlungsverfahren. Da tut sich ständig was. Wir erhalten immer wieder neue Informationen.«

»Ich kann mich nur noch mal entschuldigen. Setzen Sie sich bitte. Tut mir leid, dass wir hier nicht mehr Platz haben.«

Das Büro war schmal, und Bosch sah, dass es ein Gemeinschaftsbüro war. An der rechten Seitenwand standen zwei Schreibtische nebeneinander. Es gab zwei Schreibtischstühle und zwei Klappstühle, wahrscheinlich für Vertreterbesuche und Bewerbungsgespräche.

Li griff nach dem Telefon auf seinem Schreibtisch, wählte eine Nummer und sagte in den Hörer, er wolle nicht gestört werden. Dann breitete er die Arme aus. Er war bereit.

»Zuallererst, ich muss sagen, es überrascht mich etwas, dass Sie heute arbeiten«, begann Bosch. »Ihr Vater wurde gestern ermordet.«

Li nickte ernst.

»Leider habe ich nicht die Zeit, um meinen Vater zu trauern. Ich muss das Geschäft führen, denn sonst gibt es schon bald kein Geschäft mehr.«

Bosch nickte und bedeutete Chu zu übernehmen. Chu hatte Lis schriftliche Aussage vor sich liegen, und während er das Schriftstück mit Li durchging, sah sich Bosch im Büro um. An der Wand hinter den Schreibtischen hingen gerahmte behördliche Lizenzen, Lis BWL-Abschlussdiplom der University of Southern California aus dem Jahr 2004 und eine Auszeichnung der American Grocers Association als bestes neues Lebensmittelgeschäft des Jahres 2007. Es gab auch gerahmte Fotos von Li mit Tommy Lasorda, dem ehemaligen Manager der Dodgers, und von einem jugendlichen Robert auf der Treppe des Tian Tan Buddha in Hongkong. Genauso, wie er Lasorda erkannt hatte, erkannte Bosch auch die dreißig Meter hohe Bronzestatue, die unter dem Namen Big Buddha bekannt war. Er war mit seiner Tochter einmal nach Lantau Island gefahren, um sie zu besichtigen.

Das USC-Diplom hing leicht schief, und als Bosch die Hand ausstreckte, um es gerade zu rücken, stellte er fest, dass Li seinen Abschluss »cum laude« gemacht hatte. Ihm ging kurz durch den Kopf, dass Robert Li die Gelegenheit erhalten hatte, die Universität zu besuchen und anschließend das väterliche Geschäft zu übernehmen und etwas Besseres und Größeres daraus zu machen. Umgekehrt hatte seine ältere Schwester ihr Studium abbrechen müssen, um wieder nach Hause zurückzukehren und dort die Betten zu machen.

Li hatte an seiner Aussage nichts zu berichtigen und setzte unter jede Seite seine Unterschrift. Als er damit fertig war, blickte er zu der Wanduhr über der Tür auf, und Bosch merkte, dass er glaubte, sie seien fertig.

Aber das waren sie nicht. Jetzt war Bosch an der Reihe. Er holte einen Ordner aus seiner Aktentasche und nahm das Bild des Mannes heraus, der von Lis Vater Schutzgeld kassiert hatte. Bosch reichte Li den Ausdruck.

»Was können Sie mir über diesen Mann sagen?«

Li nahm das Bild in beide Hände und betrachtete es stirnrunzelnd. Bosch wusste, dass das die Leute immer dann taten, wenn sie den Anschein erwecken wollten, dass sie angestrengt nachdachten. Aber in der Regel versuchten sie damit etwas anderes zu kaschieren. Bosch wusste, dass Li aller Wahrscheinlichkeit nach in der letzten Stunde einen Anruf von seiner Mutter erhalten hatte und deshalb bereits wusste, dass er das Bild vermutlich vorgelegt bekäme. Egal, was Li ihm also gleich antworten würde, wusste Bosch jetzt schon, dass es nicht die Wahrheit wäre.

»Leider gar nichts«, antwortete Li nach ein paar Sekunden.

»Ich kenne diesen Mann nicht. Nie gesehen.«

Er hielt Bosch den Ausdruck entgegen, aber Bosch nahm ihn nicht.

»Aber Sie wissen, wer er ist.«

Das war eigentlich keine Frage.

»Nein, das weiß ich nicht«, erwiderte Li mit einem Anflug von Ärger in der Stimme.

Bosch lächelte, aber in seinem Lächeln war keine Wärme und kein Humor.

»Mr. Li, hat Ihre Mutter Sie angerufen und Ihnen gesagt, dass wir Ihnen dieses Foto zeigen werden?«

»Nein.«

»Wir können die Anrufe überprüfen.«

»Und wenn schon. Sie weiß nicht, wer er ist, und ich auch nicht.«

»Sie wollen doch, dass wir die Person finden, die Ihren Vater ermordet hat, oder?«

»Natürlich! Was soll die Frage?«

»Es ist die Frage, die ich stelle, wenn ich merke, dass mir jemand etwas verschweigt, das ...«

»Wie bitte? Was denken Sie sich eigentlich?«

»... für meine Ermittlungen hilfreich sein könnte.«

»Ich verschweige Ihnen nichts! Ich kenne diesen Mann nicht. Ich weiß nicht, wie er heißt, und ich habe ihn noch nie gesehen! Das ist die Wahrheit!«

Lis Gesicht verfärbte sich. Bosch wartete einen Moment und fuhr dann ruhig fort:

»Möglicherweise sagen Sie sogar die Wahrheit. Vielleicht kennen Sie seinen Namen tatsächlich nicht, und vielleicht haben Sie ihn noch nie gesehen. Aber Sie wissen, wer er ist, Robert. Sie wissen, Ihr Vater hat Schutzgeld gezahlt. Sie vielleicht auch. Wenn Sie glauben, es könnte gefährlich für Sie werden, uns davon zu erzählen, dann können wir Sie schützen.«

»Auf jeden Fall«, fiel Chu mit ein.

Li schüttelte den Kopf und lächelte, als könne er nicht glauben, in was er da hineingeraten war. Er begann, schwer zu atmen.

»Mein Vater ist gerade gestorben – er wurde ermordet. Können Sie mich nicht einfach in Ruhe lassen? Warum muss ich mir das alles gefallen lassen? Auch ich bin hier ein Opfer.«

»Wir täten nichts lieber, als Sie in Frieden zu lassen, Robert«, sagte Bosch. »Aber wenn wir die Leute nicht finden, die für den Tod Ihres Vaters verantwortlich sind, dann findet sie niemand. Und das wollen Sie doch nicht, oder?«

Li schien sich wieder im Griff zu haben und schüttelte den Kopf.

»Also«, fuhr Bosch fort. »Wir haben hier eine unterzeichnete Aussage von Ihnen. Alles, was Sie uns von jetzt an sagen, bleibt unter uns. Niemand wird erfahren, was Sie uns mitteilen.«

Bosch streckte die Hand aus und tippte mit dem Finger auf den Ausdruck. Li hielt ihn immer noch in den Händen.

»Die DVD, die sich im Aufnahmegerät des Getränkemarkts befand, hat der Mörder Ihres Vaters entfernt, aber zwei alte DVDs hat er zurückgelassen. Auf einer von ihnen war dieser Mann zu sehen. Er hat genau eine Woche vor dem Mord, am gleichen Wochentag und zur gleichen Uhrzeit, Geld von Ihrem Vater kassiert. Ihr Vater hat ihm zweihundertsechzehn Dollar gegeben. Der Mann gehört zu einer Triade, und ich glaube, das wissen Sie. Sie müssen uns helfen, Robert. Sonst gibt es nämlich niemanden, der das kann.«

Bosch wartete. Li legte den Ausdruck auf den Schreibtisch und rieb seine verschwitzten Handflächen an den Beinen seiner Jeans.

»Also schön, ja, mein Vater hat an die Triade Schutzgeld gezahlt«, sagte er.

Bosch atmete langsam. Sie hatten gerade einen wichtigen Fortschritt gemacht. Er wollte Li am Reden halten.

»Seit wann?«, fragte er.

»Keine Ahnung, sein ganzes Leben lang – beziehungsweise mein ganzes Leben lang. Für ihn gehörte es einfach zum Chinese-Sein dazu. Man zahlte.«

Bosch nickte.

»Danke, dass Sie uns das gesagt haben, Robert. Nun haben Sie uns gestern erzählt, dass das Geschäft wegen der Wirtschaftskrise und überhaupt nicht so besonders lief. Wissen Sie, ob Ihr Vater mit seinen Zahlungen in Rückstand geraten war?«

»Das weiß ich nicht, aber möglich wäre es. Jedenfalls hat er mir nichts darüber erzählt. In diesem Punkt waren wir unterschiedlicher Meinung.«

»Inwiefern?«

»Ich fand, er sollte nicht zahlen. Ich habe ihm immer wieder gesagt: Wir sind hier in Amerika, Pop, da brauchst du ihnen nichts zu zahlen.«

»Trotzdem hat er gezahlt.«

»Ja, jede Woche. Er war noch von der alten Schule.«

»Und Sie zahlen hier nicht?«

Li schüttelte den Kopf, aber sein Blick zuckte ganz kurz zur Seite. Ein untrüglicher Hinweis.

»Sie zahlen doch auch, oder?«

»Nein.«

»Robert, wir brauchen …«

»Ich zahle deshalb nicht, weil er für mich bezahlt hat. Und jetzt weiß ich nicht, wie es weitergehen wird.«

Bosch beugte sich vor.

»Heißt das, Ihr Vater hat für beide Geschäfte gezahlt?«

»Ja.«

Li hielt den Blick gesenkt. Er rieb wieder die Handflächen an seinen Hosenbeinen.

»Die doppelte Zahlung – einhundertacht mal zwei – war für beide Geschäfte.«

»So ist es. Letzte Woche.«

Li nickte, und Bosch glaubte, Tränen in seine Augen steigen zu sehen. Er wusste, die nächste Frage war die wichtigste.

»Und was war diese Woche los?«

»Das weiß ich nicht.«

»Aber Sie können es sich denken, oder, Robert?«

Er nickte wieder.

»Beide Geschäfte machen Verlust. Wir haben zum falschen Zeitpunkt expandiert – unmittelbar vor der Krise. Die Banken erhalten von der Regierung Unterstützung, aber wir nicht. Wir könnten alles verlieren. Ich habe ihm gesagt … ich habe meinem Vater gesagt, dass wir nicht länger zahlen können. Ich habe ihm klarzumachen versucht, dass wir für nichts und wieder nichts zahlen und nur unsere Geschäfte verlieren, wenn wir nicht damit aufhören.«

»Hat er gesagt, er würde die Zahlungen einstellen?«

»Das hat er nicht gesagt. Er hat gar nichts gesagt. Und ich habe es so aufgefasst, dass er so lange weiterzahlen würde, bis wir pleite wären. Ich meine, da kam ja einiges an Geld zusammen. Achthundert Dollar im Monat sind in einer Branche wie dieser eine Menge Geld. Mein Vater, er dachte, wenn er andere Möglichkeiten fände …«

Er verstummte.

»Andere Möglichkeiten, was zu tun, Robert?«

»Andere Möglichkeiten, Geld zu sparen. Es wurde zu einer regelrechten Manie von ihm, Ladendiebe zu überführen. Er glaubte, wenn er die Verluste aufgrund von Diebstählen verringerte, würde das etwas an der Situation ändern. Er war noch aus einer anderen Zeit. Er hat es einfach nicht begriffen.«

Bosch lehnte sich zurück und sah zu Chu hinüber. Sie hatten es geschafft, Li dazu zu bringen, mit der Sprache herauszurücken. Jetzt war es an Chu, zu übernehmen und Fragen zur Triade zu stellen.

»Sie haben uns sehr geholfen, Robert«, begann Chu. »Ich möchte Ihnen jetzt ein paar Fragen zu dem Mann auf dem Foto stellen.«

»Ich habe Ihnen die Wahrheit gesagt. Ich weiß nicht, wer er ist. Ich habe ihn noch nie gesehen.«

»Gut, aber hat Ihr Vater etwas über ihn erzählt, als Sie, Sie wissen schon, über die Zahlungen gesprochen haben?«

»Er hat nie gesagt, wie er hieß. Er meinte nur, er wäre sehr verärgert, wenn wir die Zahlungen einstellten.«

»Hat er den Namen der Organisation erwähnt, an die er zahlte? Die Triade?«

Li schüttelte den Kopf.

»Nein, er hat nie … das heißt, doch, einmal hat er. Es hatte irgendetwas mit einem Messer zu tun. Dass der Name von einem Messer herrührte oder so. Aber ich kann mich nicht mehr erinnern.«

»Wirklich nicht? Das würde uns die Suche enorm erleichtern.«

Li runzelte die Stirn und schüttelte wieder den Kopf.

»Vielleicht fällt es mir wieder ein. Aber im Augenblick, glaube ich, nicht.«

»Okay, Robert.«

Chu stellte weitere Fragen, aber sie waren zu spezifisch, und Li antwortete ständig, das wisse er nicht. Aber das kümmerte Bosch nicht. Sie hatten wichtige Fortschritte gemacht. Die Ermittlungen begannen, sich allmählich auf ein festes Ziel einzuschießen.

Schließlich machte Chu Schluss und übergab wieder an Bosch.

»Also, Robert«, sagte Bosch. »Glauben Sie denn, der Mann oder die Männer, denen Ihr Vater gezahlt hat, werden jetzt zu Ihnen kommen und Geld verlangen?«

Lis Stirn legte sich in tiefe Falten.

»Das weiß ich nicht.«

»Möchten Sie unter Polizeischutz gestellt werden?«

»Auch das weiß ich nicht.«

»Sie haben jedenfalls unsere Nummern. Wenn jemand auftaucht, spielen Sie mit. Versprechen Sie zu zahlen, wenn sie das von Ihnen verlangen.«

»Das Geld habe ich aber nicht!«

»Genau das ist der Punkt. Versprechen Sie ihm das Geld, aber sagen Sie ihm, Sie brauchen ein, zwei Tage, um es zu beschaffen. Dann rufen Sie uns an. Und alles Weitere übernehmen wir.«

»Und wenn er es sich einfach aus der Kasse nimmt? Sie haben gestern gesagt, die Kasse im Laden meines Vaters war leer.«

»Lassen Sie ihn, wenn er das tut, und dann rufen Sie uns an. Wenn er das nächste Mal bei Ihnen auftaucht, schnappen wir ihn uns.«

Li nickte, und Bosch merkte, dass er dem jungen Mann einen gehörigen Schreck eingejagt hatte.

»Robert, haben Sie eine Schusswaffe im Geschäft?«

Das war ein Test. Sie hatten es bereits überprüft. Angemeldet war nur die Pistole aus dem anderen Laden.

»Nein, die Pistole hatte mein Vater. Der Laden liegt in einer ziemlich üblen Gegend.«

»Gut. Kaufen Sie auf keinen Fall eine für diesen. Wenn der Kerl auftaucht, tun Sie einfach, was er sagt.«

»Okay.«

»Warum hat sich Ihr Vater übrigens die Pistole zugelegt? Er hatte den Laden schon fast dreißig Jahre, und vor sechs Monaten kauft er sich plötzlich eine Pistole.«

»Als er das letzte Mal überfallen wurde, haben sie ihn ziemlich übel zugerichtet. Zwei Gang-Mitglieder. Sie haben ihn mit einer Flasche geschlagen. Daraufhin versuchte ich ihm klarzumachen, dass er sich eine Schusswaffe zulegen müsste, wenn er den Laden nicht verkaufen wollte. Aber es hat ihm nichts mehr genützt.«

»Das tut es in den seltensten Fällen.«

Die Detectives bedankten sich bei Li und ließen ihn in seinem Büro zurück, einen Sechsundzwanzigjährigen, der plötzlich zwanzig Jahre älter wirkte. Als sie durch den Laden gingen, sah Bosch auf die Uhr und stellte fest, dass es schon nach eins war. Er hatte Hunger und wollte sich etwas zu essen besorgen, bevor er in die Rechtsmedizin fuhr, wo um zwei die Autopsie begänne. Er blieb an der Warmtheke stehen und entschied sich für den Hackbraten. Er zog eine Nummer aus dem Verteiler. Als er Chu anbot, ihm auch eine Scheibe zu kaufen, sagte Chu, er sei Vegetarier.

Bosch schüttelte den Kopf.

»Was ist?«, fragte Chu.

»Ich glaube nicht, dass es mit uns als Partnern klappen würde, Chu«, meinte Bosch. »Ich traue niemandem über den Weg, der nicht ab und zu einen Hotdog isst.«

»Ich esse Tofu-Hotdogs.«

Bosch verzog das Gesicht.

»Die zählen nicht.«

In diesem Moment sah er Robert Li auf sie zukommen.

»Ich habe ganz vergessen zu fragen. Wann wird die Leiche meines Vater an uns herausgegeben?«

»Wahrscheinlich morgen«, antwortete Bosch. »Die Autopsie ist heute.«

Li schien aus allen Wolken zu fallen.

»Mein Vater war ein sehr spiritueller Mensch. Müssen Sie seinen Körper so entweihen?«

Bosch nickte.

»Gesetz. Nach jedem Mord wird eine Autopsie durchgeführt.«

»Wann werden sie es machen?«

»In einer Stunde.«

Li nickte resigniert.

»Bitte sagen Sie meiner Mutter nichts davon. Werden Sie mich anrufen, wenn ich die Leiche haben kann?«

»Ich werde es veranlassen.«

Li dankte ihnen und kehrte in sein Büro zurück. Bosch hörte den Mann hinter der Theke seine Nummer aufrufen.

9

Auf der Fahrt zurück in die Stadt gestand Chu Bosch, dass er in vierzehn Jahren Polizeidienst noch an keiner Autopsie teilgenommen hatte und auch nicht vorhatte, daran etwas zu ändern. Er sagte, er wolle ins AGU-Büro zurück, um sich wieder an die Identifizierung des Geldeintreibers der Triade zu machen. Bosch setzte ihn vor dem Eingang ab und fuhr zur Rechtsmedizin in der Mission Road weiter. Bis er sich am Empfang gemeldet, angezogen und in Zimmer drei eingefunden hatte, war die Obduktion John Lis bereits in vollem Gange. In der Rechtsmedizin des County wurden jährlich sechstausend Autopsien vorgenommen. Die Autopsieräume waren immer ausgebucht, und die Rechtsmediziner warteten nicht auf zu spät kommende Cops. Ein guter Pathologe konnte eine Obduktion in einer Stunde durchziehen.

Das war Bosch nur recht. Ihn interessierten die Resultate einer Autopsie, nicht der Vorgang als solcher.

John Lis Leiche lag nackt und malträtiert auf dem kalten Obduktionstisch aus rostfreiem Stahl. Der Brustkorb war geöffnet, und die lebenswichtigen Organe waren entfernt worden. Dr. Sharon Laksmi war an einem zweiten Tisch damit beschäftigt, Gewebeproben auf Objektträger aufzubringen.

»Tag, Frau Doktor«, sagte Bosch.

Laksmi unterbrach ihre Tätigkeit und schaute zu ihm. Wegen der Gesichtsmaske und der Haube war Bosch nicht ohne Weiteres für sie zu erkennen. Es war lange her, dass die Detectives einfach reinschneien und zusehen konnten. Die Gesundheitsbestimmungen des County verlangten ein ganzes Arsenal an Schutzvorkehrungen.

»Bosch oder Ferras?«

»Bosch.«

»Ein bisschen spät. Ich habe schon ohne Sie angefangen.«

Laksmi war zierlich und dunkel. Das Auffälligste an ihr war, dass ihre Augen hinter dem Plastikvisier ihrer Maske stark geschminkt waren. Es war, als wäre ihr bewusst, dass ihre Augen das Einzige waren, was die Leute unter der ganzen Sicherheitskleidung, die sie die meiste Zeit trug, von ihr sahen. Sie sprach mit einem leichten Akzent. Aber wer tat das nicht in L. A.? Selbst der aus dem Amt scheidende Polizeichef hörte sich an, als wäre er aus South Boston.

»Ja, sorry. Ich war beim Sohn des Opfers, und das hat sich etwas gezogen.«

Das Hackbraten-Sandwich, das ihn ebenfalls etwas Zeit gekostet hatte, erwähnte er nicht.

»Das ist vermutlich, was Sie interessiert.«

Sie tippte mit dem Skalpell auf einen von vier auf der Arbeitsplatte aufgereihten Stahlbechern. Bosch trat näher und schaute hinein. Jeder enthielt ein aus der Leiche entferntes Beweisstück. Drei deformierte Projektile und eine Patronenhülse.

»Sie haben eine Hülse gefunden? Befand sie sich irgendwo an der Leiche?«

»Eigentlich in ihr.«

»*In* der Leiche?«

»Richtig. Sie steckte in der Speiseröhre.«

Bosch dachte an das, was er beim Studium der Tatortfotos entdeckt hatte. Blut auf Fingern, Kinn und Lippen des Opfers. Aber keines auf den Zähnen. Hatte er also richtig vermutet.

»Wie es aussieht, haben Sie es hier mit einem hochgradig sadistischen Killer zu tun, Detective Bosch.«

»Wie kommen Sie darauf?«

»Weil er dem Opfer entweder eine Patronenhülse in den Rachen geschoben hat oder die ausgeworfene Hülse sonst irgendwie in seinen Mund geraten ist. Da allerdings die Wahrscheinlichkeit für letztere Möglichkeit etwa bei eins zu einer Million liegen dürfte, würde ich auf Ersteres tippen.«

Bosch nickte. Nicht, weil er einer Meinung mit ihr war, sondern weil er eine Erklärung dafür hatte, auf die Dr. Laksmi nicht gekommen war. Er glaubte, jetzt einen Hinweis darauf zu haben, was hinter dem Ladentisch von Fortune Liquors passiert war. Eine der aus der Pistole des Täters ausgeworfenen Patronenhülsen war entweder auf oder neben John Li gelandet, als dieser hinter dem Ladentisch sterbend auf dem Boden lag. Entweder hatte er seinen Mörder die Hülsen einsammeln sehen, oder er hatte geahnt, dass sie bei der Aufklärung des Mordes eine wichtige Rolle spielen könnten. Damit sein Mörder sie nicht fände, hatte Li in seinem letzten Moment nach der Patronenhülse gegriffen und sie zu schlucken versucht.

John Lis letzte Handlung war gewesen, Bosch einen wichtigen Hinweis zukommen zu lassen.

»Haben Sie die Hülse gesäubert, Doktor?«, fragte Bosch.

»Ja. Es war zwar Blut in die Kehle hochgestiegen, aber die Hülse hat wie ein Pfropfen gewirkt und fast nichts davon in die Mundhöhle dringen lassen. Um überhaupt erkennen zu können, was es ist, musste ich sie erst säubern.«

»Verstehe.«

Bosch wusste, die Wahrscheinlichkeit, dass sich auf der Hülse Fingerabdrücke befanden, war sehr gering. Beim Abfeuern eines Projektils brachte die Explosion der Gase Fingerabdrücke auf der Patronenhülse fast immer zum Verdampfen.

Waren allerdings die Projektile stark deformiert, war man auf die Hülsen angewiesen, um sie einer bestimmten Waffe zuordnen zu können. Ein kurzer Blick in die Behälter mit den Projektilen genügte Bosch, um festzustellen, dass es Hohlspitzengeschosse waren. Sie waren beim Aufprall so stark gestaucht worden, dass äußerst fraglich war, ob eines von ihnen noch zu einem Vergleich herangezogen werden könnte. Aber die Hülse war aller Wahrscheinlichkeit nach ein solides Beweisstück. Die von Auszieher, Schlagbolzen und Auswerfer der Waffe hinterlassenen Spuren konnten sich bei der Identifizierung und Zuordnung der Tatwaffe, sollte sie jemals gefunden werden, als nützlich erweisen. Mithilfe der Hülse ließe sich die Verbindung zwischen Opfer und Tatwaffe herstellen.

»Möchten Sie mein Resümee hören, damit Sie gleich wieder loskönnen?«, fragte Laksmi.

»Gern, Doktor, ich höre.«

Während Laksmi ihre vorläufigen Erkenntnisse aufzählte, nahm Bosch vier durchsichtige Beweismitteltüten von einem Bord über dem Tisch und steckte Projektile und Hülse in jeweils eine davon. Die Hülse sah aus, als stammte sie von einer Neun-Millimeter-Patrone, aber zweifelsfrei könnte das nur die Ballistik bestimmen. Bosch versah jede der Tüten mit seinem und Laksmis Namen und der Fallnummer, dann lüpfte er seinen Schutzkittel und steckte sie in seine Jackentasche.

»Das erste Projektil drang links oben in die Brust ein, durchschlug die rechte Herzkammer, traf dann den obersten Rückenwirbel und durchtrennte das Rückenmark. Das Opfer müsste sofort zu Boden gefallen sein. Die nächsten zwei Schüsse schlugen rechts und links vom oberen Sternum ein. In welcher Reihenfolge diese beiden Schüsse gefallen sind, lässt sich nicht feststellen. Die Projektile durchbohrten den rechten und linken Lungenflügel und blieben dann in der Rückenmuskulatur stecken. Die drei Schüsse hatten ein sofortiges Aussetzen der kardiopulmonalen Funktion und somit den Tod zur Folge. Ich würde sagen, das Opfer hat noch allerhöchstens dreißig Sekunden gelebt.«

Der Hinweis auf die Schädigung des Rückenmarks schien Boschs Arbeitstheorie zu widersprechen, dass John Li die Patronenhülse absichtlich geschluckt hatte.

»Hätte er mit so einer Rückenmarksverletzung noch Arme und Hände bewegen können?«

»Nicht sehr lange. Der Tod trat fast sofort ein.«

»Aber vollständig gelähmt war er nicht? Könnte er in diesen letzten dreißig Sekunden nach der Hülse gegriffen und sie sich in den Mund gesteckt haben?«

Laksmi dachte kurz über dieses neue Szenario nach, bevor sie antwortete.

»Meiner Ansicht nach müsste er eigentlich gelähmt gewesen sein. Das Projektil blieb nämlich im vierten Brustwirbel stecken und hat dort das Rückenmark durchtrennt. Das hätte mit Sicherheit zu einer Lähmung geführt, die sich jedoch von dieser Stelle ausgebreitet hätte. Die Arme hätten also noch eine Weile beweglich sein können. Es wäre eine Frage der Zeit gewesen. Wie gesagt, sein Körper hat binnen einer Minute zu funktionieren aufgehört.«

Bosch nickte. Seine Theorie funktionierte noch. Li könnte sich die Patronenhülse mit letzter Kraft schnell geschnappt und in den Mund gesteckt haben.

Bosch fragte sich, ob der Täter das mitbekommen hatte. Aller Wahrscheinlichkeit nach hatte er um den Ladentisch herumgehen müssen, um nach den Hülsen zu suchen. In dieser Zeit könnte Li nach einer von ihnen gegriffen und sie verschluckt haben. Die Blutspuren unter dem Toten hatten darauf hingedeutet, dass Lis Leiche bewegt worden war, und das war wahrscheinlich bei der Suche nach der fehlenden Patronenhülse passiert, wie Bosch jetzt klar wurde.

Die Hülse war ein interessanter Fund, aber noch wichtiger war, dass Bosch jetzt wusste, dass dem Täter ein Fehler unterlaufen war. Er konnte es kaum erwarten, die Beweisstücke in die Ballistik zu bringen.

»Gut, Doktor, sonst noch was?«

»Ja, da wäre noch eine Sache, die Sie sich vielleicht lieber jetzt gleich ansehen sollten, statt auf die Fotos zu warten. Helfen Sie mir, ihn umzudrehen.«

Sie gingen zum Obduktionstisch und drehten die Leiche vorsichtig um. Die Totenstarre war gekommen und gegangen, weshalb das nicht schwer war. Laksmi deutete auf die Füße des Toten. Bosch ging ans Fußende des Tischs und sah, dass auf Lis Fersen kleine chinesische Schriftzeichen tätowiert waren. An jedem Fuß waren auf beiden Seiten der Achillesferse zwei oder drei Piktogramme.

运气 钱 爱 家庭

»Haben Sie davon Fotos gemacht?«

»Ja, ich werde sie dem Bericht beilegen.«

»Gibt es hier jemanden, der mir das übersetzen kann?«

»Ich glaube nicht. Dr. Ming vielleicht, aber er hat diese Woche Urlaub.«

»Okay, können wir den Toten vielleicht ein Stück nach unten schieben, damit die Füße über die Kante stehen und ich ein Foto von ihnen machen kann?«

Sie half ihm, die Leiche den Tisch hinunterzuziehen. Als die Füße über den unteren Rand standen, platzierte Bosch sie so nebeneinander, dass die chinesischen Schriftzeichen in einer Reihe angeordnet waren. Dann griff er unter seinen Kittel und holte sein Handy heraus. Er stellte es auf Kamera-Modus und machte zwei Fotos von den Tätowierungen.

»Alles klar.«

Bosch legte das Handy beiseite, und sie drehten die Leiche wieder um und zogen sie wieder ganz auf den Tisch hinauf.

Bosch streifte die Handschuhe ab und warf sie in den

Abfalleimer, dann griff er erneut nach dem Handy und rief Chu an.

»Ich bräuchte Ihre E-Mail-Adresse, damit ich Ihnen ein Foto schicken kann.«

»Von was?«

»Von den chinesischen Schriftzeichen, die auf Mr. Lis Fersen tätowiert sind. Ich würde gern wissen, was sie bedeuten.«

»Okay.«

Chu gab ihm seine Büro-Mail-Adresse durch. Bosch sah sich die Bilder an und schickte ihm das schärfste, dann steckte er das Handy weg.

»Dr. Laksmi, gibt es sonst noch etwas, was ich wissen sollte?«

»Jetzt haben Sie, glaube ich, alles, Detective. Bis auf einen Punkt, der vielleicht die Angehörigen interessieren könnte.«

»Ja, was?«

Sie deutete auf eine der Organschalen, die auf der Arbeitsplatte aufgereiht standen.

»Die Kugeln haben das Unvermeidliche nur beschleunigt. Mr. Li litt an Krebs in fortgeschrittenem Stadium.«

Bosch schaute in die Schüssel. Laksmi hatte die Lungenflügel aus dem Brustkorb des Opfers entfernt und seziert, um feststellen zu können, welche Bahn das Projektil genommen hatte. Beide waren grau von Krebszellen.

»Er hat geraucht«, sagte Laksmi.

»Ich weiß«, sagte Bosch. »Wie lange, glauben Sie, hatte er schon Krebs?«

»Ein Jahr vielleicht. Vielleicht auch länger.«

»Können Sie feststellen, ob er behandelt wurde?«

»So, wie es aussieht, nicht. Operiert wurde er jedenfalls mit Sicherheit nicht. Und es deutet auch nichts darauf hin, dass er eine Chemo- oder Strahlentherapie erhalten hat. Möglicherweise war der Krebs noch gar nicht erkannt worden. Aber er hätte es bald gemerkt.«

Bosch musste an seine eigene Lunge denken. Er hatte schon vor Jahren mit dem Rauchen aufgehört, aber es hieß, der Schaden entstand früh. Morgens fühlte sich seine Lunge manchmal schwer und belegt an. Als er vor mehreren Jahren bei einem Ermittlungsverfahren starker Strahlenbelastung ausgesetzt worden war und sich daraufhin hatte untersuchen lassen, waren zum Glück keine Folgeschäden festgestellt worden. Dennoch hoffte er beharrlich, die Strahlung hätte alles zerstört, was in seiner Brust am Heranwachsen gewesen sein könnte.

Er holte noch einmal das Handy heraus und stellte es auf Kamera-Modus. Dann beugte er sich über die Schüssel und fotografierte die zerfressenen Organe.

»Was machen Sie denn da?«, fragte Laksmi.

»Ich will das jemandem schicken.«

Er sah sich das Foto an. Es war scharf genug, und er verschickte es per Mail.

»Wem? Doch hoffentlich nicht den Angehörigen.«

»Nein, meiner Tochter.«

»Ihrer Tochter?«

In ihrer Stimme schwang Entrüstung mit.

»Damit sie sieht, wozu Rauchen führen kann.«

»Aha.«

Das war alles, was sie sagte. Bosch steckte das Handy ein und sah auf die Uhr. Er hatte sie von seiner Tochter geschenkt bekommen, nachdem er sie wieder einmal mitten in der Nacht angerufen hatte. Sie zeigte die Uhrzeit von L. A. und Hongkong an. In L. A. war es kurz nach fünfzehn Uhr, und der Zeitunterschied betrug fünfzehn Stunden. Das hieß, seine Tochter schlief noch und bekäme das Foto, wenn sie in etwa einer Stunde aufstünde, um zur Schule zu gehen. Er wusste, dass er sich damit einen aufgebrachten Protestanruf von ihr einhandeln würde, aber selbst so ein Anruf war besser als gar keiner.

Er musste kurz lächeln bei dem Gedanken, konzentrierte sich aber sofort wieder auf die Arbeit. Es wurde Zeit weiterzuziehen.

»Dann schon mal vielen Dank, Doktor«, verabschiedete er sich von Laksmi. »Nur damit Sie wissen, ich bringe die ballistischen Beweisstücke jetzt zur Spurensicherung.«

»Haben Sie schon unterschrieben?«

Sie deutete auf ein Klemmbrett auf der Arbeitsplatte, und Bosch sah, dass sie das Übergabeprotokoll bereits ausgefüllt hatte. Mit seiner Unterschrift bestätigte er, dass sich die aufgeführten Beweisstücke jetzt in seinem Besitz befanden. Er ging zur Tür des Obduktionsraums.

»Lassen Sie mir für die Hardcopy ein paar Tage Zeit«, sagte Laksmi.

Damit war der offizielle Obduktionsbefund gemeint.

»Kein Problem.« Bosch ging zur Tür hinaus.

10

Auf der Fahrt zur Spurensicherung rief Bosch Chu an und erkundigte sich nach den Tattoos.

»Ich habe sie noch nicht übersetzt«, sagte Chu.

»Was? Haben Sie sie sich wenigstens angesehen?«

»Klar habe ich sie mir angesehen, aber ich kann sie nicht übersetzen. Ich bin gerade auf der Suche nach jemandem, der das kann.«

»Chu, ich habe Sie mit Mrs. Li reden sehen. Sie haben für sie gedolmetscht.«

»Bosch, bloß weil ich Chinesisch sprechen kann, heißt das noch lange nicht, dass ich es auch lesen kann. Es gibt achttausend chinesische Schriftzeichen wie diese. In der Schule habe ich nur Englisch gelernt. Und zu Hause habe ich zwar Chinesisch gesprochen, aber nie gelesen.«

»Ach so. Gibt es denn bei Ihnen sonst niemanden, der sie mir übersetzen kann? Wenn ich das richtig verstanden habe, sind Sie doch bei der Asian Crimes Unit.«

»Bei der Asian Gang Unit. Und wir haben hier natürlich Leute, die das können, nur ist gerade keiner von denen da. Sobald ich weiß, was die Schriftzeichen bedeuten, rufe ich Sie an.«

»Super. Tun Sie das.«

Bosch hängte auf. Die Verzögerung frustrierte ihn. Ein Ermittlungsverfahren musste sich bewegen wie ein Hai. Es durfte auf keinen Fall den Schwung verlieren, denn das konnte verhängnisvolle Folgen haben. Er sah auf die Uhr, um zu sehen, wie spät es in Hongkong war, dann fuhr er an den Straßenrand und sendete seiner Tochter das Foto von den Schriftzeichen. Sie bekäme sie auf ihrem Handy – unmittelbar nachdem sie sich das Foto von der Lunge angesehen hätte.

Zufrieden fuhr Bosch wieder los. Dank seiner Tochter wurde er in Sachen digitaler Kommunikation immer versierter. Sie hatte darauf bestanden, mit allen verfügbaren modernen Hilfsmitteln mit ihm zu kommunizieren: E-Mail, SMS, Video; sie hatte sogar – ohne Erfolg – versucht, ihn für etwas zu erwärmen, das sich Twitter nannte. Umgekehrt hatte er darauf bestanden, auch auf altmodische Art mit ihr zu kommunizieren – in Form verbalen Austausches. Entsprechend hatte er beim Abschluss ihrer Handy-Verträge darauf geachtet, dass darin auch Auslandsgespräche abgedeckt waren.

Als er wenige Minuten später im PAB eintraf, fuhr er umgehend zur Ballistik in den dritten Stock hinauf. Dort übergab er Ross Malone, einem der Kriminaltechniker, die vier Beweismitteltüten und bat ihn, mithilfe der drei Projektile und der Patronenhülse festzustellen, mit welcher Art von Pistole sie abgefeuert worden waren. Wenn die Tatwaffe auftauchte, konnten ihr die Geschosse anhand der ballistischen Untersuchungen zweifelsfrei zugeordnet werden.

Malone begann mit der Hülse. Er nahm sie mit einer Pinzette aus der Tüte und hielt sie unter eine Lupenlampe. Er betrachtete sie eine Weile, bevor er zu sprechen begann.

»Eine Cor-Bon neun Millimeter. Höchstwahrscheinlich mit einer Glock abgefeuert.«

Bosch hatte damit gerechnet, dass ihm Malone Größe und Marke des Geschosses sagen könnte, aber nicht, dass er auch feststellen könnte, mit welchem Pistolenmodell es abgefeuert worden war.

»Wie können Sie das erkennen?«

»Schauen Sie doch selbst.«

Malone schob die Lupenlampe, die mit einem Schwanenhals am Arbeitstisch befestigt war, ein Stück zur Seite, damit Bosch über seine Schulter schauen konnte, und hielt das hintere Ende der Hülse unter die Lupe. In den Ring um den Patronenboden war der Firmenname *Cor-Bon* gestanzt, und in seiner Mitte befand sich eine Vertiefung, die entstanden war, als der Schlagbolzen beim Abfeuern des Projektils auf das Zündhütchen getroffen war.

»Können Sie die Vertiefung in der Mitte sehen?«, fragte Malone. »Eher länglich, fast rechteckig?«

»Ja, sehe ich.«

»Das ist ganz typisch für eine Glock. Diese rechteckige Vertiefung findet man nur bei Glocks, weil sie einen rechteckigen Schlagbolzen haben. Deshalb sollten Sie nach einer Neun-Millimeter-Glock Ausschau halten. Da gibt es dann allerdings verschiedene Modelle, die dafür infrage kommen.«

»Aha, das ist ja schon mal recht hilfreich. Sonst noch etwas?«

Malone zog die Lupe wieder zu sich heran und drehte die Patronenhülse darunter.

»Hier sind deutliche Auszieher- und Auswerferspuren zu erkennen. Wenn Sie mir die Tatwaffe bringen, müsste ich sie eigentlich der Hülse zuordnen können.«

»Sobald ich sie gefunden habe. Wie sieht es mit den Projektilen aus?«

Malone steckte die Hülse in die Tüte zurück und nahm der Reihe nach die Projektile heraus, um sie unter dem Vergrößerungsglas zu untersuchen. Nachdem er damit fertig war, sah er sich die zweite Kugel noch einmal an und schüttelte schließlich den Kopf.

»Mit den Projektilen ist nicht viel anzufangen. Zu stark verformt. Für einen Vergleich eignet sich die Hülse am besten. Wie gesagt, wenn Sie mir die Waffe bringen, kann ich den Zusammenhang herstellen.«

John Lis letzte Tat gewann zusehends an Bedeutung, merkte Bosch. Hatte der alte Mann gewusst, wie wichtig sie werden könnte?

Weil Bosch schweigend seinen Gedanken nachhing, fragte Malone: »Haben Sie die Hülse angefasst, Harry?«

»Nein, aber Dr. Laksmi von der Rechtsmedizin hat das Blut abgewaschen, das sich darauf befunden hat. Sie wurde nämlich im Körper des Opfers gefunden.«

»*Im* Körper? Vollkommen ausgeschlossen. Eine Hülse kann unmöglich ...«

»Damit meine ich ja auch nicht, dass das Opfer damit erschossen wurde. Aber es hat versucht, sie zu schlucken. Sie steckte in der Kehle des Toten.«

»Ach so. Das ist etwas anderes.«

»Allerdings.«

»Aber Laksmi trug Handschuhe, als sie die Hülse fand?«

»Das nehme ich an. Wieso, warum fragen Sie, Ross?«

»Ach, nur so ein Gedanke. Erst kürzlich ist ein Rundschreiben reingekommen. Darin hieß es, sie hätten jetzt so eine neuartige Elektro-Dingsbums-Technik, um von Messinghülsen Fingerabdrücke abzunehmen, und sie würden nach Testobjekten suchen. Sie wissen schon, um sie bei einem Prozess zu verwenden.«

Bosch sah Malone an. In seiner ganzen Zeit als Detective hatte er noch nie gehört, dass von einer Patronenhülse, die mit einer Schusswaffe abgefeuert worden war, Fingerabdrücke hatten abgenommen werden können. Fingerabdrücke bestanden aus Ölen, die von der Haut abgesondert wurden, und die verbrannten in der Tausendstelsekunde, in der es in der Kammer zur Explosion kam.

»Und Sie reden hier tatsächlich von benutzten Hülsen, Ross?«

»Ja, das stand jedenfalls in dem Schreiben. Reden Sie doch mal mit Teri Sopp. Sie ist die zuständige Projektleiterin.«

»Das werde ich. Geben Sie mir die Hülse wieder.«

Fünfzehn Minuten später war Bosch bei Teri Sopp im SID-Labor für Fingerabdrücke.

Sopp war schon fast genauso lange bei der Polizei wie Bosch. Sie pflegten einen recht lockeren Umgangston miteinander, aber Bosch hatte immer noch das Gefühl, nicht mit der Tür ins Haus fallen zu dürfen, sondern ihr sein Anliegen schonend beibringen zu müssen.

»Was ist Sache, Harry?«

So begrüßte sie Bosch immer.

»Sache ist: Gestern wurde uns unten in South L.A. einen Fall aufgedrückt, und heute haben wir eine Patronenhülse aus der Tatwaffe sichergestellt.«

Bosch hob die Hand und hielt ihr die Beweismitteltüte

mit der Hülse hin. Sopp nahm sie, hielt sie hoch und betrachtete sie mit zusammengekniffenen Augen durch das Plastik.

»Abgefeuert?«

»Ja. Ich weiß, es ist sehr unwahrscheinlich, aber vielleicht ist ja noch ein Fingerabdruck drauf. Sonst habe ich im Moment nicht viel, worauf ich mich stützen könnte.«

»Na, dann wollen wir mal sehen. Normalerweise müssten Sie warten, bis Sie an der Reihe sind, aber da wir beide schon fünf Polizeichefs überlebt haben …«

»Nur deswegen komme ich zu Ihnen, Teri.«

Sopp setzte sich an einen Untersuchungstisch und nahm die Hülse wie kurz zuvor Malone mit einer Pinzette aus der Beweismitteltüte. Zuerst bestäubte sie sie mit Cyanoacrylat, dann hielt sie sie unter eine UV-Lampe. Bosch schaute ihr über die Schulter und sah die Antwort, bevor Sopp sie aussprach.

»Hier haben wir einen verwischten Abdruck. Sieht so aus, als hätte sie jemand angefasst, nachdem sie abgefeuert wurde. Aber das ist alles.«

»Mist.«

Bosch nahm an, dass der verwischte Fingerabdruck davon herrührte, dass John Li nach der Hülse gegriffen und sie sich in den Mund gesteckt hatte.

»Tja, Harry, tut mir leid.«

Bosch ließ die Schultern hängen. Er wusste, die Wahrscheinlichkeit war gering, wenn nicht sogar gleich null, aber er hoffte, Sopp vermitteln zu können, wie sehr er darauf gezählt hatte, einen Fingerabdruck zu erhalten.

Sopp machte sich daran, die Patronenhülse in die Tüte zurückzustecken.

»Haben die Leute von der Ballistik die Hülse schon angesehen?«

»Ja, von dort komme ich gerade.«

Sie nickte. Bosch konnte sehen, dass sie nachdachte.

»Erzählen Sie mir was über den Fall, Harry. Was sind die Parameter?«

Bosch schilderte ihr kurz die Tat, ohne allerdings den Verdächtigen zu erwähnen, den sie auf dem Überwachungsvideo entdeckt hatten. Er stellte es so dar, als wären die Ermittlungen fast aussichtslos. Keine Beweise, kein Verdächtiger, kein Motiv außer einem simplen Raubüberfall. Niente, nada, nichts.

»Na ja, eins könnten wir vielleicht noch versuchen«, sagte Sopp.

»Ja?«

»Wir wollen bis zum Monatsende eine Bekanntmachung rausgeben. Wir testen nämlich gerade ein neues Verfahren, das sich elektrostatische Verstärkung nennt. Und dieser Fall ließe sich unter Umständen dazu heranziehen, dessen Praktikabilität zu demonstrieren.«

»Elektrostatische Verstärkung? Was soll das denn sein?«

Sopp grinste wie ein kleines Mädchen, das als Einzige noch Süßigkeiten übrig hatte.

»Mithilfe dieses Verfahrens, das von der englischen Polizei in Northamptonshire entwickelt wurde, lassen sich auf Messingoberflächen, also zum Beispiel auf Patronenhülsen, Fingerabdrücke wieder sichtbar machen.«

Bosch blickte sich um und entdeckte an einem der anderen Arbeitsplätze einen Hocker. Er zog ihn heran und setzte sich.

»Und wie funktioniert das genau?«

»Sie müssen sich das etwa so vorstellen: Einen Revolver oder das Magazin einer Automatik mit Patronen zu laden, erfordert im wahrsten Sinn des Wortes ein gewisses Fingerspitzengefühl. Man nimmt dazu jede Kugel einzeln in die Hand und schiebt sie in die dafür vorgesehene Öffnung. Und man muss dabei Druck auf sie ausüben. Also optimale Voraussetzungen, um einen Fingerabdruck zu hinterlassen.«

»Bis die Waffe abgefeuert wird.«

»Richtig. Ein Fingerabdruck ist im Prinzip eine Ablagerung des Schweißes, der sich in den Vertiefungen der Fingerkuppe sammelt. Das Problem ist nun folgendes: Wenn mit einer Waffe ein Schuss abgegeben und danach die Patronenhülse ausgeworfen wird, löst sich der Fingerabdruck bei der Explosion normalerweise auf. Es kommt äußerst selten vor, dass man auf einer benutzten Hülse einen Fingerabdruck findet, außer er stammt von der Person, die sie hinterher vom Boden aufgehoben hat.«

»Das weiß ich alles«, sagte Bosch. »Erzählen Sie mir etwas, was ich nicht weiß.«

»Geduld, Geduld. Am besten funktioniert dieses Verfahren, wenn die Waffe nicht unmittelbar nach dem Laden abgefeuert wurde. Anders ausgedrückt, damit das Verfahren funktioniert, sollte die Patrone nach dem Laden möglichst mehrere Tage in der Waffe stecken, bevor sie abgefeuert wird. Und zwar je länger, desto besser. Denn in der Zeit, in der sie in der Waffe steckt, reagiert der Schweiß, der die Fingerabdrücke bildet, mit dem Messing. So weit alles klar?«

»Sie meinen, es kommt zu einer chemischen Reaktion?«

»Eine mikroskopisch kleine chemische Reaktion. Der menschliche Schweiß besteht aus einer Vielzahl verschiedener Elemente, aber hauptsächlich aus Natriumchlorid – Salz. Es reagiert mit dem Messing – das Metall korrodiert – und hinterlässt eine Spur darin. Nur können wir sie nicht sehen.«

»Aber die Elektrizität macht sie für uns sichtbar.«

»Genau. Wir leiten eine Ladung von zweitausendfünfhundert Volt durch die Hülse, bestäuben sie mit Kohle, und dann können wir den Abdruck sehen. Wir haben schon mehrere Experimente durchgeführt. Ich habe selbst gesehen, dass es funktioniert. Es wurde von einem Engländer erfunden, der auch noch – ausgerechnet – Bond heißt.«

Bosch begann, neue Hoffnung zu schöpfen.

»Dann probieren wir es doch einfach aus.«

Um seinen Elan zu bremsen, spreizte Sopp die Finger.

»Nicht so schnell, Harry. So einfach ist es leider nicht.«

»Warum nicht? Worauf warten Sie noch, eine feierliche Einweihung, bei der der Chief ein Band durchschneidet oder was?«

»Nein, das ist nicht das Problem. Diese Art von Beweismitteln und Verfahren sind an kalifornischen Gerichten noch nicht zugelassen. Wir arbeiten zwar mit dem District Attorney an einer Genehmigung, aber niemand will sich bei einem Prozess als Erster darauf stützen, wenn er sich seiner Sache nicht absolut sicher ist. Wir müssen an die Zukunft denken, denn wenn wir dieses Verfahren zum ersten Mal für die Beweisführung einsetzen, werden wir damit einen Präzedenzfall schaffen. Und wenn es nicht der richtige Fall ist und sich das Ganze als Schuss in den Ofen entpuppt, wäre das ein herber Rückschlag.«

»Vielleicht ist das hier ja der richtige Fall. Wer entscheidet das?«

»Zuerst landet alles auf Brennemans Schreibtisch, und er wählt dann einen Fall aus und geht damit zum DA.«

Chuck Brenneman war der Leiter der Scientific Investigation Division, der Abteilung für wissenschaftliche Kriminalistik.

Das Auswahlverfahren konnte sich also Wochen, wenn nicht sogar Monate hinziehen.

»Aber haben Sie nicht eben selbst gesagt, dass Sie und Ihre Leute schon damit experimentieren?«

»Natürlich, wir müssen ja auch sichergehen, dass es Hand und Fuß hat.«

»Dann nehmen Sie doch einfach diese Hülse für Ihre Experimente und sehen, was dabei herauskommt.«

»Das geht nicht, Harry. Wir führen mit Testpatronen kontrollierte Experimente durch.«

»Teri, das ist mein letzter Strohhalm. Vielleicht ist ja auch gar nichts auf der Hülse, aber es könnte auch ein Fingerabdruck des Mörders drauf sein. Und Sie können das feststellen.«

Sopp schien zu merken, dass sie von jemandem in die Enge getrieben wurde, der sich nicht so leicht abwimmeln ließ.

»Also schön, meinetwegen. Die nächste Versuchsreihe findet nächste Woche statt. Versprechen kann ich Ihnen nichts, aber ich werde sehen, was ich tun kann.«

»Danke, Teri.«

Bosch füllte ein Formular aus, um die Weitergabe des Beweismittels zu protokollieren, und verließ das Labor. Die Aussicht, mithilfe der neuen Technologie möglicherweise einen Fingerabdruck des Mörders zu erhalten, erfüllte ihn mit neuer Zuversicht. Fast war es, als hätte John Li schon die ganze Zeit etwas von elektrostatischer Verstärkung gewusst. Dieser Gedanke jagte Boschs Rücken eine andere Art von Elektrizität hinunter.

Als er im vierten Stock aus dem Lift stieg, sah er auf die Uhr. Zeit, seine Tochter anzurufen. Wahrscheinlich ging sie gerade auf der Stubbs Road zur Happy Valley Academy. Wenn er sie jetzt nicht erwischte, müsste er warten, bis die Schule aus war. Er blieb im Flur vor dem Bereitschaftsraum stehen, holte das Handy heraus und drückte die Schnellwahltaste. Es dauerte dreißig Sekunden, bis die Transpazifik-Verbindung zustande kam.

»Dad! Jetzt hör aber mal! Ein Bild von einer Leiche!«

Bosch grinste.

»Hallo übrigens. Woher willst du wissen, dass es eine Leiche ist?«

»Ähm, warte mal. Mein Dad klärt Morde auf, und er schickt mir nackte Füße auf einem Stahltisch. Und was ist auf dem anderen Foto? Die Lunge dieses Typs? Echt krass!«

»Er hat geraucht. Ich fand, das solltest du unbedingt sehen.«

Als sie nach kurzem Schweigen wieder zu sprechen begann, war gar nichts Kleinmädchenhaftes mehr in ihrer Stimme.

»Ich rauche nicht, Dad.«

»Da hat mir deine Mutter aber was anderes erzählt. Angeblich riechst du nach Rauch, wenn du nach Hause kommst, nachdem du dich mit deinen Freundinnen in der Mall getroffen hast.«

»Das kann ja sein. Aber was einfach nicht stimmt, ist, dass ich mit ihnen rauche.«

»Und mit wem rauchst du dann?«

»Dad, ich rauche überhaupt nicht! Der ältere Bruder meiner Freundin ist manchmal dabei, um auf sie aufzupassen. Aber ich rauche nicht und He auch nicht.«

»He, ein Er? Hast du nicht gerade gesagt, es wäre eine Sie?«

Sie sagte den Namen noch einmal, aber diesmal mit betont chinesischer Aussprache. Jetzt hörte er sich an wie »Hi-ju«.

»He ist eine Sie. ›He‹ ist ihr Name. Er bedeutet ›Fluss‹.«

»Warum nennst du sie dann nicht Fluss?«

»Weil sie Chinesin ist. Deshalb nenne ich sie mit ihrem chinesischen Namen.«

»Das wird ja langsam eine richtige Abbott-und-Costello-Nummer. Eine Sie He zu nennen.«

»Was für eine Nummer?«

Bosch lachte.

»Ach, nichts. Und das mit der Lunge lassen wir auch, Maddie. Wenn du mir sagst, du rauchst nicht, glaube ich dir das. Aber das ist nicht der Grund, warum ich anrufe. Die Tattoos auf den Füßen des Toten, kannst du die lesen?«

»Ja, echt krass. Ich habe die Füße eines Toten auf meinem Handy.«

»Du kannst das Foto ja löschen, sobald du mir gesagt

hast, was die Tattoos bedeuten. Ich weiß doch, dass ihr in der Schule Chinesisch lernt.«

»Das Foto werde ich doch nicht löschen. Ich zeige es meinen Freundinnen. Die finden es bestimmt total cool.«

»Nein, tu das bitte nicht. Es hängt mit einem Fall zusammen, an dem ich gerade arbeite, und deshalb darf es sonst niemand zu sehen bekommen. Ich habe es dir nur geschickt, weil ich dachte, du könntest es mir schnell mal übersetzen.«

»Soll das heißen, es gibt beim LAPD niemanden, der dir das sagen kann? Wegen so was Puppigem musst du deine Tochter in Hongkong anrufen?«

»Im Augenblick ist es tatsächlich so. Und da bist eben du mir eingefallen. Und du weißt, was die Zeichen bedeuten oder nicht?«

»Klar, Dad. Das ist doch ganz einfach.«

»Und, was bedeuten sie?«

»Es ist einfach ein Spruch, der Glück bringen soll. Auf dem linken Fuß sind die Schriftzeichen *Fu* und *Cai*, die ›Glück‹ und ›Wohlstand‹ bedeuten. Und auf der rechten Seite sind *Ai* und *Xi*, ›Liebe‹ und ›eheliches Glück‹.«

Bosch dachte kurz nach. Offensichtlich standen diese Zeichen für die Dinge, die John Li wichtig gewesen waren. Er hatte gehofft, diese Dinge würden ihn immer begleiten.

Dann überlegte Bosch, warum sich die Schriftzeichen ausgerechnet an den Seiten von Lis Achillessehnen befanden. Vielleicht hatte sich Li deshalb an dieser Stelle tätowieren lassen, weil ihm bewusst war, dass ihn die Dinge, die er sich am meisten wünschte, verwundbar machten. Dass sie seine Achillesferse waren.

»Dad? Hallo?«

»Ja, ja, ich bin noch dran. Ich habe nur nachgedacht.«

»Und, hilft dir das weiter? Habe ich den Fall gelöst?«

Bosch lächelte, merkte aber sofort, dass sie das nicht sehen konnte.

»Gelöst nicht gerade, aber es hilft mir weiter.«

»Gut. Dann bist du mir was schuldig.«

Bosch nickte.

»Du bist ganz schön raffiniert, muss ich sagen. Wie alt bist du inzwischen, dreizehn, aber auf die Zwanzig zugehend?«

»Also weißt du, Dad.«

»Irgendwas muss deine Mutter jedenfalls richtig machen.«

»Viel aber nicht.«

»Hör mal, wie redest du denn über sie.«

»Du musst ja auch nicht mit ihr leben, Dad. Aber ich schon. Und das ist nicht so wahnsinnig witzig. Hab ich dir doch erzählt, als ich bei dir in L. A. war.«

»Trifft sie sich immer noch mit jemandem?«

»Allerdings, und ich kann sehen, wo ich bleibe.«

»Ach was, Maddie, so darfst du das nicht sehen. Sie hatte einfach nur lange niemanden mehr.«

Ich auch nicht, dachte Bosch.

»Jetzt hältst du auch noch zu ihr, Dad. Ich bin ihr nur lästig. Und wenn ich dann sage, na schön, dann ziehe ich eben zu Dad, heißt es sofort, kommt überhaupt nicht infrage.«

»Du solltest auch bei deiner Mutter wohnen. Sie hat dich großgezogen. In einem Monat komme ich dich eine Woche besuchen. Dann können wir darüber reden. Mit deiner Mutter.«

»Meinetwegen. Ich muss jetzt Schluss machen. Ich bin schon in der Schule.«

»Alles klar. Und grüße He, die Sie, von mir.«

»Sehr witzig, Dad. Aber schick mir bitte keine Bilder von Lungen mehr, ja?«

»Nächstes Mal kriegst du eine Leber. Oder vielleicht auch eine Milz. So eine Milz macht mords was her.«

»Daaaadd!«

Er klappte das Handy zu und rekapitulierte den Inhalt des Gesprächs. Die Wochen und Monate zwischen seinen Besuchen bei Maddie schienen immer schwieriger für ihn zu werden. Je mehr sie sich zu einer eigenständigen Persönlichkeit entwickelte und je verständiger und mitteilsamer sie wurde, desto mehr liebte er sie, und sie fehlte ihm die ganze Zeit. Sie war erst im Juli in L. A. gewesen und war die weite Strecke zum ersten Mal ganz allein geflogen. Noch kaum ein Teenager und bereits eine Weltreisende, war sie für ihr Alter erstaunlich reif. Er hatte Urlaub genommen, und sie hatten zwei Wochen lang viel miteinander gemacht und die Stadt erkundet. Er hatte die Zeit mit ihr sehr genossen, und am Ende hatte sie zum ersten Mal durchblicken lassen, dass sie sich vorstellen könnte, in Los Angeles zu leben. Bei ihm.

Bosch war selbstverständlich bewusst, dass sie diesen Wunsch nach zwei Wochen Vollzeitbetreuung durch einen Vater geäußert hatte, der sie jeden Morgen als Erstes gefragt hatte, was sie gern tun wollte. Das war etwas völlig anderes als die Vollzeitverantwortung ihrer Mutter, die sich Tag für Tag um sie kümmern und gleichzeitig für ihrer beider Lebensunterhalt aufkommen musste. Trotzdem war der schwerste Tag, den Bosch als Teilzeitvater jemals gehabt hatte, der Tag gewesen, an dem er seine Tochter zum Flughafen gebracht und in das Flugzeug gesetzt hatte, in dem sie allein nach Hause flog. Halb erwartete er, dass sie sich strikt weigern würde, aber dann stieg sie unter Protesten doch ein, und weg war sie. Seitdem spürte er eine tiefe Leere in seinem Innern.

Seine nächste Urlaubsreise nach Hongkong stand erst in einem Monat an, und er wusste, die Zeit bis dahin würde lang und schwer für ihn.

»Harry, was machst du denn hier draußen?«

Bosch drehte sich um. Sein Partner, Ferras, war gerade aus dem Bereitschaftsraum gekommen; wahrscheinlich wollte er auf die Toilette.

»Ich habe gerade mit meiner Tochter telefoniert. Da wollte ich nicht gestört werden.«

»Geht's ihr gut?«

»Ja, ja, alles bestens. Ich komme gleich wieder rein.«

Bosch steckte das Handy in seine Tasche zurück und ging auf die Tür zu.

11

Es war acht Uhr abends, als Bosch nach Hause kam. Er hatte eine Tüte mit Essen dabei, das er sich aus dem In-N-Out am Cahuenga Boulevard mitgenommen hatte.

Mit Schlüssel, Tüte und Aktentasche kämpfend schloss er die Tür auf und rief: »Hallo, Schatz, ich bin's.«

Er ging grinsend in die Küche, stellte die Aktentasche auf die Theke und holte sich eine Flasche Bier aus dem Kühlschrank. Dann machte er die Anlage an und ging auf die Terrasse hinaus. Damit sich die Musik mit dem Rauschen des Freeway 101 unten am Pass mischen konnte, ließ er die Schiebetür weit offen.

Der Blick von der Terrasse reichte über Universal City und Burbank bis zu den San Gabriel Mountains im Nordosten. Um nichts auf den Boden tropfen zu lassen, aß Bosch seine zwei Hamburger über die offene Tüte gebeugt. Dabei beobachtete er, wie die untergehende Sonne die Farben der Berghänge veränderte, und hörte »Seven Steps to Heaven« aus dem Ron-Carter-Album *Dear Miles*. Carter war einer der bedeutendsten Bassisten der letzten fünfzig Jahre. Er hatte mit allen Jazzgrößen gespielt, und Bosch fragte sich oft, was er alles für Geschichten zu erzählen hätte über die Sessions, an denen er teilgenommen hatte, und über die Musiker, die er kannte. Ob auf seinen eigenen Aufnahmen oder auf denen anderer, Carters Spiel war immer unverkennbar. Bosch führte das darauf zurück, dass er sich als Bassist nie mit der Rolle des Sideman zufriedengegeben hatte. Er war immer das Fundament. Immer bestimmte er den Beat, selbst wenn es zu Miles Davis' Trompete war.

Die Nummer, die gerade lief, hatte ungeheuren Drive. Wie eine Autoverfolgungsjagd. Unwillkürlich musste Bosch an seine eigene Jagd denken und an die Fortschritte, die im Lauf des Tages gemacht worden waren. Mit seinem eigenen Drive war er zufrieden. Nicht wohl war ihm dagegen bei dem Gedanken, dass das Ermittlungsverfahren inzwischen einen Punkt erreicht hatte, an dem er auf die Arbeit anderer angewiesen war. Er musste warten, dass andere den Geldeintreiber der Triade identifizierten. Er musste warten, dass andere entschieden, ob die Patronenhülse als Testfall für das neue Fingerabdruckverfahren geeignet wäre. Er musste warten, dass jemand anrief.

Am liebsten waren Bosch die Fälle, in denen er selbst das Tempo bestimmen konnte, während sich die anderen nach ihm richten mussten. Er war kein Sideman. Den Beat musste er bestimmen. Und an diesem Punkt der Ermittlungen hatte er das Tempo genau so stark angetrieben, wie er konnte. Er begann, sich über seine nächsten Schritte Gedanken zu machen, aber er hatte nur wenig Optionen. Er konnte die chinesischen Geschäfte in South L.A. abklappern und das Foto des Mannes von der Triade herumzeigen. Aber das führte wahrscheinlich zu nichts. Die kulturelle Kluft war tief. Niemand wäre bereit, ein Triadenmitglied bei der Polizei hinzuhängen.

Dennoch machte er sich darauf gefasst, diesen Weg

einzuschlagen, wenn sich nicht bald etwas anderes ergäbe. So bliebe er wenigstens in Bewegung. Drive war Drive, ob man ihn nun in einem Musikstück oder auf der Straße oder im eigenen Herzschlag fand.

Als das letzte Licht aus dem Himmel zu schwinden begann, fasste Bosch in seine Tasche und holte das Streichholzheftchen heraus, das er immer bei sich trug. Er klappte es mit dem Daumen auf und sah auf den Spruch. Er hatte ihn seit der Nacht, in der er ihn zum ersten Mal gelesen hatte, ernst genommen. Er glaubte, jemand zu sein, der in sich selbst Zuflucht gefunden hatte. Im Lauf der Zeit jedenfalls.

Er kaute gerade an seinem letzten Bissen, als das Handy läutete. Er zog es aus der Tasche und sah auf das Display. Die Rufnummer war unterdrückt, aber er ging trotzdem dran.

»Bosch.«

»Harry, hier David Chu. Essen Sie gerade? Wo sind Sie?«

Chus Stimme war gepresst vor Aufregung.

»Zu Hause. Und wo sind Sie?«

»In Monterey Park. Wir haben ihn!«

Bosch überlegte kurz. Monterey Park war eine Stadt im Osten des County, deren Bevölkerung sich zu fast drei Vierteln aus Chinesen zusammensetzte. Nur fünfzehn Autominuten von Downtown entfernt, war es wie ein fremdes Land mit einer unzugänglichen Sprache und Kultur.

»Wen haben Sie?«, fragte er schließlich.

»Den Kerl, den wir suchen. Den Verdächtigen.«

»Heißt das, Sie haben ihn identifiziert?«

»Mehr als nur identifiziert. Wir haben ihn. Wir können ihn sehen.«

Mehreres von dem, was Chu sagte, stieß Bosch sofort sauer auf.

»Zuallererst, wer ist *wir*?«

»Ich bin mit dem MPPD hier. Sie haben den Kerl anhand des Videos identifiziert und mich dann direkt zu ihm geführt.«

Bosch spürte, wie es in seiner Schläfe zu pochen begann. Die Identifizierung des Triadenmitglieds – falls es wirklich der Gesuchte war – bedeutete einen enormen Fortschritt. Aber auf alles andere, was er eben zu hören bekommen hatte, traf das nicht zu. Ein anderes Police Department in die Ermittlungen einzuschalten und den Verdächtigen einzukreisen, waren potenziell verhängnisvolle Entscheidungen und hätten ohne Wissen und Zustimmung des leitenden Ermittlers nicht einmal in Erwägung gezogen werden dürfen. Aber Bosch wusste, er durfte seine Wut nicht an Chu auslassen. Noch nicht. Er musste sich beherrschen und sich um Schadensbegrenzung bemühen.

»Jetzt hören Sie gut zu, Detective Chu. Haben Sie schon Kontakt mit dem Verdächtigen hergestellt?«

»Kontakt? Nein, noch nicht. Wir passen noch einen geeigneten Moment ab. Zurzeit ist er nämlich nicht allein.«

Gott sei Dank, dachte Bosch, sagte es aber nicht.

»Hat der Verdächtige Sie gesehen?«

»Nein, Harry, wir sind auf der anderen Straßenseite.«

Bosch atmete tief aus. Allem Anschein nach war die Situation noch zu retten.

»Okay, dann bleiben Sie jetzt mal schön, wo Sie sind, und erzählen mir, welche Schritte Sie bereits unternommen haben und wie die momentane Situation ist. Wie sind Sie nach Monterey Park gekommen?«

»Die AGU arbeitet eng mit der Abteilung Bandenkriminalität in Monterey Park zusammen. Deshalb habe ich ihnen heute Abend nach Dienstschluss das Foto von unserem Verdächtigen vorbeigebracht, um zu fragen, ob ihn dort vielleicht jemand kennt. Schon der dritte Kollege, dem ich das Bild gezeigt habe, konnte ihn zweifelsfrei identifizieren.«

»Der dritte Kollege. Wer war das?«

»Detective Tao. Mit ihm und seinem Partner bin ich gerade hier.«

»Okay, geben Sie mir den Namen durch, den Sie für den Verdächtigen haben.«

»Bo-Jing Chang.«

Er buchstabierte den Namen.

»Chang ist also der Nachname?«, fragte Bosch.

»Richtig. Und ihren Informationen zufolge gehört er zu *Yung Kim* – Tapferes Messer. Das würde auch zu dem Tattoo passen.«

»Okay, sonst noch was?«

»Das ist im Moment alles. Angeblich ist er eine untere Charge. Diese Typen haben alle reguläre Jobs. Er arbeitet hier in Monterey Park bei einem Gebrauchtwagenhändler. Ist seit fünfundneunzig in den Staaten und hat die doppelte Staatsbürgerschaft. Keine Vorstrafen – jedenfalls nicht hier.«

»Und im Moment observieren Sie ihn gerade?«

»Ja, ich beobachte ihn beim Kartenspielen. Yung Kim

ist hier in MP eine feste Größe. Und es gibt einen Club, in dem sie sich nach Feierabend regelmäßig treffen. Tao und Herrera sind mit mir hergefahren.«

Bosch nahm an, dass Herrera Taos Partner war.

»Und Sie sind jetzt auf der anderen Straßenseite?«

»Ja, der Club ist in einem kleinen Einkaufszentrum. Wir stehen auf der anderen Straßenseite. Wir können sie da drinnen Karten spielen sehen. Wir können Chang mit dem Fernglas sehen.«

»Okay, ich komme jetzt zu Ihnen. Aber Sie ziehen sich erst mal zurück, bis ich bei Ihnen bin. Entfernen Sie sich mindestens zwei-, dreihundert Meter von dem Club.«

Chu antwortete erst nach einer langen Pause.

»Wieso sollen wir uns zurückzuziehen, Harry? Er könnte uns entwischen, wenn wir ihn nicht im Auge behalten.«

»Hören Sie, Detective, ziehen Sie sich auf jeden Fall zurück. Wenn er uns entkommt, geht das auf meine Kappe, nicht auf Ihre. Er soll auf keinen Fall merken, dass sich die Polizei für ihn interessiert.«

»Wir sind auf der anderen Straßenseite«, protestierte Chu. »Mit vier Fahrspuren dazwischen.«

»Chu, hören Sie mir eigentlich zu? Wenn Sie ihn sehen können, kann er auch Sie sehen. Ziehen Sie sich verdammt noch mal zurück. Ich möchte, dass Sie sich mindestens ein paar Hundert Meter von diesem Club entfernen. Ich bin in weniger als dreißig Minuten bei Ihnen.«

»Und wie stehe ich jetzt da?«, sagte Chu fast im Flüsterton.

»Das ist mir egal. Wenn Sie die Sache richtig angegangen wären, hätten Sie mich sofort angerufen, als Sie die Identifizierung des Kerls hatten. Stattdessen reißen Sie sich einfach meinen Fall unter den Nagel. Aber damit ist jetzt Schluss, bevor Sie noch alles vermasseln.«

»Was wollen Sie eigentlich, Harry? Ich habe Sie doch angerufen.«

»Ja klar, danke. Aber jetzt ziehen Sie sich zurück. Ich melde mich wieder, sobald ich in der Nähe bin. Wie heißt der Laden?«

Nach einer Pause antwortete Chu in schmollendem Ton.

»Club 88. Er ist in der Garvey Avenue, etwa vier Straßen westlich von der Garfield. Nehmen Sie den 10er raus nach …«

»Ich weiß, wie ich da hinkomme. Bin schon unterwegs.«

Um erst gar keine weiteren Diskussionen aufkommen zu lassen, klappte Bosch das Handy zu. Chu war vorgewarnt. Wenn er sich nicht zurückzog und die zwei Detectives aus Monterey Park an die Kandare nahm, würde ihm Bosch eine Dienstaufsichtsbeschwerde anhängen, die sich gewaschen hatte.

12

Keine zwei Minuten später war Bosch zur Tür hinaus. Er fuhr den Hügel hinunter, nahm den Freeway 101 durch Hollywood nach Downtown und wechselte auf den 10er in Richtung Osten. Von dort waren es dann bei schwachem Verkehr noch zehn Minuten bis Monterey Park.

Bosch rief aus dem Auto Ignacio Ferras an, berichtete ihm von den jüngsten Entwicklungen und schlug ihm vor, in Monterey Park zu ihm zu stoßen. Das lehnte Ferras ab mit der Begründung, es sei besser, wenn einer von ihnen am nächsten Morgen ausgeruht sei. Außerdem sei er gerade dabei, sich in die finanziellen Aspekte des Falls einzuarbeiten, um festzustellen, wie schlecht John Lis Geschäfte gelaufen seien und wie weit seine Abhängigkeit von der Triade gereicht habe.

Bosch hatte nichts einzuwenden und beendete das Gespräch. Er hatte damit gerechnet, dass sein Partner die Einladung ausschlagen würde. Ferras' Scheu vor dem Außendienst wurde immer offensichtlicher, und Bosch verlor allmählich die Geduld mit ihm.

Ferras schien es nur noch darauf anzulegen, Aufgaben zu finden, die im Bereitschaftsraum erledigt werden konnten. Schreibkram, Internetsuchen und Finanzrecherchen waren seine Spezialgebiete geworden. Oft musste Bosch andere Ermittler anheuern, wenn es außerhalb des Gebäudes etwas zu erledigen gab, und sei es nur etwas so Harmloses wie eine Zeugenvernehmung. Bosch hatte wirklich versucht, Ferras nicht unter Druck zu setzen und ihm die nötige Zeit zu lassen, wieder auf die Beine zu kommen, aber inzwischen nahm diese Drückebergerei Züge an, die Bosch mehr und mehr an die Verbrechensopfer denken ließen, die nicht erhielten, was ihnen zustand. Es war schwer, vernünftige Ermittlungen zu führen, wenn der eigene Partner in Panik geriet, wenn er sich mehr als zwei Meter von seinem Schreibtisch entfernen sollte.

Die Garfield Avenue war eine in nordsüdlicher Richtung verlaufende Durchgangsstraße, die Bosch einen guten Eindruck vom speziellen Charakter Monterey Parks vermittelte. Das Geschäftsviertel der Stadt hätte ohne Weiteres als ein Teil Hongkongs durchgehen können. Die Neonreklamen, die Farben, die Geschäfte und die Schriftzeichen auf den Schildern, alles war auf eine Chinesisch sprechende Bevölkerung zugeschnitten. Das Einzige, was fehlte, waren hohe Wolkenkratzer. Hongkong war eine in die Höhe strebende Stadt. Monterey Park nicht.

Als Bosch links in die Garvey Avenue bog, holte er sein Handy heraus und rief Chu an.

»Ich bin jetzt in der Garvey. Wo sind Sie?«

»Fahren Sie einfach immer weiter, bis Sie auf der rechten Seite einen großen Supermarkt sehen. Wir stehen auf dem Parkplatz. Der Club liegt ein Stück davor auf der linken Seite.«

»Alles klar.«

Er steckte das Handy weg und ließ beim Fahren den Blick über die Neonreklamen auf der linken Straßenseite wandern. Schon nach Kurzem sah er über der Tür eines kleinen Clubs, auf der sonst nichts stand, eine rote 88 leuchten. Sobald er die Zahl tatsächlich vor sich sah und nicht nur von Chu ausgesprochen hörte, wurde ihm sofort klar, dass es sich dabei nicht um die Hausnummer des Clubs handelte, sondern um eine Glück verheißende Zahl. Von den Erzählungen seiner Tochter und seinen zahlreichen Besuchen in Hongkong wusste er, dass die Acht in der chinesischen Kultur eine Glückszahl war. Die Ziffer symbolisierte Unendlichkeit – Unendlichkeit von Glück, Liebe, Geld oder was man sich sonst im Leben wünschte. Anscheinend erhofften sich die Mitglieder der Triade Yung Kim doppelte Unendlichkeit, wenn sie *88* über ihre Tür schrieben.

Im Vorbeifahren konnte Bosch Licht hinter dem Fenster des Clubs brennen sehen. Da die Lamellen der Jalousie leicht aufgestellt waren, konnte er etwa zehn Männer erkennen, die um einen Tisch saßen oder standen. Er fuhr drei Blocks weiter und bog auf den Parkplatz des Big Lau Super Market. Am hinteren Ende stand ein Crown Victoria. Der Wagen sah zu neu aus, um vom LAPD zu sein, und Bosch vermutete, dass Chu mit den Männern vom Monterey Park Police Department mitgefahren war. Er parkte in der Lücke daneben.

Alle ließen ihre Fenster herunter, und Chu, der auf dem Rücksitz saß, machte Bosch mit den Kollegen aus Monterey Park bekannt. Herrera saß am Steuer, Tao auf dem Beifahrersitz. Keiner der beiden war auch nur annähernd dreißig, aber das war zu erwarten gewesen. Die kleinen Polizeibehörden in den Vorstädten von Los Angeles dienten als Personalzulieferer des LAPD. Die Cops verpflichteten sich jung zum Polizeidienst, sammelten ein paar Jahre Erfahrungen und bewarben sich dann beim LAPD oder dem L. A. County Sheriff's Department, wo der Dienst angeblich aufregender und spannender war, nicht zu reden von dem Biss, zu dem einem das Mehr an Berufspraxis verhalf.

»Waren Sie es, der Chang identifiziert hat?«, fragte Bosch Tao.

»Ja«, antwortete der. »Ich habe ihn vor sechs Monaten im Zuge einer Routineüberprüfung angehalten, und als Davy mit dem Foto ankam, habe ich mich sofort an ihn erinnert.«

»Wo war das?«

Während Tao sprach, behielt sein Partner weiter den Club 88 im Auge. Ab und zu hob er sein Fernglas, um ankommende oder gehende Gäste genauer ins Auge zu fassen.

»Er ist uns unten bei den Lagerhäusern am Ende der Garvey Avenue aufgefallen. Es war schon spät, und er war in einem Lieferwagen unterwegs. Machte den Eindruck, als hätte er sich verfahren. Er ließ uns hinten reinschauen, und der Lieferwagen war auch tatsächlich leer, aber ich schätze mal, er wollte irgendwas abholen. In diesen Lagerhäusern werden jede Menge gefälschter Markenprodukte umgeschlagen. Und man verfährt sich dort sehr leicht, weil es so viele gibt und alle gleich aussehen. Jedenfalls, der Lieferwagen hat nicht ihm gehört. Er war auf einen Vincent Tsing zugelassen. Der lebt zwar in Pasadena, ist aber für uns kein Unbekannter. Yung-Kim-Mitglied. Ihm gehört eine große Gebrauchtwagenfirma hier in MP, und Chang arbeitet für ihn.«

Bosch wusste, wie das Ganze abgelaufen war. Tao hatte den Lieferwagen angehalten, war aber in Ermangelung eines berechtigten Grunds, das Fahrzeug zu durchsuchen oder Chang festzunehmen, auf Changs Kooperationsbereitschaft angewiesen gewesen. Sie hatten Changs Angaben auf einem Vernehmungsformular für den Außendienst zu Protokoll genommen und mit seiner Erlaubnis einen Blick in den Laderaum des Lieferwagens geworfen.

»Und was dann? Er hat doch wohl kaum von sich aus zugegeben, dass er Mitglied bei einer Triade ist?«

»Selbstverständlich nicht«, sagte Tao ungehalten. »Aber wir haben sein Tattoo gesehen und wem der Lieferwagen gehört. Daher war der Fall für uns klar, Detective.«

»Gut. Hatte er einen Führerschein?«

»Hatte er. Wir haben die Adresse bereits überprüft. Aber sie stimmt nicht mehr. Er ist umgezogen.«

Bosch schaute zu Chu auf dem Rücksitz. Ihm wurde bewusst, dass sie den Verdächtigen ohne ihn aufgesucht hätten, wenn die Adresse auf Changs Führerschein noch gestimmt hätte.

Chu wich Boschs finsterem Blick aus. Bosch riss sich zusammen und versuchte, sich nicht aufzuregen. Wenn er sie jetzt herunterputzte, verscherzte er es sich mit ihnen, und das Ermittlungsverfahren litte darunter. Das wollte er nicht.

»Haben Sie die Razziakarte dabei?«, fragte er Tao.

Tao reichte Bosch die acht mal zwölf Zentimeter große Karte durchs Fenster. Bosch machte die Innenbeleuchtung an und überflog die handschriftlichen Angaben. Weil Außendienstvernehmungen in den vergangenen Jahren von Bürgerrechtsvereinigungen wiederholte

Male als unzulässige Razzien angeprangert worden waren, wurden die von Polizisten ausgefüllten Formulare allgemein als »Razziakarten« bezeichnet.

Bosch studierte die Angaben zu Bo-Jing Chang. Das meiste davon war ihm bereits bekannt. Aber Tao war gründlich gewesen. Auf der Karte stand eine Handynummer. Das konnte noch wichtig werden.

»Stimmt die Nummer noch?«

»Ob jetzt noch, weiß ich nicht – diese Typen legen sich ständig neue Handys zu. Damals hat die Nummer jedenfalls gestimmt. Um sicherzugehen, dass er mich nicht verarscht, habe ich sie nämlich gleich in seinem Beisein gewählt. Ich kann also nur sagen, dass sie damals gestimmt hat.«

»Okay, dann müssen wir das nachprüfen.«

»Wollen Sie den Kerl etwa einfach anrufen und sagen: Tag, wie geht's?«

»Nein, das werden Sie machen. Unterdrücken Sie Ihre Rufnummer und rufen Sie in fünf Minuten diese Nummer hier an. Geht er dran, sagen Sie ihm, Sie hätten sich verwählt. Leihen Sie mir kurz das Fernglas, und, *Davy*, Sie kommen mit mir.«

»Augenblick«, sagte Tao. »Was soll dieser ganze Scheiß mit dem Telefon?«

»Falls die Nummer noch stimmt, können wir einen Abhörantrag stellen. Geben Sie mir das Fernglas. Sie rufen ihn an, und ich beobachte ihn. So können wir es feststellen, verstehen Sie?«

»Alles klar.«

Bosch gab Tao die Razziakarte zurück und nahm das Fernglas an sich. Chu stieg bei Bosch ein.

Bosch fuhr auf der Garvey Avenue zum Club 88 zurück und hielt unterwegs nach einer geeigneten Stelle Ausschau, um sich in der Nähe des Clubs auf die Lauer zu legen.

»Wo haben Sie vorher gestanden?«

»Auf dem Parkplatz dort vorne.«

Chu deutete durch die Windschutzscheibe, und Bosch fuhr auf den Parkplatz und drehte eine Runde. Sobald er eine Lücke gefunden hatte, von der man den Club 88 auf der anderen Straßenseite gut im Blick hatte, hielt er an und machte das Licht aus.

Er reichte Chu das Fernglas. »Da. Achten Sie drauf, ob er ans Telefon geht.«

Während Chu sich auf Chang konzentrierte, passte Bosch auf, dass im Club niemand in ihre Richtung aus dem Fenster schaute.

»Welcher ist Chang?«, fragte er Chu.

»Er sitzt ganz links, neben dem Kerl mit dem Hut.«

Bosch fasste den Mann ins Auge. Um jedoch Chang als den Mann auf dem Video aus dem Fortune Liquors identifizieren zu können, war er zu weit entfernt.

»Glauben Sie wirklich, dass er das ist, oder verlassen Sie sich da nur auf Tao?«

»Nein, nein, das ist er«, erklärte Chu mit Nachdruck. »Eindeutig.«

Bosch sah auf die Uhr. Herrera hätte längst anrufen müssen. Er wurde ungeduldig.

»Was soll dieses Theater eigentlich?«, fragte Chu.

»Wir sammeln Belastungsmaterial gegen Chang, Detective. Wir prüfen, ob diese Nummer noch stimmt, und dann besorgen wir uns eine Abhörgenehmigung. Wir hören seine Telefongespräche ab und erfahren auf diese Weise alles Mögliche. Mit wem er telefoniert, was er vorhat. Vielleicht hören wir ihn über Li reden. Vielleicht auch nicht. Dann jagen wir ihm einen kleinen Schreck ein und sehen, wen er anruft. Wir kreisen ihn ein. Aber – wir lassen uns Zeit und machen es sorgfältig. Wir kommen nicht angaloppiert und ballern erst mal wild durch die Gegend.«

Chu antwortete nicht. Er hielt das Fernglas weiter an seine Augen.

»Übrigens«, fuhr Bosch fort. »Trauen Sie den beiden? Tao und Herrera?«

Chu zögerte nicht.

»Natürlich traue ich ihnen. Sie etwa nicht?«

»Ich kenne sie nicht, folglich kann ich ihnen auch nicht trauen. Ich weiß nur, dass Sie mit *meinem* Verfahren und mit *meinem* Verdächtigen zu deren Police Department gegangen sind und dort alles herumgezeigt haben.«

»Was wollen Sie eigentlich? Ich habe nur versucht, die Ermittlungen voranzubringen, was mir ja auch gelungen ist. Immerhin haben wir den Verdächtigen identifiziert.«

»Richtig, wir haben den Verdächtigen identifiziert und können nur hoffen, dass er es nicht mitbekommt.«

Chu ließ das Fernglas sinken und sah Bosch an.

»Ich glaube, Sie sind nur sauer, weil Sie es nicht selbst waren.«

»Nein, Chu, solange die Sache richtig angepackt wird, ist es mir vollkommen egal, wer den Durchbruch schafft. Aber mir von Leuten, die ich nicht kenne, in die Karten schauen zu lassen, ist nicht meine Vorstellung von korrekt geführten Ermittlungen.«

»Trauen Sie eigentlich niemandem?«

»Behalten Sie lieber den Club im Auge«, sagte Bosch streng.

Gehorsam hob Chu das Fernglas wieder.

»Ich traue mir selbst«, fügte Bosch hinzu.

»Ich frage mich nur, ob es vielleicht mit Tao und mir zusammenhängt. Ob das wieder das Problem ist.«

Bosch wandte sich Chu zu.

»Fangen Sie nicht schon wieder mit diesem Quatsch an, Chu. Denken Sie sich meinetwegen, was Sie wollen. Sie können gern wieder zur AGU zurückfahren und sich aus meinen Ermittlungen raushalten. Nur damit das klar ist: Ich habe Sie nicht …«

»Chang bekommt gerade einen Anruf.«

Bosch schaute zum Club. Er glaubte sehen zu können, dass der Mann, den Chu als Chang identifiziert hatte, ein Handy an sein Ohr hielt und kurz darauf wieder sinken ließ.

»Er hat es wieder eingesteckt«, sagte Chu. »Die Nummer stimmt also noch.«

Bosch stieß rückwärts aus der Lücke und fuhr zum Supermarkt zurück.

»Ich kapiere immer noch nicht, was das ganze Theater mit der Telefonnummer soll«, sagte Chu. »Warum schnappen wir uns den Kerl nicht einfach? Wir haben ihn auf Video. Selber Tag, selbe Uhrzeit. Damit setzen wir ihn so lange unter Druck, bis er zu reden anfängt.«

»Und wenn er nicht einknickt? Dann können wir einpacken. Der DA wird uns was husten, wenn wir nur mit diesem Video ankommen. Wir brauchen mehr. Genau das versuche ich Ihnen die ganze Zeit klarzumachen.«

»Sparen Sie sich endlich mal Ihre Belehrungen, Bosch. Ich bin nach wie vor der Meinung, dass wir den Kerl kleinkriegen.«

»Na, dann fahren Sie mal schön nach Hause und ziehen sich weiter Ihre Fernsehkrimis rein. Warum sollte er auch nur ein Wort mit uns reden? Diese Typen bekommen von klein auf eingebläut: Wenn du verhaftet wirst, sagst du kein Wort. Wenn du verknackt wirst, wirst du verknackt, und wir kümmern uns um dich«, erwiderte Bosch.

»Haben Sie nicht selbst gesagt, Sie hätten noch nie einen Triadenfall gehabt?«

»Habe ich auch nicht, aber bestimmte Dinge sind überall gleich, und das ist so eins. Bei solchen Fällen bekommt man nur eine einzige Chance. Deshalb darf man sich keinen Fehler erlauben.«

»Na schön, dann machen wir es eben auf Ihre Art. Und wie soll es jetzt weitergehen?«

»Wir fahren zurück auf den Parkplatz und schicken Ihre Freunde nach Hause. Von jetzt an übernehmen wir. Das ist unser Fall, nicht ihrer.«

»Da werden sie aber nicht begeistert sein.«

»Juckt mich doch nicht. So und nicht anders gehen wir die Sache an. Lassen Sie sich schon mal was einfallen, wie Sie es ihnen am besten verklickern. Sagen Sie ihnen einfach, wir greifen wieder auf sie zurück, wenn wir den Kerl hopsnehmen.«

»Warum ich?«

»Wer sonst? Sie haben sie eingeladen, Sie laden sie auch wieder aus.«

»Danke, Bosch.«

»Keine Ursache, Chu. Willkommen beim Morddezernat.«

13

Bosch, Ferras und Chu saßen an der einen Seite des Besprechungstischs, Lieutenant Gandle und Captain Bob Dodds, der Leiter der Robbery-Homicide Division, an der anderen. Auf der Tischplatte lagen die Dokumente und Fotos zu dem Fall ausgebreitet, vor allem das Bild von Bo-Jing Chang aus dem Überwachungsvideo des Getränkemarkts.

»Ich bin nicht überzeugt«, erklärte Dodds.

Es war Donnerstagmorgen, und es war erst sechs Stunden her, dass Bosch und Chu die Observierung Changs beendet hatten, nachdem dieser sich in eine Wohnung in Monterey Park zurückgezogen hatte, um sich dort allem Anschein nach schlafen zu legen.

»Das sollten Sie in dieser Phase des Verfahrens auch noch gar nicht sein, Cap«, sagte Bosch. »Deshalb möchten wir die Observierung ja fortsetzen und eine Abhörgenehmigung beantragen.«

»Was ich damit meine, ist, dass ich nicht überzeugt bin, dass wir so vorgehen sollten«, entgegnete Dodds. »Eine Observierung, meinetwegen. Aber so eine Abhöraktion ist mit viel Arbeit und enormem Aufwand verbunden, und das bei äußerst ungewissem Ausgang.«

Bosch verstand. Dodds galt als hervorragender Ermittler, übernahm jetzt aber ausschließlich Verwaltungsaufgaben und hatte etwa genauso viel mit der Ermittlungstätigkeit in seinem Dezernat zu tun wie der Direktor eines Ölkonzerns mit einer Tankstelle. Er musste sich mit Personalzahlen und Budgetfragen herumschlagen und Möglichkeiten finden, mit weniger mehr zu erreichen und mit allen Mitteln zu verhindern, dass es bei Straftatenaufklärungs- und Festnahmestatistiken zu Einbrüchen kam. Das alles ließ ihn die Dinge realistisch sehen, und die Realität sah so aus, dass elektronische Observierungsmaßnahmen sehr teuer waren.

Einmal ganz abgesehen davon, dass Arbeitsstunden im zweistelligen Umfang erforderlich waren, um eine über fünfzig Seiten umfassende eidesstattliche Erklärung für eine gerichtliche Abhörgenehmigung aufzusetzen: Wenn eine solche Genehmigung erteilt wurde, musste der Abhörraum rund um die Uhr mit einem Detective besetzt werden, der den Anschluss überwachte. Häufig stieß man beim Anzapfen eines Einzelanschlusses auf andere Nummern, die abgehört werden mussten, und laut Gesetz war für jeden Anschluss ein eigener Überwacher nötig. Eine solche Maßnahme konnte schnell Überstunden aufsaugen wie ein riesiger Schwamm. Weil das Überstundenkontingent der RHD infolge der finanziellen Beschränkungen der Polizei drastisch begrenzt war, sträubte sich Dodds, etwas davon für ein Ermittlungsverfahren herauszurücken, bei dem es letztlich nur um den Mord an einem Getränkemarktbesitzer in South L. A. ging. Lieber sparte er es sich für Notzeiten auf – für einen spektakulären Fall, der sicher eines Tages käme und es erforderte.

Nichts davon hätte Dodds natürlich laut ausgesprochen, aber Bosch war wie jedem anderen im Raum bewusst, dass das der Punkt war, der dem Captain Kopfzerbrechen bereitete, und er deswegen nicht überzeugt war. Es hatte nichts mit den Gegebenheiten des Falls zu tun.

Bosch unternahm einen letzten Versuch, ihn zu überzeugen.

»Das ist nur die Spitze des Eisbergs, Captain«, sagte er. »Es geht hier nicht nur um einen Überfall auf einen Getränkemarkt. Das ist nur der Anfang. Mit der vollständigen Aufklärung dieses Vorfalls könnten wir eine ganze Triade ausheben.«

»Mit der vollständigen Aufklärung? Ich gehe in neunzehn Monaten in Pension, Bosch. Solche Fälle können sich ewig hinziehen.«

Bosch zuckte mit den Achseln.

»Wir könnten das FBI hinzuziehen, gemeinsam ermitteln. Für internationale Fälle sind sie immer zu haben, außerdem haben sie für solche Abhörmaßnahmen und Observierungen das nötige Geld.«

»Aber wir müssten alles mit ihnen teilen.« Damit meinte Gandle die Ausbeute der Festnahme. Schlagzeilen, Pressekonferenzen, alles.

»Also, davon halte ich gar nichts«, sagte Dodds und hielt Bo-Jing Changs Foto hoch.

Bosch spielte seine letzte Karte aus.

»Und wenn wir es ohne Überstunden durchziehen?«

Der Captain hielt einen Stift in der Hand. Wahrscheinlich sollte er ihn an seine Machtbefugnis erinnern. Er war hier derjenige, der die Entscheidungen traf. Als er jetzt über Boschs unerwartete Frage nachdachte, spielte er damit herum, schüttelte dann aber rasch den Kopf.

»Sie wissen, dass ich Sie nicht bitten darf, das zu tun«, erklärte er. »Davon darf ich nicht einmal etwas wissen.«

Es stimmte. Die Polizei war so oft wegen rechtswidriger Arbeitsbedingungen verklagt worden, dass niemand in der Verwaltung auch nur stillschweigend seine Zustimmung erteilt hätte, wenn Detectives unbezahlt Dienst taten.

Schließlich gewann Boschs Frustration über Budgets und Bürokratie die Oberhand. »Und was machen wir dann? Etwa Chang festnehmen? Jedem von uns ist klar, dass er kein Wort sagen wird, womit die Sache für uns gegessen wäre.«

Der Captain wackelte mit dem Stift.

»Bosch, Sie wissen genau, was die Alternative ist. Sie arbeiten weiter an dem Fall, bis sich irgendetwas ergibt. Sie arbeiten an den Zeugen. Sie arbeiten an den Beweisen. Es gibt immer eine Verbindung. Ich habe fünfzehn Jahre lang gemacht, was Sie machen, und Sie wissen genauso gut wie ich: Irgendetwas ergibt sich immer. Finden Sie es. So ein Lauschangriff ist eine äußerst fragwürdige Geschichte, das wissen Sie ganz genau. Mit simpler Kleinarbeit fährt man letztlich immer besser. Also, sonst noch etwas?«

Bosch spürte, wie sich sein Gesicht verfärbte. Für den Captain war der Fall damit erledigt. Was so heftig brannte, war das Wissen, dass Dodds im Grunde genommen recht hatte.

»Danke, Captain«, sagte Bosch kurz angebunden und stand auf.

Der Captain blieb mit dem Lieutenant im Besprechungszimmer, die Detectives zogen sich in Boschs Abteil zurück. Bosch schleuderte den Stift, den er in der Hand hatte, auf seinen Schreibtisch.

»Dieser Arsch«, knurrte Chu.

»Nein«, widersprach Bosch rasch. »Er hat recht, und deshalb ist er auch der Captain.«

»Und was machen wir jetzt?«

»Wir rücken Chang weiter auf die Pelle. Die Überstunden sind mir egal, und was der Captain nicht weiß, macht ihn nicht heiß. Wir behalten Chang im Auge und warten, dass er einen Fehler macht. Egal, wie lange es dauert. Notfalls mache ich es zu meinem Hobby.«

Bosch sah die anderen beiden an. Er war sicher, sie würden sich weigern, sich an einer Observierung zu beteiligen, die wahrscheinlich die Grenzen eines Achtstundentags sprengen würde.

Zu seiner Überraschung nickte Chu.

»Ich habe bereits mit meinem Lieutenant gesprochen. Er hat mich für diesen Fall freigestellt. Bei mir ginge es.«

Bosch nickte und dachte zunächst, es sei falsch gewesen, Chu zu misstrauen. Doch sein nächster Gedanke war, dass sein Misstrauen berechtigt war und dass Chus Bereitschaft, sich weiter an den Ermittlungen zu beteiligen, vielleicht nur ein Vorwand war, um sich über die Ermittlungen auf dem Laufenden zu halten und Bosch auf Schritt und Tritt beobachten zu können.

Bosch wandte sich seinem Partner zu.

»Und du?«

Ferras nickte widerstrebend und deutete auf das Besprechungszimmer am anderen Ende des Bereitschaftsraums. Durch die Glaswand konnte man Dodds immer noch mit Gandle sprechen sehen.

»Dir ist doch klar, Harry, dass die zwei wissen, dass wir genau das tun werden. Sie werden uns nichts zahlen und überlassen es uns, ob wir eins drauflegen oder aussteigen. Das ist einfach nicht fair.«

»Na und?«, erwiderte Bosch. »Seit wann ist das Leben schon fair. Bist du dabei oder nicht?«

»Ich bin dabei, aber unter Einschränkungen. Ich habe eine Familie, Mann. Ich schlage mir wegen einer Observierung nicht ganze Nächte um die Ohren. Das ist bei mir nicht drin – vor allem, wenn ich es nicht mal bezahlt bekomme.«

»Alles klar, wunderbar«, sagte Bosch, obwohl sein Tonfall seine Enttäuschung über Ferras nicht verbergen konnte.

»Du tust, was du kannst. Du kümmerst dich um den internen Kram, und Chu und ich nehmen uns Chang vor.«

Ferras, dem Boschs vorwurfsvoller Ton nicht entgangen war, legte schwachen Protest in seine Antwort.

»Du musst das verstehen, Harry, du hast keine Ahnung, wie das ist. Drei Kinder ... versuch das mal deiner Frau zu verklickern. Dass du die ganze Nacht in einem Auto sitzt und einen Triadentyp beobachtest und am Ende keinen Cent mehr Gehalt kriegst, egal, wie viel Stunden zusätzlich du dranhängst.«

Bosch hob die Hände, wie um zu sagen: »Genug geredet.«

»Du hast vollkommen recht. Ich muss es niemandem verklickern. Ich muss es bloß tun. Das ist der Job.«

14

Bosch saß in seinem Privatwagen und beobachtete, wie Chang bei Tsing Motors in Monterey Park seiner Arbeit nachging. Das Gelände des Gebrauchtwagenhändlers war ursprünglich eine Tankstelle aus den fünfziger Jahren mit einer kleinen Werkstatt und einem Büroanbau gewesen. Bosch hatte etwa einen halben Block weiter in der stark befahrenen Garvey Avenue geparkt, wo keine Gefahr bestand, entdeckt zu werden. Chu stand mit seinem Wagen in der anderen Richtung etwa genauso weit von Tsing Motors entfernt. Für die Observierung ihre Privatautos zu verwenden, war ein Verstoß gegen die Vorschriften, aber als Bosch im Fuhrpark angefragt hatte, hatten sie keine Fahrzeuge für verdeckte Ermittlungen zur Verfügung gehabt. Sie waren also vor die Wahl gestellt gewesen, entweder eines ihrer zivilen Dienstfahrzeuge zu nehmen, die allerdings, was den Tarneffekt anging, genauso gut hätten schwarz-weiß lackiert sein können, oder gegen die Vorschriften zu verstoßen. Bosch hatte keine Probleme damit, die Vorschriften zu ignorieren, denn er hatte einen Sechsfach-CD-Wechsler in seinem Auto. Diesmal hatte er ihn mit Musik seiner jüngsten Entdeckung geladen. Tomasz Stańko war ein polnischer Trompeter, der klang wie der Geist von Miles Davis. Sein Spiel war packend und mitreißend. Es war gute Observierungsmusik. Sie hielt Bosch wach.

Fast drei Stunden lang hatten sie inzwischen ihren Verdächtigen bei der Arbeit auf dem Gebrauchtwagengelände beobachtet. Er hatte Autos gewaschen, Reifen eingefettet, um sie neu aussehen zu lassen, und mit einem Interessenten in einem Mustang Baujahr '89 sogar eine Probefahrt gemacht. Und die letzte halbe Stunde hatte er die drei Dutzend Autos auf dem Gelände umgestellt, um den Eindruck zu erwecken, dass es ständig neue Angebote gab, dass Autos verkauft wurden und dass das Geschäft gut lief.

Um vier Uhr kam »Soul of Things« aus dem CD-Player, und Bosch fand, dass sogar Miles Stańko zähneknirschend Anerkennung gezollt hätte. Er trommelte mit den Fingern im Takt auf dem Lenkrad, als er sah, wie Chang in das kleine Büro ging und sein Hemd wechselte. Als er wieder nach draußen kam, war sein Arbeitstag beendet. Er stieg in den Mustang und fuhr allein weg.

Fast im selben Augenblick begann Boschs Handy zu summen. Er machte die Musik aus.

»Haben Sie gesehen?«, kam Chus Stimme aus dem Hörer.

»Es geht los.«

»Ja, sehe ich.«

»Er fährt zum Freeway hoch. Glauben Sie, er macht Feierabend?«

»Er hat sich umgezogen. Deshalb schätze ich, er hat für heute Schluss gemacht. Zuerst hänge ich mich an ihn, aber Sie halten sich bereit, um mich abzulösen.«

Bosch folgte dem Mustang zunächst in einem Abstand von fünf Fahrzeugen, doch als Chang auf dem Freeway 10 in Richtung Downtown fuhr, rückte er dichter auf. Er war nicht auf dem Weg nach Hause. Bosch und Chu waren ihm am Abend zuvor zu einer Wohnung in Monterey Park gefolgt – die ebenfalls Vincent Tsing gehörte – und hatten sie noch eine Stunde lang beobachtet, nachdem die Lichter ausgegangen waren und sie davon ausgehen zu können glaubten, dass er sich schlafen gelegt hatte.

Jetzt fuhr Chang in die Stadt, und Bosch hatte das Gefühl, er war im Auftrag der Triade unterwegs. Er beschleunigte und hielt das Handy an sein Ohr, damit Chang sein Gesicht nicht sehen konnte, als er den Mustang überholte. Er rief Chu an und sagte ihm, dass jetzt er an der Reihe sei.

So lösten sich Bosch und Chu bei der Beschattung regelmäßig ab, während Chang auf den Freeway 101 wechselte und durch Hollywood nach Norden in Richtung Valley fuhr. Der Feierabendverkehr geriet immer mehr ins Stocken, und entsprechend einfach war es, dem Verdächtigen zu folgen. Chang brauchte fast eine Stunde, um nach Sherman Oaks zu kommen, wo er schließlich am Sepulveda Boulevard vom Freeway abfuhr. Bosch rief Chu an.

»Ich glaube, er fährt zum anderen Laden.«

»Könnte gut sein. Sollen wir Robert Li anrufen und ihn warnen?«

Bosch zögerte. Chu hatte recht. Er musste entscheiden, ob sich Robert Li in Gefahr befand. Wenn ja, musste er gewarnt werden. Wenn er sich jedoch nicht in Gefahr befand, konnte eine Warnung alles auffliegen lassen.

»Nein, noch nicht. Warten wir erst ab, was passiert. Wenn Chang in den Laden geht, gehen wir mit ihm rein. Und wenn es Ärger gibt, schreiten wir ein.«

»Sind Sie sich sicher, Harry?«

»Nein, aber so machen wir es. Sehen Sie zu, dass Sie es noch bei Grün über die Kreuzung schaffen.«

Sie ließen die Handys an. Die Ampel am Ende der Ausfahrt hatte gerade auf Grün geschaltet. Bosch war vier Autos hinter Chang, Chu mindestens acht.

Die Fahrzeugschlange setzte sich nur stockend in Bewegung, und Bosch kroch auf die Ampel zu. Gerade als er die Kreuzung erreichte, schaltete sie auf Gelb. Er schaffte es noch, aber Chu nicht.

»Alles klar, ich bin hinter ihm«, sagte er ins Telefon. »Keine Hektik also.«

»Gut. In drei Minuten bin ich da.«

Bosch klappte das Handy zu. In diesem Moment hörte er direkt hinter sich eine Sirene, im Rückspiegel flackerte ein Blaulicht.

»Scheiße!«

Bosch schaute wieder nach vorn, wo Chang auf dem Sepulveda Boulevard weiter in Richtung Süden fuhr. Er war noch vier Straßen von Fortune Fine Foods & Liquor entfernt. Bosch fuhr rasch an den Straßenrand, sprang aus dem Auto und ging, seine Dienstmarke hochhaltend, auf den Motorradpolizisten zu, der ihn angehalten hatte.

»Ich führe gerade eine Observierung durch! Ich kann jetzt nicht anhalten!«

»Beim Fahren ist telefonieren verboten.«

»Dann schreiben Sie einen Bericht und schicken ihn dem Chief. Wegen so was lasse ich mir doch keine Observierung vermasseln.«

Damit drehte er sich um und ging zu seinem Auto zurück, um sich wieder in den Verkehr einzuordnen und nach Changs Mustang Ausschau zu halten. Er war nirgendwo zu sehen. Die nächste Ampel schaltete auf Rot, und er wurde wieder aufgehalten. Mit der Handkante auf das Lenkrad einschlagend, überlegte er, ob er Robert Li nicht doch anrufen sollte.

Sein Handy summte. Es war Chu.

»Bei mir geht's jetzt endlich wieder weiter. Wo sind Sie?«

»Einen Block vor Ihnen. Ich wurde gerade von einem Verkehrspolizisten angehalten, weil ich telefoniert habe.«

»Super! Wo ist Chang?«

»Irgendwo vor uns. Ich bin schon wieder losgefahren.«

Bosch kroch hinter seinem Vordermann über die Kreuzung. Er geriet jedoch nicht in Panik, weil er wusste, dass Changs Vorsprung wegen des Staus nicht sehr groß sein konnte. Er fing auch nicht an, ständig die Spur zu wechseln, um schneller voranzukommen, denn die Gefahr, dass Chang dadurch im Rückspiegel auf ihn aufmerksam wurde, war zu groß.

Zwei Minuten später erreichte er die große Kreuzung von Sepulveda und Ventura Boulevard. Ein Stück weiter waren bereits die Lichter von Fortune Fine Foods & Liquor zu sehen. Aber von Changs Mustang fehlte jede Spur. Er rief Chu an.

»Ich stehe jetzt an der Ampel Ecke Ventura, sehe ihn aber nirgendwo. Möglicherweise ist er schon da.«

»Ich bin eine Ampel hinter Ihnen. Was sollen wir jetzt machen?«

»Ich parke vor dem Eingang und gehe rein. Sie bleiben draußen und suchen sein Auto. Sobald Sie ihn oder den Wagen sehen, rufen Sie mich an.«

»Wollen Sie direkt zu Li gehen?«

»Mal sehen.«

Sobald die Ampel auf Grün schaltete, stieg Bosch aufs Gas und schoss so rasant über die Kreuzung, dass er fast einen Rotlichtsünder rammte. Zweihundert Meter weiter bog er auf den Parkplatz des kleinen Supermarkts. Er sah weder Changs Auto noch irgendwelche freien Parkplätze, die nicht als Behindertenparkplätze gekennzeichnet waren. Deshalb parkte er in der Durchfahrt an der Seite des Gebäudes hinter einem Müllcontainer mit einem PARKVERBOT-Aufkleber. Er sprang aus dem Auto und lief zum Eingang des Ladens.

In dem Moment, in dem Bosch durch die automatische Tür ging, auf der *Eingang* stand, kam Chang durch die Tür mit der Aufschrift *Ausgang* nach draußen. Bosch strich sich mit der Hand durchs Haar, um ihm mit dem Arm die Sicht auf sein Gesicht zu verdecken.

Ohne stehen zu bleiben, zog er das Handy aus der Tasche und steuerte auf die Kassen zu, wo zwei Kassiererinnen, andere als am Tag zuvor, auf Kunden warteten.

»Wo ist Mr. Li?«, fragte Bosch zielgerichtet.

»Hinten«, sagte eine der Frauen.

»In seinem Büro«, fügte die andere hinzu.

Bosch rief Chu an, während er rasch in den hinteren Teil des Geschäfts ging.

»Er ist gerade vorne raus. Folgen Sie ihm. Ich sehe inzwischen nach Li.«

»Alles klar.«

Bosch beendete das Gespräch und steckte das Handy ein. Er ging auf demselben Weg wie am Tag zuvor zu Lis Büro. Als er es erreichte, war die Tür geschlossen. Er spürte das Adrenalin in seinen Kreislauf schießen, als er nach dem Türknauf griff.

Ohne zu klopfen, öffnete er die Tür. Li unterhielt sich aufgeregt mit einem anderen Asiaten, der an dem Schreibtisch neben seinem saß, verstummte aber abrupt, als die Tür aufging. Li sprang auf, und Bosch sah sofort, dass er nicht verletzt war.

»Detective!«, rief Li. »Gerade wollte ich Sie anrufen! Er war hier! Der Mann, den Sie mir gezeigt haben, er war hier!«

»Ich weiß. Ich bin ihm gefolgt. Bei Ihnen alles okay?«

»So weit ja. Nur ein bisschen durcheinander.«

»Was ist passiert?«

Li rang nach Worten.

»Setzen Sie sich erst mal«, sagte Bosch, »dann können Sie mir in Ruhe alles erzählen. Wer sind Sie?« Er deutete auf den Mann, der am anderen Schreibtisch saß.

»Das ist Eugene, mein stellvertretender Geschäftsführer.«

Der Mann stand auf und reichte Bosch die Hand.

»Eugene Lam, Detective.«

Bosch schüttelte ihm die Hand.

»Waren Sie auch hier, als Chang reinkam?«, fragte er.

»Chang?«

»So heißt er. Der Mann auf dem Foto, das ich Ihnen gezeigt habe.«

»Ja, Eugene und ich waren beide hier. Er kam einfach rein.«

»Was wollte er?«

»Er sagte, dass von jetzt an ich an die Triade zahlen müsse. Er sagte, nach dem Tod meines Vaters sei das nun meine Aufgabe. Er sagte, er werde in einer Woche wiederkommen, und dann müsse ich ihm das Geld geben.«

»Hat er etwas über den Mord an Ihrem Vater gesagt?«

»Nur, dass er tot ist und dass ich jetzt zahlen muss.«

»Hat er gesagt, was passiert, wenn Sie sich weigern?«

»Das musste er nicht.«

Bosch nickte. Li hatte recht. Die Drohung war unmissverständlich, vor allem nach dem, was Lis Vater zugestoßen war. Bosch war zuversichtlich. Changs Besuch bei Robert Li erhöhte ihre Chancen. Sein Versuch, Li zu erpressen, schuf möglicherweise die Voraussetzung, ihn festzunehmen und schließlich sogar wegen Mordes unter Anklage zu stellen.

Bosch wandte sich Lam zu.

»Und Sie haben alles mitbekommen – alles, was gesprochen wurde?«

Lam zögerte zunächst, aber dann nickte er.

Bosch nahm an, dass er nicht in die Sache hineingezogen werden wollte.

»Haben Sie nun alles mitbekommen oder nicht, Eugene? Bisher haben Sie nur gesagt, dass Sie hier waren.«

Wieder nickte Lam, bevor er antwortete.

»Ja, ich habe den Mann gesehen, aber … ich spreche kein Chinesisch. Ich verstehe es ein wenig, aber nicht besonders gut.«

Bosch wandte sich wieder Li zu.

»Er hat chinesisch mit Ihnen gesprochen?«

Li nickte.

»Ja.«

»Aber Sie haben verstanden, was er gesagt hat, und das

war, dass nach dem Tod Ihres Vaters jetzt Sie die wöchentlichen Zahlungen leisten müssen.«

»Ja, das hat er gesagt. Aber ...«

»Was aber?«

»Werden Sie diesen Mann jetzt verhaften? Muss ich dann vor Gericht gegen ihn aussagen?«

Diese Vorstellung machte ihm sichtlich Angst.

»Im Moment ist es noch zu früh, um sagen zu können, ob überhaupt jemand etwas von dieser Sache hier erfahren wird. Wir sind nicht wegen Erpressung hinter diesem Kerl her. Wenn er Ihren Vater umgebracht hat, wollen wir ihn deshalb drankriegen. Und ich bin sicher, Sie werden alles tun, um uns zu helfen, den Mörder Ihres Vaters hinter Gitter zu bringen.«

Li nickte zwar, aber sein Widerstreben war ihm immer noch deutlich anzusehen. Nach allem, was mit seinem Vater passiert war, wollte er eindeutig keinen Ärger mit Chang oder der Triade bekommen.

»Ich muss kurz meinen Partner anrufen«, sagte Bosch. »Deshalb gehe ich jetzt kurz nach draußen, aber ich bin gleich wieder zurück.«

Bosch verließ das Büro und schloss die Tür. Er rief Chu an.

»Sind Sie an ihm dran?«

»Ja, er fährt zum Freeway zurück. Was war?«

»Er hat Li gesagt, dass ab sofort er die Zahlungen übernehmen soll, die bisher sein Vater geleistet hat. An die Triade.«

»Klasse! Damit haben wir ihn!«

»Jubeln Sie mal lieber nicht zu früh. Wegen Erpressung kriegen wir ihn vielleicht – aber nur, wenn der junge Li mitspielt. Von einer Mordanklage sind wir immer noch meilenweit entfernt.«

Chu antwortete nicht, und plötzlich tat es Bosch leid, ihm die Freude verdorben zu haben.

»Aber grundsätzlich haben Sie natürlich recht«, fügte er deshalb hinzu. »Wir kommen der Sache schon näher. Wohin fährt er?«

»Im Moment ist er auf der rechten Spur des 101 Richtung Süden. Sieht so aus, als hätte er es eilig. Fährt seinem Vordermann ganz schön dicht auf. Hilft ihm aber nichts.«

Wie es aussah, fuhr Chang auf demselben Weg zurück, auf dem er gekommen war.

»Okay. Ich werde noch ein bisschen mit den beiden hier reden, dann mache ich mich ebenfalls auf den Weg. Rufen Sie mich an, wenn Chang irgendwo anhält.«

»Mit den beiden? Ist außer Robert Li noch jemand da?«

»Der stellvertretende Geschäftsführer. Eugene Lam. Er war bei Li im Büro, als Chang ankam, um Li klarzumachen, wie er sich das in Zukunft vorstellt. Allerdings hat Chang chinesisch mit Li gesprochen, und Lam kann nur Englisch. Als Zeuge wird er uns also nicht viel nützen, außer dass er bestätigen kann, dass Chang im Büro des Supermarkts war.«

»Okay, Harry«, sagte Chu. »Wir sind jetzt auf dem Freeway.«

»Gut, bleiben Sie an ihm dran. Ich rufe Sie wieder an, sobald ich hier aufbreche.«

Bosch klappte das Handy zu und ging in das Büro zurück. Li und Lam saßen nach wie vor an ihren Schreibtischen und warteten auf ihn.

»Haben Sie im Laden Videoüberwachung?«, fragte Bosch.

»Ja«, antwortete Li. »Das System ist das gleiche wie im anderen Geschäft. Nur dass wir hier mehr Kameras und Multiplex haben. Acht Bildschirme gleichzeitig.«

Bosch schaute an die Decke des Büros.

»Hier drinnen ist aber keine Kamera, oder?«

»Nein, Detective«, sagte Li. »Im Büro haben wir keine.«

»Trotzdem, ich brauche auf jeden Fall die DVD, damit wir beweisen können, dass Chang bei Ihnen war.«

Li nickte widerstrebend, wie ein Junge, der von jemandem auf die Tanzfläche gezerrt wird, mit dem er nicht tanzen will.

»Eugene, würdest du Detective Bosch bitte die DVD holen?«

»Nein«, sagte Bosch rasch. »Ich muss dabei sein, wenn Sie die Disc herausnehmen. Sie wissen schon, Beweismittelkette und Augenschein. Ich komme mit.«

»Wie Sie möchten.«

In den fünfzehn Minuten, die Bosch noch im Supermarkt blieb, sah er sich zuerst das Überwachungsvideo an und fand darauf bestätigt, dass Chang in den Laden gekommen und nach hinten in Lis Büro gegangen war, um ihn nach den drei nicht aufgezeichneten Minuten im Büro bei Li und Lam wieder zu verlassen. Danach konfiszierte er die DVD und kehrte zu Li ins Büro zurück, wo er noch einmal dessen Schilderung der Begegnung mit Chang mit ihm durchsprach. Je detaillierter Boschs Fragen wurden, desto mehr schien Lis Widerstreben zuzunehmen, sodass Bosch schließlich zu der Überzeugung gelangte, dass sich der Sohn des Mordopfers wahrscheinlich weigern würde, mit der Anklage zu kooperieren. Dennoch hatte die Sache auch positive Seiten. Sie konnten sich Changs Erpressungsversuch auf andere Weise zunutze machen. Unabhängig davon, ob Li mit der Anklage kooperierte oder nicht, lieferte er ihnen den berechtigten Grund, den Bosch brauchte, um Chang festzunehmen und seinen persönlichen Besitz nach Indizien für seine Beteiligung an dem Mord zu durchsuchen.

Bosch war voller Zuversicht, als er durch die automatische Tür nach draußen ging. Langsam kamen sie bei den Ermittlungen voran. Er holte das Handy heraus und erkundigte sich bei Chu nach Chang.

»Wir sind inzwischen zurück bei seiner Wohnung«, berichtete Chu. »Er hat unterwegs nirgendwo angehalten. Ich glaube, er hat vor, sich zu Hause einen gemütlichen Abend zu machen.«

»Dafür ist es noch zu früh. Es ist noch nicht mal dunkel.«

»Wie auch immer, ich kann nur sagen, dass er sich im Moment zu Hause eingerichtet hat. Und er hat die Vorhänge zugezogen.«

»Alles klar. Ich fahre dann mal los.«

»Könnten Sie mir unterwegs vielleicht einen Tofu-Dog holen, Harry?«

»Nein, da müssen Sie sich jemand anders suchen, Chu.«

Chu lachte.

»Habe ich mir fast gedacht.«

Bosch beendete das Gespräch. Offensichtlich hatte auch Chu das Jagdfieber gepackt.

15

Chang kam bis Freitagmorgen neun Uhr nicht mehr aus seiner Wohnung. Aber als er sie dann verließ, hatte er etwas bei sich, was Bosch sofort in Alarmbereitschaft versetzte.

Einen großen Koffer.

Bosch rief Chu an, um sich zu vergewissern, dass er wach war. Sie hatten die nächtliche Observierung in Vierstundenschichten aufgeteilt, sodass jeder eine Zeit lang in seinem Auto schlafen konnte. Chu war zwischen vier und acht mit Schlafen an der Reihe gewesen, aber Bosch hatte noch nichts von ihm gehört.

»Sind Sie wach? Bei Chang tut sich was.«

Chu hatte noch Schlaf in der Stimme.

»Ja? Was? Sie sollten mich doch um acht anrufen.«

»Er hat gerade einen Koffer in sein Auto gepackt. Er macht sich aus dem Staub. Ich glaube, er hat einen Tipp bekommen.«

»Dass wir hinter ihm her sind?«

»Nein, dass er Microsoft-Aktien kaufen soll. Was haben Sie denn gedacht?«

»Harry, wer sollte ihm das gesteckt haben?«

Chang stieg in sein Auto und stieß rückwärts aus seinem Stellplatz auf dem Parkplatz der Wohnanlage.

»Das ist allerdings die Frage«, sagte Bosch. »Und wenn jemand eine Antwort darauf hat, dann Sie.«

»Wollen Sie damit sagen, ich hätte der Zielperson eines Ermittlungsverfahrens einen Tipp gegeben?«

In Chus Stimme schwang die unerlässliche Entrüstung der Beschuldigten mit.

»Ich weiß nicht, was Sie getan haben«, entgegnete Bosch.

»Aber Sie haben unser Vorhaben in ganz Monterey Park herumgetratscht, weshalb diesen Kerl inzwischen weiß Gott wer gewarnt haben könnte. Im Moment kann ich nur sagen, es sieht so aus, als wollte er sich aus dem Staub machen.«

»In ganz Monterey Park? Übertreiben Sie da nicht ein bisschen?«

Bosch folgte dem Mustang in gut zweihundert Metern Abstand in Richtung Norden.

»Sie haben mir neulich erzählt, der dritte Typ, dem Sie das Foto beim MPPD gezeigt haben, hätte Chang identifiziert. Das wären also schon mal drei Cops, die alle Partner haben und bei Einsatzbesprechungen und untereinander reden.«

»Vielleicht wäre es dazu ja nicht gekommen, wenn wir Tao und Herrera nicht abserviert hätten, als ob wir ihnen nicht trauen würden.«

Bosch hielt im Rückspiegel nach Chu Ausschau. Er versuchte, sich nicht durch seinen Ärger von der Beschattung ablenken zu lassen. Sie durften Chang jetzt auf keinen Fall aus den Augen verlieren.

»Rücken Sie auf. Wir fahren in Richtung 10er. Sobald er auf dem Freeway ist, lösen Sie mich ab und übernehmen die Führung.«

»Alles klar.«

Der Ärger in Chus Stimme war unüberhörbar. Bosch ignorierte ihn. Falls Chang einen Hinweis auf die Ermittlungen erhalten hatte, würde Bosch herausfinden, wer ihn angerufen hatte, und den Betreffenden zur Schnecke machen, selbst wenn es Chu war.

Chang fuhr auf den Freeway 10, und wenig später überholte Chu Bosch, um ihn bei der Beschattung abzulösen. Als Bosch zu ihm hinüberschaute, zeigte ihm Chu den Stinkefinger.

Bosch wechselte die Spur, ließ sich ein Stück zurückfallen und rief Lieutenant Gandle an.

»Harry, was gibt's?«

»Probleme.«

»Erzählen Sie.«

»Das Erste ist, dass unser Mann heute Morgen einen Koffer in sein Auto geladen hat und damit gerade in Richtung Flughafen unterwegs ist.«

»Scheiße, was noch?«

»Wie die Sache für mich aussieht, hat er einen Tipp bekommen – vielleicht hat ihm jemand geraten unterzutauchen.«

»Genauso gut könnte er aber auch von Anfang an Anweisung gehabt haben, sich abzusetzen, sobald er Li ausgeschaltet hat. Malen Sie da mal nicht gleich den Teufel an die Wand, Harry. Jedenfalls nicht, solange Sie keine konkreten Hinweise haben.«

Es ärgerte Bosch, dass ihm sein Lieutenant nicht den Rücken stärkte, aber damit konnte er leben. Falls Chang einen Tipp erhalten hatte und sich der Krebs der Korruption in die Ermittlungen eingeschlichen hatte, würde Bosch den Herd finden. Da war er sich ganz sicher. Aber vorerst ließ er die Sache auf sich beruhen und konzentrierte sich auf seine Optionen hinsichtlich Changs.

»Sollen wir Chang festnehmen?«, fragte er.

»Sind Sie sicher, dass er abhaut? Vielleicht macht er nur eine Lieferung oder so. Wie groß ist der Koffer?«

»Groß. Die Sorte, die man packt, wenn man nicht mehr zurückkommt.«

Seufzend lud sich Gandle ein weiteres Dilemma, in dem es eine Entscheidung zu treffen galt, auf den Teller.

»Okay, ich will erst noch mit ein paar Leuten reden, dann melde ich mich wieder bei Ihnen.«

Bosch nahm an, dabei handelte es sich um Captain Dodds und vielleicht jemand von der Staatsanwaltschaft.

»Es gibt aber auch gute Nachrichten, Lieutenant.«

»Kaum zu fassen«, rief Gandle aus. »Was?«

»Gestern Nachmittag sind wir Chang zum anderen Laden gefolgt. Zu dem, den der Sohn des Opfers im Valley betreibt. Er hat den jungen Li erpresst und ihm gesagt, nachdem sein alter Herr tot ist, müsse er jetzt zahlen.«

»Ist ja super! Warum haben Sie mir das nicht gesagt?«

»Hab ich doch gerade.«

»Damit haben wir einen berechtigten Grund für eine Festnahme.«

»Für eine Festnahme, aber wohl nicht für eine Anklageerhebung. Der junge Li ziert sich als Zeuge etwas. Damit wir gegen Chang etwas in der Hand haben, müsste er seine Aussage zu Protokoll geben, aber ich bin mir nicht sicher, ob er dazu bereit ist. Abgesehen davon wäre es keine Mordanklage. Und eine solche wollen wir doch.«

»Aber wenigstens könnten wir diesen Kerl daran hindern, sich in ein Flugzeug zu setzen und abzuhauen.«

Bosch nickte, während in seinem Kopf bereits ein Plan Gestalt anzunehmen begann.

»Heute haben wir Freitag. Wenn wir ihm auf den Fersen bleiben und ihn möglichst spät festnehmen, wird er erst Montagnachmittag einem Richter vorgeführt. Damit hätten wir mindestens zweiundsiebzig Stunden, um Beweise gegen ihn zu sammeln.«

»Mit der Erpressung als Notanker.«

»Genau.«

Bosch hörte das Anklopfzeichen in seinem Ohr und nahm an, es wäre Chu. Er bat Gandle, sich bei ihm zu melden, sobald er ihr weiteres Vorgehen mit den zuständigen Stellen abgesprochen hatte. Er nahm den Anruf entgegen, ohne auf das Display zu sehen.

»Ja?«

»Harry?«

Es war eine Frau. Er kannte die Stimme, konnte sie aber nicht sofort einordnen.

»Ja, wer ist da, bitte?«

»Teri Sopp.«

»Oh, hallo, ich dachte, es wäre mein Partner. Was gibt's?«

»Ich wollte Ihnen nur Bescheid geben, dass ich meine Vorgesetzten überzeugen konnte, die Patronenhülse, die Sie mir gestern vorbeigebracht haben, bei den elektrostatischen Verstärkungstests zu verwenden. Wir werden sehen, ob wir einen Abdruck erhalten.«

»Teri, Sie sind die Größte! Machen Sie den Test schon heute?«

»Nein, heute sicher noch nicht. Dazu werden wir erst nächste Woche kommen. Wahrscheinlich Dienstag.«

Bosch bat nur äußerst ungern um einen Gefallen, aber so wie es aussah, hatte er eigentlich keine Wahl.

»Teri, wäre es denn irgendwie möglich, es schon Montagmorgen zu machen?«

»Montag? Ich glaube nicht, dass wir den offiziellen Antrag vor ...«

»Die Sache ist nämlich die, dass wir unseren Verdächtigen möglicherweise noch vor Tagesende einkassieren. Wir befürchten, dass er sich ins Ausland abzusetzen versucht, und werden ihn möglicherweise festnehmen müssen. Somit haben wir nur bis Montag Zeit, Anklage gegen ihn zu erheben, Teri. Wir werden alles an Beweisen brauchen, was wir bekommen können.«

Sie antwortete erst nach einigem Zögern.

»Ich werde sehen, was wir tun können. Aber bringen Sie mir auf jeden Fall schon mal eine Fingerabdruckkarte, wenn Sie ihn festnehmen, damit ich einen Vergleich vornehmen kann, sobald ich von unserer Seite etwas bekomme. Falls es da überhaupt etwas gibt.«

»Alles klar, Teri. Tausend Dank.«

Bosch klappte das Handy zu und konzentrierte sich wieder ganz auf den Freeway vor ihm. Er entdeckte weder Chus Auto – einen roten Mazda Miata – noch Changs silbernen Mustang. Er war weit zurückgefallen und rief Chu per Schnellwahl an.

»Chu, wo sind Sie?«

»Auf dem 405er in Richtung Süden. Er fährt zum Flughafen.«

Bosch war noch auf dem Freeway 10 und sah das Autobahnkreuz vor sich auftauchen.

»Okay, ich rücke wieder auf.«

»Wieso, was war los?«

»Ich habe mit Gandle gesprochen, und er will erst noch Rücksprache halten, ob wir Chang festnehmen sollen oder nicht.«

»Wir dürfen ihn auf keinen Fall laufen lassen.«

»Das habe ich auch gesagt. Mal sehen, wie sie sich entscheiden.«

»Möchten Sie, dass ich meinen Chef einschalte?«

Fast hätte Bosch geantwortet, dass er nicht noch einen Chef hinzuziehen wollte, wenn die Möglichkeit bestand, dass irgendwo ein Leck in der Leitung war.

»Warten wir erst ab, was Gandle sagt«, antwortete er stattdessen diplomatisch.

»Alles klar.«

Bosch beendete das Gespräch und begann, sich durch den dichten Verkehr zu kämpfen, um aufzuholen. Auf der Überführung, die ihn vom 10er auf den 405er brachte, konnte er eine halbe Meile vor sich Chus und Changs Autos sehen. Sie steckten in dem Stau, der sich vor der Anschlussstelle gebildet hatte.

Als sie sich schließlich der Century-Boulevard-Ausfahrt zum LAX näherten, hatten sich Bosch und Chu zweimal bei Changs Beschattung abgewechselt. Inzwischen stand fest, dass Chang die Stadt verlassen wollte, und sie mussten ihn daran hindern. Bosch rief wieder Gandle an und wurde auf die Warteschleife gelegt.

Nach zwei langen Minuten meldete sich Gandle endlich.

»Was gibt's Neues, Harry?«

»Er ist auf dem Century Boulevard, vier Blocks vom LAX.«

»Ich habe noch niemanden erreicht.«

»Ich würde sagen, wir kaufen ihn uns. Wir verhaften ihn wegen Mordes, und schlimmstenfalls erheben wir am Montag eben wegen Erpressung Anklage gegen ihn. Er wird zwar gegen Kaution freikommen, aber der Richter wird ihm ein Reiseverbot erteilen, vor allem, nachdem er heute abzuhauen versucht hat.«

»Diese Entscheidung überlasse ich Ihnen, Harry. Jedenfalls können Sie auf meine Rückendeckung zählen.«

Sprich: Es wäre nach wie vor Bosch, der die falsche Entscheidung getroffen hätte, wenn am Montag alles schieflief und Chang das Gefängnis als freier Mann verließ und auf Nimmerwiedersehen verschwand.

»Danke, Lieutenant. Ich halte Sie auf dem Laufenden.«

Wenige Augenblicke nachdem Bosch das Gespräch beendet hatte, bog Chang nach rechts auf einen Langzeitparkplatz, von dem es einen Zubringerdienst zu den Terminals gab. Wie zu erwarten, rief Chu an.

»Es ist so weit. Was machen wir jetzt?«

»Wir kaufen ihn uns. Wir warten, bis er parkt und den Koffer aus dem Auto holt. Dann verhaften wir ihn und besorgen uns für den Koffer einen Durchsuchungsbeschluss.«

»Wo?«

»Ich stelle mein Auto immer hier ab, wenn ich nach Hongkong fliege. Es gibt überall Haltestellen, wo sie einen abholen kommen. Fahren wir einfach mal drauf und parken. Wir tun so, als wären wir Fluggäste, und schnappen ihn uns an der Zubringerhaltestelle.«

»Alles klar.«

Sie beendeten das Gespräch. Weil im Moment Bosch

die vordere Position hatte, fuhr er direkt hinter Chang auf den Parkplatz und zog an der Schranke einen Parkschein. Der Schlagbaum ging hoch, und er fuhr durch. Er folgte Chang auf der Hauptdurchfahrt, und als Chang nach rechts in eine Nebenstraße bog, fuhr Bosch geradeaus weiter. Er ging davon aus, dass Chu rechts abbiegen und dem Mustang folgen würde.

Bosch parkte in der ersten freien Lücke, stieg aus und ging zu Fuß zu der Stelle zurück, an der Chang und Chu abgebogen waren. Er sah Chang eine Reihe weiter seinen großen Koffer aus dem Kofferraum des Mustangs wuchten. Chu hatte acht Autos weiter geparkt.

Da Chu anscheinend gemerkt hatte, dass er auf einem Langzeitparkplatz ohne Gepäck Verdacht erregen könnte, hatte er seinen Aktenkoffer und einen Regenmantel aus dem Auto genommen. Damit ging er jetzt wie ein Geschäftsreisender auf die nächste Haltestelle zu.

Bosch hatte keine Requisiten, um sich zu verkleiden, deshalb nutzte er die geparkten Autos als Deckung, als er die mittlere Zufahrt entlangging.

Chang schloss sein Auto ab und schleppte den Koffer zur Haltestelle. Das schwere alte Monstrum hatte keine Rollen, wie sie inzwischen Teil fast aller neueren Modelle egal welcher Größe waren. Chu stand bereits an der Haltestelle, als Chang dort ankam. Bosch ging hinter einem Minivan vorbei und kam nur zwei Fahrzeuge von den beiden entfernt nach vorn. So blieb Chang kaum Zeit, um zu merken, dass der auf ihn zukommende Mann auf dem Langzeitparkplatz eigentlich Gepäck hätte dabeihaben sollen.

»Bo-Jing Chang«, sagte Bosch laut, als er ihn fast erreicht hatte.

Der Verdächtige wirbelte herum. Aus der Nähe sah Chang kräftig und sehr kompakt aus, beeindruckend. Seine Muskeln spannten sich.

»Sie sind verhaftet. Bitte legen Sie die Hände auf den Rücken.«

Chang kam nicht mehr dazu, zu überlegen, ob er sein Heil in der Flucht oder im Angriff suchen sollte. Chu stellte sich hinter ihn, hielt seine linke Hand fest und legte ihm blitzschnell eine Handschelle um die rechte. Chang setzte sich zwar kurz zur Wehr, aber das war vor allem Ausdruck seiner Überraschung. Chu legte ihm auch die zweite Handschelle an, und die Festnahme war abgeschlossen.

»Was soll?«, protestierte Chang. »Ich nichts getan.«

Er hatte einen starken Akzent.

»Darüber werden wir uns gleich unterhalten, Mr. Chang. Sobald wir Sie ins Police Administration Building gebracht haben.«

»Ich muss Flugzeug kommen.«

»Heute nicht mehr.«

Bosch zeigte ihm Dienstmarke und Ausweis, dann stellte er Chu vor und erwähnte dabei ganz bewusst, dass Chu der Asian Gang Unit angehörte. Sollte das ruhig schon mal in Changs Kopf zu arbeiten beginnen.

»Festnahme für was?«, fragte der Verdächtige.

»Wegen Mordes an John Li.«

Bosch entdeckte keine Überraschung in Changs Reaktion. Aber er sah, wie er innerlich die Läden herunterließ.

»Ich will Anwalt.«

»Alles schön der Reihe nach, Mr. Chang«, sagte Bosch. »Erst müssen wir Sie auf Ihre Rechte aufmerksam machen.«

Bosch nickte Chu zu, worauf dieser eine Karte aus der Tasche zog. Er las Chang seine Rechte vor und fragte ihn, ob er sie verstanden hatte. Changs einzige Reaktion war, erneut einen Anwalt zu verlangen. Er kannte die Prozedur.

Als Nächstes forderte Bosch einen Streifenwagen an, um Chang ins PAB zu verfrachten, und einen Abschleppwagen, um sein Auto in die Polizeigarage in Downtown zu bringen. Sobald das erledigt war, hatte es Bosch nicht mehr eilig. Je länger es dauerte, Chang in die Stadt zu bringen, desto näher rückte vierzehn Uhr, der Termin, bis zu dem Verdächtige einem Richter vorgeführt werden konnten. Wenn sie Chang bis dahin nicht einlieferten, konnte er übers Wochenende als Gast des städtischen Gefängnisses festgehalten werden.

Nachdem sie etwa fünf Minuten schweigend dagestanden hatten – Chang saß auf einer Bank der Haltestelle –, deutete Bosch auf den Koffer und sagte ganz beiläufig, so, als ob die Fragen und Antworten nichts zur Sache täten:

»Sieht ja tonnenschwer aus, das Teil. Wohin wollten Sie denn damit?«

Chang sagte nichts. Wenn man verhaftet war, gab es keinen Small Talk. Er starrte geradeaus vor sich hin und zeigte keine Reaktion auf Boschs Frage. Chu übersetzte die Frage, mit dem gleichen Ergebnis.

Bosch zuckte mit den Achseln, als wäre ihm egal, ob Chang antwortete oder nicht.

»Harry«, sagte Chu.

Bosch spürte, wie sein Handy zweimal vibrierte, das Zeichen, dass er eine SMS erhalten hatte. Er winkte Chu ein paar Meter von der Haltestelle fort, um mit ihm zu reden, ohne dass Chang mithören konnte.

»Was meinen Sie?«, fragte Chu.

»Eines steht zumindest schon fest: Er wird nicht mit uns reden und will einen Anwalt. Das wär fürs Erste alles.«

»Und was machen wir jetzt?«

»Zuallererst gehen wir ab sofort alles ganz langsam an. Wir lassen uns Zeit, wenn wir ihn in die Stadt bringen, und wir lassen uns Zeit, wenn wir ihn dort im Gefängnis einliefern. Seinen Anwalt darf er erst anrufen, wenn alle Formalitäten erledigt sind, was mit ein bisschen Glück nicht vor zwei Uhr der Fall sein wird. In der Zwischenzeit besorgen wir uns die nötigen Durchsuchungsbeschlüsse. Für sein Auto, seinen Koffer und sein Handy, wenn er es einstecken hat. Danach nehmen wir uns seine Wohnung und seinen Arbeitsplatz vor. Alles, was uns der Richter durchsuchen lässt. Und dann hoffen wir, dass wir bis Montagmittag irgendetwas finden. Die Tatwaffe zum Beispiel. Wenn nämlich nicht, müssen wir ihn wahrscheinlich wieder laufen lassen.«

»Was ist mit der Erpressung?«

»Sie verhilft uns zu einem berechtigten Grund, aber wenn Robert Li nicht mitspielt, bringt es uns nicht weiter.«

Chu nickte.

»*Zwölf Uhr mittags*, Harry. Das ist ein Film. Ein Western.«

»Habe ich leider nie gesehen.«

Bosch blickte die lange Reihe geparkter Autos hinunter und sah einen Streifenwagen in die Durchfahrt einbiegen und auf sie zukommen. Er winkte.

Er holte sein Handy heraus, um die SMS zu lesen. Auf dem Display stand, dass er von seiner Tochter ein Video erhalten hatte.

Er würde es sich später ansehen. In Hongkong war es sehr spät, und seine Tochter sollte längst im Bett sein. Wahrscheinlich konnte sie nicht schlafen und erwartete, dass er antwortete. Aber er hatte jetzt Wichtigeres zu tun. Er steckte das Handy ein, als der Streifenwagen neben ihm anhielt.

»Ich werde mit ihm in die Stadt fahren«, sagte er zu Chu.

»Für den Fall, dass er beschließt, uns etwas mitzuteilen.«

»Und Ihr Auto?«

»Das hole ich später.«

»Vielleicht sollte lieber ich mit ihm fahren.«

Bosch sah Chu an. Das war wieder einer dieser Momente. Er wusste, es wäre besser, wenn Chu mit Chang fuhr, weil er beide Sprachen beherrschte und Chinese war. Aber es hieße, Bosch gäbe die Kontrolle über den Fall ab.

Außerdem hieße es, dass er Chu vertraute, nachdem er erst eine Stunde zuvor vorwurfsvoll mit dem Finger auf ihn gedeutet hatte.

»Okay«, sagte er schließlich. »Fahren Sie mit ihm.«

Chu nickte. Er schien sich über die Bedeutung von Boschs Entscheidung im Klaren zu sein.

»Aber machen Sie ruhig einen Umweg«, schärfte ihm Bosch ein. »Die beiden sind wahrscheinlich von der Pacific Division. Fahren Sie also erst dort vorbei und rufen mich dann an. Und dann werde ich Ihnen sagen, es wäre doch alles anders gekommen und wir müssten ihn jetzt Downtown einliefern. So dürfte die Fahrt eine Stunde länger dauern.«

»Alles klar«, sagte Chu. »Das müsste gehen.«

»Soll ich Ihr Auto zurückfahren?«, fragte Bosch. »Es macht mir nichts, meins hier stehen zu lassen.«

»Nein, schon okay, Harry. Ich lasse meins hier und hole es später. Außerdem gefällt Ihnen sicher die Musik nicht, die ich im Auto habe.«

»Das musikalische Äquivalent zu Tofu-Hotdogs?«

»Für Sie wahrscheinlich schon.«

»Okay, dann nehme ich meinen.«

Bosch wies die beiden Streifenpolizisten an, Chang auf den Rücksitz des Streifenwagens zu setzen und den Koffer im Kofferraum zu verstauen. Dann redete er noch einmal ernsthaft mit Chu.

»Um die Durchsuchungsbeschlüsse für Changs Eigentum soll sich Ferras kümmern. Wenn Chang irgendetwas zugibt, hilft uns das mit dem berechtigten Grund. Sollte er also zum Beispiel erzählen, er müsste sein Flugzeug erreichen, ist das ein Eingeständnis, das auf eine Fluchtabsicht hindeutet. Versuchen Sie, ihm etwas in der Art zu entlocken, wenn Sie mit ihm in die Stadt fahren.«

»Aber er hat doch bereits gesagt, dass er einen Anwalt will.«

»Tun Sie so, als würden Sie sich einfach mit ihm unterhalten. Kein Verhör. Versuchen Sie herauszufinden, wohin er wollte. Das würde Ignacio die Sache erleichtern. Und vor allem: immer schön Zeit lassen. Nehmen Sie die landschaftlich reizvollere Strecke.«

»Alles klar. Ich weiß, was ich zu tun habe.«

»Gut, dann warte ich hier auf den Abschleppwagen. Wenn Sie vor mir ins PAB kommen, stecken Sie Chang einfach in ein Zimmer und lassen ihn dort schmoren. Und vergessen Sie nicht, die Kamera anzumachen – Ignacio zeigt Ihnen, wie das geht. Man kann nie wissen, manchmal sitzen diese Typen eine Stunde lang ganz allein in einem Zimmer, und plötzlich gestehen sie den Wänden alles.«

»Alles klar.«

»Viel Glück.«

Chu setzte sich neben Chang auf den Rücksitz des Streifenwagens und schloss die Tür. Bosch klatschte zweimal aufs Dach und beobachtete, wie der Wagen wegfuhr.

16

Es war fast ein Uhr, als Bosch in den Bereitschaftsraum zurückkehrte. Er hatte auf den Abschleppwagen gewartet und sich dann auf der Rückfahrt Zeit gelassen und nicht weit vom Flughafen in einem In-N-Out auf einen Hamburger haltgemacht. Ignacio Ferras war in seinem Abteil und arbeitete an seinem Computer.

»Wie sieht's aus?«, fragte Bosch.

»Die Anträge für die Durchsuchungsbeschlüsse sind fast fertig.«

»Wofür stellen wir welche?«

»Ich habe Anträge für den Koffer, das Handy und das Auto. Das Auto ist doch in der OPG, oder?«

»Gerade abgeschleppt. Was ist mit seiner Wohnung?«

»Ich habe die Hotline der Staatsanwaltschaft angerufen und der Frau dort erklärt, was wir vorhaben. Sie hat mir geraten, es in zwei Schritten zu probieren. Zuerst diese drei zu beantragen und zu sehen, ob wir damit etwas finden, was uns einen berechtigten Grund für die Wohnung liefert. Sie meinte, die Wohnung wäre bei dem, was wir bisher haben, eher unwahrscheinlich.«

»Okay, hast du schon einen Richter, der sich darum kümmert?«

»Ja, ich habe Richterin Champagnes Sekretärin angerufen. Sie schiebt mich dazwischen, sobald ich so weit bin.«

Es hörte sich an, als ob Ferras alles im Griff hatte und gut vorankam. Bosch war beeindruckt.

»Hört sich gut an. Wo ist Chu?«

»Soweit ich weiß, ist er im Videoraum, den Typ beobachten.«

Bevor er zu Chu hineinschaute, ging Bosch in sein Abteil und warf seine Schlüssel auf den Schreibtisch. Chu hatte Changs schweren Koffer darin abgestellt und die anderen Habseligkeiten des Verdächtigen in Tüten gepackt und auf den Schreibtisch gelegt. Die Beweismitteltüten enthielten Changs Geldbörse, Pass, Geldspange, Schlüsselbund und Handy sowie einen Boarding Pass, den er anscheinend zu Hause ausgedruckt hatte.

Bosch sah durch das Plastik auf den Boarding Pass und stellte erstaunt fest, dass Chang einen Alaska-Airlines-Flug nach Seattle gebucht hatte. Eigentlich hatte er damit gerechnet, dass Chang nach China fliegen würde. Ein Flugticket nach Seattle stützte nicht gerade die Unterstellung, der Verdächtige habe das Land verlassen wollen, um sich der Strafverfolgung zu entziehen.

Bosch legte die Tüte zurück und griff nach der Tüte mit dem Handy. Es wäre ein Leichtes gewesen, schnell das Anrufverzeichnis nach den Nummern von Changs Kontakten zu durchsuchen. Unter Umständen fände er sogar den Anruf von einer Nummer, die einem Cop aus Monterey Park oder Chu oder sonst jemandem gehörte, der Chang auf das gegen ihn laufende Ermittlungsverfahren aufmerksam gemacht hatte. Vielleicht enthielt das Handy E-Mails oder SMS, die ihnen halfen, Anklage wegen Mordes gegen Chang zu erheben.

Doch Bosch beschloss, sich an die Regeln zu halten.

Hier handelte es sich um eine Grauzone, und sowohl Polizeiführung als auch Staatsanwaltschaft hatten Richtlinien herausgegeben, denen zufolge Polizisten auf dem Handy eines Verdächtigen gespeicherte Daten nur mit Zustimmung eines Gerichts einsehen durften. Außer der Verdächtige selbst hatte die Genehmigung dazu erteilt. Die Einsichtnahme in die Daten eines Handys wurde genauso behandelt wie das Öffnen eines Kofferraums bei einer Verkehrskontrolle. Ging man dabei nicht korrekt vor, lief man Gefahr, dass nichts von dem, was man in diesem Kofferraum fand, vor Gericht als Beweismittel zugelassen wurde.

Bosch legte das Handy auf den Schreibtisch zurück. Vielleicht enthielt es den Schlüssel zur Lösung des Falls, aber er wollte auf Richterin Champagnes Zustimmung warten. Im selben Moment begann das Telefon auf seinem Schreibtisch zu summen. Die Anruferkennung zeigte *xxxxx* an. Das hieß, der Anruf war vom Parker Center durchgestellt worden. Er nahm ab.

»Hier Bosch.«

Niemand meldete sich.

»Hallo. Hier Detective Bosch, was kann ich für Sie tun?«

»Bosch … Sie können für sich selbst was tun.«

Die Stimme hatte einen deutlichen asiatischen Einschlag.

»Wer ist da bitte?«

»Tun Sie sich einen Gefallen und lassen Sie die Finger von der Sache, Bosch. Chang ist nicht allein. Wir sind viele. Lassen Sie die Finger davon. Wenn nicht, wird das Folgen haben.«

»Jetzt hören Sie mal zu, Sie …«

Der Anrufer hatte aufgehängt.

Bosch legte das Telefon zurück auf die Feststation und sah auf das leere Display. Er wusste, er konnte sich an die Kommunikationszentrale drüben im Parker Center wenden und die Nummer feststellen lassen, von der der Anruf erfolgt war. Aber er wusste auch, dass jemand, der anrief, um ihm zu drohen, entweder seine Nummer unterdrückt oder ein Münztelefon oder ein Wegwerfhandy benutzt hatte. So jemand wäre nicht so dumm, sich von einem rückverfolgbaren Anschluss aus zu melden.

Statt sich weiter darüber Gedanken zu machen, konzentrierte sich Bosch auf den Zeitpunkt des Anrufs und seinen Inhalt. Von irgendwoher wussten Changs Triadenkollegen bereits, dass er festgenommen worden war. Bosch schaute auf den Boarding Pass. Planmäßig wäre die Maschine um 11:20 Uhr gestartet. Das hieß, sie war noch in der Luft. Demnach konnte jemand, der in Seattle auf Chang wartete, noch nicht wissen, dass er nicht in der Maschine war. Trotzdem wussten Changs Leute von irgendwoher, dass er sich in den Händen der Polizei befand. Und sie wussten auch Boschs Namen.

Wieder einmal rührten sich finstere Gedanken in Boschs Kopf. Wenn Chang sich nicht am LAX mit einem Mitreisenden verabredet hatte oder die ganze Zeit, die Bosch ihn beobachtet hatte, beobachtet worden war, deutete erneut alles darauf hin, dass es innerhalb des Ermittlungsverfahrens eine undichte Stelle gab.

Bosch verließ sein Abteil und ging zum Videoraum. Das war eine kleine Kammer zwischen den zwei mit

Kameras und Mikrofonen ausgestatteten Vernehmungszimmern der RHD, in der Verdächtige mithilfe der Aufnahmegeräte beobachtet werden konnten.

Als Bosch den Raum betrat, in dem Chu und Gandle auf einem Monitor Chang beobachteten, wurde es dort richtig eng.

»Irgendwas?«, fragte Bosch.

»Bisher nicht ein Wort«, antwortete Gandle.

»Und auf der Fahrt hierher?«

»Auch nichts«, sagte Chu. »Ich habe versucht, ihn in ein Gespräch zu verwickeln, aber er hat nur wiederholt, dass er einen Anwalt will. Mehr war nicht aus ihm rauszukriegen.«

»Ziemlich harte Nuss, der Kerl«, brummte Gandle.

»Ich habe mir sein Flugticket angesehen«, sagte Bosch. »Seattle hilft uns auch nicht weiter.«

»Das würde ich nicht so sehen«, meinte Chu.

»Wieso?«

»Ich dachte mir schon, dass er nach Seattle fliegt und von dort über die Grenze nach Vancouver fährt. Ich kenne jemanden bei der RCMP, der die Passagierlisten für mich gecheckt hat. Chang hat für heute Abend einen Flug von Vancouver nach Hongkong gebucht. Mit Cathay Pacific Airways. Das ist ein klarer Hinweis, dass er heimlich und rasch das Land verlassen wollte.«

Bosch nickte.

»Bei der Royal Canadian Mounted Police? Was Sie alles für Beziehungen haben, Chu. Nicht übel.«

»Danke.«

»Haben Sie das Ignacio schon gesagt? Changs Versuch, seine Spuren zu verwischen, wird uns helfen, einen berechtigten Grund für den Durchsuchungsbeschluss zu liefern.«

»Er weiß Bescheid. Er hat es reingesetzt.«

»Gut.«

Bosch schaute auf den Monitor. Chang saß am Tisch. Seine Hände waren mit Handschellen an einem in der Mitte des Tischs angebrachten Ring befestigt. Seine breiten Schultern sahen aus, als brächten sie die Nähte seines Hemds jeden Moment zum Platzen. Er saß kerzengerade da und stierte ausdruckslos an die Wand.

»Lieutenant, wie lang können Sie uns seine Einlieferung guten Gewissens hinauszögern lassen?«

Gandle setzte eine besorgte Miene auf. Er ließ sich ungern auf etwas festnageln, was ihm später um die Ohren geschlagen werden konnte.

»Wenn Sie mich fragen, überreizen wir es schon. Chu hat erzählt, Sie haben den Streifenwagen einen kleinen Umweg fahren lassen. Wenn Sie noch mehr Zeit schinden, könnte ein Richter Anstoß daran nehmen.«

Bosch sah auf die Uhr. Sie durften Chang frühestens in fünfzig Minuten einen Anwalt anrufen lassen. Im Zug einer Festnahme galt es einiges an Schreibkram zu erledigen, dem Verdächtigen mussten die Fingerabdrücke abgenommen werden, und erst wenn er im Anschluss daran ins Gefängnis eingeliefert wurde, musste er Zugang zu einem Telefon erhalten.

»Na schön, dann können wir ja schon mal mit dem offiziellen Teil beginnen. Aber wir lassen uns weiterhin Zeit. Chu, Sie gehen zu ihm rein und füllen das Formular mit ihm aus. Wenn wir Glück haben, stellt er sich stur. Je mehr Zeit dafür draufgeht, umso besser.«

Chu nickte.
»Alles klar.«
»Wir stecken ihn auf keinen Fall vor zwei in eine Zelle.«
»Okay.«
Chu zwängte sich zwischen dem Lieutenant und Bosch hindurch nach draußen. Gandle wollte ihm folgen, doch Bosch tippte ihm auf die Schulter und bedeutete ihm zu bleiben. Bosch wartete, bis die Tür zu war, bevor er zu sprechen begann.
»Ich habe eben einen Anruf bekommen. Eine Drohung. Ich soll die Finger davon lassen.«
»Wovon?«
»Von diesem Fall. Von Chang.«
»Woher wissen Sie, dass es überhaupt um diesen Fall ging?«
»Weil der Anrufer Asiate war und Changs Namen erwähnt hat. Er hat gesagt, Chang wäre nicht allein und ich sollte die Finger von der Sache lassen, sonst hätte das Folgen.«
»Haben Sie festzustellen versucht, woher der Anruf kam? Glauben Sie, er ist ernst zu nehmen?«
»Den Anruf zurückzuverfolgen, wäre reine Zeitverschwendung. Und was die Drohung angeht, sollen sie ruhig kommen. Ich warte. Aber der eigentliche Punkt ist doch, woher wussten sie es?«
»Woher wussten sie was?«
»Dass wir uns Chang geschnappt haben. Wir setzen ihn fest, und keine zwei Stunden später ruft einer seiner sauberen Freunde von der Triade an und erzählt mir, ich soll gefälligst die Finger von der Sache lassen. Wir haben ein Leck, Lieutenant. Zuerst erhält Chang einen

Tipp, und jetzt wissen sie, dass wir ihn einkassiert haben. Jemand redet mit ...«

»Jetzt aber mal halblang, Harry. Dafür könnte es andere Erklärungen geben.«

»Meinen Sie? Woher wissen sie dann, dass wir Chang haben?«

»Dafür könnte es jede Menge Erklärungen geben, Harry. Er hatte ein Handy. Vielleicht sollte er sich am Flughafen noch mal melden. Es könnte alle möglichen Gründe haben.«

Bosch schüttelte den Kopf. Sein Instinkt sagte ihm etwas anderes. Irgendwo gab es eine undichte Stelle. Gandle öffnete die Tür. Ihm gefiel dieses Gespräch nicht, und er wollte aus dem Raum kommen. Aber er schaute zu Bosch zurück, bevor er nach draußen ging.

»Seien Sie lieber vorsichtig, Harry. Solange Sie so etwas nicht wirklich beweisen können, sollten Sie sehr behutsam vorgehen.«

Gandle schloss die Tür hinter sich und ließ Bosch allein im Videoraum zurück.

Bosch wandte sich dem Bildschirm zu und sah, dass Chu das Vernehmungszimmer betreten hatte. Er setzte sich mit einem Stift und einem Klemmbrett Chang gegenüber, um das Festnahmeformular auszufüllen.

»Mr. Chang, ich muss Ihnen jetzt ein paar Fragen stellen.«

Chang antwortete nicht. Nichts in seiner Miene oder seiner Körpersprache gab zu erkennen, dass er die Frage auch nur gehört hatte.

Chu schickte eine chinesische Übersetzung hinterher, aber Chang blieb weiter stumm und reglos. Das überraschte Bosch nicht. Er verließ den Videoraum und kehrte in den Bereitschaftsraum zurück. Die telefonische Drohung und Gandles mangelndes Interesse an ihr und an dem Leck, das dazu geführt haben musste, ließen ihm keine Ruhe.

Ferras' Abteil war inzwischen leer, und Bosch nahm an, sein Partner war mit dem Antrag für den Durchsuchungsbeschluss bereits auf dem Weg zu Richterin Champagne.

Die ganze Sache stand und fiel mit dem Durchsuchungsbeschluss. Sie konnten Chang zwar wegen der versuchten Erpressung Robert Lis belangen – falls dieser bereit war, Anzeige zu erstatten und vor Gericht auszusagen –, aber wegen des Mordes hatten sie noch so gut wie nichts gegen ihn in der Hand. Bosch blieb keine andere Wahl, als auf eine Kette glücklicher Umstände zu hoffen: dass der erste Durchsuchungsbeschluss Beweise zutage förderte, die weitere Durchsuchungsbeschlüsse nach sich zogen und ihnen schließlich zum Hauptgewinn verhalfen, zu der Mordwaffe, die irgendwo in Changs Wohnung oder an seinem Arbeitsplatz versteckt war.

Bosch setzte sich an seinen Schreibtisch und überlegte, ob er Ferras anrufen und ihn fragen sollte, ob Richterin Champagne den Durchsuchungsbeschluss bereits unterzeichnet hatte. Aber er wusste, dafür war es noch zu früh. Außerdem würde ihn Ferras sofort anrufen, wenn er die Genehmigung für die Durchsuchungen erhalten hatte. Bosch drückte die Handrücken gegen seine Augen. Bis zur Unterschrift der Richterin gab es nichts mehr zu tun. Ihm blieb nur zu warten.

Doch dann fiel ihm ein, dass er von seiner Tochter eine Videobotschaft erhalten hatte, die er sich noch nicht angesehen hatte. Allerdings schlief seine Tochter inzwischen bestimmt längst – in Hongkong war es Samstag früh, vier Uhr. Es sei denn, sie übernachtete bei einer Freundin, aber dann machte sie vielleicht die Nacht durch und wollte nicht, dass ihr Vater anrief.

Er holte das Handy heraus und klappte es auf. Er musste sich erst noch an den ganzen technischen Klimbim darauf gewöhnen. Am letzten Tag des letzten Besuchs seiner Tochter in L. A. waren sie in einen Telefonladen gegangen, und Maddie hatte His-and-Her-Handys ausgesucht, die es ihnen ermöglichten, auf mehreren Ebenen miteinander zu kommunizieren. Er verwendete es zwar nicht oft für E-Mails, aber er wusste, wie man darauf die 30-Sekunden-Videos abspielte, die sie ihm häufig schickte. Er speicherte sie alle und spielte sie oft mehrere Male ab.

Bo-Jing Chang und die Bedenken wegen des Lecks rückten vorübergehend in den Hintergrund. Mit einem erwartungsvollen Lächeln drückte er auf die Taste und machte ihre jüngste Videobotschaft auf.

17

Bosch betrat das Vernehmungszimmer und ließ die Tür offen. Chu stellte gerade eine Frage und schaute wegen der Störung auf.

»Antwortet er nicht?«, fragte Bosch.

»Er sagt kein Wort.«

»Lassen Sie mich mal versuchen.«

»Äh, klar, Harry.«

Chu stand auf, und Bosch machte ihm Platz, damit er das Zimmer verlassen konnte. Chu reichte Bosch das Klemmbrett.

»Viel Erfolg, Harry.«

»Danke.«

Chu ging nach draußen und schloss die Tür hinter sich. Bosch wartete kurz, um sicherzugehen, dass er wirklich weg war, dann stellte er sich rasch hinter Chang. Er schlug ihm das Klemmbrett gegen den Kopf, schlang ihm die Arme um den Hals und zog sie, außer sich vor Wut, mit aller Kraft zu einem bei der Polizei schon lange verbotenen Würgegriff zusammen. Er spürte, wie Changs ganzer Körper sich anspannte, als er merkte, dass ihm die Luftzufuhr abgeschnürt wurde.

»So, du Schwein, die Kamera ist aus, und der Raum ist schallisoliert. Wo ist sie? Ich bringe dich auf der Stelle um, wenn …«

Chang schoss von seinem Stuhl hoch und riss den

Handschellenring einfach aus der Tischplatte. Er schleuderte Bosch mit dem Rücken gegen die Wand, und beide fielen zu Boden.

Aber Bosch ließ nicht los, sondern drückte noch fester zu. Chang kämpfte wie ein Tier. Er stemmte sich mit den Füßen gegen die im Boden verankerten Tischbeine und rammte Bosch immer wieder in die Ecke.

»*Wo ist sie?*«, brüllte Bosch.

Chang ächzte zwar heftig, zeigte aber keinerlei Anzeichen, dass ihn die Kräfte verließen. Obwohl seine Handgelenke aneinandergekettet waren, gelang es ihm, beide Arme gleichzeitig wie einen Knüppel über seinen Kopf nach hinten zu schwingen. Und während er versuchte, Bosch mit seinem Körper in die Ecke zu quetschen, zielte er mit den Fäusten auf sein Gesicht.

Bosch merkte, der Würgegriff würde seinen Zweck nicht erfüllen; er musste seine Taktik ändern und angreifen. Deshalb ließ er Chang los und packte ihn am Handgelenk, als er wieder nach hinten schlug. Gleichzeitig verlagerte Bosch sein Gewicht und lenkte den Schlag zur Seite ab. Changs Schultern verdrehten sich durch seinen eigenen Schwung, und er fiel bäuchlings zu Boden. Bosch war sofort auf ihm und drosch mit beiden Händen mit voller Wucht auf Changs Nacken ein.

»*Wo ist sie, habe ich …*«

»*Harry!*«

Die Stimme kam von hinten. Es war Chu.

»*Hey!*«, brüllte Chu in den Bereitschaftsraum hinaus. »*Hilfe!*«

Die kurze Ablenkung ermöglichte es Chang, sich so weit aufzurichten, dass er die Knie unter seinen Körper bekam. Er stieß sich hoch, und Bosch flog gegen die Wand und landete auf dem Boden. Chu sprang auf Changs Rücken und versuchte, ihn niederzuringen. Rasche Schritte ertönten, und mehrere Männer drängten sich in den winzigen Raum. Sie warfen sich auf Chang und drückten ihn, das Gesicht in die Ecke gequetscht, unsanft zu Boden.

Bosch rollte sich schwer atmend auf die Seite.

Eine Weile waren alle still, und es war nur noch das Keuchen der Männer zu hören. Dann erschien Lieutenant Gandle in der offenen Tür.

»Was ist hier los?«

Er beugte sich vor, um durch das Loch in der Tischplatte zu schauen. Der Ring war offensichtlich nicht richtig verschraubt gewesen. Einer von vielen Mängeln, die sich in dem neuen Gebäude sicher noch bemerkbar machen würden.

»Keine Ahnung«, antwortete Chu. »Ich wollte nur meine Jacke holen, da sind hier drinnen schon die Fetzen geflogen.«

Alle Augen waren auf Bosch gerichtet.

»Sie haben meine Tochter«, sagte er.

18

Bosch stand in Gandles Büro. Aber nicht still. Er konnte nicht still halten. Er ging vor dem Schreibtisch auf und ab. Der Lieutenant hatte ihn zweimal aufgefordert, sich zu setzen, aber Bosch war nicht dazu in der Lage. Nicht mit der wachsenden Panik in seiner Brust.

»Was soll das alles, Harry?«

Bosch holte sein Handy heraus und klappte es auf.

»Sie haben sie.«

Er rief die Videoapplikation auf und gab den Abspielbefehl, dann reichte er das Handy Gandle, der hinter seinem Schreibtisch Platz genommen hatte.

»Was soll das heißen: ›Sie haben …‹«

Er verstummte, als er das Video sah.

»Um Himmels willen … nein … Harry, sind Sie sicher, dass das echt ist?«

»Was glauben Sie eigentlich? Natürlich ist es echt. *Sie haben sie, und dieses Schwein weiß, wer und wo!*«

Er deutete in Richtung Vernehmungszimmer. Wie ein gefangener Tiger schritt er jetzt schneller auf und ab.

»Wie macht man das? Ich möchte es mir noch mal ansehen.«

Bosch riss Gandle das Handy aus der Hand und startete das Video erneut.

»Ich muss unbedingt noch mal zu ihm rein«, verlangte

Bosch, während sich Gandle das Video ansah. »Er muss mir sagen …«

»Sie kommen mir nicht mehr in die Nähe dieses Kerls«, widersprach Gandle, ohne aufzublicken. »Harry, wo ist sie, in Hongkong?«

»Ja, in Hongkong, und dahin wollte auch er. Von dort kommt er, und dort hat die Triade ihren Hauptsitz, zu der er gehört. Außerdem haben sie mich angerufen. Habe ich Ihnen doch erzählt. Sie sagten, es hätte Folgen, wenn …«

»Sie sagt doch auf dem ganzen Video gar nichts. Niemand sagt etwas. Woher wollen Sie überhaupt wissen, dass das Changs Leute sind?«

»Es ist die Triade! Sie brauchen nichts zu sagen! Das Video spricht für sich. Sie haben sie. Das ist die Botschaft!«

»Okay, okay, dann lassen Sie uns mal in Ruhe nachdenken. Sie haben sie, und wie lautet die Botschaft? Was wollen sie von Ihnen?«

»Dass ich Chang laufen lasse.«

»Wie? Dass Sie ihn einfach nach Hause gehen lassen?«

»Keine Ahnung. Jedenfalls, dass ich die Ermittlungen irgendwie einstelle. Die Beweise verliere oder, noch besser, aufhöre, nach Beweisen zu suchen. Im Moment haben wir nichts, um ihn länger als bis Montag festhalten zu können. Das ist, was sie wollen: dass er freikommt. Hören Sie, ich kann hier nicht einfach so rumstehen. Ich muss …«

»Wir müssen das der Spurensicherung zukommen lassen. Das ist das Erste. Haben Sie Ihre Ex schon angerufen, ob sie was weiß?«

Bosch merkte, dass er in seiner Panik nicht daran gedacht hatte, seine Ex-Frau, Eleanor Wish, zu verständigen. Er hatte nur seine Tochter anzurufen versucht, und als sie nicht ans Telefon gegangen war, hatte er sich sofort Chang vorgeknöpft.

»Sie haben recht. Geben Sie her.«

»Harry, das Handy muss zur Spurensi…«

Bosch beugte sich über den Schreibtisch und riss Gandle das Handy aus der Hand. Er schaltete es auf Telefonmodus und drückte die Schnellwahltaste für Eleanor Wish. Während er wartete, dass die Verbindung zustande kam, sah er auf die Uhr. In Hongkong war es Samstag kurz vor fünf Uhr morgens. Er verstand nicht, warum er noch nichts von Eleanor gehört hatte, wenn ihre Tochter verschwunden war.

»Harry?«

Die Stimme klang wach. Er hatte sie nicht aus dem Schlaf gerissen.

»Eleanor, was ist da los? Wo ist Madeline?«

Er ging aus Gandles Büro und zu seinem Abteil.

»Das weiß ich nicht. Sie hat nicht angerufen und reagiert nicht auf meine Anrufe. Woher weißt du, was los ist?«

»Ich weiß doch auch nichts, aber ich habe eine … eine Nachricht von ihr erhalten. Erzähl mir, was du weißt.«

»Was stand denn in ihrer Nachricht?«

»Da stand nichts. Es war ein Video. Jetzt sag schon endlich: Was ist da los?«

»Sie kam gestern nach der Schule nicht von der Mall nach Hause. Weil Freitag war, habe ich ihr erlaubt, mit ihren Freundinnen hinzugehen. Normalerweise meldet sie sich dann immer um sechs und fragt, ob sie noch länger bleiben darf, aber diesmal habe ich nichts von ihr gehört. Und als sie dann nicht nach Hause kam, rief ich sie an, aber sie ging nicht dran. Ich habe ihr mehrere SMS geschickt und wurde richtig sauer. Du kennst sie ja, das ärgert sie dann, und sie kommt erst recht nicht nach Hause. Daraufhin habe ich ihre Freundinnen angerufen, aber sie behaupten alle, nicht zu wissen, wo sie ist.«

»Eleanor, bei euch ist es jetzt kurz nach fünf Uhr morgens. Hast du schon die Polizei angerufen?«

»Harry ...«

»Was?«

»Sie hat das schon mal gemacht.«

»Wie bitte?«

Bosch ließ sich auf seinen Schreibtischstuhl plumpsen und sackte, das Handy an sein Ohr gepresst, in sich zusammen.

»Sie blieb die ganze Nacht bei einer Freundin, um es ›mir zu zeigen‹«, fuhr Eleanor fort. »Ich habe damals die Polizei angerufen, und es war alles furchtbar peinlich, weil sie sie bei einer Freundin gefunden haben. Entschuldige bitte, dass ich dir das nicht erzählt habe. Aber sie und ich, wir haben so unsere Kämpfe. Sie ist jetzt in dem Alter, du weißt schon. Sie führt sich auf, als wäre sie schon wesentlich älter, als sie wirklich ist. Und im Moment scheint sie mich nicht besonders zu mögen. Sie redet ständig davon, dass sie bei dir in L. A. leben möchte. Sie ...«

Bosch schnitt ihr das Wort ab.

»Hör zu, Eleanor, kann ich alles verstehen, aber diesmal ist die Sache anders. Diesmal ist tatsächlich etwas passiert.«

»Wie meinst du das?«

Panik flutete ihre Stimme. Bosch erkannte seine eigene Angst darin wieder. Alles in ihm sträubte sich dagegen, ihr von dem Video zu erzählen, aber er glaubte, es jetzt tun zu müssen. Sie musste es erfahren. Er schilderte ihr die dreißig Sekunden des Videos, ohne etwas auszulassen. Eleanor gab einen schrillen klagenden Laut von sich, wie ihn nur eine Mutter für ihre verlorene Tochter hervorbringen konnte.

»O Gott, nein, nein, nein.«

»Ich weiß, aber wir bekommen sie zurück, Eleanor. Ich ...«

»Warum haben sie es dir und nicht mir geschickt?«

Er merkte, dass sie zu weinen begann. Sie verlor die Beherrschung. Er beantwortete ihre Frage nicht, weil er wusste, es würde alles nur noch schlimmer machen.

»Hör zu, Eleanor, wir müssen uns jetzt zusammenreißen. Du musst das für sie tun. Du bist vor Ort, ich nicht.«

»Was wollen sie, Geld?«

»Nein ...«

»Was dann?«

Bosch versuchte, ruhig zu sprechen. Er hoffte, es hätte selbst übers Telefon eine ansteckende Wirkung, wenn die Bedeutung seiner Worte zu ihr durchdringen würde.

»Ich glaube, es ist eine Botschaft an mich, Eleanor. Sie wollen kein Geld. Sie geben mir nur zu verstehen, dass sie in ihrer Gewalt ist.«

»Du? Warum? Was haben sie ... Harry, was hast du getan?«

Die letzte Frage stellte sie in anklagendem Ton. Bosch

fürchtete, es wäre eine Frage, die ihn sein ganzes Leben lang verfolgen würde.

»Ich ermittle in einem Fall, in den eine chinesische Triade verwickelt ist. Ich glaube ...«

»Sie haben sie entführt, um dich gefügig zu machen? Woher wussten sie überhaupt etwas von ihr?«

»Das weiß ich noch nicht, Eleanor. Aber dem werde ich nachgehen. Wir haben einen Verdächtigen in Gewahr...«

Wieder unterbrach sie ihn, diesmal mit einem weiteren Winseln. Es war ein Laut, in dem der schlimmste Albtraum aller Mütter und Väter Ausdruck fand. Im selben Moment wurde Bosch klar, was er machen würde. Er senkte die Stimme noch mehr, als er fortfuhr.

»Eleanor, hör zu. Reiß dich bitte zusammen. Du musst dich jetzt gleich ans Telefon setzen. Ich komme nach Hongkong. Bis Sonntag bin ich da, noch vor Tagesanbruch. Bis dahin musst du dich mit ihren Freundinnen in Verbindung setzen. Du musst herausfinden, mit wem sie in der Mall war und wohin sie gegangen ist. Alles, was du herausfinden kannst. Hast du gehört, Eleanor?«

»Ich lege jetzt auf und rufe die Polizei an.«

»Nein!«

Bosch blickte sich um und sah, dass er mit seinem Ausbruch die Aufmerksamkeit des gesamten Bereitschaftsraums auf sich gelenkt hatte. Nach dem Zwischenfall im Vernehmungszimmer befand sich die ganze Truppe ohnehin noch in Alarmbereitschaft. Damit niemand ihn sehen konnte, beugte er sich noch tiefer über seinen Schreibtisch.

»Was? Harry, wir müssen ...«

»Hör mir erst zu, und dann tu meinetwegen, was du für richtig hältst. Ich finde, du solltest die Polizei nicht anrufen. Noch nicht jedenfalls. Wir dürfen nicht riskieren, dass die Leute, die sie in ihrer Gewalt haben, erfahren, dass wir die Polizei eingeschaltet haben. Sonst bekommen wir sie vielleicht nicht mehr zurück.«

Sie antwortete nicht. Bosch konnte sie weinen hören.

»Eleanor? Hör zu! Willst du sie zurückhaben oder nicht? Jetzt reiß dich gefälligst zusammen. Du warst FBI-Agentin! Du schaffst das. Du musst die Sache wie eine Agentin anpacken, bis ich da bin. Ich werde das Video analysieren lassen. Sie hat in dem Video gegen die Kamera getreten, sodass sie sich bewegt hat. Deshalb war kurz ein Fenster zu sehen. Vielleicht lässt sich damit etwas anfangen. Ich buche für heute Abend einen Flug und komme vom Flughafen sofort zu dir. Hast du das alles?«

Es dauerte eine Weile, bis Eleanor reagierte. Als sie antwortete, war ihre Stimme ruhig. Die Botschaft war bei ihr angekommen.

»Ich habe alles, Harry. Trotzdem finde ich, dass wir die Polizei verständigen sollten.«

»Wenn du das möchtest, meinetwegen, schön. Dann tu es. Kennst du bei der Polizei jemanden? Jemanden, dem du trauen kannst?«

»Nein, aber sie haben eine eigene Triadenkommission. Sie kommen regelmäßig ins Casino.«

Fast zwanzig Jahre nach ihrer Dienstzeit als FBI-Agentin war Eleanor inzwischen Profi-Pokerspielerin. Sie lebte fast sechs Jahre in Hongkong und arbeitete im nahen Macao im Cleopatra Casino. Die ganzen High-

Roller vom Festland wollten unbedingt gegen die *gweipo* spielen – die weiße Frau. Sie war ein Publikumsmagnet. Sie spielte mit Hausgeld, erhielt einen Anteil an den Gewinnen und musste nicht für die Verluste aufkommen. Ein angenehmes Leben. Sie und Maddie wohnten in einem Hochhaus in Happy Valley, und wenn sie zur Arbeit musste, ließ sie das Casino mit einem Hubschrauber abholen.

Angenehm bis zu diesem Moment.

»Sprich mit deinen Leuten im Casino«, sagte Bosch. »Wenn sie dir jemanden empfehlen können, dem du trauen kannst, dann ruf meinetwegen an. Ich muss jetzt Schluss machen und sehen, dass ich in die Gänge komme. Aber ich melde mich noch mal, bevor ich abfliege.«

Sie antwortete wie in Trance.

»Okay, Harry.«

»Wenn sich irgendetwas Neues ergibt, egal was, ruf mich an.«

»Okay, Harry.«

»Und, Eleanor?«

»Ja?«

»Sieh zu, ob du mir eine Pistole besorgen kannst. Meine eigene kann ich nicht mitnehmen.«

»Wegen Schusswaffenbesitz kannst du hier ins Gefängnis kommen.«

»Ich weiß, aber du kennst im Casino Leute. Also, besorg mir eine Pistole.«

»Ich werde es versuchen.«

Bosch zögerte, bevor er aufhängte. Er hätte gern einfach nur die Hand ausgestreckt und sie berührt, um ihr wenigstens etwas von ihren Ängsten zu nehmen. Aber er wusste, das war unmöglich. Es gelang ihm nicht einmal mit seinen eigenen.

»Also gut, ich muss jetzt Schluss machen, Eleanor. Und versuch bitte, nicht den Kopf zu verlieren. Für Maddie. Wenn wir den Kopf nicht verlieren, kriegen wir das hin.«

»Wir bekommen sie doch zurück, Harry, oder?«

Bosch nickte sich selbst zu, bevor er antwortete.

»Natürlich. Wir bekommen sie zurück.«

19

Die Digital Image Unit, die für die Auswertung digitaler Bilder zuständig war, war eine der zahlreichen Unterabteilungen der Scientific Investigation Division und befand sich immer noch im alten Polizeihauptquartier im Parker Center. Bosch legte die zwei Häuserblocks zwischen dem neuen und dem alten Bau zurück wie jemand, der sein Flugzeug zu verpassen fürchtete. Auf seiner Stirn glänzte der Schweiß, als er schnaufend durch die Glastüren des Gebäudes stürmte, in dem er den größten Teil seiner Laufbahn als Detective verbracht hatte. Die Dienstmarke brachte ihn am Empfang vorbei, dann fuhr er mit dem Aufzug in den zweiten Stock.

Die SID steckte gerade mitten in den Vorbereitungen für den Umzug ins neue PAB. Die alten Schreibtische und Arbeitstheken würden nicht mitkommen, aber alle Geräte, Unterlagen und persönlichen Dinge wurden in Umzugskartons verpackt. Der Umzug war zwar bis ins Kleinste durchorganisiert, verlangsamte aber den ohnehin schon schleppenden Gang der Dinge bei der Verbrechensbekämpfung noch mehr.

Die DIU war in zwei Räumen im hinteren Teil der SID untergebracht. Auf einer Seite des ersten Zimmers waren mindestens ein Dutzend Umzugskartons gestapelt. An den Wänden hingen keine Bilder oder Landkarten mehr, und viele der Regale waren leer. In dem Labor dahinter war eine Technikerin bei der Arbeit.

Barbara Starkey war eine altgediente Veteranin, die in ihren fast vierzig Jahren bei der Polizei für alle möglichen Spezialabteilungen der SID gearbeitet hatte. Bosch kannte sie aus seiner Anfangszeit beim LAPD, als er als junger Cop die ausgebrannten Überreste eines Hauses bewacht hatte, in dem sich die Polizei mit Mitgliedern der Symbionese Liberation Army ein heftiges Feuergefecht geliefert hatte. Die militanten Extremisten hatten sich zur Entführung der Zeitungserbin Patty Hearst bekannt. Starkey hatte dem Spurensicherungsteam angehört, das feststellen sollte, ob unter den Trümmern des verkohlten Hauses die sterblichen Überreste Patty Hearsts waren. Damals war es beim LAPD Usus gewesen, weibliche Bewerberinnen für den Polizeidienst in Positionen unterzubringen, in denen sich körperliche Konfrontationen und die Notwendigkeit, eine Waffe zu tragen, auf ein Minimum beschränkten. Starkey hatte unbedingt Polizistin werden wollen und war beim SID gelandet, wo sie den rasanten Bedeutungszuwachs von Wissenschaft und Technik bei der Verbrechensaufklärung aus erster Hand miterlebt hatte. Wie sie Neulingen beim SID gern erzählte, waren DNS lediglich drei Buchstaben des Alphabets gewesen, als sie bei der Spurensicherung angefangen hatte. Inzwischen war sie eine Expertin auf fast allen Gebieten der Kriminaltechnik, und ihr Sohn Michael war ebenfalls beim SID und Spezialist für Blutspritzer.

Starkey blickte von einem Computerarbeitsplatz mit zwei Bildschirmen auf, an dem sie sich ein körniges Video von einem Banküberfall ansah. Auf den Monitoren waren zwei unterschiedlich scharfe Bilder eines Mannes, der eine Pistole auf einen Kassenschalter richtete.

»Harry Bosch! Der Mann mit dem Plan.«

Bosch hatte keine Zeit für Nettigkeiten. Er blieb neben ihr stehen und kam sofort zur Sache.

»Barb, ich brauche deine Hilfe.«

Die Anspannung in Boschs Stimme ließ Starkey die Stirn runzeln.

»Was gibt's, Harryschätzchen?«

Bosch hielt sein Handy hoch.

»Ich habe ein Video auf meinem Handy. Es müsste vergrößert und langsamer abgespielt werden. Vielleicht lässt sich dann feststellen, wo es aufgenommen wurde. Es handelt sich um eine Entführung.«

Starkey deutete auf ihren Bildschirm. »Ich bin gerade mit diesem Zwo-Elfer in West...«

»Es geht um meine Tochter, Barbara. Du musst mir sofort helfen.«

Diesmal zögerte Starkey nicht.

»Lass sehen.«

Bosch klappte das Handy auf und startete das Video, bevor er es ihr reichte. Starkeys Miene zeigte keinerlei emotionale Regungen, als sie es sich wortlos ansah. Sie nahm eine aufrechtere Haltung ein und strahlte eine Aura hochprofessioneller Konzentration aus.

»Kannst du mir das auf meinen Rechner schicken?«

»Keine Ahnung. Ich weiß nur, wie ich es auf dein Handy schicken kann.«

»Kannst du damit keine Mails mit Anhang verschicken?«

»Eine Mail kann ich senden, aber wie das mit einem Anhang geht, weiß ich nicht. Habe ich noch nie gemacht.«

Starkey erklärte ihm die einzelnen Schritte, worauf er ihr eine Mail mit dem Video als Anhang schickte.

»Okay, jetzt warten wir, dass es ankommt.«

Bevor Bosch fragen konnte, wie lange das dauern würde, ertönte ein leiser Glockenton.

»Bereits da.«

Starkey schloss die Dateien zu dem Banküberfall, öffnete ihren Posteingang und speicherte das Video ab. Wenig später hatte sie es auf dem linken Bildschirm laufen. Auf Monitormaße vergrößert war das Bild wegen der Pixelstreuung sehr verschwommen. Starkey verkleinerte es auf die halbe Bildschirmgröße, und es wurde schärfer. Wesentlich schärfer und kontrastreicher, als Bosch es bis dahin auf seinem Handy-Display gesehen hatte. Bosch schaute auf seine Tochter und gab sich große Mühe, fokussiert zu bleiben.

»Ich weiß nicht, was ich sagen soll, Harry«, meinte Starkey.

»Ja. Reden wir am besten nicht darüber.«

Auf dem Bildschirm war Maddie Bosch, dreizehn Jahr alt. Sie war an einen Stuhl gefesselt und mit einem Stück leuchtend rotem Stoff geknebelt. Sie trug ihre Schuluniform, einen blau karierten Rock und eine weiße Bluse mit dem Schulwappen auf der linken Brust. Sie blickte in die Kamera – ihre eigene Handy-Kamera –, und der Ausdruck in ihren Augen zerriss Bosch das Herz. *Verzweifelt* und *panisch* waren nur die ersten Begriffe, die ihm durch den Kopf schossen.

Das Video hatte keinen Ton, beziehungsweise es sagte zunächst niemand etwas. Fünfzehn Sekunden lang hielt die Kamera auf seine Tochter, und das genügte. Sie wurde ihm einfach vorgeführt. Die Wut kehrte zurück. Und die Hilflosigkeit.

Dann streckte die Person hinter der Kamera die Hand in den Bildausschnitt und zog kurz den Knebel von Maddies Mund.

»Dad!«

Danach wurde der Knebel sofort wieder angebracht und dämpfte alles, was nach diesem einen Wort gekreischt wurde, sodass Bosch es nicht verstehen konnte.

Dann wanderte die Hand nach unten, um die Brüste des Mädchens zu befummeln. Sie wehrte sich heftig, wand sich trotz ihrer Fesseln seitlich von ihr weg und trat mit dem linken Bein nach dem ausgestreckten Arm. Der Bildausschnitt verwackelte kurz, richtete sich aber sofort wieder auf Maddie. Sie war mitsamt dem Stuhl umgefallen. In den letzten fünf Sekunden des Videos hielt die Kamera einfach weiter auf sie drauf. Dann wurde der Bildschirm schwarz.

»Keine Forderung«, bemerkte Starkey. »Sie zeigen sie nur.«

»Es ist eine Botschaft an mich«, sagte Bosch. »Sie geben mir damit zu verstehen, ich soll die Finger von dem Fall lassen.«

Zunächst reagierte Starkey nicht. Sie legte beide Hände auf ein Bildbearbeitungsgerät, das an die Tastatur angeschlossen war. Bosch wusste, dass sich das Video mithilfe der Drehknöpfe ganz präzise vorwärts und rückwärts abspielen ließ.

»Harry, ich werde mir das Video Bild für Bild ansehen«, sagte Starkey. »Aber das wird etwas dauern. Es sind immerhin dreißig Sekunden Bildmaterial.«

»Ich kann es mit dir durchsehen.«

»Ich halte es für besser, es allein zu machen. Aber sobald ich etwas finde, rufe ich dich an. Vertrau mir, Harry. Ich weiß, es geht hier um deine Tochter.«

Bosch nickte. Er wusste, er musste sie ihre Arbeit machen lassen, ohne dass sie dabei ständig seinen Atem in ihrem Nacken spürte. So würde sie die besten Ergebnisse erzielen.

»Okay. Aber könnten wir uns vielleicht nur ganz kurz den Tritt ansehen, dann lasse ich dich in Ruhe? Ich wüsste gern, ob es da etwas gibt. Wenn sie nach ihm tritt, bewegt sich die Kamera einen Moment zur Seite, und man sieht ein kurzes Aufleuchten. Wie von einem Fenster.«

Starkey spulte das Video zu der Stelle zurück, an der Maddie nach ihrem Entführer trat. Bei normaler Abspielgeschwindigkeit war wegen der plötzlichen Bewegung nur ein kurzes, von einem Aufblitzen begleitetes Wischen zu sehen, nach dem sich die Kamera sofort wieder auf das Mädchen richtete.

Doch als Starkey das Video jetzt Bild für Bild abspielte, war zu erkennen, dass die Kamera flüchtig auf ein Fenster schwenkte und dann wieder zurück auf Boschs Tochter.

»Das sieht gut aus, Harry«, sagte Starkey. »Damit lässt sich vielleicht was anfangen.«

Bosch bückte sich, um über ihre Schulter zu schauen und näher am Bildschirm zu sein. Starkey spulte das Video wieder zurück und ließ es noch einmal langsam vorwärtslaufen. Maddies Versuch, nach dem ausgestreckten Arm ihres Entführers zu treten, ließ den Bildausschnitt nach links und dann nach unten auf den Boden zucken. Dann glitt er zum Fenster hoch und wanderte wieder nach rechts zurück.

Bei dem Raum schien es sich um ein billiges Hotelzimmer zu handeln. Direkt hinter dem Stuhl, an den man Maddie gefesselt hatte, waren ein Einzelbett, ein Tisch und eine Lampe zu erkennen. Der schmutzige beige Teppich war von Flecken übersät, und die Löcher in der Wand über dem Bett stammten vermutlich von Nägeln, an denen etwas aufgehängt gewesen war. Möglicherweise waren die Bilder abgenommen worden, um das Zimmer schwerer identifizierbar zu machen.

Starkey spulte das Video bis zum Fenster vor und hielt es dann an. Das Fenster bestand aus einer einzigen Scheibe und ging wie eine Tür nach außen auf. Eine Jalousie schien es nicht zu geben. Das Fenster war nach außen geklappt, und in der Scheibe spiegelte sich eine städtische Szenerie.

»Wo, glaubst du, ist das, Harry?«

»In Hongkong.«

»In Hongkong?«

»Dort lebt sie mit ihrer Mutter.«

»Tja …«

»Was tja?«

»Das erschwert natürlich die Bestimmung der genauen Stelle. Wie gut kennst du Hongkong?«

»Ich fliege seit sechs Jahren zweimal jährlich hin. Mach das einfach schärfer, wenn es geht.« Er deutete auf den

Bildschirm. »Kannst du vielleicht diesen Bereich vergrößern?«

Starkey fuhr mit der Maus die Umrisse des Fensters nach und zog dann eine Kopie dieses Bildausschnitts auf den zweiten Monitor. Sie vergrößerte das Bild und führte verschiedene Manöver durch, um den Ausschnitt schärfer darzustellen.

»Wir haben nicht genügend Pixel, Harry, aber wenn ich ein Programm zuschalte, das sozusagen ergänzt, was wir nicht haben, können wir das Bild schärfer machen. Vielleicht erkennst du dann ja was in der Spiegelung.«

Bosch nickte, obwohl er hinter ihr stand und sie ihn nicht sehen konnte.

Das Bild des Fensters auf dem zweiten Monitor wurde schärfer, und es wurden drei Bildebenen erkennbar. Als Erstes wurde deutlich, dass das Zimmer ziemlich weit oben lag. Die Straßenschlucht, die sich in der Fensterscheibe spiegelte, war, grob geschätzt, mindestens aus dem zehnten Stockwerk aufgenommen worden. Außer den Fassaden der Häuser entlang der Straße konnte Bosch einen Teil einer großen Werbetafel oder eines Reklamewandbilds mit den Buchstaben *N* und *O* ausmachen. Des Weiteren war auf Straßenniveau eine bunte Collage aus Schildern mit chinesischen Schriftzeichen zu sehen. Sie waren kleiner und nicht so deutlich zu erkennen.

Hinter dieser vordersten Spiegelungsebene zeichneten sich in der Ferne mehrere Hochhäuser ab. Eines von ihnen konnte Bosch identifizieren anhand der zwei mit einer Querstange verstrebten weißen Antennen auf seinem Dach, die ihn immer an ein Footballtor erinnert hatten.

Die dritte Bildebene hinter den Hochhäusern bildete ein Bergzug mit einem schüsselförmigen, auf zwei dicken Säulen ruhenden Bauwerk.

»Hilft dir das weiter, Harry?«

»Ja, auf jeden Fall. Das Zimmer muss in Kowloon sein. Der Blick reicht über den Hafen hinweg nach Central und weiter zu der Bergspitze dahinter. Das Hochhaus mit den Torpfosten auf dem Dach ist die Bank of China. Ein berühmter Teil der Skyline. Und der Berg dahinter ist der Victoria Peak. Das Gebäude unterhalb des Gipfels, das man durch die Torpfosten sieht, gehört zu einem Aussichtspunkt in der Nähe des Peak Tower. Damit man das alles so im Fenster gespiegelt sieht, muss das Zimmer auf der anderen Seite des Hafens in Kowloon sein.«

»Da ich nie in Hongkong war, kann ich dazu leider nichts sagen.«

»Central Hongkong ist eigentlich eine Insel. Aber es ist von anderen Inseln umgeben, und auf der anderen Seite des Hafens befinden sich Kowloon und die sogenannten New Territories.«

»Hört sich ein bisschen kompliziert an. Aber wenn es dir weiterhilft …«

»Es hilft mir enorm. Kannst du mir das ausdrucken?«

Er deutete auf den zweiten Monitor, auf dem der Bildausschnitt mit dem Fenster zu sehen war.

»Natürlich. Eines ist allerdings komisch.«

»Was?«

»Siehst du diese Spiegelung hier im Vordergrund?«

Sie machte mit dem Cursor ein Kästchen um die Buchstaben *N* und *O*, die Teil eines englischen Worts waren.

»Sicher. Was soll daran komisch sein?«

»Wie gesagt, handelt es sich hier um eine Spiegelung in einem Fenster. Es ist also, wie in einem Spiegel, alles spiegelverkehrt zu sehen.«

»Ja. Und?«

»Das heißt, wir müssten eigentlich alles spiegelverkehrt sehen, aber diese Buchstaben sind nicht spiegelverkehrt. Beim *O* kann man das natürlich nicht sagen. Es sieht normal und spiegelverkehrt gleich aus. Aber das *N* ist nicht spiegelverkehrt, Harry. Berücksichtigt man also, dass es sich hier um ein Spiegelbild handelt, bedeutet das ...«

»Der Schriftzug ist spiegelverkehrt?«

»Ja. Muss er sein, um in einer Spiegelung richtig zu sehen zu sein.«

Bosch nickte. Sie hatte recht. Es war eigenartig, aber nichts, womit er sich im Moment aufhalten wollte. Er musste Eleanor anrufen und ihr sagen, dass ihre Tochter vermutlich in Kowloon festgehalten wurde. Vielleicht ergänzte es sich mit etwas, das sie herausgefunden hatte. Es war zumindest ein Anfang.

»Kannst du mir das bitte ausdrucken?«

»Bin gerade dabei. Es ist ein Drucker mit hoher Auflösung, deshalb dauert es ein paar Minuten.«

»Ach so.«

Bosch suchte auf dem Monitorbild nach weiteren Details, die ihm weiterhelfen könnten. Besonders aufmerksam studierte er das Spiegelbild des Hauses, in dem seine Tochter festgehalten wurde. Unter mehreren Fenstern standen die Gehäuse altmodischer Klimaanlagen aus der Fassade. Das hieß, es war ein älteres Haus, und das wiederum half ihm vielleicht, es zu finden.

»Kowloon«, sagte Starkey. »Klingt irgendwie ominös.«

»Es bedeutet ›Neun Drachen‹. Weiß ich von meiner Tochter.«

»Na, was sage ich denn? Wer nennt sein Viertel schon Neun Drachen, wenn er nicht alle verscheuchen will?«

»Einer alten Legende zufolge musste der Kaiser vor den Mongolen fliehen, als er noch ein kleiner Junge war, und es verschlug ihn in das Gebiet des heutigen Hongkongs. Als er die acht Bergspitzen sah, von denen es umgeben war, wollte er den Ort Acht Drachen nennen. Doch einer seiner Leibwächter erklärte ihm, dass auch der Kaiser ein Drache sei. Deshalb nannten sie es Neun Drachen. Kowloon.«

»Und das hat dir deine Tochter erzählt?«

»Ja. Sie hat es in der Schule gelernt.«

In dem Schweigen, das darauf eintrat, konnte Bosch irgendwo hinter sich den Drucker arbeiten hören. Starkey stand auf, ging hinter einen Stapel Umzugskartons und zog das Bild der Fensterspiegelungen aus dem hochauflösenden Drucker.

Sie reichte es Bosch. Es war ein Hochglanzausdruck auf Fotopapier. Er war so scharf und deutlich wie das Bild auf dem Monitor.

»Danke, Barbara.«

»Ich bin noch nicht fertig, Harry. Wie gesagt, ich werde mir jedes einzelne Bild des Videos ansehen – dreißig pro Sekunde –, und wenn es darauf sonst noch etwas gibt, was dir weiterhelfen könnte, werde ich es finden. Außerdem werde ich mir die Tonspur vornehmen.«

Bosch nickte bloß und blickte auf den Ausdruck in seiner Hand hinab.

»Du wirst sie finden, Harry. Ich weiß, dass du sie findest.«

»Keine Frage, das werde ich.«

20

Auf dem Weg zurück ins PAB rief Bosch per Schnellwahl seine Ex-Frau an. Sie meldete sich mit einer bangen Frage.

»Irgendwas Neues, Harry?«

»Nicht viel, aber wir bleiben dran. Ich bin ziemlich sicher, dass das Video, das sie mir geschickt haben, in Kowloon aufgenommen wurde. Sagt dir das irgendwas?«

»Nein. In Kowloon? Warum dort?«

»Keine Ahnung. Aber möglicherweise gelingt es uns, das Haus zu finden.«

»Du meinst doch die Polizei?«

»Nein, ich meine dich und mich, Eleanor. Wenn ich nach Hongkong komme. Übrigens muss ich erst noch meinen Flug buchen. Hast du schon mit jemandem telefoniert? Was hast du rausgefunden?«

»Nichts habe ich rausgefunden!«, brach es zu Boschs Überraschung aus ihr hervor. »Meine Tochter ist spurlos verschwunden, und ich habe nicht die leiseste Ahnung, wo sie sein könnte! Und die Polizei glaubt mir nicht mal!«

»Was sagst du da? Hast du sie schon angerufen?«

»Ja, ich habe sie angerufen. Ich kann doch nicht einfach nur hier herumsitzen und warten, bis du morgen auftauchst. Ich habe beim Triad Bureau angerufen.«

Bosch spürte, wie sich sein Magen zusammenkrampfte. Wenn das Leben seiner Tochter auf dem Spiel stand, brachte er es nicht über sich, Fremden zu vertrauen, selbst wenn sie auf so etwas spezialisiert waren.

»Was haben sie gesagt?«

»Sie haben meinen Namen in den Computer eingegeben und einen Treffer erhalten. Die Polizei hat eine Akte über mich. Wer ich bin, für wen ich arbeite. Und sie wussten auch von dieser Geschichte damals: als ich dachte, sie wäre entführt worden, und sich dann herausstellte, dass sie bei einer Freundin übernachtete. Deshalb haben sie es nicht ernst genommen. Sie denken, sie ist wieder ausgebüxt und ihre Freundinnen sagen mir nicht, wo sie ist. Sie meinen, ich soll einen Tag warten und dann noch mal anrufen, wenn sie bis dahin nicht aufgetaucht ist.«

»Hast du ihnen von dem Video erzählt?«

»Habe ich, aber das hat sie überhaupt nicht interessiert. Sie meinten, wenn es keine Lösegeldforderung gäbe, wäre es wahrscheinlich nur von ihr und ihren Freundinnen inszeniert, um etwas Aufmerksamkeit zu bekommen. Sie glauben mir nicht!«

Sie begann vor Frustration und Angst zu weinen. Bosch gelangte jedoch nach kurzem Überlegen zu der Ansicht, dass die Reaktion der Polizei von Vorteil für sie sein könnte.

»Eleanor, hör zu, ich glaube, das ist sogar gut für uns.«

»Gut? Wie soll das gut sein? Die Polizei sucht nicht mal nach ihr.«

»Ich habe dir doch bereits gesagt, dass ich die Polizei nicht dabeihaben will. Wenn die Polizei anrückt, riechen das Maddies Entführer doch zehn Kilometer gegen den Wind. Aber mit mir rechnen sie bestimmt nicht.«

»Wir sind hier nicht in L.A., Harry. Du kennst dich hier nicht annähernd so gut aus wie dort.«

»Ich finde mich schon zurecht, und du wirst mir helfen.«

Sie antwortete erst nach längerem Schweigen. Inzwischen hatte Bosch fast das PAB erreicht.

»Harry, versprich mir, dass du sie zurückbekommst.«

»Das werde ich, Eleanor«, antwortete Bosch ohne Zögern.

»Das verspreche ich dir. Ich hole sie zurück.«

Er betrat das Foyer und hielt sein Sakko auf, damit die Diensthabenden an der schicken neuen Rezeption die Dienstmarke an seinem Gürtel sehen konnten.

»Ich fahre jetzt gleich im Lift nach oben«, sagte er. »Wahrscheinlich wird die Verbindung abbrechen.«

»Okay, Harry.«

Aber er blieb vor den Liften stehen.

»Da fällt mir noch was ein. Hieß eine von Maddies Freundinnen, mit denen du telefoniert hast, He?«

»He?«

»Ja, *H-E*. Maddie meinte, es bedeute ›Fluss‹. Sie hat mir erzählt, so heißt eine ihrer Freundinnen, mit denen sie sich in der Mall trifft.«

»Wann war das?«

»Meinst du, wann sie es mir erzählt hat? Erst vor ein paar Tagen. Am Donnerstag, glaube ich. Richtig, Donnerstagmorgen, als sie zur Schule ging. Ich habe mit ihr telefoniert und sie aufs Rauchen angesprochen, weil du mir doch erzählt hast, dass sie ...«

Eleanor unterbrach ihn mit einem verächtlichen Laut.

»Was ist?«, fragte Bosch.

»Deshalb war sie in letzter Zeit so unausstehlich zu mir«, sagte sie. »Weil du mich verpetzt hast.«

»Nein, überhaupt nicht. Ich habe ihr kürzlich ein Foto geschickt, weil mir klar war, dass sie mich dann sofort zurückrufen würde und die Rede ganz zwangsläufig aufs Rauchen käme. So war es dann auch. Und als ich ihr ins Gewissen geredet habe, bloß nicht mit dem Rauchen anzufangen, hat sie diese He erwähnt. Bei dieser Gelegenheit hat sie auch erzählt, dass Hes älterer Bruder manchmal in die Mall mitkommt, um auf sie aufzupassen, und dass er derjenige ist, der raucht.«

»Ich weiß weder von einer Freundin, die He heißt, noch von ihrem Bruder. Wahrscheinlich zeigt das wieder mal nur, wie wenig ich noch von meiner Tochter mitbekomme.«

»Hör zu, Eleanor, in einer Situation wie dieser ist es fast zwangsläufig so, dass wir uns wegen allem Gedanken machen, was wir mal getan oder zu ihr gesagt haben. Aber das lenkt uns nur von dem ab, worauf wir uns jetzt konzentrieren müssen. Mach dich also nicht mit irgendwelchen Selbstvorwürfen verrückt, was du mal getan oder nicht getan hast. Wir müssen uns voll und ganz darauf konzentrieren, sie zurückzubekommen.«

»Okay. Dann werde ich noch mal diejenigen Freundinnen anrufen, die ich kenne, und sie nach dieser He und ihrem Bruder fragen.«

»Und versuche auch herauszufinden, ob der Bruder irgendwas mit einer Triade zu tun hat.«

»Gut, werde ich.«

»Ich muss jetzt Schluss machen, Eleanor, aber noch ein

Letztes. Hast du wegen dieser anderen Sache schon was unternommen?«

Bosch nickte zwei RHD-Detectives zu, die auf dem Weg zum Aufzug an ihm vorbeigingen. Sie waren von der Einheit Offen-Ungelöst, die einen eigenen Bereitschaftsraum hatte. Der Art nach zu schließen, wie sie ihn ansahen, schienen sie nicht zu wissen, was passiert war. Gut, dachte Bosch. Vielleicht hielt es Gandle unter Verschluss.

»Meinst du wegen der Pistole?«, fragte Eleanor.

»Ja.«

»Harry, hier ist es noch nicht mal hell. Darum werde ich mich kümmern, wenn ich die Leute nicht aus dem Bett holen muss.«

»Ach so, klar.«

»Aber wegen He werde ich gleich mal rumrufen. Jetzt sofort.«

»Okay, gut. Wir telefonieren, wenn es etwas Neues gibt.«

»Bis dann, Harry.«

Bosch klappte das Handy zu und blieb vor den Liften stehen. Die anderen Detectives waren bereits weg, und er wartete auf den nächsten Aufzug. Als er allein nach oben fuhr, schaute er auf das Handy in seiner Hand und begann zu rechnen. In Hongkong war es jetzt kurz vor Tagesanbruch. Auf dem Video, das er auf sein Handy geschickt bekommen hatte, war es Tag gewesen. Das hieß, dass seine Tochter schon vor zwölf Stunden hätte entführt worden sein können.

Eine zweite Nachricht hatte er nicht erhalten. Er drückte die Schnellwahl für Maddie, und wieder wurde der Anruf direkt auf die Mailbox geleitet. Er drückte die Trenntaste und steckte das Handy ein.

»Sie ist am Leben«, sagte er zu sich selbst. »Sie lebt.«

Er schaffte es, in sein Abteil in der RHD zu kommen, ohne dass jemand auf ihn aufmerksam wurde. Ferras und Chu waren nirgendwo zu sehen. Bosch holte sein Adressbuch aus der Schreibtischschublade und schlug es auf der Seite mit den Fluglinien auf, die vom LAX nach Hongkong flogen. Er wusste, dass er zwar unter mehreren Fluggesellschaften wählen konnte, aber wenig zeitlichen Spielraum hatte. Alle Flüge gingen zwischen dreiundzwanzig und ein Uhr nachts und kamen am frühen Sonntagmorgen in Hongkong an. Wegen des mindestens vierzehnstündigen Flugs und des Zeitunterschieds von fünfzehn Stunden würde sich der ganze Samstag im Lauf seiner Reise in Luft auflösen.

Zuerst rief Bosch bei Cathay Pacific an, wo er gleich in der ersten Maschine einen Fensterplatz bekam. Sie würde Sonntagmorgen 5:25 Uhr landen.

»Harry?«

Bosch drehte sich mit seinem Stuhl und sah Gandle im Eingang seines Abteils stehen. Er signalisierte dem Lieutenant, kurz zu warten. Er notierte sich den Buchungscode für sein Ticket, dann hängte er auf.

»Lieutenant, wo sind alle?«

»Ferras ist noch im Gericht, und Chu liefert Chang im Gefängnis ein.«

»Wie lautet die Anklage?«

»Wir versuchen es wie geplant mit Mord. Aber im Moment haben wir noch nichts, um die Anklage zu stützen.«

»Was ist mit seinem Versuch, sich der Gerichtsbarkeit zu entziehen?«

»Das hat Ferras auch reingesetzt.«

Bosch sah auf die Uhr an der Wand über den Anschlagtafeln. Es war halb drei. Wegen der Mordanklage und des Fluchtversuchs würde Changs Kaution automatisch auf zwei Millionen Dollar festgesetzt werden. Damit ein Anwalt noch eine Herabsetzung der Kaution hätte beantragen oder die unzureichende Beweislage für die Anklageerhebung hätte beanstanden können, war es schon zu spät. Nachdem die zuständigen Gerichtsstellen übers Wochenende bereits geschlossen waren, war es höchst unwahrscheinlich, dass Chang freikam, es sei denn, jemand brachte die zwei Millionen Dollar in bar auf. Eine Bürgschaft für die Kaution ließe sich nämlich vor Montag nicht mehr verifizieren. Demnach hatten sie bis Montagmorgen Zeit, die Beweise zu beschaffen, um einer Mordanklage das entsprechende Gewicht zu verleihen.

»Wie kommt Ferras voran?«

»Keine Ahnung. Er ist noch im Gericht und hat sich bisher nicht gemeldet. Die Frage ist eher, wie kommen Sie voran? Haben die Leute vom DIU sich das Video schon angesehen?«

»Barbara Starkey wertet es gerade aus. Sie ist bereits auf etwas gestoßen.«

Bosch zog den Ausdruck mit der Spiegelung in der Fensterscheibe aus seiner Jackentasche und entfaltete ihn. Er erklärte Gandle, was es damit auf sich hatte und dass es bisher ihr einziger Anhaltspunkt war.

»Sie haben sich eben am Telefon so angehört, als hätten Sie einen Flug gebucht. Wann fliegen Sie?«

»Heute Abend. Ich komme Sonntagmorgen in Hongkong an.«

»Sie verlieren einen ganzen Tag?«

»Ja, aber wenn ich zurückfliege, bekomme ich ihn zurück. Ich habe den ganzen Sonntag Zeit, um sie zu finden. Dann fliege ich Montagmorgen zurück und komme Montagmorgen hier an. Wir gehen zum DA und reichen die Anklage gegen Chang ein. Ich bin also rechtzeitig wieder da, Lieutenant.«

»Machen Sie sich wegen eines Tags mehr oder weniger mal keine Gedanken, Harry. Und machen Sie sich auch wegen des Falls keine Gedanken. Fliegen Sie einfach nach Hongkong und finden Sie sie. Bleiben Sie so lange wie nötig. Um den Fall kümmern wir uns.«

»Okay.«

»Was ist mit der Polizei in Hongkong? Hat Ihre Ex sie schon verständigt?«

»Sie hat es versucht. Aber sie nehmen das Ganze nicht ernst.«

»Was? Haben Sie ihnen das Video geschickt?«

»Noch nicht. Aber sie hat ihnen davon erzählt. Sie haben sie abgewimmelt.«

Gandle stemmte die Hände gegen die Hüften. Das tat er immer, wenn ihm etwas gegen den Strich ging oder wenn er seine Autorität herausstreichen wollte.

»Harry, wie ist denn so was möglich?«

»Sie glauben, sie ist von zu Hause ausgerissen, und meinen, wir sollen einfach warten, bis sie von selbst wieder auftaucht. Aber das soll mir nur recht sein. Ich will die Polizei nicht dabeihaben. Noch nicht jedenfalls.«

»Aber in Hongkong gibt es doch bestimmt Einheiten, die sich ausschließlich um Triadenfälle kümmern. Wahrscheinlich hatte Ihre Ex nur irgend so einen dämlichen Schreibtischhengst am Telefon. Ohne ein gewisses Insiderwissen stehen Sie dort drüben doch auf verlorenem Posten, und über das verfügt die Hongkonger Polizei sicher.«

Bosch nickte, schließlich war das alles nichts Neues für ihn.

»Ich bin sicher, dass sie dort Experten für so was haben, Lieutenant. Aber die Triaden haben sich jetzt schon über dreihundert Jahre gehalten. Sie breiten sich sogar immer weiter aus. Und das schafft man nicht ohne gute Beziehungen zur Polizei. Würden Sie denn, wenn es um Ihre Tochter ginge, was weiß ich alles für Leute hinzuziehen, denen Sie nicht trauen, oder würden Sie es auf eigene Faust versuchen?«

Er wusste, Gandle hatte zwei Töchter. Beide waren älter als Maddie. Eine studierte im Osten an der Hopkins, und der Lieutenant machte sich ständig Sorgen um sie.

»Schon klar, Harry, ich weiß, was Sie meinen.«

Bosch deutete auf den Ausdruck.

»Ich brauche nur den Sonntag. Ich habe bereits eine Ahnung, wo dieser Ort ist, und ich werde da jetzt rüberfliegen und mir meine Tochter zurückholen. Wenn ich sie nicht finde, gehe ich Montagmorgen zur Polizei. Und dann werde ich auch mit deren Triadenleuten reden – was sage ich, ich werde sogar bei der Hongkonger FBI-Dienststelle anrufen. Ich werde alle nötigen Schritte einleiten, aber am Sonntag möchte ich erst einmal selbst nach ihr suchen.«

Gandle nickte und senkte den Blick zu Boden. Er schien noch etwas anderes sagen zu wollen.

»Was ist?«, fragte Bosch. »Lassen Sie mich raten. Chang erstattet Anzeige, weil ich ihn gewürgt habe. Schon komisch. Vor allem, wo ich am Ende mehr abbekommen habe als er. Dieser Drecksack ist ganz schön stark.«

»Nein, nein, das ist es nicht. Er sagt immer noch kein Wort. Das ist es nicht.«

»Was dann?«

Gandle nickte und griff nach dem Ausdruck.

»Na ja, ich wollte Sie nur bitten, mir Bescheid zu geben, wenn Sie bis Sonntagabend nichts erreicht haben sollten. Mit diesem Pack ist es doch immer das Gleiche. Sie machen immer weiter. Kaum bietet sich ihnen eine Gelegenheit, begehen sie die nächste Straftat. Wir können Chang auch später noch einkassieren.«

Damit gab der Lieutenant Bosch zu verstehen, dass er Chang notfalls laufen ließe, um Boschs Tochter freizubekommen. Der DA würde dann am Montag einfach in Kenntnis gesetzt, dass keine Beweise zur Stützung der Mordanklage vorgelegt werden konnten und Chang deshalb auf freien Fuß gesetzt werden müsse.

»Danke, Lieutenant. Das rechne ich Ihnen hoch an.«

»Und ich habe natürlich nichts von all dem gesagt.«

»Dieses Problem wird sich nie stellen, was aber nicht heißt, dass ich Ihnen nicht trotzdem sehr dankbar bin für das, was Sie gerade nicht gesagt haben. Außerdem, so traurig es auch sein mag, müssen wir Chang am Montag möglicherweise sowieso laufen lassen. Es sei denn, übers Wochenende tut sich noch etwas oder wir finden bei den Durchsuchungen etwas Brauchbares.«

Bosch fiel ein, dass er Teri Sopp versprochen hatte, ihr eine Kopie von Changs Fingerabdruckkarte zukommen zu lassen, damit sie sie zur Hand hätte, wenn bei der Untersuchung der Patronenhülse mit dem neuen elektrostatischen Verfahren etwas herauskam.

Er bat Gandle, dafür zu sorgen, dass ihr Ferras oder Chu eine Karte vorbeibrachten. Der Lieutenant sagte, er werde sich darum kümmern. Er gab Bosch den Ausdruck des Videostandbilds zurück und sagte, was er immer sagte: Bosch solle ihn auf dem Laufenden halten. Dann ging er in sein Büro zurück.

Bosch legte den Ausdruck auf den Schreibtisch und setzte seine Lesebrille auf. Dann holte er ein Vergrößerungsglas aus der Schublade und begann, jeden Quadratzentimeter des Bilds nach aufschlussreichen Details abzusuchen, die ihm bisher entgangen sein könnten. Zehn Minuten später – er hatte nichts Neues entdeckt – läutete sein Handy. Es war Ferras, der noch nicht wusste, dass Boschs Tochter entführt worden war.

»Harry, ich habe sie. Wir haben die Durchsuchungsbeschlüsse für Telefon, Koffer und Auto.«

»Ignacio, auf dich ist einfach Verlass. Gegen deine Argumente kommt so schnell keiner an.«

Es stimmte. In den drei Jahren, die sie Partner waren, hatte Ferras noch keinen einzigen Antrag auf Ausstellung eines Durchsuchungsbeschlusses geschrieben, der von einem Richter wegen unzureichender Begründung abgelehnt worden war. Er hatte vielleicht vor dem Außendienst Manschetten, aber von der Gerichtsbürokratie ließ er sich nicht einschüchtern. Er schien ein todsicheres Gespür dafür zu haben, was man in einen Durchsuchungsantrag hineinschreiben und was man herauslassen musste.

»Danke, Harry.«

»Bist du im Gericht jetzt fertig?«

»Ja, ich wollte gerade zurückkommen.«

»Warum machst du nicht einen kleinen Umweg und kümmerst dich in der OPG ums Auto? Ich habe das Handy und den Koffer hier und werde sie mir gleich mal vornehmen. Chu liefert gerade Chang ein.«

Ferras zögerte. Zur Official Police Garage zu gehen und dort die Durchsuchung von Changs Auto zu beaufsichtigen, bedeutete für ihn offensichtlich, sich schon zu weit von dem sicheren Hort zu entfernen, den der Bereitschaftsraum für ihn darstellte.

»Ähm, Harry? Sollte das Handy nicht lieber ich übernehmen? Ich meine, du hast dein Multifunktionshandy gerade mal einen Monat.«

»Das bekomme ich schon hin.«

»Bist du sicher?«

»Ja, ganz sicher. Außerdem habe ich es schon hier. Geh du ruhig in die Garage und sieh zu, dass sie auch hinter den Türverkleidungen und im Luftfilter nachsehen. Ich hatte mal einen Mustang. Da konnte man im Luftfilter problemlos eine Fünfundvierziger verstecken.«

Mit *sie* waren die Mechaniker der OPG gemeint. Sie würden Changs Auto auseinandernehmen, während Ferras die Durchsuchung nur beaufsichtigte.

»Alles klar«, sagte Ferras.

»Gut. Und ruf mich an, wenn du auf eine Goldader stößt.«

Bosch klappte das Handy zu. Er hielt es nicht für nötig,

Ferras jetzt schon von der Entführung seiner Tochter zu erzählen. Ferras hatte selbst drei kleine Kinder, und in einer Situation, in der Bosch darauf angewiesen war, dass er sein Bestes gab, wäre es sicher kontraproduktiv, ihm vor Augen zu führen, wie angreifbar er war.

Bosch stieß sich vom Schreibtisch zurück und drehte sich mit dem Stuhl zu Changs großem Koffer, der an der Wand des Abteils auf dem Boden stand. Auf eine Goldader zu stoßen hieß in diesem Fall, die Mordwaffe unter den Habseligkeiten des Verdächtigen zu finden. Da Chang auf dem Weg zum Flughafen gewesen war, wusste Bosch, dass in seinem Koffer kein Gold zu entdecken wäre. Falls sich die Waffe, mit der John Li erschossen worden war, überhaupt noch in Changs Besitz befand, war sie am ehesten in seinem Auto oder in seiner Wohnung. Oder er hatte sie längst verschwinden lassen.

Dennoch konnte der Koffer wertvolle Informationen und belastende Beweise enthalten – einen Blutstropfen des Opfers auf der Manschette eines Hemds zum Beispiel. Vielleicht hatten sie Glück. Dennoch wandte sich Bosch wieder dem Schreibtisch zu und beschloss, mit dem Handy anzufangen. Er würde nach anderem Gold suchen. Nach digitalem Gold.

21

Bosch brauchte keine fünf Minuten, um festzustellen, dass Bo-Jing Changs Handy für die Ermittlungen nur von geringem Nutzen war. Er fand das Anrufverzeichnis ohne Probleme, aber es enthielt nur drei Anrufe, zwei ausgehende, beide an gebührenfreie Nummern, und einen eingehenden. Alle drei Gespräche waren an diesem Morgen geführt worden. Sonst waren keine Anrufe gespeichert. Die Vergangenheit des Telefons war gelöscht worden.

Vom Hörensagen wusste Bosch, dass digitale Spuren unauslöschlich waren. Mithilfe aufwendiger kriminaltechnischer Verfahren ließen sich deshalb die vom Handy entfernten Daten wahrscheinlich wiederherstellen, aber bei seinen aktuellen Problemen wäre ihm das Handy keine Hilfe. Er rief die 800er-Nummern an und stellte fest, dass sie von Hertz Car Rental und Cathay Pacific Airways waren. Vermutlich hatte sich Chang nach den Abflugzeiten erkundigt und einen Leihwagen von Seattle nach Vancouver gebucht, um von dort nach Hongkong weiterzufliegen. Die Nummer des eingehenden Anrufs fand Bosch im Invers-Telefonverzeichnis. Es war die von Tsing Motors, Changs Arbeitsplatz. Da über den Inhalt des Anrufs nichts bekannt war, steuerte die Telefonnummer keine neuen Beweise oder Erkenntnisse zum Ermittlungsverfahren bei.

Bosch hatte gehofft, das Handy würde ihnen nicht nur grundsätzlich zu neuen Informationen über Chang verhelfen, sondern vielleicht auch Hinweise auf sein genaues Ziel in Hongkong enthalten und somit auch auf den Ort, an dem Maddie festgehalten wurde. Umso tiefer war deshalb seine Enttäuschung. Aber er wusste, er musste sich jetzt mit anderen Dingen beschäftigen, um sich nicht länger damit aufzuhalten. Deshalb steckte er das Handy in die Beweismitteltüte zurück und machte auf dem Schreibtisch Platz für den Koffer.

Er wuchtete das schwere Monstrum, dessen Gewicht er auf mindestens fünfundzwanzig Kilo schätzte, auf den Schreibtisch. Nachdem er mit einer Schere das Beweismittel-Tape durchtrennt hatte, das Chu um den Reißverschluss angebracht hatte, stellte er fest, dass der Koffer mit einem kleinen Vorhängeschloss gesichert war. Er holte seine Picks heraus, und keine dreißig Sekunden später hatte er das billige Schloss geknackt. Er öffnete den Reißverschluss und klappte den Koffer auf, sodass er in zwei gleich große Hälften aufgeteilt vor ihm lag.

Bosch beschloss, mit der linken Seite zu beginnen, und löste die zwei diagonalen Riemen, die den Inhalt fixierten. Er nahm ein Kleidungsstück nach dem anderen heraus, untersuchte es und legte es auf das Bord über seinem Schreibtisch, auf dem er seit dem Umzug in das neue Gebäude noch nichts abgestellt hatte.

Es sah so aus, als hätte Chang seine gesamten Habseligkeiten in den Koffer gestopft. Die Kleider waren zusammengeknüllt und nicht wie für eine sorgfältig geplante Reise ordentlich gefaltet.

In der Mitte jedes Kleiderknäuels befand sich ein

Schmuckstück oder ein anderer persönlicher Gegenstand. In einem entdeckte Bosch eine Uhr, in einem anderen eine alte Babyrassel. Das letzte Knäuel enthielt einen kleinen Bambusrahmen mit einem verblichenen Foto einer Frau. Changs Mutter, nahm Bosch an.

Schon nachdem er die Hälfte des Koffers durchsucht hatte, war ihm klar, dass Chang nicht vorgehabt hatte zurückzukommen.

Als Nächstes löste Bosch die Abdeckung, mit der die rechte Kofferhälfte verschlossen war, und klappte sie über die inzwischen leere linke Hälfte. Darunter kamen weitere Kleiderknäuel, Schuhe und ein Kulturbeutel zum Vorschein. Zuerst nahm Bosch die Kleider heraus und untersuchte sie. Das erste Knäuel enthielt eine kleine Jade-Buddhastatue mit einer kleinen Schale zum Verbrennen von Räucherstäbchen oder Opfergaben. Das zweite Kleidungsstück war um ein Messer gewickelt, das in einer Scheide steckte.

Die Klinge des Sammlerstücks war kaum länger als zehn Zentimeter, und auf seinem geschnitzten Elfenbeingriff waren mit Pfeil und Bogen, Messern und Äxten bewaffnete Krieger abgebildet, die eine Gruppe betender unbewaffneter Männer niedermetzelten. Bosch vermutete, dass es sich dabei um eine Darstellung des Massakers an den Shaolin-Mönchen handelte, das, wie ihm Chu erzählt hatte, zur Entstehung der Triaden geführt hatte. Die Form des Messers wies auffallende Ähnlichkeit mit der Tätowierung auf Changs Unterarm auf.

Das Messer war ein interessanter Fund und möglicherweise ein Hinweis auf Changs Zugehörigkeit zur Yung-Kim-Triade, aber es war kein Indiz für eine Straftat. Bosch legte es zu den anderen Gegenständen auf das Bord und setzte die Suche fort.

Wenig später war der Koffer leer. Um sich zu vergewissern, dass nichts unter dem Futter versteckt war, tastete Bosch die Innenwände ab, aber auch da entdeckte er nichts. Zum Schluss hob er den Koffer kurz hoch, in der Hoffnung, er würde sich zu schwer anfühlen, um leer zu sein. Aber das war nicht der Fall, und Bosch war sicher, nichts übersehen zu haben.

Als Letztes nahm er sich die zwei Paar Schuhe vor, die Chang eingepackt hatte. Er hatte sie zuvor schon flüchtig untersucht, dann jedoch beiseitegestellt. Er wusste, dass man einen Schuh, wenn man ihn gründlich durchsuchen wollte, auseinandernehmen musste. Normalerweise tat er das nur ungern, weil die Schuhe dann nicht mehr zu gebrauchen waren, und Bosch wollte niemanden um seine Fußbekleidung bringen, selbst wenn es ein Verdächtiger war. Aber in diesem Fall war es ihm egal.

Das erste Paar, das er sich vornahm, waren die Arbeitsstiefel, die er Chang am Tag zuvor in der Werkstatt hatte tragen sehen. Auch wenn sie alt und abgenutzt waren, war ihnen anzusehen, dass ihr Besitzer an ihnen hing. Die Schnürsenkel waren neu, und das Oberleder war wiederholte Male eingefettet worden. Um die Zunge vollständig aufklappen und in die Schuhe hineinschauen zu können, entfernte Bosch die Schuhbänder. Dann stemmte er mit der Schere die Fersenpolsterung auf, um nachzusehen, ob sich im Absatz darunter ein Geheimfach befand.

Im ersten Stiefel fand Bosch nichts, aber im zweiten

entdeckte er zwischen zwei Schichten der Polsterung eine Visitenkarte.

Aufgeregt stellte Bosch den Stiefel beiseite und betrachtete die Karte. Endlich hatte er etwas gefunden.

Die Karte war beidseitig bedruckt. Auf einer Seite chinesisch, auf der anderen englisch. Natürlich studierte Bosch zuerst die englische Seite.

Jimmy Fong
Fuhrparkmanager
Causeway Taxi Service

Darunter waren eine Adresse in Causeway Bay und zwei Telefonnummern angegeben. Zum ersten Mal, seit er mit der Durchsuchung des Koffers begonnen hatte, setzte sich Bosch. Er starrte weiter auf die Visitenkarte und überlegte, was sie bedeutete – falls sie überhaupt etwas bedeutete. Causeway Bay war nicht weit von Happy Valley und dem Einkaufszentrum entfernt, in dem seine Tochter höchstwahrscheinlich entführt worden war. Und natürlich stellte sich grundsätzlich die Frage, warum Chang die Visitenkarte des Fuhrparkmanagers eines Taxiunternehmens im Absatz seines Arbeitsstiefels versteckt hatte.

Bosch drehte die Karte um und betrachtete die chinesische Seite. Wie auf der englischen Seite waren drei Zeilen Text darauf und in der linken unteren Ecke die Adresse und die Telefonnummern. Aller Wahrscheinlichkeit nach stand auf beiden Seiten der Karte das Gleiche.

Bosch kopierte die Karte und steckte das Original in eine Beweismitteltüte, damit auch Chu sie sich ansehen konnte. Dann nahm er sich das zweite Paar Schuhe vor. Zwanzig Minuten später war er fertig, ohne noch mehr entdeckt zu haben. Die Visitenkarte war zwar ein interessanter Fund, aber insgesamt war er vom Ergebnis der Durchsuchung enttäuscht. Er packte alle Gegenstände, soweit es ging, wieder so in den Koffer, wie er sie vorgefunden hatte. Dann klappte er ihn zu und zog den Reißverschluss zu.

Nachdem er den Koffer wieder auf den Boden gestellt hatte, rief er seinen Partner an. Er hoffte, bei der Durchsuchung von Changs Auto war mehr herausgekommen als bei der Durchsuchung des Handys und des Koffers.

»Wir sind erst zur Hälfte fertig«, berichtete Ferras. »Sie haben mit dem Kofferraum angefangen.«

»Und?«

»Bisher nichts.«

Bosch spürte seine Hoffnungen versiegen. Es würde ihnen nicht gelingen, Chang etwas anzuhängen. Und das hieß, er würde am Montag freikommen.

»Hast du auf dem Handy irgendwas Interessantes gefunden?«, fragte Ferras.

»Nein, nichts. Er hat alles gelöscht. Im Koffer war auch nicht viel.«

»Scheiße.«

»Allerdings.«

»Aber wie gesagt, wir sind gerade mit dem Kofferraum fertig geworden und nehmen uns jetzt das Auto selbst vor. Wir sehen auch hinter den Türverkleidungen und im Luftfilter nach.«

»Gut. Sag mir Bescheid, wenn ihr was findet.«

Bosch drückte die Trenntaste und rief sofort Chu an.

»Haben Sie ihn schon eingeliefert?«

»Ja, vor einer halben Stunde. Im Moment bin ich im Gericht und warte, dass Richterin Champagne mir das PCD unterschreibt.«

Wenn ein Verdächtiger wegen Mordes in Haft genommen wurde, musste ein Richter ein sogenanntes »Probable Cause Detention«-Dokument unterzeichnen, in dem nachgewiesen wurde, dass für die Festnahme ein berechtigter Grund bestand. Es enthielt neben dem Festnahmeprotokoll eine Aufstellung der Beweise, die zur Verhaftung des Verdächtigen geführt hatten.

Einen berechtigten Grund für eine Festnahme zu finden, war allerdings wesentlich einfacher, als danach fundierte Anklagepunkte vorzulegen. Ein PCD unterzeichnet zu bekommen, war in der Regel eine reine Routineangelegenheit, aber dennoch war es ein geschickter Schachzug Chus, damit zu der Richterin zu gehen, die ihnen bereits den Durchsuchungsbeschluss ausgestellt hatte.

»Gut. Ich wollte nur sehen, ob das alles geklappt hat.«

»Ja, bei mir ist so weit alles klar. Und bei Ihnen, Harry? Irgendwas Neues von Ihrer Tochter?«

»Leider nein.«

»Tja … gibt es irgendetwas, was ich für Sie tun kann?«

»Erzählen Sie mir von der Einlieferung.«

Chu brauchte einen Moment, um den gedanklichen Sprung von Boschs Tochter zu Changs Einlieferung im L. A. City Jail zu schaffen.

»Da gibt es nicht viel zu erzählen. Er hat die ganze Zeit kein Wort gesagt. Ein paarmal hat er irgendwas vor sich hin gebrummt, aber das war auch schon alles. Sie haben ihn im Hochsicherheitstrakt untergebracht, und dort wird er hoffentlich bis Montag bleiben.«

»Der kommt so schnell nirgendwohin. Hat er schon mit einem Anwalt gesprochen?«

»Sie wollten ihn zumindest gleich nach der Einlieferung telefonieren lassen. Ich habe es zwar selbst nicht mehr mitbekommen, aber ich nehme es mal an.«

»Okay.«

Bosch fischte einfach im Trüben, um vielleicht auf etwas zu stoßen, was eine Richtung vorgab und das Adrenalin in Gang brachte.

»Den Durchsuchungsbeschluss haben wir inzwischen bekommen«, fuhr er fort. »Aber weder im Handy noch im Koffer war irgendetwas Brauchbares. In einem der Schuhe war eine Visitenkarte versteckt. Sie ist beidseitig bedruckt, auf einer Seite englisch, auf der anderen chinesisch. Ich würde gern wissen, ob auf beiden Seiten das Gleiche steht. Sie können ja kein Chinesisch lesen, aber kennen Sie jemanden, der sich die Karte ansehen könnte, wenn ich sie an die AGU faxe?«

»Ja, Harry, aber beeilen Sie sich möglichst. Bei der AGU machen sie nämlich in Kürze Schluss.«

Bosch sah auf die Uhr. Es war Freitagnachmittag halb fünf. Die Bereitschaftsräume in ganz L.A. waren dabei, sich in Geisterstädte zu verwandeln.

»Dann faxe ich es ihnen gleich. Rufen Sie schon mal an und sagen ihnen Bescheid.«

Bosch klappte das Handy zu und ging in den Kopierraum auf der anderen Seite des Bereitschaftsraums.

Halb fünf. In sechs Stunden musste er am Flughafen sein. Und sobald er im Flugzeug saß, kamen seine Ermittlungen erst einmal zum Stillstand. Bei seiner Tochter und in dem Fall würde es während des vierzehnstündigen Flugs weiter vorangehen, aber er selbst wäre auf Eis gelegt. Wie ein Weltraumreisender im Kino, der während des langen Rückflugs von seiner Mission im All in eine Art Winterschlaf versetzt wurde.

Er wusste, er konnte das Flugzeug unmöglich mit leeren Händen besteigen. Irgendeine Form von Weiterentwicklung musste er mitnehmen.

Nachdem er die Visitenkarte an die Asian Gang Unit gefaxt hatte, kehrte er in sein Abteil zurück. Er hatte das Handy auf dem Schreibtisch liegen lassen und sah, dass er einen Anruf seiner Ex-Frau verpasst hatte. Sie hatte keine Nachricht hinterlassen, aber er rief sie zurück.

»Irgendwas Neues?«, fragte er.

»Ich habe sehr lange mit zwei von Maddies Freundinnen telefoniert. Diesmal haben sie mit mir geredet.«

»Hast du auch mit He gesprochen?«

»Nein, mit He nicht. Ich weiß weder ihren vollständigen Namen noch ihre Telefonnummer. Die anderen Mädchen übrigens auch nicht.«

»Was haben sie dir erzählt?«

»Dass He und ihr Bruder nicht auf ihrer Schule sind. Sie haben sie in der Mall kennengelernt, aber sie sind nicht mal aus Happy Valley.«

»Wissen sie, woher sie sind?«

»Nein, sie wussten nur, dass sie nicht aus dem Viertel sind. Maddie war anscheinend richtig eng mit He befreundet, und deshalb kam auch ihr Bruder mit ins Spiel. Das Ganze hat sich erst letzten Monat oder so angebahnt. Im Grunde genommen seit sie von dir aus L. A.

zurückgekommen ist. Beide Mädchen meinten auch, sie wäre seitdem etwas auf Abstand zu ihnen gegangen.«

»Wie heißt der Bruder?«

»Alles, was ich rausbekommen konnte, war: Quick. Er hat sich den Mädchen mit Quick vorgestellt, aber seinen Nachnamen hat er ihnen nicht gesagt und seine Schwester auch nicht.«

»Das hilft uns nicht groß weiter. Und sonst?«

»Na ja, sie haben mir bestätigt, was Maddie dir erzählt hat: dass Quick derjenige war, der geraucht hat. Sie meinten, er wäre ziemlich hart drauf. Tattoos und Armreifen, und deshalb vermute ich ... na ja, ich vermute, dieser Touch von Verruchtheit hat eine gewisse Anziehungskraft auf sie ausgeübt.«

»Auf alle drei oder nur auf Madeline?«

»Vor allem auf Maddie.«

»Glauben sie denn, sie könnte am Freitag nach der Schule mit ihm mitgegangen sein.«

»Ausdrücklich gesagt haben sie das zwar nicht, aber doch, ich glaube, das ist, was sie durchblicken lassen wollten.«

»Hast du sie gefragt, ob Quick mal auf die Triaden zu sprechen gekommen ist?«

»Habe ich, aber sie sagten, über so etwas hätten sie nie geredet. Das ist allerdings auch nicht weiter verwunderlich.«

»Wieso?«

»Weil man hier nicht über dieses Thema spricht. Es ist, als würden die Triaden gar nicht existieren. Sie sind allgegenwärtig, aber alle tun so, als gäbe es sie nicht.«

»Ach so.«

»Ist dir übrigens klar, dass du mir immer noch nicht richtig erzählt hast, was genau eigentlich hinter dem Ganzen steckt? Ich bin ja nicht blöd. Ich weiß genau, was du tust. Um mich nicht zu beunruhigen, versuchst du, mir die Fakten vorzuenthalten, aber ich glaube, langsam sollte ich die Fakten kennen, Harry.«

»Okay.«

Bosch wusste, sie hatte recht. Wenn er wollte, dass sie ihr Bestes gab, musste sie alles wissen, was er wusste.

»Ich ermittle hier in L.A. gerade in einem Mordfall. Der chinesische Besitzer eines Getränkemarkts im South End. Er hat regelmäßig Schutzgeld an eine Triade gezahlt. Er wurde am gleichen Tag und zur gleichen Uhrzeit ermordet, zu der sonst immer die wöchentlichen Zahlungen fällig waren. Das hat uns auf die Spur eines gewissen Bo-Jing Chang geführt, eines Triadenmitglieds. Das Problem ist, dass das im Moment alles ist, was wir wissen. Wir haben keinerlei Beweise, um ihn direkt mit dem Mord in Verbindung zu bringen. Und blöderweise mussten wir Chang heute festnehmen, weil er zum Flughafen fuhr und das Land verlassen wollte. Wir hatten keine andere Wahl. Das Ganze läuft darauf hinaus, dass wir nur noch das Wochenende haben, um genügend Beweise beschaffen und Anklage gegen ihn erheben zu können. Sonst müssen wir ihn wieder laufen lassen. Und dann setzt er sich ins Flugzeug und ist weg.«

»Und was hat das alles mit unserer Tochter zu tun?«

»Eleanor, ich arbeite bei diesem Fall mit Leuten zusammen, die ich nicht kenne. Mit der Asian Gang Unit des LAPD und mit der Monterey Park Police. Irgendjemand hat entweder Chang selbst oder der Triade gesteckt, dass wir ihn im Visier haben, und daraufhin hat er sich abzusetzen versucht. Genauso problemlos könnte diese Person Informationen über mich eingezogen und dabei von Madeline erfahren haben. Und jetzt benutzen sie sie dazu, mich unter Druck zu setzen, damit ich die Finger von der Sache lasse. Ich habe einen Anruf erhalten. Jemand hat mir mit Konsequenzen gedroht, wenn ich bei Chang keinen Rückzieher mache. Natürlich hätte ich nie gedacht, dass die Konsequenzen …«

»Maddie wären«, führte Eleanor den Gedanken zu Ende.

Darauf trat langes Schweigen ein, und Bosch vermutete, dass seine Ex-Frau versuchte, ihre Emotionen in den Griff zu bekommen. Einerseits hasste sie ihn, andererseits war sie auf ihn angewiesen, um ihre Tochter zu retten.

»Eleanor?« Es war Bosch, der schließlich das Schweigen brach.

»Ja?«

Ihre Stimme war beherrscht, aber nur zu offenkundig kochte sie innerlich.

»Haben Maddies Freundinnen was gesagt, wie alt dieser Quick ungefähr ist?«

»Beide meinten, er wäre mindestens siebzehn. Denn anscheinend hat er schon ein Auto. Ich habe mit jeder von ihnen allein gesprochen, und beide haben unabhängig voneinander das Gleiche erzählt. Ich glaube, sie haben mir alles mitgeteilt, was sie wissen.«

Bosch antwortete nicht. Er dachte nach.

»Das Einkaufszentrum öffnet in zwei Stunden«, fuhr

Eleanor fort. »Ich werde mit Fotos von Maddie hinfahren.«

»Das ist eine gute Idee. Unter Umständen gibt es Überwachungsvideos. Falls es mit Quick früher schon mal Ärger gegeben hat, hat die Mall-Security vielleicht sogar eine Akte über ihn.«

»Daran habe ich auch schon gedacht.«

»Entschuldige, schon klar.«

»Wie äußert sich euer Verdächtiger zu all dem?«

»Unser Verdächtiger redet nicht mit uns. Ich habe eben seinen Koffer und sein Handy durchsucht, mit seinem Auto sind wir noch nicht ganz fertig. Aber bisher nichts.«

»Und seine Wohnung?«

»Bislang haben wir noch nicht genügend, um dafür einen Durchsuchungsbeschluss zu bekommen.«

Das ließen sie eine Weile so im Raum stehen. Allerdings war beiden bewusst, dass für Bosch rechtliche Formalitäten wie ein Durchsuchungsbeschluss keine Rolle spielten, wenn es um die Entführung seiner Tochter ging.

»Vielleicht sollte ich sie mir mal ansehen. Ich habe noch sechs Stunden Zeit, bis mein Flug geht.«

»Okay.«

»Ich melde mich, sobald ich …«

»Harry?«

»Ja?«

»Ich bin so … so außer mir, ich weiß nicht, was ich sagen soll.«

»Das kann ich gut verstehen, Eleanor.«

»Falls wir sie zurückbekommen, wirst du sie vielleicht nie mehr wiedersehen. Das wollte ich dir nur sagen.«

Bosch zögerte kurz. Er wusste, ihre Wut war berechtigt. Möglicherweise machte sie die Wut entschlossener in ihren Bemühungen.

»Was heißt hier ›falls‹?«, fragte er schließlich. »Ich finde sie.«

Er wartete auf eine Antwort von ihr, erhielt aber nur Schweigen.

»Also dann, Eleanor. Ich melde mich sofort, wenn ich mehr weiß.«

Nachdem er das Handy weggesteckt hatte, wandte sich Bosch seinem Computer zu, rief das Foto von Chang auf, das bei der Festnahme von ihm gemacht worden war, und schickte es an den Farbdrucker. Er wollte einen Ausdruck davon nach Hongkong mitnehmen.

Kaum hatte er das erledigt, rief Chu wieder an. Er hatte das PCD unterschrieben bekommen und war auf dem Weg zurück ins OPG. Außerdem hatte er bereits mit einem Kollegen in der AGU gesprochen, der Boschs Fax erhalten und bestätigt hatte, dass auf beiden Seiten der Visitenkarte das Gleiche stand. Die Karte stammte vom Geschäftsführer eines Taxiunternehmens in Causeway Bay. Obwohl sie vordergründig vollkommen harmlos erschien, fand Bosch dennoch verdächtig, dass sie in Changs Schuh versteckt gewesen war und von einer Firma stammte, die sich in unmittelbarer Nähe der Stelle befand, an der seine Tochter zum letzten Mal gesehen worden war. Bosch hatte noch nie an Zufälle geglaubt. Und er würde auch jetzt nicht damit anfangen.

Bosch bedankte sich bei Chu und legte auf. Im selben Moment blieb Lieutenant Gandle, der sich gerade auf den Heimweg machte, an seinem Abteil stehen.

»Harry, ich habe ständig das Gefühl, Sie hängen zu lassen. Kann ich Ihnen irgendwie helfen?«

»Im Moment gibt es nichts, was nicht bereits unternommen worden wäre.«

Er erzählte Gandle kurz, dass bei den Durchsuchungen nichts herausgekommen war und dass es auch von seiner Tochter und den Entführern nichts Neues gab. Gandles Miene verdüsterte sich.

»Wir brauchen dringend etwas, das uns weiterbringt«, sagte er. »Unbedingt.«

»Daran arbeiten wir.«

»Wann fliegen Sie?«

»In sechs Stunden.«

»Okay, meine Nummern haben Sie ja. Sie können mich jederzeit anrufen, wenn Sie was brauchen, egal wann. Ich werde sehen, was ich tun kann.«

»Danke, Lieutenant.«

»Möchten Sie, dass ich hierbleibe?«

»Nein, nein, ich komme schon klar. Ich wollte gerade zum OPG rübergehen und Ferras nach Hause schicken, falls er das will.«

»Okay, Harry, geben Sie mir Bescheid, wenn Sie etwas finden.«

»Mache ich.«

»Sie bekommen sie wieder zurück. Da bin ich ganz sicher.«

»Ich weiß. Ich auch.«

Dann reichte ihm Gandle verlegen die Hand, und Bosch schüttelte sie. Es war wahrscheinlich das erste Mal, dass sie sich die Hände gaben, seit sie sich vor drei Jahren zum ersten Mal begegnet waren. Dann ging Gandle, und

Bosch blickte sich im Bereitschaftsraum um. Es sah so aus, als sei nur noch er übrig geblieben.

Er drehte sich um und schaute auf den Koffer hinab. Er wusste, er musste ihn zum Lift schleppen und in die Asservatenkammer hinunterbringen. Das Handy musste ebenfalls dort eingelagert werden. Danach würde auch er das Gebäude verlassen. Aber nicht für ein erholsames Wochenende im trauten Familienkreis. Bosch hatte eine Mission. Und nichts würde ihn davon abhalten, sie zu Ende zu bringen. Ungeachtet Eleanors jüngster Drohung. Ungeachtet der Tatsache, dass die Rettung seiner Tochter vielleicht bedeutete, dass er sie nie mehr wiedersehen würde.

22

Bosch wartete, bis es dunkel wurde, um bei Bo-Jing Chang einzubrechen. Der Chinese wohnte in einer Doppelhaushälfte, deren Eingang zusammen mit dem der Nachbarwohnung durch einen Windfang geschützt war. Der bot Bosch etwas Sichtschutz, als er mit seinen Picks den Sicherheitsriegel und das Schloss im Türgriff öffnete. Er hatte wegen dieses Gesetzesverstoßes weder Skrupel noch Schuldgefühle. Die Durchsuchung von Changs Auto, Handy und Koffer hatte zu nichts geführt, und jetzt wusste Bosch nicht mehr weiter. Er suchte nicht nach Beweisen, um Chang vor Gericht zu bringen. Er suchte nach etwas, was ihm half, seine Tochter zu finden. Sie war inzwischen über zwölf Stunden verschwunden, und wegen eines Einbruchs seine berufliche Existenz aufs Spiel zu setzen, schien ihm ein sehr geringes Risiko im Vergleich zu den psychischen Qualen, auf die er sich gefasst machen müsste, wenn er sie nicht wohlbehalten zurückbekäme.

Sobald er den letzten Stift in die richtige Position gebracht und den Schließzylinder gedreht hatte, öffnete er die Tür, betrat die Wohnung und verschloss die Tür wieder hinter sich. Die Durchsuchung von Changs Koffer hatte gezeigt, dass Chang nicht vorgehabt hatte, noch einmal in seine Wohnung zurückzukehren. Das hieß jedoch nicht, dass Chang seinen ganzen Besitz in seinem Koffer untergebracht hatte. Es gab bestimmt Dinge, die er nicht mitgenommen hatte. Dinge, die ihm wenig bedeuteten, aber Bosch hilfreiche Aufschlüsse geben konnten. Unter anderem hatte Chang irgendwann vor der Abfahrt zum Flughafen seinen Boarding Pass ausgedruckt, und weil er unter ständiger Beobachtung gestanden hatte, wusste Bosch, dass Chang unterwegs nirgendwo angehalten hatte. Deshalb ging er davon aus, dass es in der Wohnung einen Computer und einen Drucker gab.

Bosch blieb dreißig Sekunden an der Tür stehen und wartete, bis sich seine Augen an die Dunkelheit gewöhnt hatten. Sobald er halbwegs etwas erkennen konnte, ging er ins Wohnzimmer. Er stieß gegen einen Stuhl und warf beinahe eine Lampe um, bevor er den Lichtschalter fand und das Licht anmachte. Dann ging er rasch zum Fenster und zog die Vorhänge zu.

Erst jetzt sah er sich um. Er befand sich in einem kleinen Wohn- und Esszimmer mit einer Durchreiche zur Küche. Rechts führte eine Treppe zu einer Schlafgalerie hinauf. Auf den ersten Blick waren keine persönlichen Gegenstände in der Wohnung zu sehen. Kein Computer, kein Drucker. Nur Möbel. Bosch durchsuchte rasch das Zimmer und ging in die Küche weiter. Auch dort gab es keine aufschlussreichen Dinge. Die Küchenschränke waren leer, nicht einmal eine Packung Cornflakes hatte Chang zurückgelassen. Der Mülleimer unter der Spüle war geleert und mit einem neuen Müllbeutel ausgekleidet.

Bosch kehrte ins Wohnzimmer zurück. Am Fuß der Treppe war ein Lichtschalter mit einem Dimmer, mit dem sich die Deckenlampe im Schlafzimmer regeln ließ.

Nachdem er sie auf eine geringe Helligkeit eingestellt hatte, ging er zur Wohnzimmerlampe und schaltete sie aus.

Die spärliche Einrichtung des Schlafzimmers beschränkte sich auf ein schmales Doppelbett und eine Kommode. Es gab weder einen Schreibtisch noch einen PC. Rasch ging Bosch zur Kommode. Alle Schubladen waren ausgeräumt worden. Auch der Abfallkorb und der Arzneischrank im Bad waren leer. Er hob den Deckel des Spülkastens an, aber auch dort war nichts versteckt.

Die Wohnung war vollständig ausgeräumt worden. Das musste passiert sein, nachdem Chang zum Flughafen losgefahren war und das Haus nicht mehr unter Beobachtung gestanden hatte. Bosch dachte an den Anruf von Tsing Motors, der im Anrufverzeichnis von Changs Handy registriert war. Vielleicht hatte Chang beim Verlassen der Wohnung Vincent Tsing kurz Bescheid gegeben, und der hatte sie reinigen und alle persönlichen Dinge entfernen lassen.

Bosch hatte das Gefühl, nach allen Regeln der Kunst ausgetrickst worden zu sein, und beschloss in seinem Frust, im Müllcontainer der Wohnanlage nach Müllbeuteln aus Changs Wohnung zu suchen. Vielleicht waren sie so unvorsichtig gewesen, Changs Müll dort zu entsorgen. Eine weggeworfene Notiz oder ein Zettel mit einer Telefonnummer konnten sich als hilfreich erweisen.

Bosch wollte gerade wieder nach unten gehen, als er einen Schlüssel in der Wohnungstür hörte. Er machte rasch kehrt und versteckte sich hinter einer Stütze im Schlafzimmer.

Unten ging das Licht an, und chinesische Stimmen

füllten die Wohnung. Den Rücken gegen die Stütze gedrückt unterschied Bosch die Stimmen von zwei Männern und einer Frau. Einer der Männer dominierte die Unterhaltung, während der andere Mann und die Frau nur hin und wieder Fragen zu stellen schienen.

Bosch spähte um den Rand der Galerie und riskierte einen Blick nach unten. Er sah den Mann, der vorwiegend redete, auf die Möbel deuten. Er öffnete eine Schranktür unter der Treppe und machte eine weit ausholende Handbewegung. Bosch verstand, er zeigte dem Paar die Wohnung. Sie wurde bereits wieder vermietet.

Das hieß, früher oder später kämen die drei Personen ins Schlafzimmer hoch. Bosch schaute zum Bett. Es bestand aus einer unbezogenen Matratze auf einem dreißig Zentimeter hohen Bettgestell und war das einzige Versteck, in dem er eine realistische Chance hatte, nicht entdeckt zu werden. Sein Brustkorb streifte die Unterseite des Lattenrosts, als er sich rücklings auf dem Boden liegend unter das Bett schob und in der Mitte liegen blieb. Er wartete und verfolgte anhand der Stimmen den Fortgang der Wohnungsbesichtigung.

Schließlich kamen die drei die Treppe zum Schlafzimmer herauf. Bosch hielt den Atem an, als das Paar im Zimmer herumging. Er wartete darauf, dass sich jemand aufs Bett setzte, aber dazu kam es nicht.

Plötzlich spürte Bosch in seiner Tasche etwas vibrieren und merkte, dass er das Handy nicht ausgeschaltet hatte. Zum Glück wurde das leise Vibrieren von der Stimme des Maklers übertönt, der den Interessenten die Wohnung überschwänglich anpries. Hektisch schob Bosch eine Hand in seine Tasche und holte das Handy heraus, um zu sehen, ob der Anruf vom Handy seiner Tochter kam. Wäre das der Fall, würde er ihn auf jeden Fall entgegennehmen müssen.

Um auf das Display sehen zu können, musste Bosch das Handy zwischen den Sprungfedern anheben. Der Anruf war von Barbara Starkey, der Videotechnikerin, und er drückte die Stummtaste. Das hatte Zeit bis später.

Als er das Handy wieder zuklappen wollte, wurde im schwachen Lichtschein des Displays eine Pistole sichtbar, die hinter eine der Holzlatten des Rosts geklemmt war.

Boschs Herz begann, schneller zu schlagen, als er die Pistole sah. Aber er beschloss, sie nicht anzufassen, bis die Wohnung wieder leer war. Er klappte das Handy zu und wartete. Bald hörte er die Besucher die Treppe hinuntergehen. Wie es sich anhörte, schauten sie sich unten noch einmal kurz um, bevor sie schließlich die Wohnung verließen.

Als Bosch hörte, wie die Tür von außen abgeschlossen wurde, kroch er unter dem Bett hervor.

Er wartete kurz, um sicherzugehen, dass der Makler und das Paar tatsächlich weg waren, dann machte er die Deckenbeleuchtung wieder an. Er ging zum Bett, hob die Matratze vom Lattenrost und lehnte sie an die Schlafzimmerwand. Dann hob er den Rost heraus und lehnte ihn gegen die Matratze. Er beugte sich zu der Pistole hinab, die noch im Bettgestell festgeklemmt war.

Weil er sie immer noch nicht gut genug sehen konnte, holte er das Handy wieder heraus, klappte es auf und hielt es als Taschenlampe an die Waffe.

»Scheiße.«

Er suchte eine Glock, eine Pistole mit einem rechteckigen Schlagbolzen. Aber die Waffe in Changs Bett war eine Smith & Wesson.

Das brachte ihn nicht weiter. Er merkte, dass er wieder einmal am Nullpunkt angelangt war. Wie um diese Einsicht zu unterstreichen, gab seine Armbanduhr ein leises Piepen von sich. Er fasste an sein Handgelenk und stellte es ab. Um seinen Flug nicht zu verpassen, hatte er sich den Wecker gestellt. Zeit, zum Flughafen zu fahren.

Nachdem er das Bett wieder zusammengebaut hatte, machte er im Schlafzimmer das Licht aus und schlüpfte aus der Wohnung.

Zunächst würde er nach Hause fahren, um seinen Pass zu holen und seine Pistole wegzuschließen. Im Ausland durfte er seine Dienstwaffe nur mit einer Genehmigung des betreffenden Landes mitführen – und eine solche zu beantragen, konnte Tage, wenn nicht Wochen dauern. Kleider würde er keine mitnehmen, weil er nicht glaubte, dass er in Hongkong Zeit hätte, sich umzuziehen. Er war in einer Mission unterwegs, die in dem Moment begänne, in dem er das Flugzeug verließ.

Er nahm in Monterey Park den Freeway 10, um dann auf dem 101er durch Hollywood hoch nach Hause zu fahren. Unterwegs überlegte er, wie er die Polizei auf die Spur der in Changs Wohnung versteckten Pistole bringen könnte. Denn vorerst gab es noch keinen berechtigten Grund, die Wohnung zu durchsuchen. Trotzdem musste die Waffe gefunden und untersucht werden. Im Mordfall John Li brächte sie Bosch zwar nicht weiter, aber das hieß nicht, dass Chang sie für gute Taten und wohltätige Zwecke verwendet hatte. Sie war im Dienst der Triade zum Einsatz gekommen und führte höchstwahrscheinlich zu etwas, was sich Chang anlasten ließ.

Als Bosch auf dem Freeway 101 am Rand des Civic Center entlang in Richtung Norden fuhr, fiel ihm der Anruf von Barbara Starkey wieder ein. Er hörte die eingegangenen Nachrichten ab. Starkey bat um schnellstmöglichen Rückruf. Es hörte sich an, als hätte sie etwas Wichtiges entdeckt. Bosch drückte die Rückruftaste.

»Barbara, hier Harry.«

»Harry, ja. Gut, dass du anrufst, bevor ich nach Hause fahre.«

»Hättest du nicht schon vor drei Stunden Feierabend machen sollen.«

»Na ja, schon. Aber ich habe dir doch gesagt, dass ich mir das mal ansehen werde.«

»Danke, Barbara. Und glaub nicht, ich wüsste das nicht zu schätzen. Was hast du gefunden?«

»Zwei Dinge. Aber zuerst, ich habe hier einen Ausdruck, der noch etwas schärfer ist als der erste, falls du ihn haben willst.«

Bosch war enttäuscht. Es hörte sich an, als gebe es nicht wirklich mehr, als er bereits hatte, und als wolle sie ihm nur mitteilen, dass es dieses schärfere Bild von dem Blick gab, den man von dem Zimmer hatte, in dem seine Tochter festgehalten wurde. Er hatte die Erfahrung gemacht, dass manche Leute, wenn sie einem einen Gefallen taten, dazu neigten, ihren Beitrag als wichtiger hinzustellen, als er tatsächlich war. Er beschloss, mit dem Bild vorliebzunehmen, das er bereits hatte. Der Umweg, um den neuen Ausdruck abzuholen, würde ihn zu viel Zeit kosten. Er musste seinen Flieger erreichen.

»Sonst noch was?«, fragte er. »Ich muss nämlich zum Flughafen.«

»Ja, ich habe ein paar weitere visuelle und akustische Identifikatoren gefunden, die dir weiterhelfen könnten«, sagte Starkey.

Jetzt konnte sie Boschs uneingeschränkter Aufmerksamkeit gewiss sein.

»Und die wären?«

»Also, einer könnte ein Zug oder eine U-Bahn sein. Dann wäre da noch ein Gesprächsfetzen, der nicht chinesisch ist. Und der letzte ist, glaube ich, ein lautloser Hubschrauber.«

»Ein *lautloser* Hubschrauber? Was soll das denn sein?«

»Na ja, lautlos eben. Im Fenster spiegelt sich ganz kurz ein vorbeifliegender Hubschrauber, von dem es aber keine Audiospuren gibt.«

Zunächst antwortete Bosch nicht. Er wusste inzwischen, was sie meinte: einen Whisper-Jet-Hubschrauber, wie sie die Reichen und Mächtigen Hongkongs benutzten. Er hatte die Dinger selbst gesehen. Per Hubschrauber zur Arbeit zu fliegen, war in Hongkong nichts Ungewöhnliches, aber Bosch wusste auch, dass es in jedem Stadtteil nur wenige Gebäude gab, die auf ihrem Dach einen Landeplatz betreiben durften. Mit ein Grund, weshalb sich seine Ex-Frau für ihre Wohnung im Haus in Happy Valley entschieden hatte, war gewesen, dass es dort einen Hubschrauberlandeplatz auf dem Dach gab. So brauchte sie zu ihrem Casino in Macao nur zwanzig Minuten von Tür zu Tür, während sie sonst zwei Stunden unterwegs gewesen wäre, um zunächst zum Hafen zu kommen, die Fähre zu nehmen und schließlich von der Anlegestelle zu Fuß zum Casino zu gehen oder sich ein Taxi zu nehmen.

»Barbara, kannst du noch fünf Minuten warten? Ich komme sofort vorbei.«

Er nahm die Ausfahrt Los Angeles Street und fuhr zum Parker Center weiter. Weil es schon spät war, gab es im Parkhaus hinter dem alten Polizeihauptquartier jede Menge freier Plätze. Bosch parkte, überquerte rasch die Straße und betrat das Gebäude durch den Hintereingang. Der Aufzug schien eine Ewigkeit zu brauchen, doch als er das fast verlassene SID-Labor betrat, waren in Wirklichkeit nur sieben Minuten vergangen, seit er das Handy weggesteckt hatte.

»Das hat aber gedauert«, begrüßte ihn Starkey.

»Entschuldige. Und danke, dass du gewartet hast.«

»War doch nicht ernst gemeint. Ich weiß, du hast es eilig. Sehen wir es uns also nur ganz kurz an.«

Sie deutete auf einen ihrer Monitore, auf dem das Fenster aus dem Handy-Video zu sehen war. Es war das Bild, das sie Bosch ausgedruckt hatte. Starkey legte die Hände auf die Drehknöpfe.

»So«, sagte sie. »Achte mal auf den oberen Rand der Spiegelung. Das haben wir vorher nämlich nicht gesehen – beziehungsweise gehört.«

Sie drehte langsam einen Knopf und spulte die Aufnahme zurück. Jetzt sah Bosch in der verschwommenen Reflexion in der Fensterscheibe, was ihm zuvor entgangen war. In dem Moment, in dem die Kamera wieder auf seine Tochter zurückzuschwenken begann, bewegte sich wie ein Geist ein Hubschrauber durch den oberen Rand der Spiegelung. Es war eine kleine schwarze Maschine, aber die Kennung an ihrer Seite war nicht richtig zu erkennen.

»Und jetzt das Ganze in Echtzeit.«

Sie spulte das Video bis zu der Stelle zurück, an der die Kamera noch auf Boschs Tochter gerichtet war und diese gerade danach trat. Starkey drückte auf eine Taste, und die Aufnahme lief mit normaler Geschwindigkeit. Im Bruchteil einer Sekunde schwenkte die Kamera zum Fenster und wieder zurück. Boschs Augen erfassten zwar das Fenster, aber nicht die Spiegelung der Stadt, geschweige denn den vorbeifliegenden Hubschrauber.

Es war eine wichtige Entdeckung, und Bosch schöpfte neue Hoffnung.

»Die Sache ist die, Harry. Damit er aus diesem Fenster zu sehen war, muss der Hubschrauber ziemlich tief geflogen sein.«

»Dann ist er entweder gerade gestartet, oder er hat zur Landung angesetzt.«

»Ich glaube, er ist gestartet. Er scheint beim Durchqueren des Fensterausschnitts leicht zu steigen. Mit bloßem Auge ist das nicht zu erkennen, aber ich habe es nachgemessen. Wenn man berücksichtigt, dass die Bewegungsrichtung des Hubschraubers in der Fensterscheibe seitenverkehrt zu sehen ist, müsste er auf der anderen Straßenseite gestartet sein, und zwar von einer Stelle gegenüber dem Gebäude.«

Bosch nickte.

»Wenn ich jetzt nach einer Tonspur suche ...«

Sie schaltete auf den anderen Monitor, auf dem ein Audiogramm der einzelnen Tonquellen zu sehen war, die sie in dem Video isoliert hatte.

»... und die konkurrierenden Geräusche so weit wie möglich herausfiltere, bekomme ich das.«

Sie spielte eine Tonspur ab, deren graphische Darstellung fast einer Nulllinie entsprach, und alles, was Bosch hörte, war fernes, in kurzen regelmäßigen Abständen zerhacktes Verkehrsrauschen.

»Das kommt von den Rotoren«, erklärte Starkey. »Den Hubschrauber selbst hört man zwar nicht, aber er zerstückelt das Umgebungsgeräusch. Es muss eine Art Tarnkappenhubschrauber sein.«

Bosch nickte. Damit kam er der Sache schon näher. Jetzt wusste er, dass seine Tochter in einem Haus festgehalten wurde, das sich in der Nähe eines der wenigen Gebäude in Kowloon befand, die ein Heliport auf dem Dach hatten.

»Hilft dir das weiter?«, fragte Starkey.

»Allerdings.«

»Gut. Dann hätte ich noch das hier.«

Sie spielte eine andere Tonspur ab, auf der ein tiefes Rauschen zu hören war, das Bosch an fließendes Wasser erinnerte. Es setzte ein, wurde lauter und verebbte.

»Was ist das? Wasser?«

Starkey schüttelte den Kopf.

»So hört es sich bei maximaler Verstärkung an. Das hinzukriegen, war ziemlich mühsam. Es ist Luft. Entweichende Luft. Ich würde sagen, der Eingang einer U-Bahn-Station oder vielleicht auch ein Schacht, durch den die Luft ins Freie geleitet wird, wenn ein Zug in die Station einfährt. Moderne U-Bahnen machen nicht viel Lärm. Aber wenn ein Zug durch den Tunnel fährt, schiebt er gewaltige Luftmassen vor sich her.«

»Verstehe.«

»Der Kamerastandort ist ziemlich weit oben. Der Spiegelung nach zu schließen, im zwölften, dreizehnten Stock. Deshalb ist die exakte Quelle dieser Tonspur schwer zu bestimmen. Sie könnte direkt vor dem Gebäude auf Straßenniveau sein, aber auch eine Straße weiter. Schwer zu sagen.«

»Es hilft mir trotzdem.«

»Und zum Schluss noch das hier.«

Sie spielte den ersten Teil des Videos ab, in dem die Kamera auf Boschs Tochter gerichtet war und nur sie zeigte. Starkey stellte den Ton lauter und filterte alle konkurrierenden Geräusche heraus. Bosch hörte einen gedämpften Gesprächsfetzen.

»Was ist das?«, fragte er.

»Ich glaube, es kommt von außerhalb des Zimmers. Leider konnte ich die Störgeräusche nicht besser herausfiltern. Die Stimmen sind durch dazwischenliegende Wände gedämpft und hören sich nicht chinesisch an. Aber das ist, glaube ich, nicht der entscheidende Punkt.«

»Was dann?«

»Hör dir noch mal das Ende an.«

Sie spielte die Aufnahme ein zweites Mal ab. Bosch starrte auf die verängstigten Augen seiner Tochter, während er sich auf den Ton konzentrierte. Es war eine Männerstimme, die zu gedämpft war, um verstanden oder übersetzt werden zu können, und sie schien abrupt zu enden, mitten im Satz.

»Wurde der Sprecher von jemandem unterbrochen?«

»Ich glaube eher, dass eine Lifttür zuging und die Stimme deshalb plötzlich nicht mehr zu hören war.«

Bosch nickte. Das schien die plausiblere Erklärung, denn die Stimme wies keinerlei Anzeichen von Stress auf, bevor sie abgeschnitten wurde.

Starkey deutete auf den Bildschirm.

»Wenn es dir also gelingt, das Haus zu finden, müsste das Zimmer in der Nähe des Aufzugs sein.«

Bosch blickte einen letzten langen Moment auf die Augen seiner Tochter.

»Danke, Barbara.«

Er stand hinter ihr und drückte ihr die Schultern.

»Gern geschehen, Harry.«

»Aber jetzt muss ich los.«

»Du hast gesagt, du musst zum Flughafen. Fliegst du nach Hongkong?«

»Ja.«

»Alles Gute, Harry. Bring deine Tochter heil wieder.«

»Das habe ich fest vor.«

Bosch kehrte hastig zu seinem Auto zurück und fuhr in Richtung Freeway los. Der Feierabendverkehr hatte nachgelassen, und er kam gut voran, als er durch Hollywood zum Cahuenga Pass und zu seinem Haus hinauffuhr. Er begann, sich auf Hongkong zu konzentrieren. Bald lägen L. A. und die Probleme hier weit hinter ihm. Von nun an drehte sich alles um Hongkong. Er würde seine Tochter finden und nach Hause bringen. Oder er würde bei dem Versuch, sie zu befreien, sterben.

Sein ganzes Leben lang hatte Harry Bosch geglaubt, eine Mission zu haben. Und um diese Mission durchführen zu können, musste er kugelsicher sein. Er musste sich und sein Leben so gestalten, dass er unverwundbar war, dass ihm nichts und niemand etwas anhaben konnte.

Das alles hatte sich an dem Tag geändert, an dem er der Tochter vorgestellt worden war, von der er nicht gewusst hatte, dass er sie hatte. In diesem Moment hatte er gewusst, dass er gleichzeitig gerettet und verloren war. Von jetzt an war er mit der Welt für immer auf eine Weise verbunden, wie sie nur ein Vater kannte. Aber zugleich war er auch verloren, weil er wusste, dass die dunklen Mächte, denen er sich entgegenstellte, sie eines Tages finden würden. Da spielte es auch keine Rolle, dass ein ganzer Ozean zwischen ihnen lag. Er wusste, eines Tages würde die Finsternis sie finden und dazu benutzen, ihn unterzukriegen.

Dieser Tag war jetzt gekommen.

TEIL 2

Der 39-Stunden-Tag

23

Bosch fand während des Flugs über den Pazifik nur unruhigen Schlaf. Vierzehn Stunden in der Luft, den Kopf gegen das Flugzeugfenster gedrückt, schaffte er es kein einziges Mal, länger als fünfzehn oder zwanzig Minuten am Stück zu schlafen, ohne dass ihn Gedanken an seine Tochter und die damit verbundenen Schuldgefühle bedrängten und aus dem Schlaf rissen.

Bisher hatte er sich der Angst, den Schuldgefühlen und den schonungslosen Selbstvorwürfen entzogen, indem er den ganzen Tag über eine derart hektische Aktivität entwickelt hatte, dass er gar nicht zum Nachdenken gekommen war. Es war ihm gelungen, alles von sich fernzuhalten, weil ihm die Jagd wichtiger gewesen war als der psychische Ballast, den er mit sich herumschleppte. Aber auf dem Cathay-Pacific-Flug Nummer 883 konnte er nicht mehr davonlaufen. Er wusste, er musste schlafen, um für den Tag, der in Hongkong vor ihm lag, gut ausgeruht und gerüstet zu sein. Doch im Flugzeug saß er in der Falle. Er konnte seine Schuldgefühle und Ängste nicht mehr verdrängen und war ihnen hilflos ausgeliefert. Während der Jet durch die Nacht dem Ort entgegenraste, an dem Madeline versteckt war, saß er mit krampfhaft geballten Fäusten und ausdruckslosem Blick im Dunkeln. Das machte es schwierig, wenn nicht sogar vollkommen unmöglich für ihn zu schlafen.

Der Gegenwind über dem Pazifik war schwächer als angenommen, und die Maschine machte Zeit gut und landete bereits um 4:55 Uhr auf Lantau Island. Sich rücksichtslos an den anderen Passagieren vorbeizwängend, die ihr Handgepäck aus den Gepäckfächern holten, bahnte sich Bosch seinen Weg zum Ausgang der Maschine. Er hatte nur einen kleinen Rucksack mit Dingen dabei, von denen er glaubte, sie könnten ihm helfen, seine Tochter zu finden und zu retten. Die Flugzeugtür ging auf, und er drängelte sich sofort an die Spitze der Fluggäste, die auf Passkontrolle und Zoll zustrebten. Er näherte sich der ersten Kontrolle – ein Wärme-Scanner zur Erkennung Fieberkranker. Bosch brach der Schweiß aus. Hatten sich seine brennenden Schuldgefühle in einem Fieberanfall niedergeschlagen? Würde er abgeschoben, bevor er überhaupt zum wichtigsten Teil seiner Mission kam?

Im Vorbeigehen blickte er auf den Monitor zurück, auf dem die Reisenden in blaue Schemen verwandelt zu sehen waren. Kein verräterisches Erglühen von Rot. Kein Fieber. Jedenfalls bisher nicht.

Der Passbeamte blätterte in seinem Pass und sah die Ein- und Ausreisestempel von Boschs zahlreichen Hongkong-Aufenthalten in den vergangenen sechs Jahren. Dann sah der Mann etwas auf einem Monitor nach.

»Sind Sie geschäftlich in Hongkong, Mr. Bosch?«

Irgendwie hatte der Mann die eine Silbe von Boschs Nachnamen so verhunzt, dass sie sich wie »Botsch« anhörte.

»Nein«, erwiderte Bosch. »Meine Tochter lebt in Hongkong, und ich besuche sie regelmäßig.«

Der Zollbeamte warf einen Blick auf den Rucksack auf Boschs Rücken. »Haben Sie ihr Gepäck aufgegeben?«

»Nein, ich habe nur den Rucksack dabei. Ich habe nicht vor, lange zu bleiben.«

Der Zollbeamte nickte und sah wieder auf den Bildschirm. Bosch wusste, was jetzt käme. Bei seinen früheren Hongkong-Aufenthalten hatten die Zollbeamten bei der Ankunft jedes Mal seine Polizeizugehörigkeit im Computer vermerkt gefunden und ihn prompt zum Filzen geschickt.

»Haben Sie Ihre Dienstwaffe dabei?«, fragte der Beamte.

»Nein«, antwortete Bosch genervt. »Ich weiß, dass das verboten ist.«

Der Inspektor tippte etwas in den Computer ein und schickte Bosch dann, wie erwartet, zur Gepäckkontrolle. Das würde ihn weitere fünfzehn Minuten kosten, aber Bosch versuchte, sich nicht aufzuregen. Weil seine Maschine früher als geplant gelandet war, hatte er eine halbe Stunde gewonnen.

Der Zollbeamte, der Boschs Rucksack durchsuchte, machte ein erstauntes Gesicht, als er das Fernglas und die anderen Gegenstände, darunter einen Umschlag mit Bargeld, herausnahm. Bosch führte jedoch nichts mit sich, womit er nicht hätte einreisen dürfen. Schließlich forderte der Zollbeamte Bosch auf, durch einen Metalldetektor zu gehen, dann war die Kontrolle beendet. Bosch ging in die Halle mit den Gepäckbändern und entdeckte einen Geldwechselschalter, der so früh schon geöffnet hatte. Er holte den Umschlag mit dem Geld aus dem Rucksack und wechselte bei der Frau hinter der Glasscheibe fünftausend US-Dollar in Hongkong-Dollar. Bei dem Geld handelte es sich um Boschs Erdbebengeld, Bargeld, das er in seinem Schlafzimmer im Waffenschrank versteckt hatte. Als 1994 ein schweres Erdbeben L. A. heimgesucht und massive Schäden an seinem Haus angerichtet hatte, hatte Bosch etwas Wichtiges gelernt: Es geht nichts über Bargeld. Geh nie ohne welches aus dem Haus. Jetzt würde ihm das Geld, das er für einen solchen Notfall versteckt hatte, hoffentlich helfen, einen anderen Notfall zu bewältigen. Der Wechselkurs betrug knapp acht zu eins, und seine fünftausend amerikanischen wurden zu achtunddreißigtausend Hongkong-Dollar.

Nachdem er sein Geld bekommen hatte, steuerte er auf den Ausgang auf der anderen Seite der Gepäckausgabe zu. Die erste Überraschung des Tages kam in Gestalt von Eleanor Wish, die in der Haupthalle des Flughafens auf ihn wartete. Sie stand neben einem Mann, der die breitbeinige Haltung eines Bodyguards eingenommen hatte. Eleanor machte für den Fall, dass Bosch sie nicht bemerkt haben sollte, eine kleine Handbewegung. Er sah die Mischung aus Schmerz und Hoffnung in ihrem Gesicht und musste den Blick zu Boden senken, als er auf sie zuging.

»Eleanor. Ich hätte nicht …«

Sie zog ihn in eine rasche und unbeholfene Umarmung, die seinen Satz abrupt beendete. Er fasste die Geste so auf, dass es mit den Schuldzuweisungen und Vorwürfen Zeit bis später hätte. Jetzt stand Wichtigeres an. Sie machte einen Schritt zur Seite und deutete auf den Mann im Anzug.

»Das ist Sun Yee.«

Bosch nickte, und dann streckte er die Hand aus, eine Geste, mit der er herauszufinden hoffte, wie er Sun Yee ansprechen sollte.

»Harry«, stellte er sich vor.

Der andere Mann nickte ebenfalls und drückte ihm fest die Hand, sagte aber nichts. Dieses Manöver hatte also nichts geholfen. Was den Namen anging, musste er auf einen Hinweis von Eleanor warten. Bosch schätzte Sun Yee auf Ende vierzig. Eleanors Alter. Er war klein, aber kräftig gebaut. Brustkorb und Arme spannten die Nähte seines Seidensakkos bis ans Limit. Obwohl es noch nicht Tag war, trug er eine Sonnenbrille.

Bosch wandte sich wieder seiner Ex-Frau zu.

»Fährt er uns?«

»Er hilft uns«, korrigierte sie ihn. »Er arbeitet für die Casino-Security.«

Bosch nickte. Damit war schon einmal ein Rätsel gelöst.

»Spricht er Englisch?«

»Ja«, antwortete der Mann für sich selbst.

Bosch taxierte ihn kurz, dann sah er Eleanor an und entdeckte eine Bestimmtheit in ihrer Miene, die er nur zu gut kannte. Es war ein Gesichtsausdruck, den er oft zu sehen bekommen hatte, als sie noch zusammen gewesen waren. Was diesen Punkt anging, würde sie sich auf keine Diskussionen einlassen. Dieser Mann war Teil des Pakets, oder Bosch müsste allein sehen, wie er zurechtkam.

Bosch wusste, wenn es die Umstände erforderten, konnte er sich notfalls abseilen und allein durchschlagen. Darauf hatte er sich ursprünglich ohnehin gefasst gemacht. Aber bis auf Weiteres war er bereit, Eleanor entgegenzukommen.

»Bist du da wirklich sicher, Eleanor? Ich hatte eigentlich vor, das ganz allein durchzuziehen.«

»Sie ist auch meine Tochter. Egal, was du tust, ich komme mit.«

»Na gut, meinetwegen.«

Sie gingen auf die Glastür zu, die nach draußen führte. Um ungestört mit seiner Ex-Frau sprechen zu können, ließ Bosch Sun Yee vorausgehen. Obwohl Eleanor die nervliche Belastung deutlich anzusehen war, erschien sie ihm so schön wie eh und je. Ihr nüchtern nach hinten gebundenes Haar unterstrich die klare, entschlossene Linie ihrer Kieferpartie. Egal, wie selten oder unter welchen Umständen er ihr begegnete – er konnte sie nie ansehen, ohne daran denken zu müssen, wie es mit ihr hätte sein können. Es war ein abgedroschenes Klischee, aber Bosch war immer fest davon überzeugt gewesen, dass sie füreinander bestimmt waren. Ihre Tochter verhalf ihnen zu einer lebenslangen Verbindung, aber für Bosch war das nicht genug.

»Dann erzähl, was es Neues gibt, Eleanor«, begann er. »Ich war fast vierzehn Stunden im Flugzeug. Hat sich hier irgendwas getan?«

Sie nickte.

»Ich war gestern vier Stunden in der Mall. Als du gestern vom Flughafen aus angerufen und mir eine Nachricht hinterlassen hast, muss ich gerade im Büro der Security gewesen sein. Entweder hatte ich keinen Empfang, oder ich habe das Läuten nicht gehört.«

»Ist ja nicht weiter schlimm. Was hast du Neues herausgefunden?«

»Sie haben ein Überwachungsvideo, auf dem sie mit dem Bruder und der Schwester zu sehen ist. Mit Quick und He. Es ist aus ziemlicher Entfernung aufgenommen. Deshalb sind sie eigentlich gar nicht richtig darauf zu erkennen – außer Mad natürlich. Sie würde ich überall erkennen.«

»Ist darauf die Entführung zu sehen?«

»Sie wurde nicht entführt. Sie hingen lediglich zusammen rum, hauptsächlich bei den Imbissständen. Dann zündete sich Quick eine Zigarette an, und jemand beschwerte sich. Die Security rückte an und warf ihn raus. Madeline ging mit ihnen nach draußen. Freiwillig. Und sie kamen nicht wieder zurück.«

Bosch nickte. Das könnte ein Trick gewesen sein, um sie nach draußen zu locken. Quick zündet sich eine Zigarette an, weil er genau weiß, dass er dann rausgeworfen wird und Madeline mit ihm nach draußen kommt.

»Sonst noch was?«

»Das ist alles aus der Mall. Quick ist der Security dort zwar bekannt, aber sie wissen weder, wie er heißt, noch haben sie eine Akte über ihn.«

»Wann sind sie nach draußen gegangen?«

»Um viertel nach sechs.«

Bosch rechnete kurz im Kopf. Das war am Freitag gewesen. Es war fast sechsunddreißig Stunden her, dass sich seine Tochter aus dem Blickfeld der Überwachungskamera entfernt hatte.

»Wann wird es hier dunkel? Um welche Uhrzeit?«

»Gegen acht. Warum?«

»Das Video, das sie mir geschickt haben, wurde bei Tageslicht aufgenommen. Demnach war sie keine zwei Stunden, nachdem sie mit den beiden die Mall verlassen hat, bereits in Kowloon, und sie haben das Video von ihr gemacht.«

»Ich will das Video sehen, Harry.«

»Ich zeige es dir im Auto. Du hast also meine Nachricht erhalten. Hast du etwas über die Hubschrauberlandeplätze in Kowloon herausgefunden?«

Eleanor nickte. »Ich habe den Leiter der Kundenbeförderung im Casino angerufen. Ihm zufolge gibt es in Kowloon sieben Dach-Heliports. Ich habe eine Liste.«

»Sehr gut. Hast du ihm gesagt, weshalb du die Liste brauchst?«

»Nein, Harry. Ganz blöd bin ich ja nun auch nicht.«

Bosch sah sie an, dann schaute er zu Sun, der inzwischen mehrere Schritte vor ihnen ging. Eleanor deutete seinen Blick richtig.

»Mit Sun Yee ist es was anderes. Er weiß Bescheid. Ich habe ihm alles erzählt, weil ich ihm vertrauen kann. Er ist im Casino seit drei Jahren für meine Sicherheit zuständig.«

Bosch nickte. Seine Ex-Frau war ein wertvoller Aktivposten für das Cleopatra Resort and Casino in Macao. Sie bezahlten ihr die Wohnung und den Hubschrauber, der sie zur Arbeit an den Privattischen brachte, an denen sie gegen die zahlungskräftigsten Kunden des Casinos spielte. Personenschutz – in Gestalt Sun Yees – war Teil dieses Arrangements.

»Tja, nur schade, dass er nicht auch auf Maddie aufgepasst hat.«

Eleanor blieb abrupt stehen und wandte sich Bosch zu. Sun, der davon nichts mitbekam, ging weiter. Eleanor fuhr Bosch an.

»Wenn du unbedingt jetzt schon damit anfangen willst, bitte, kannst du gern haben. Wir können gern über Sun Yee reden, und wir können auch über dich reden und wie deine Arbeit meine Tochter in diese ... diese ...«

Sie sprach den Satz nicht zu Ende. Stattdessen packte sie Bosch grob am Sakko und begann, ihn wütend zu schütteln, bis sie plötzlich die Arme um ihn schlang und zu weinen begann. Bosch legte die Hand auf ihren Rücken.

»*Unsere* Tochter, Eleanor«, sagte er. »*Unsere* Tochter, und wir bekommen sie zurück.«

Sun merkte, dass Eleanor und Bosch ihm nicht mehr folgten, und blieb stehen. Die Augen hinter der Sonnenbrille verborgen schaute er zu Bosch zurück. Bosch, der immer noch von Eleanor umklammert wurde, hob eine Hand, um ihm zu signalisieren, kurz zu warten und auf Abstand zu bleiben.

Schließlich löste sich Eleanor von ihm und wischte sich mit dem Handrücken über Nase und Augen.

»Du musst dich zusammenreißen, Eleanor. Ich werde dich brauchen.«

»Hör endlich auf, das zu sagen, ja? Ich reiße mich schon zusammen. Wo fangen wir an?«

»Hast du die MTR-Karte besorgt, um die ich dich gebeten habe?«

»Ja, habe ich. Sie ist im Auto.«

»Und die Visitenkarte von Causeway Taxi? Bist du dem nachgegangen?«

»Das war nicht nötig. Da konnte mir Sun Yee weiterhelfen. Es ist allgemein bekannt, dass die meisten Taxiunternehmen Triadenleute beschäftigen. Um keinen Verdacht zu erregen und sich die Polizei vom Hals zu halten, brauchen Triadenmitglieder reguläre Jobs. Die meisten beschaffen sich einen Taxiführerschein und legen zum Schein hier und da ein paar Schichten ein. Wenn dein Verdächtiger die Karte des Fuhrparkmanagers hatte, dann vermutlich deswegen, weil er ihn wegen eines Jobs aufsuchen wollte, wenn er nach Hongkong gekommen wäre.«

»Bist du zu der Adresse gefahren?«

»Wir sind gestern Abend daran vorbeigefahren, aber es ist ein stinknormales Taxiunternehmen, wo die Autos aufgetankt und gewartet werden und die Fahrer sich beim Schichtwechsel ablösen.«

»Hast du mit dem Fuhrparkmanager gesprochen?«

»Nein. So weit wollte ich nicht gehen, ohne dich vorher zu fragen. Aber du warst im Flugzeug, deshalb konnte ich dich nicht erreichen. Außerdem habe ich mir nicht viel davon versprochen. Das ist einfach nur jemand, der diesem Chang wahrscheinlich einen Job gegeben hätte. Mehr nicht. Das ist, was er für die Triaden macht. An einer Entführung ist er sicher nicht beteiligt. Und wenn doch, würde er nicht darüber sprechen.«

Wahrscheinlich hatte Eleanor recht, aber wenn alle Stricke rissen, müssten sie noch einmal auf den Fuhrparkmanager zurückkommen.

»Okay«, sagte Bosch. »Wann wird es hier hell?«

Eleanor drehte sich um und blickte durch die riesige Glasfront des Terminals, als wolle sie sich bei der Beantwortung dieser Frage auf die Beobachtung des Himmels stützen. Bosch sah auf die Uhr. Es war 5:45 Uhr morgens, und er war schon fast eine Stunde in Hongkong. Die Zeit schien hier viel zu schnell zu vergehen.

»Etwa in einer halben Stunde«, sagte Eleanor.

Bosch nickte.

»Und die Pistole, Eleanor?«

Sie nickte widerstrebend.

»Wenn du das unbedingt willst, weiß Sun Yee, wo er dir eine besorgen kann. In Wan Chai.«

Bosch nickte. Wo sonst hätte man sich in Hongkong eine Waffe beschafft? In Wan Chai kam der Untergrund Hongkongs an die Oberfläche. Er war nicht mehr dort gewesen, seit er vor vierzig Jahren aus Vietnam auf Urlaub hier gewesen war. Aber er wusste, manche Dinge und Orte änderten sich nie.

»Okay, dann lass uns zum Auto gehen. Wir verlieren nur Zeit.«

Sie gingen durch die automatische Tür, und Bosch wurde von der warmen, schwülen Luft empfangen. Er spürte, wie die Feuchtigkeit sofort an ihm klebte.

»Wohin fahren wir als Erstes?«, fragte Eleanor. »Nach Wan Chai?«

»Nein, auf den Peak. Dort fangen wir an.«

24

In der Kolonialzeit hatte er Victoria Peak geheißen. Jetzt war er einfach der Peak, ein Berggipfel, der sich hinter der Skyline Hongkongs erhob und von dem man einen spektakulären Blick über den Central District und den Hafen auf Kowloon hatte. Er ließ sich per Auto oder Standseilbahn erreichen und war bei Touristen das ganze Jahr über ein beliebtes Ausflugsziel, bei den Einheimischen vor allem in den Sommermonaten, wenn die Stadt an seinem Fuß die Feuchtigkeit in sich aufzusaugen schien wie ein Schwamm das Wasser. Bosch war mit seiner Tochter mehrere Male auf dem Peak gewesen, und meistens hatten sie im Restaurant des Observatoriums oder in der Einkaufspassage dahinter zu Mittag gegessen.

Bosch, seine Ex-Frau und ihr Security-Mann erreichten den Gipfel, bevor über der Stadt der Tag angebrochen war. Die Einkaufspassage und die Souvenirläden waren noch geschlossen, die Aussichtspunkte menschenleer. Sun stellte seinen Mercedes auf dem Parkplatz des Einkaufszentrums ab, und sie nahmen den Weg, der am Kamm des Bergs entlanglief. Bosch hatte seinen Rucksack auf dem Rücken. Die Luft troff vor Feuchtigkeit. Der Weg war nass, und Bosch wusste, es hatte in der Nacht geregnet. Das Hemd klebte bereits an seinem Rücken.

»Was machen wir hier eigentlich?«, fragte Eleanor.

Die Frage war das Erste, was sie seit Langem gesagt hatte. Auf der Fahrt vom Flughafen in die Stadt hatte Bosch das Video aufgerufen und ihr sein Handy gereicht. Sie sah es sich an, und Bosch hörte, wie ihr der Atem stockte. Dann fragte sie, ob sie es ein zweites Mal ansehen könne. Schließlich gab sie ihm das Handy wortlos zurück. Das drückende Schweigen, das sich darauf über sie gelegt hatte, hatte angehalten, bis sie den Weg entlangzugehen begannen.

Bosch schwang den Rucksack auf seine Brust und öffnete ihn. Er reichte Eleanor den Ausdruck des Standbilds. Dann holte er eine Taschenlampe aus dem Rucksack und reichte sie ihr ebenfalls.

»Das ist ein Standbild aus dem Video. Wenn Maddie nach dem Kerl tritt und die Kamera sich bewegt, schwenkt diese kurz auf dieses Fenster.«

Eleanor knipste die Taschenlampe an und betrachtete den Ausdruck im Gehen. Sun war mehrere Schritte hinter ihnen. Bosch erklärte ihr, was er vorhatte.

»Du musst dabei immer berücksichtigen, dass in dem Fenster alles spiegelverkehrt zu sehen ist. Siehst du die Torpfosten auf der Bank of China? Ich habe ein Vergrößerungsglas dabei, wenn du möchtest.«

»Ja, hier. Ich sehe sie.«

»Und zwischen den Pfosten ist die Pagode hier unten zu sehen. Sie heißt, glaube ich, Lion Pagoda oder Lion Lookout. Ich war mit Maddie öfter hier oben.«

»Ich auch. Das ist der Löwenpavillon. Und er ist auf dem Foto tatsächlich zu sehen?«

»Ja, aber du brauchst das Vergrößerungsglas. Warte, bis wir dort sind.«

Der Weg beschrieb eine Kurve, und vor ihnen tauchte der pagodenartige Bau auf, von dem man einen der besten Ausblicke auf die Stadt hatte. Bei den früheren Gelegenheiten, als Bosch hier gewesen war, hatte es auf dem Aussichtspunkt von Touristen mit Kameras gewimmelt. Im grauen Licht der Morgendämmerung lag er jetzt vollkommen verlassen da. Bosch ging durch den Torbogen des Eingangs zum Aussichtspavillon hinaus. Unter ihm lag die riesige Stadt. In der schwindenden Dunkelheit funkelten Millionen Lichter, und eines davon, wusste Bosch, gehörte zu dem Raum, in dem seine Tochter war. Er würde ihn finden.

Eleanor stand neben ihm und hielt den Ausdruck in den Lichtkegel der Taschenlampe. Sun nahm hinter ihnen die Bodyguard-Position ein.

»Das verstehe ich nicht«, sagte sie. »Glaubst du, du kannst das Ganze praktisch umkehren und von hier die Stelle anpeilen, wo sie ist.«

»Genau.«

»Harry …«

»Es gibt noch andere Orientierungspunkte. Ich will die Suche nur eingrenzen. Kowloon ist riesig.«

Bosch holte sein Fernglas aus dem Rucksack. Es hatte eine starke Vergrößerung, und er benutzte es für Observierungen. Er hob es an die Augen.

»Welche anderen Orientierungspunkte?«

Es war noch zu dunkel. Bosch ließ das Fernglas wieder sinken. Er musste warten. Vielleicht hätte er doch erst nach Wan Chai fahren sollen, um sich eine Pistole zu besorgen.

»Welche anderen Orientierungspunkte, Harry?«

Bosch stellte sich ganz dicht neben sie, um mit ihr auf das Foto blicken zu können, und zeigte auf die Orientierungspunkte, auf die ihn Barbara Starkey aufmerksam gemacht hatte, vor allem auf die Buchstaben *O* und *N* des spiegelverkehrten Schriftzugs. Außerdem erzählte er ihr von der U-Bahn, die auf dem Video zu hören war, und von dem Hubschrauber, der kurz durch den Bildausschnitt geflogen war.

»Das alles zusammengenommen müssten wir es eigentlich ziemlich weit einengen können«, sagte er. »Und wenn ich die ungefähre Lage weit genug eingrenzen kann, finde ich die Stelle auch.«

»Also, ich kann dir jetzt schon sagen, bei den zwei Buchstaben handelt es sich um das Canon-Logo.«

»Meinst du von Canon, der Kamerafirma? Wo?«

Sie deutete auf Kowloon in der Ferne. Bosch schaute wieder durch das Fernglas.

»Ich sehe es ständig, wenn ich auf dem Weg zum Casino über den Hafen fliege. Auf der Kowloon-Seite ist ein riesiges Canon-Logo. Einfach nur das Wort CANON. Es ist frei stehend oben auf einem Hausdach angebracht und dreht sich. Wenn das Zeichen also dem Hafen zugewandt ist und du hinter ihm in Kowloon bist, siehst du es von der Rückseite und somit spiegelverkehrt. Aber wenn es gespiegelt wird, siehst du es wieder richtig, und das ist hier der Fall.«

Sie tippte auf das *O-N* auf dem Ausdruck.

»Ja, aber wo ist es? Ich kann es nirgendwo sehen.«

»Gib mal her.«

Er reichte ihr das Fernglas.

Sie hob es an die Augen und sagte: »Normalerweise ist

es beleuchtet, aber wahrscheinlich schalten sie es ein paar Stunden vor Tagesanbruch aus, um Energie zu sparen. Viele Reklamen sind im Moment aus.«

Sie ließ das Fernglas sinken und sah auf die Uhr.

»Noch etwa fünfzehn Minuten, dann müsste es zu sehen sein.«

Bosch nahm das Fernglas wieder an sich und begann, erneut nach dem Zeichen zu suchen.

»Irgendwie, finde ich, verschwenden wir hier nur unsere Zeit.«

»Keine Angst. Gleich geht die Sonne auf.«

Bosch, in seinem Tatendrang gebremst, senkte widerwillig das Fernglas und beobachtete in den nächsten zehn Minuten, wie das Licht über die Berge in das Becken kroch.

Rosa und grau stieg der Morgen empor. Im Hafen herrschte bereits reges Treiben, und die Arbeitsboote und Fähren glitten wie in einer intuitiven Choreographie kreuz und quer über das Wasser. An die Hochhäuser in Central Hongkong und Wan Chai sowie in Kowloon auf der anderen Seite des Hafens klammerte sich eine tief hängende Dunstschicht. Es roch nach Rauch.

»Dieser Geruch erinnert mich an L. A. nach den Unruhen«, sagte Bosch. »Als würde die Stadt brennen.«

»In gewisser Weise tut sie das auch«, bemerkte Eleanor. »Wir befinden uns gerade mitten im Yue Laan.«

»Aha, und was ist das?«

»Das Geisterfest. Es hat letzte Woche begonnen. Es richtet sich nach dem chinesischen Kalender. Es heißt, am vierzehnten Tag des siebten Mondmonats öffnen sich die Pforten der Hölle, und alle bösen Geister brechen über die Welt herein. Deshalb verbrennen die Menschen Opfergaben, um ihre Ahnen zu besänftigen und die bösen Geister abzuwehren.«

»Was für Opfergaben?«

»Hauptsächlich Papiergeld- und Pappmaschee-Nachbildungen von Dingen wie Flachbildschirmen, Häusern und Autos. Dinge, die die Geister angeblich im Jenseits brauchen. Manchmal verbrennen die Leute nicht nur Nachbildungen, sondern die Dinge selbst.«

Sie lachte, dann fuhr sie fort: »Ich habe mal jemanden eine Klimaanlage verbrennen sehen. Wahrscheinlich wollte er einem Ahnen eine Klimaanlage in die Hölle schicken.«

Bosch fiel ein, dass ihm auch seine Tochter einmal von diesem Brauch erzählt hatte und dass sie jemanden ein ganzes Auto hatte verbrennen sehen.

Als Bosch jetzt auf die Stadt hinabblickte, merkte er, dass das, was er für Morgennebel gehalten hatte, in Wirklichkeit der Rauch verbrannter Opfergaben war, der wie die Geister selbst in der Luft hing.

»Sieht so aus, als gäbe es da unten jede Menge Menschen, die daran glauben.«

»Auf jeden Fall.«

Bosch blickte wieder in Richtung Kowloon und hob das Fernglas an seine Augen. Endlich fiel Sonnenlicht auf die Häuser auf der anderen Seite des Hafens. Er schwenkte das Fernglas hin und her, behielt aber immer die Torpfosten auf der Bank of China im Blick. Schließlich entdeckte er das Canon-Zeichen. Es befand sich auf einem modernen Hochhaus aus Glas und Aluminium, das grelle Lichtreflexionen nach allen Seiten warf.

»Jetzt sehe ich das Zeichen«, sagte er, ohne den Blick davon abzuwenden.

Er schätzte das Haus, auf dem es stand, etwa zwölf Stockwerke hoch. Die Buchstaben waren auf einem Metallunterbau angebracht, der das Gebäude mindestens ein Stockwerk höher machte. In der Hoffnung, irgendetwas anderes Wichtiges zu entdecken, bewegte er das Fernglas weiter hin und her. Aber nichts zog seine Aufmerksamkeit auf sich.

»Lass mich noch mal schauen«, sagte Eleanor.

Bosch gab ihr das Fernglas, und wenig später hatte sie das Canon-Zeichen im Blick.

»Da ist es«, sagte sie aufgeregt. »Und auf der anderen Straßenseite, keine zwei Straßen weiter, ist das Peninsula Hotel zu sehen. Auf seinem Dach befindet sich einer der wenigen Hubschrauberlandeplätze dort.«

Bosch folgte ihrem Blick über den Hafen. Er brauchte eine Weile, um das Zeichen zu entdecken, das inzwischen ganz in der Sonne lag. Die Trägheit des langen Flugs fiel langsam von ihm ab. Die Wirkung des Adrenalins setzte ein.

Nicht weit von dem Haus mit dem Canon-Zeichen führte eine breite Straße nach Norden.

»Welche Straße ist das?«, fragte er.

»Das muss die Nathan Road sein«, antwortete Eleanor, ohne das Fernglas abzusetzen. »Eine der Hauptverbindungen zwischen dem Hafen und den New Territories.«

»Sind dort die Triaden aktiv?«

»Auf jeden Fall.«

Bosch schaute wieder in Richtung Nathan Road und Kowloon und murmelte, mehr zu sich selbst:

»Neun Drachen.«
»Was?«, fragte Eleanor.
»Dort ist sie, habe ich gesagt.«

25

Bosch und seine Tochter hatten meistens die Standseilbahn zum Peak hinauf genommen. Sie erinnerte Bosch an eine schlanke und wesentlich längere Ausgabe der Angels-Flight-Bahn zu Hause in L. A., und an der Talstation war seine Tochter fast immer in den kleinen Park in der Nähe des Gerichts mit ihm gegangen und hatte dort eine tibetische Gebetsfahne aufgehängt. Die bunten Fähnchen hingen im Park wie Wäschestücke an einer Leine. Madeline hatte Bosch erklärt, eine Fahne aufzuhängen, sei besser, als in einer Kirche eine Kerze anzuzünden, weil die Fahne im Freien sei und ihre guten Wünsche deshalb vom Wind weit fortgetragen werden könnten.

Jetzt war keine Zeit, um Fahnen aufzuhängen. Sie stiegen wieder in Suns Mercedes und fuhren den Berg hinunter nach Wan Chai.

Bosch fiel ein, dass eine der Routen nach unten direkt an dem Haus vorbeiführte, in dem Eleanor und seine Tochter wohnten.

Bosch beugte sich vom Rücksitz nach vorn.

»Eleanor, lass uns vorher noch bei dir vorbeifahren.«

»Warum?«

»Ich habe vergessen, dir zu sagen, dass du Madelines Pass mitbringen sollst. Deinen auch.«

»Warum?«

»Weil das noch nicht zu Ende sein wird, wenn wir sie wiederhaben. Dann möchte ich euch erst mal beide von hier wegbringen.«

»Und wie lange?«

Sie hatte sich umgedreht und sah ihn vom Beifahrersitz an. Er sah die Vorwürfe in ihrem Blick. Eigentlich hatte er diesen Punkt gar nicht anschneiden wollen, damit sie ganz auf die Rettung ihrer Tochter konzentriert blieb.

»Ich weiß nicht, wie lange. Lass uns einfach die Pässe holen. Nur für den Fall, dass wir später nicht mehr dazu kommen.«

Eleanor wandte sich Sun zu und sagte in scharfem Ton etwas auf Chinesisch. Er fuhr sofort an den Straßenrand und hielt an. Hinter ihnen kamen keine Autos den Berg herunter. Dafür war es noch zu früh. Sie drehte sich ganz um und sah Bosch an.

»Wir werden die Pässe holen«, sagte sie ruhig. »Aber bilde dir bloß nicht ein, dass wir mit dir kommen, wenn wir untertauchen müssen.«

Bosch nickte. Das Zugeständnis, dass sie dazu bereit wäre, genügte ihm.

»Dann solltest du vielleicht auch schon zwei Koffer für euch packen und ins Auto bringen.«

Ohne zu antworten, drehte sie sich wieder nach vorn. Nach einer Weile schaute Sun zu ihr hinüber und sagte etwas auf Chinesisch. Sie nickte, und Sun fuhr wieder los, weiter den Berg hinunter. Bosch wusste, dass sie tun würde, worum er sie gebeten hatte.

Fünfzehn Minuten später hielt Sun vor den zwei Hochhäusern an, die im Volksmund »The Chopsticks« hießen – die »Essstäbchen«. Und Eleanor, die in diesen fünfzehn Minuten kein Wort gesagt hatte, reichte Bosch einen Ölzweig.

»Willst du mit hochkommen? Du kannst ja Kaffee machen, während ich packe. Du siehst jedenfalls aus, als könntest du einen vertragen.«

»Ein Kaffee wäre nicht schlecht, aber wir haben nicht so viel ...«

»Es ist Pulverkaffee.«

»Na dann.«

Sun blieb beim Auto zurück, und Bosch und Eleanor fuhren nach oben. Die »Essstäbchen« waren eigentlich zwei miteinander verbundene ovale Hochhäuser, die auf halber Höhe des Berghangs über Happy Valley dreiundsiebzig Stockwerke hoch aufragten. Sie waren das höchste Wohnhaus Hongkongs und standen wie zwei in einer Schale Reis steckende Stäbchen aus der Skyline der Stadt. Eleanor und Madeline hatten dort eine Wohnung bezogen, als sie vor sechs Jahren aus Las Vegas nach Hongkong gekommen waren.

Bosch hielt sich am Geländer fest, als sie im Schnellaufzug nach oben fuhren. Ihm war nicht wohl bei dem Gedanken, dass direkt unter seinen Füßen ein offener Schacht war, der vierundvierzig Stockwerke in die Tiefe reichte.

Die Tür öffnete sich zu einem kleinen Foyer, von dem die vier Wohnungen auf der Etage abgingen. Eleanor ging zur ersten Tür auf der rechten Seite und schloss sie auf.

»Der Kaffee ist im Hängeschrank über der Spüle. Ich brauche nicht lange.«

»Gut. Willst du auch eine Tasse?«

»Nein danke. Ich habe schon am Flughafen welchen getrunken.«

Sie betraten die Wohnung, und Eleanor verschwand sofort ins Schlafzimmer, während Bosch in die Küche ging und sich ans Kaffeekochen machte. Er nahm einen Becher mit der Aufschrift *World's Best Mom* aus dem Schrank. Er war vor langer Zeit von Hand bemalt worden, und die Wörter waren mit jedem Waschgang in der Spülmaschine stärker verblasst.

Den heißen Kaffee schlürfend ging er aus der Küche ins Wohnzimmer, um die Aussicht zu genießen. Die Wohnung war nach Westen ausgerichtet, und man hatte einen atemberaubenden Blick auf Hongkong und seinen Hafen. Bosch war nur wenige Male in der Wohnung gewesen und wurde nie müde, sich das anzusehen. Wenn er zu Besuch hier war, holte er seine Tochter meistens unten im Foyer oder in der Schule ab.

Ein riesiges weißes Kreuzfahrtschiff glitt durch den Hafen aufs offene Meer hinaus. Bosch beobachtete es eine Weile, bis er das Canon-Zeichen auf dem Gebäude in Kowloon bemerkte. Es erinnerte ihn an seine Mission. Er drehte sich zum Flur, der zu den Schlafzimmern führte. Er fand Eleanor im Zimmer ihrer Tochter, wo sie weinend Kleider in einen Rucksack packte.

»Ich weiß nicht, was ich mitnehmen soll«, schluchzte sie. »Ich weiß nicht, wie lange wir weg sein werden und was sie brauchen wird. Ich weiß nicht mal, ob wir sie jemals wiedersehen.«

Ihre Schultern bebten, als sie den Tränen freien Lauf ließ. Bosch legte ihr die Hand auf die Schulter, aber sie schüttelte sie sofort ab. Sie wollte sich nicht von ihm trösten lassen. Unwirsch zog sie den Reißverschluss des Rucksacks zu und verließ damit das Zimmer. Plötzlich sich selbst überlassen blickte sich Bosch darin um.

Auf jeder horizontalen Fläche waren Souvenirs aus L. A. und anderen Städten. Die Wände waren mit Postern von Filmen und Musikgruppen bepflastert. Von einem Ständer in der Ecke hingen Mützen, Masken und Ketten. Zwischen die Kissen auf dem Bett kuschelten sich Plüschtiere aus früheren Zeiten. Bosch konnte das Gefühl nicht abschütteln, dass er allein aufgrund der Tatsache, dass er sich gerade ohne die Erlaubnis seiner Tochter in ihrem Zimmer aufhielt, ihre Privatsphäre verletzte.

Auf einem kleinen Schreibtisch stand ein aufgeklappter Laptop. Bosch tippte auf die Leertaste, und der Bildschirm erhellte sich. Der Bildschirmhintergrund war ein Foto von Madelines letztem Besuch in L. A. Es waren mehrere Surfer darauf zu sehen, die auf ihren Boards im Wasser trieben und auf die nächste Welle warteten. Sie waren damals nach Malibu gefahren, um in einem Lokal namens Marmelade zu frühstücken, und anschließend hatten sie an einem Strand in der Nähe den Surfern zugesehen.

Bosch bemerkte eine kleine Elfenbeinschatulle, die neben der Maus auf dem Schreibtisch stand. Sie erinnerte ihn an den Griff des Messers, das er in Changs Koffer gefunden hatte. Sie sah aus wie etwas, in dem man wichtige Dinge, Geld zum Beispiel, aufbewahrte. Er öffnete sie und stellte fest, dass sie nur einen roten Faden mit drei Jadeaffen enthielt – nichts Böses sehen, nichts Böses hören, nichts Böses sagen. Bosch nahm den Anhänger aus der Schatulle, um ihn sich genauer anzusehen. Der rote Faden war nicht länger als fünf Zentimeter und an einem Ende mit einem kleinen silbernen Ring versehen, um ihn an etwas befestigen zu können.

»Können wir?«

Bosch drehte sich um. Eleanor stand in der Tür.

»Klar. Was ist das, ein Ohrring?«

Eleanor kam näher, um es sich anzusehen.

»Nein, diese Dinger hängen die Kids an ihre Handys. Man kann sie auf dem Jademarkt in Kowloon kaufen. Weil sie häufig die gleichen Handys haben, peppen sie sie ein bisschen auf, um sie nicht ständig zu verwechseln.«

Bosch nickte, als er den Jadeanhänger in die Elfenbeinschatulle zurücklegte.

»Ist so was teuer?«

»Nein, das ist billige Jade. Diese Dinger kosten etwa einen US-Dollar, und die Kids kaufen sich ständig neue. Jetzt komm.«

Bosch blickte sich ein letztes Mal im Refugium seiner Tochter um und nahm auf dem Weg nach draußen ein Kissen und eine zusammengefaltete Decke vom Bett. Eleanor blickte sich um und bekam es mit.

»Vielleicht ist sie müde und will schlafen«, erklärte ihr Bosch.

Sie verließen die Wohnung. Als sie im Aufzug nach unten fuhren, hielt Bosch unter einem Arm die Decke und das Kissen, im anderen einen der Rucksäcke. Das Kissen roch nach dem Shampoo seiner Tochter.

»Hast du die Pässe dabei?«, fragte Bosch.

»Ja, habe ich«, sagte Eleanor.

»Darf ich dich was fragen?«

Er tat so, als studierte er das Pony-Muster der Decke, die er hielt.

»Wie weit kannst du Sun Yee trauen? Ich weiß nicht, ob wir ihn nicht lieber loswerden sollten, sobald wir die Pistole haben.«

Eleanor antwortete ohne Zögern.

»Ich sage dir doch, du brauchst dir seinetwegen keine Sorgen zu machen. Ich vertraue ihm uneingeschränkt, und er bleibt bei uns. Er bleibt bei mir.«

Bosch nickte. Eleanor blickte zu den über die Digitalanzeige huschenden Stockwerknummern hoch.

»Ich vertraue ihm vollkommen«, fügte sie nach einer Weile hinzu. »Und Maddie auch.«

»Woher weiß Maddie überhaupt …«

Er hielt mitten im Satz inne. Plötzlich verstand er, was sie sagte. Sun war der Mann, von dem ihm Madeline erzählt hatte. Er und Eleanor waren zusammen.

»Verstehst du jetzt?«, fragte sie.

»Ja, jetzt verstehe ich. Aber bist du sicher, dass ihm auch Madeline vertraut?«

»Ja, ganz sicher. Wenn sie dir etwas anderes erzählt hat, dann nur, um Mitleid zu schinden. Sie ist ein Mädchen, Harry. Sie weiß, wie man andere um den Finger wickelt. Sicher, ihr Leben wurde ein bisschen … durcheinandergebracht durch meine Beziehung mit Sun Yee. Aber er hat ihr immer nur Freundlichkeit und Respekt entgegengebracht. Sie wird darüber hinwegkommen. Das heißt, wenn wir sie finden.«

Sun Yee wartete mit dem Auto in der Auffahrt vor dem Haus. Die Rucksäcke verstauten Bosch und Eleanor im Kofferraum, aber das Kissen und die Decke packte Bosch auf den Rücksitz. Sun fuhr los und nahm die Stubbs Road hinunter nach Happy Valley und dann hinüber nach Wan Chai.

Bosch versuchte, nicht mehr an das Gespräch im Aufzug zu denken. Es war im Moment nicht wichtig, weil es ihm nicht helfen würde, seine Tochter zurückzubekommen. Aber es war schwer, seine Gefühle auszublenden. Seine Tochter hatte ihm bereits in L. A. erzählt, dass Eleanor eine Beziehung hatte. Und auch er war seit ihrer Scheidung Beziehungen eingegangen. Aber hier in Hongkong mit dieser Tatsache konfrontiert zu werden, war hart. Er saß mit der Frau, die er auf einer sehr elementaren Ebene immer noch liebte, und ihrem neuen Mann im Auto. Es war schwer zu verkraften.

Er saß hinter Eleanor. Er schaute über den Sitz hinweg Sun an und studierte die stoische Haltung des Mannes. Er war nicht nur als Bodyguard dabei. Für ihn ging es um mehr. Bosch merkte, dass er von ihm profitieren konnte. Wenn sich seine Tochter auf ihn verlassen konnte, dann konnte auch er das. Alles andere brauchte ihn nicht zu interessieren.

Als ob er Boschs Blick gespürt hätte, drehte sich Sun zur Seite und sah Bosch an. Trotz der dunklen Sonnenbrille, die Suns Augen verdeckte, konnte Bosch erkennen, dass er die Situation vollkommen verstand und wusste, dass es keine Geheimnisse mehr gab.

Bosch nickte. Es war nicht irgendeine Art von Zustimmung, die er erteilte. Es war nur die stumme Feststellung, dass ihm jetzt klar war, dass sie da alle drei drinsteckten.

26

Wan Chai war der Teil Hongkongs, der nie schlief. Der Ort, an dem alles passieren konnte und zum entsprechenden Preis alles erhältlich war. Alles, egal was. Bosch wusste, wenn er zu der Pistole, die sie sich besorgen würden, eine Laser-Zielvorrichtung haben wollte, könnte er sie bekommen. Wenn er auch noch gleich einen Auftragskiller engagieren wollte, könnte er wahrscheinlich auch den finden. Gar nicht erst zu reden von den anderen Dingen wie Drogen und Frauen, die es in den Strip-Clubs und Discos der Lockhart Road in Hülle und Fülle gab.

Es war halb neun Uhr morgens und helllichter Tag, als sie die Lockhart Road hinunterfuhren. In vielen Clubs herrschte noch Betrieb; die Fensterläden waren gegen das Tageslicht geschlossen, aber darüber, in der raucherfüllten Luft, gleißte helles Neon. Die nasse Straße dampfte, und über den glänzenden Asphalt und die Windschutzscheiben der am Straßenrand wartenden Taxis spritzten gespiegelte Neonsplitter. Türsteher standen Wache, auf Hockern sitzende Schlepperinnen lockten Fußgänger und Autofahrer gleichermaßen. Männer in zerknitterten Anzügen schlurften nach einer Nacht voller Alkohol und Drogen über die Gehsteige. Neben den roten Taxis stand in zweiter Reihe der eine oder andere Rolls-Royce oder Mercedes und wartete im Leerlauf darauf, dass drinnen das Geld ausging und endlich die Heimfahrt begann.

Vor fast jedem Etablissement stand ein Ascheimer, um für die hungrigen Geister Opfergaben zu verbrennen. Aus vielen züngelten Flammen. Vor einem Club, der Red Dragon hieß, sah Bosch eine Frau in einem seidenen Morgenmantel mit einem roten Drachen auf dem Rücken offensichtlich echte Hongkong-Dollars in das Feuer streuen, das in dem Kübel vor dem Club brannte. Vermutlich wollte sie auf Nummer sicher gehen. Wenn schon den Geistern opfern, dann richtig.

Obwohl die Autofenster geschlossen waren, drang der Geruch von Feuer und Rauch, vermischt mit dem Aroma gebratener Lebensmittel, ins Wageninnere. Plötzlich stieg Bosch ein brutaler Gestank in die Nase, den er nicht identifizieren konnte. Am ehesten erinnerte er ihn an die Geruchskiller, die er in der Rechtsmedizin hin und wieder zu riechen bekam, und er begann, durch den Mund zu atmen. Eleanor klappte die Sonnenblende nach unten, um ihn im Schminkspiegel anzusehen.

»Das ist Gway lang go.«

»Was?«

»Schildkrötenpanzergelee. Es wird hier morgens immer gekocht. Sie verkaufen es in den Apotheken.«

»Ganz schön heftig.«

»So kann man es auch ausdrücken. Wenn du den Geruch schon schlimm findest, dann solltest du das Zeug erst mal einnehmen. Heilt angeblich alles, egal, woran man leidet.«

»Lieber nicht.«

Zwei Kreuzungen weiter wurden die Clubs kleiner

und schäbiger. Die Neonreklamen waren greller und bunter und wurden meistens von beleuchteten Schaukästen mit den Fotos schöner Frauen begleitet, die angeblich im Innern warteten. Sun parkte direkt an der Kreuzung in zweiter Reihe neben dem Taxi, das an der Spitze der Schlange stand. An drei Ecken der Kreuzung befand sich je ein Club. An der vierten war eine Garküche, die bereits brechend voll war.

Sun schnallte sich ab und öffnete die Tür. Bosch wollte ebenfalls aussteigen.

»Harry«, sagte Eleanor.

Sun drehte sich zu Bosch um.

»Sie kommen nicht mit.«

Bosch sah ihn an.

»Warum nicht? Ich habe Geld.«

»Kein Geld«, sagte Sun. »Sie warten hier.«

Er stieg aus und schloss die Tür. Bosch zog seine Tür wieder zu und blieb im Auto sitzen.

»Und was jetzt?«

»Sun Yee besorgt dir von einem Freund die Pistole. Aber nicht für Geld.«

»Wofür dann?«

»Für einen Gefallen.«

»Ist Sun Yee in einer Triade?«

»Nein. Dann hätte er den Job im Casino nicht bekommen. Und ich wäre nicht mit ihm zusammen.«

Dass den Casinojob ein Triadenmitglied nicht bekommen könnte, bezweifelte Bosch. Manchmal lernte man den Feind am besten kennen, wenn man ihn für sich arbeiten ließ.

»*War* er in einer Triade?«

»Das weiß ich nicht. Aber ich kann es mir nicht vorstellen. Die lassen einen nicht einfach aussteigen.«

»Aber die Pistole bekommt er von einem Triadentyp?«

»Auch das weiß ich nicht. Hör zu, Harry, wir besorgen dir die Pistole, die du haben wolltest. Was soll auf einmal diese blöde Fragerei? Willst du sie oder nicht?«

»Ja, ich will sie.«

»Dann tun wir, was nötig ist, um sie zu bekommen. Und nur damit das klar ist: Sun Yee setzt dabei seinen Job und seine Freiheit aufs Spiel. Die Waffengesetze hier sind sehr streng.«

»Alles klar. Keine weiteren Fragen. Einfach nur danke, dass ihr mir helft.«

In dem Schweigen, das darauf folgte, konnte Bosch gedämpfte, aber stampfende Musik aus einem oder vielleicht auch aus allen dreien der Clubs kommen hören. Durch die Windschutzscheibe beobachtete er, wie Sun auf drei Männer in Anzügen zuging, die vor einem Club auf der anderen Seite der Kreuzung standen. Wie in fast allen Etablissements in Wan Chai war das Schild davor chinesisch und englisch beschriftet. Das Lokal hieß Yellow Door. Sun sprach kurz mit den Männern, dann öffnete er beiläufig sein Jackett, damit sie sehen konnten, dass er unbewaffnet war. Einer der Männer tastete ihn rasch, aber kompetent ab, und Sun durfte durch die sinnigerweise gelbe Tür eintreten.

Sie warteten fast zehn Minuten. Eleanor sagte die ganze Zeit so gut wie nichts. Bosch wusste, sie hatte furchtbare Angst um ihre Tochter und ärgerte sich über seine Fragen, aber er musste mehr erfahren, als er bisher wusste.

»Werde jetzt bitte nicht gleich sauer, Eleanor. Lass mich nur Folgendes sagen: Wie es bisher aussieht, haben wir das Überraschungsmoment auf unserer Seite. Maddies Entführer glauben, dass ich noch in L. A. bin und zu entscheiden versuche, ob wir ihren Mann laufen lassen sollen oder nicht. Wenn jetzt allerdings Sun Yee hier zur Triade geht, um mir eine Pistole zu beschaffen, muss er ihnen da nicht erzählen, für wen er die Waffe braucht und was er damit vorhat? Wird der Kerl, von dem er die Pistole erhält, dann nicht als Erstes zu den Triadenleuten drüben in Kowloon rennen und ihnen alles stecken? Du weißt schon, in dem Stil: Schaut mal, wer da aufgetaucht ist, und übrigens, er hat es auf euch abgesehen.«

»Nein, Harry«, entgegnete Eleanor bestimmt. »So läuft es nicht.«

»Und wie läuft es dann?«

»Ich habe dir doch gesagt. Sun Yee löst hier einen Gefallen ein. Mehr nicht. Er muss keine Informationen herausrücken, weil ihm der Kerl mit der Pistole einen Gefallen schuldig ist. Das ist, wie das funktioniert, verstehst du?«

Bosch starrte auf den Eingang des Clubs. Von Sun war immer noch nichts zu sehen.

»Okay.«

Im Auto verstrichen fünf weitere Minuten in tiefem Schweigen, und dann kam Sun durch die gelbe Tür nach draußen. Aber statt zum Auto zu gehen, überquerte er die Straße und betrat die Garküche. Bosch versuchte, durch die Fenster ins Innere des Ladens zu spähen, aber wegen des grellen Neonlichts, das sich in ihnen spiegelte, konnte er Sun nicht mehr sehen.

»Was macht er jetzt?«, fragte Bosch. »Holt er sich was zu essen?«

»Das glaube ich nicht«, sagte Eleanor. »Wahrscheinlich haben sie ihn dorthin geschickt.«

Bosch nickte. Sicherheitsvorkehrungen. Weitere fünf Minuten vergingen, und als Sun wieder aus der Garküche kam, trug er einen mit zwei Gummis verschlossenen Styroporbehälter. Er hielt ihn waagrecht, so, als wollte er vermeiden, dass etwas von dem Essen, das er enthielt, heraustropfte. Er kam zum Auto, stieg ein und reichte Bosch den Behälter wortlos über den Sitz.

Bosch legte ihn in seinen Schoß, entfernte die Gummis und öffnete ihn, als Sun losfuhr. Der Behälter enthielt eine mittelgroße Pistole aus blauem Stahl. Sonst nichts. Kein Reservemagazin und keine Extramunition. Nur die Pistole und was in ihr war.

Bosch ließ den Behälter auf den Boden fallen und nahm die Pistole in die linke Hand. Auf der Brünierung waren kein Markenname und keine Bezeichnung. Nur Modell- und Seriennummer. Aber der in den Griff geprägte fünfzackige Stern verriet Bosch, dass es sich um eine Black-Star-Pistole aus staatlichen chinesischen Beständen handelte. Gelegentlich hatte er diesen Waffentyp auch schon in L. A. gesehen. Sie wurden zu Zehntausenden fürs chinesische Militär produziert, aber eine wachsende Anzahl wurde gestohlen und über den Pazifik in die Staaten geschmuggelt. Viele von ihnen blieben aber offensichtlich in China und landeten in Hongkong.

Bosch hielt die Pistole zwischen seinen Knien und entfernte das Magazin. Es war doppelreihig mit fünfzehn Neun-Millimeter-Parabellumgeschossen geladen.

Er drückte die Kugeln der Reihe nach mit dem Daumen heraus und legte sie in den Becherhalter in der Armstütze. Dann nahm er das sechzehnte Projektil aus dem Patronenlager und legte es zu den anderen.

Bosch visierte den Lauf hinunter. Er untersuchte das Patronenlager, hielt nach Rostspuren Ausschau und begutachtete schließlich Schlagbolzen und Auszieher. Dann testete er mehrere Male Funktionsweise und Abzug. Die Waffe schien tadellos in Schuss. Als er das Magazin wieder lud, untersuchte er jede Kugel einzeln nach Korrosionsspuren oder sonstigen Hinweisen, dass die Munition alt oder suspekt war. Er entdeckte nichts.

Er schob das Magazin fest in den Griff zurück und beförderte die erste Kugel ins Patronenlager. Dann nahm er das Magazin wieder heraus, schob die letzte Kugel in das frei gewordene Lager und setzte die Waffe erneut zusammen. Er hatte sechzehn Schuss, mehr nicht.

»Zufrieden?«, fragte Eleanor vom Beifahrersitz.

Bosch blickte von der Pistole auf und sah, dass sie gerade in den Cross-Harbour Tunnel hinunterfuhren. Er führte direkt nach Kowloon.

»Noch nicht ganz. Ich verlasse mich nicht gern auf eine Waffe, die ich noch nie abgefeuert habe. Könnte ohne Weiteres sein, dass der Schlagbolzen abgefeilt ist, und was mache ich dann, wenn ich das Ding brauche?«

»Da lässt sich leider nichts machen. Du wirst dich wohl oder übel auf Sun Yee verlassen müssen.«

Weil es Sonntagmorgen war, herrschte in dem zweispurig befahrbaren Tunnel wenig Verkehr. Bosch wartete, bis sie den tiefsten Punkt in der Mitte erreicht hatten und die Straße in Richtung Kowloon wieder anstieg.

Er hatte während der Fahrt immer wieder Fehlzündungen anderer Autos gehört. Kurz entschlossen wickelte er die Decke seiner Tochter um die Pistole, zog das Kissen zu sich heran und schaute aus dem Rückfenster. Weil die Autos hinter ihnen die tiefste Stelle in der Mitte des Tunnels noch nicht erreicht hatten, waren keine Fahrzeuge zu sehen.

»Wem gehört der Wagen eigentlich?«, fragte er.

»Dem Casino«, antwortete Eleanor. »Ich habe ihn mir geliehen. Warum?«

Bosch ließ das Fenster herunter, hob das Kissen hoch und drückte den Lauf der Pistole hinein. Dann betätigte er zweimal kurz hintereinander den Abzug, wie er es immer machte, wenn er eine Waffe ausprobierte. Die Kugeln prallten von den gefliesten Wänden des Tunnels zurück.

Obwohl Bosch die Pistole gedämmt hatte, dröhnte das Wageninnere von den zwei Schüssen. Der Mercedes geriet leicht ins Schleudern, als Sun auf den Rücksitz schaute. Und Eleanor kreischte:

»Bist du wahnsinnig geworden?«

Bosch ließ das Kissen auf den Boden fallen und fuhr das Fenster wieder hoch. Im Auto roch es nach verbranntem Schießpulver, aber es war wieder still. Er entfernte die Decke und untersuchte die Pistole. Sie hatte sich leicht, und ohne zu klemmen, abfeuern lassen. Zwar hatte er nur noch vierzehn Schuss, aber jetzt war er bereit.

»Ich wollte mich vergewissern, dass sie funktioniert«, sagte er. »Wenn man sich dessen nicht sicher ist, braucht man erst gar keine Waffe einzustecken.«

»Bist du vollkommen übergeschnappt? Wegen so was

könnten wir verhaftet werden, bevor wir überhaupt dazu kommen, irgendetwas zu tun!«

»Wenn du etwas leiser sprichst und Sun Yee die Spur hält, dürften wir eigentlich nichts zu befürchten haben.«

Bosch beugte sich vor und steckte sich die Pistole am Rücken in den Hosenbund. Ihr Schieber fühlte sich warm an auf seiner Haut. Weit vorn sah er Licht am Ende des Tunnels. Bald wären sie in Kowloon.

Es ging los.

27

Sie kamen in Tsim Sha Tsui an der Spitze der Halbinsel Kowloon aus dem Tunnel und hatten wenige Minuten später die Nathan Road erreicht. Die breite vierspurige Straße führte durch ein belebtes Wohn- und Geschäftsviertel und war auf beiden Seiten von Hochhäusern gesäumt. In deren unteren zwei Etagen befanden sich Restaurants und Geschäfte, in den Stockwerken darüber Wohnungen und Büros. Das wilde Durcheinander aus Videowänden und Schildern in chinesischer und englischer Sprache fügte sich zu einem chaotischen Mosaik aus Farbe und Bewegung. Das architektonische Spektrum reichte von schäbigen Jahrhundertmitte-Bauten bis hin zur geleckten Glas-und-Stahl-Architektur des jüngsten Wirtschaftsaufschwungs.

Aus dem Wageninnern war es nicht möglich, den oberen Rand der Straßenschlucht zu sehen. Deshalb öffnete Bosch das Fenster und lehnte sich nach draußen, um nach dem Canon-Zeichen Ausschau zu halten, seinem ersten Orientierungspunkt. Als er es nirgendwo entdeckte, zog er sich wieder ins Auto zurück und schloss das Fenster.

»Sun Yee, halten Sie an.«

Sun sah ihn im Rückspiegel an.

»Hier anhalten?«

»Ja, hier. Ich kann nichts sehen. Ich muss aussteigen.«

Sun sah Eleanor fragend an, und sie nickte.

»Wir beide steigen aus. Du findest schon einen Parkplatz.«

Sun fuhr an den Straßenrand, und Bosch sprang nach draußen. Er hielt den Ausdruck des Videostandbilds, den er inzwischen aus dem Rucksack geholt hatte, in der Hand. Sun fuhr wieder los und ließ Eleanor und Bosch auf dem Gehsteig zurück. Inzwischen war es Vormittag, und es wimmelte von Autos und Menschen. In der Luft hing Rauch, und es roch nach Feuer. Die hungrigen Geister waren nicht weit. Das Straßenbild war geprägt von Neon, verspiegeltem Glas und riesigen Plasmabildschirmen, über die eine lautlose Bildwelt aus ruckartigen Bewegungen und Stakkatoschnitten zuckte.

Bosch zog das Foto zurate, dann legte er den Kopf in den Nacken und ließ den Blick die Skyline entlangwandern.

»Wo ist das Canon-Zeichen?«, fragte er.

»Harry, du hast vollkommen die Orientierung verloren.«

Eleanor legte die Hände auf seine Schultern und drehte ihn um hundertachtzig Grad.

»Vergiss nicht, alles ist spiegelverkehrt.«

Eleanors Finger zog einen Strich an der Seite des Gebäudes hinauf, vor dem sie standen, als sie fast senkrecht nach oben deutete. Bosch blickte in die angegebene Richtung. Das Canon-Zeichen war direkt über ihm und aus diesem steilen Winkel nicht lesbar. Von den Buchstaben des sich langsam drehenden Zeichens war nur der untere Rand zu sehen.

»Ach so, jetzt sehe ich es. Hier fangen wir an.«

Er senkte den Blick wieder auf das Foto.

»Ich glaube, wir müssen noch mindestens eine Straße vom Hafen fort landeinwärts gehen.«

»Warten wir erst, bis Sun Yee hier ist.«

»Ruf ihn an und sag ihm, wohin wir gehen.«

Bosch hatte sich bereits in Bewegung gesetzt. Eleanor blieb nichts anderes übrig, als ihm zu folgen.

»Na schön, meinetwegen.«

Sie holte ihr Handy heraus und rief Sun an. Weil Bosch im Gehen den Blick auf die oberen Etagen der Häuser gerichtet und nach Klimaanlagen Ausschau hielt, rempelte er mehrere Male beinahe andere Passanten an. Es schien keine einheitliche Regelung zu geben, sich rechts zu halten. Die Leute gingen kreuz und quer, und Bosch musste ständig aufpassen, dass er mit niemandem zusammenstieß. Als die Menschen vor ihm plötzlich völlig unerwartet nach links und rechts auswichen, stolperte Bosch fast über eine alte Frau, die auf dem Gehsteig lag und die Hände flehentlich gefaltet über einen Korb mit Münzen hielt. Bosch schaffte es gerade noch, einen Schritt zur Seite zu machen, und fasste gleichzeitig in seine Tasche.

Eleanor legte ihm rasch die Hand auf den Arm.

»Nicht. Angeblich müssen sie alles Geld, das man ihnen gibt, am Ende des Tages an die Triaden abliefern.«

Bosch hinterfragte es nicht. Er konzentrierte sich weiter auf das Kommende. Sie gingen zwei Straßen weiter, und dann sah und hörte Bosch ein weiteres Puzzleteilchen an seinen Platz fallen. Auf der anderen Straßenseite war ein Eingang zur Mass Transit Railway, ein mit Glasscheiben abgetrennter Bereich, von dem mehrere Lifte zur U-Bahn hinunterführten.

»Warte«, sagte Bosch und blieb stehen. »Wir sind ganz in der Nähe.«

»Wie kommst du denn darauf?«, fragte Eleanor.

»Die MTR. Sie war auf dem Video zu hören.«

Wie aufs Stichwort stieg ein anschwellender Luftschwall nach oben, als ein Zug in die U-Bahn-Station einfuhr. Es hörte sich an wie Wellenrauschen. Bosch blickte auf das Foto in seiner Hand und dann an den umstehenden Häusern hinauf.

»Lass uns auf die andere Seite gehen.«

»Warten wir doch erst auf Sun Yee. Wie soll ich ihm erklären, wo er sich mit uns treffen soll, wenn wir ständig den Ort wechseln.«

»Wenn wir auf der anderen Straßenseite sind.«

Sie eilten an einer blinkenden Fußgängerampel über die Straße. In der Nähe des MTR-Eingangs sah Bosch mehrere Bettlerinnen. Es kamen mehr Menschen aus der U-Bahn-Station nach oben, als nach unten fuhren. Kowloon füllte sich. Die Luft dampfte vor Feuchtigkeit, und Bosch klebte das Hemd am Rücken.

Er drehte sich um und blickte nach oben. Sie waren in einem Straßenabschnitt mit älteren Häusern. Fast so, als ginge man im Flugzeug von der ersten Klasse in die Economy Class. Die Gebäude in diesem und im nächsten Block waren niedriger – zirka zwanzig Stockwerke – und in schlechterem Zustand als die Häuser, die näher am Hafen lagen. Bosch fiel auch auf, dass zahlreiche Fenster offen waren und viele einzelne Klimaanlagengehäuse aus den Fassaden hervorstanden. Er spürte, wie sich sein Adrenalinspeicher zu öffnen begann.

»Okay, hier sind wir richtig. In einem dieser Häuser muss sie sein.«

Um von den Menschenmassen und den lauten Unterhaltungen in der Nähe des MTR-Eingangs wegzukommen, begann Bosch, die Straße hinunterzugehen. Er hielt den Blick auf die oberen Stockwerke der umstehenden Häuser gerichtet. Dort oben, in einer der Nischen dieser Straßenschlucht, war seine entführte Tochter.

»Wo willst du jetzt schon wieder hin, Harry? Eben habe ich Sun Yee gesagt, er soll sich am MTR-Eingang mit uns treffen.«

»Warte du hier auf ihn. Ich gehe nur noch ein Stück die Straße runter.«

»Nein, ich komme mit dir.«

In der Mitte des Blocks blieb Bosch stehen und zog wieder das Foto zurate. Aber einen eindeutigen Hinweis gab es nicht. Er wusste, er war in der Nähe, aber wenn die Suche von jetzt an kein reines Ratespiel werden sollte, brauchte er Hilfe. Er war von Tausenden von Zimmern und Fenstern umgeben, und ihm dämmerte, dass der letzte Teil seiner Suche ein aussichtsloses Unterfangen war. Da hatte er über zehntausend Kilometer zurückgelegt, um seine Tochter zu finden, und war dennoch genauso hilflos wie die abgerissenen Frauen, die bettelnd auf dem Gehsteig hockten.

»Lass mich das Foto noch mal sehen«, sagte Eleanor.

Bosch reichte ihr den Ausdruck.

»Sonst wirst du darauf aber nichts mehr finden«, sagte er.

»Diese Häuser sehen alle gleich aus.«

»Gib einfach her.«

Sie ließ sich Zeit, und Bosch konnte förmlich sehen, wie sie zwanzig Jahre zurücksprang, zurück in die Zeit, als sie noch FBI-Agentin gewesen war. Mit zusammengekniffenen Augen analysierte sie das Foto als Agentin, nicht als Mutter eines entführten Mädchens.

»Okay«, sagte sie schließlich. »Irgendetwas muss es geben.«

»Ich dachte, die Klimaanlagen würden uns den entscheidenden Hinweis liefern, aber es gibt hier an jedem Haus welche.«

Eleanor nickte, hielt den Blick aber weiter auf das Foto gerichtet. In diesem Moment tauchte Sun auf. Sein Gesicht war leicht gerötet von der Anstrengung, einem beweglichen Ziel zu folgen. Eleanor sagte nichts zu ihm, sondern bewegte nur den Arm ein wenig, damit er das Foto mit ihr ansehen konnte. Sie waren in ihrer Beziehung an einen Punkt gekommen, an dem keine Worte mehr nötig waren.

Bosch wandte sich von ihnen ab und blickte die Nathan Road hinunter. Ob er dies nun bewusst tat oder nicht, Tatsache war, dass er nicht sehen wollte, was er selbst nicht mehr hatte. Dann hörte er Eleanor hinter ihm sagen: »Moment mal, hier ist ein Schema zu erkennen.«

Bosch drehte sich um.

»Ein Schema?«

»Wir können es finden, Harry. Es gibt ein Schema, das uns direkt zu diesem Zimmer führen wird.«

Bosch spürte einen Geist seinen Rücken hinunterhuschen. Er stellte sich neben Eleanor, um auf das Foto schauen zu können.

»Zeig«, stieß er aufgeregt hervor.

Eleanor deutete auf das Foto und fuhr mit dem Fingernagel über die im Fenster gespiegelten Klimaanlagen. »Nicht jedes Zimmer des Hauses, das wir suchen, hat eine Klimaanlage. In einigen Zimmern, wie zum Beispiel diesem hier, sind nur die Fenster offen. Dadurch entsteht ein bestimmtes Muster. Allerdings haben wir nur einen Teil davon, weil wir nicht wissen, wo genau sich das Zimmer im Haus befindet.«

»Wahrscheinlich in der Mitte. Bei der Audioanalyse konnte eine gedämpfte Unterhaltung isoliert werden, die abrupt abgeschnitten wurde – wahrscheinlich von einer sich schließenden Aufzugtür. Und der Lift ist wahrscheinlich ziemlich zentral gelegen.«

»Sehr gut. Das ist auf jeden Fall hilfreich. Dann legen wir einfach mal fest: Fenster allein sind Striche, und solche mit Klimaanlage sind Punkte. Auf diesem Foto haben wir das Schema für die Etage, in der sie festgehalten wird. Wir fangen mit dem Zimmer an, in dem sie ist – ein Strich –, und dann geht es Punkt, Punkt, Strich, Punkt, Strich weiter.«

Sie tippte mit dem Fingernagel auf die jeweiligen Elemente des Musters.

»Das ist also unser Schema. Es muss von links nach rechts verlaufen, wenn wir am Haus hochschauen.«

»Strich, Punkt, Punkt, Strich, Punkt, Strich«, wiederholte Bosch. »Fenster ohne Klimaanlage sind Striche.«

»Richtig«, sagte Eleanor. »Sollen wir die Häuser unter uns aufteilen? Dass es hier irgendwo sein muss, wissen wir wegen der U-Bahn.«

Sie drehte sich um und blickte an der Wand aus Häusern hoch, die sich über die gesamte Länge der Straße erstreckte. Boschs erster Gedanke war, keins der Häuser jemand anderem anzuvertrauen. Er wäre nicht zufrieden, wenn er nicht jedes Gebäude selbst nach dem Schema abgesucht hätte. Aber er beherrschte sich. Auf die Idee mit dem Schema war Eleanor gekommen. Er würde sich vorerst nach ihr richten.

»Dann lass uns gleich anfangen«, schlug er vor. »Welches soll ich nehmen?«

Eleanor deutete auf ein Haus. »Das da. Ich übernehme das dort und, Sun Yee, du nimmst das. Wenn ihr mit eurem Haus fertig seid, nehmt ihr euch das nächste vor, und immer so weiter, bis wir es gefunden haben. Fangt oben an. Aufgrund des Fotos wissen wir, dass das Zimmer ziemlich weit oben ist.«

Sie hatte recht, merkte Bosch. So nähme die Suche weniger Zeit in Anspruch, als er zunächst gedacht hatte. Er machte eine paar Schritte zur Seite und begann, das ihm zugeteilte Gebäude nach dem Schema abzusuchen. Er fing im obersten Stockwerk an und arbeitete sich Etage für Etage nach unten vor. Eleanor und Sun trennten sich und taten das Gleiche.

Dreißig Minuten später, Bosch hatte gerade sein drittes Haus zur Hälfte abgesucht, rief Eleanor:

»Ich hab's!«

Bosch ging zu ihr. Sie zählte mit erhobener Hand die Stockwerke des Gebäudes auf der anderen Straßenseite ab. Sun kam ebenfalls dazu.

»Es ist im vierzehnten Stock. Das Schema beginnt ein Stück rechts von der Mitte. Genau, wie du gesagt hast, Harry.«

Boschs Blick wanderte die Fassade hinauf, bis er im vierzehnten Stock das Muster entdeckte. Insgesamt gab es auf dieser Etage zwölf Fenster, und die sechs Fenster der rechten Hälfte entsprachen dem Schema.

»Das muss es sein.«

»Moment, Moment! Dass wir das Schema entdeckt haben, heißt noch lange nicht, dass es nicht auch andere Stellen gibt. Wir müssen erst …«

»Ihr könnt ja gern weitersuchen, wenn ihr wollt. Ich werde jedenfalls nicht so lange warten. Ruft mich einfach an, wenn ihr das Muster noch irgendwo entdeckt.«

»Nein, wir bleiben zusammen.«

Bosch peilte das Fenster an, das in dem Video kurz zu sehen gewesen war. Es war jetzt geschlossen.

Er ließ den Blick zum Eingang des Gebäudes sinken. Die ersten zwei Etagen waren gewerblich genutzt. Um das ganze Haus lief ein Band aus Schildern, einschließlich zweier großer Bildschirme, und darüber war an der Fassade in goldenen Buchstaben und Schriftzeichen der Name des Gebäudes angebracht:

Chungking Mansions
重慶大廈

Der Eingang war so breit wie das Tor einer Doppelgarage. Dahinter führten ein paar Stufen zu einer von Menschen wimmelnden Einkaufspassage hinauf.

»Das ist das Chungking Mansions«, sagte Eleanor in einem Ton, der erkennen ließ, dass ihr das Gebäude ein Begriff war.

»Kennst du dieses Haus?«, fragte Bosch.

»Ich war zwar nie hier, aber jeder in Hongkong kennt das Chungking Mansions.«

»Was ist daran so besonders?«

»Es ist das Sammelbecken schlechthin. Hier findest du die billigsten Unterkünfte der Stadt, und jeder, den es aus der Dritten oder Vierten Welt nach Hongkong verschlägt, landet erst mal hier. Man liest ständig von irgendwelchen Leuten, die verhaftet oder erschossen oder erstochen wurden, und sie haben fast ausnahmslos alle hier gewohnt. Es ist eine Art postmodernes Casablanca – alles in einem einzigen Gebäude vereint.«

»Dann mal los.«

Bosch begann einfach da, wo er stand, die Straße zu überqueren. Ohne Rücksicht auf Verluste watete er in den zäh fließenden Verkehr hinaus, was die Taxis, die er dadurch zum Anhalten zwang, mit wütendem Hupen quittierten.

»Harry, was machst du da?«, rief ihm Eleanor hinterher.

Bosch antwortete nicht. Er schaffte es auf die andere Seite und stieg die Eingangstreppe des Chungking Mansions hinauf. Es war, als beträte er einen anderen Planeten.

28

Das Erste, was Bosch auffiel, als er das Erdgeschoss des Chungking Mansions betrat, war der Geruch. Während sich seine Augen noch an das Halbdunkel in den schmalen Gängen zwischen den Ständen des schwach beleuchteten Dritte-Welt-Markts gewöhnen mussten, drangen intensive Gewürz- und Essensdüfte in seine Nase. Obwohl die Geschäfte gerade erst öffneten, wimmelte es bereits von Verkäufern und Kunden. Das Angebot der zwei Meter breiten Stände reichte von Uhren und Handys bis zu Zeitungen in allen Sprachen und Lebensmitteln aller Art. Die Atmosphäre hatte etwas unterschwellig Bedrohliches, weshalb Bosch alle paar Schritte unauffällig hinter sich blickte. Er wollte wissen, wer in seinem Rücken war.

Er steuerte auf die zwei Aufzüge in der Mitte des Gebäudes zu, vor denen etwa fünfzehn Personen Schlange standen. Eine der beiden Aufzugtüren war offen, und die Kabine dahinter war dunkel. Offensichtlich war der Lift außer Betrieb. An der Spitze der Schlange standen zwei Wachmänner, die prüften, ob jeder, der nach oben fahren wollte, einen Zimmerschlüssel hatte oder sich in Begleitung einer Person befand, die über einen Schlüssel verfügte. Über der Tür des funktionierenden Aufzugs war ein Monitor, auf dem das Innere der Kabine zu sehen war. Sie war brechend voll, wie eine Sardinendose.

Nach einem Blick auf den Monitor begann Bosch zu überlegen, wie er am besten in den vierzehnten Stock käme. In diesem Moment holten ihn Eleanor und Sun ein. Eleanor packte ihn grob am Arm.

»Jetzt aber Schluss mit diesen Soloaktionen, Harry! Renn bloß nicht noch mal so weg.«

Bosch sah sie an. Es war nicht Wut, was er in ihren Augen sah. Es war Angst. Sie wollte unbedingt, dass er bei ihr wäre, wenn auf sie zukam, was im vierzehnten Stock auf sie zukommen würde.

»Ich wollte nur in Bewegung bleiben, nicht den Schwung verlieren«, erwiderte Bosch.

»Dann aber bitte mit uns, nicht von uns fort. Fahren wir rauf?«

»Um nach oben zu kommen, brauchen wir einen Schlüssel.«

»Dann müssen wir ein Zimmer mieten.«

»Wo macht man das?«

»Keine Ahnung.«

Eleanor sah Sun an.

»Wir müssen irgendwie nach oben kommen.«

Das war alles, was sie sagte, aber die Botschaft kam an. Sun nickte und führte sie von den Aufzügen fort und tiefer in das Labyrinth aus Verkaufsständen hinein. Sie kamen zu einer Reihe Theken mit Schildern in allen möglichen Sprachen.

»Hier mietet man Zimmer«, erklärte Sun. »Es gibt mehr als nur ein Hotel.«

»In diesem Gebäude?«, fragte Bosch. »Mehr als eins?«

»Ja, viele. Sie suchen hier eins aus.«

Er deutete auf die Schilder auf den Theken. Erst jetzt

merkte Bosch, dass Sun ihm zu verstehen geben wollte, dass es in dem Gebäude mehrere Hotels gab, die alle um Reisende mit schmalem Geldbeutel konkurrierten. Manche, darauf deutete zumindest die Sprache auf ihren Schildern hin, zielten auf Reisende aus bestimmten Ländern ab.

»Versuchen Sie herauszubekommen, welches im vierzehnten Stock ist«, sagte Bosch.

»Einen vierzehnten Stock gibt es hier nicht.«

Bosch merkte, dass er recht hatte.

»Dann eben im fünfzehnten. Welches ist im fünfzehnten Stock?«

Sun ging von einer Theke zur nächsten und erkundigte sich nach dem fünfzehnten Stock. An der dritten blieb er stehen und winkte Eleanor und Bosch zu sich.

»Hier.«

Bosch taxierte den Mann hinter dem Schalter. Er sah aus, als wäre er schon vierzig Jahre hier. Sein birnenförmiger Körper schien sich dem Hocker, auf dem er saß, passgenau angeglichen zu haben. Er rauchte eine Zigarette, die in einer zehn Zentimeter langen Elfenbeinspitze steckte. Offensichtlich wollte er keinen Rauch in die Augen bekommen.

»Sprechen Sie Englisch?«, fragte Bosch.

»Ja, ich habe Englisch«, antwortete der Mann träge.

»Gut. Wir wollen ein Zimmer im vier… im fünfzehnten Stock.«

»Sie alle? Ein Zimmer?«

»Ja, ein Zimmer.«

»Nein, Sie nicht können ein Zimmer. Nur zwei Personen.«

Bosch merkte, er meinte, dass jedes Zimmer höchstens mit zwei Personen belegt werden konnte.

»Dann geben Sie mir zwei Zimmer im fünfzehnten.«

»Erst machen.«

Der Mann schob ihm ein Klemmbrett zu, an dem mit einer Schnur ein Stift befestigt war. Unter der Klammer steckte ein dünner Stoß Meldeformulare. Hastig trug Bosch Namen und Adresse ein und schob das Klemmbrett über die Theke zurück.

»Ausweis, Pass«, sagte der Mann.

Bosch holte seinen Pass heraus, und der Mann sah ihn sich an. Er notierte sich auf einem Blatt Schmierpapier die Nummer und gab ihn zurück.

»Wie viel?«, fragte Bosch.

»Wie lang bleiben?«

»Zehn Minuten.«

Der Mann sah von einem zum anderen, während er überlegte, was Boschs Antwort bedeutete.

»Jetzt machen Sie schon«, drängte Bosch ungeduldig. »Wie viel?«

Er griff nach seinem Geld in die Tasche.

»Zweihundert amerikanische.«

»Amerikanische habe ich nicht. Nur Hongkong-Dollar.«

»Zwei Zimmer eintausendfünfhundert.«

Sun kam nach vorn und legte die Hand auf Boschs Geld.

»Nein, zu viel.«

Er begann, schnell und mit Nachdruck auf den Mann einzureden, um ihn daran zu hindern, Bosch zu übervorteilen. Aber das war Bosch egal. Ihm ging es um den Schwung, nicht ums Geld.

Er zählte fünfzehnhundert Hongkong-Dollars von seinem Geldbündel ab und warf sie auf die Theke.

»Schlüssel«, verlangte er.

Der Mann drehte sich um und nahm zwei Schlüssel aus den Fächern hinter ihm. Bosch sah Sun an und zuckte mit den Achseln.

Der Mann drehte sich wieder um, doch als Bosch die Hand nach den Schlüsseln ausstreckte, hielt er sie zurück.

»Pfand für Schlüssel eintausend.«

Bosch merkte, dass er sein Geld auf keinen Fall hätte zeigen dürfen. Er hielt es diesmal unter der Theke und klatschte zwei weitere Scheine auf die Theke. Als ihm der Mann auf dem Hocker endlich die Schlüssel hinhielt, riss Bosch sie ihm aus der Hand und ging zum Lift.

Die Zimmerschlüssel waren altmodische Messingschlüssel mit rautenförmigen roten Plastikanhängern mit chinesischen Schriftzeichen und den Zimmernummern darauf. Sie hatten die Nummern fünfzehn-null-drei und fünfzehn-null-vier bekommen. Auf dem Weg zum Lift reichte Bosch einen der Schlüssel Sun.

Zu Eleanor sagte er: »Du kannst entweder mit ihm gehen oder mit mir.«

Die Schlange vor dem Lift war länger geworden. Sie umfasste inzwischen über dreißig Personen, und auf dem Monitor war zu sehen, dass die Wachmänner je nach dem Körperumfang der Fahrgäste pro Fahrt maximal zwischen acht und zehn Personen einsteigen ließen. Bosch verbrachte die längsten fünfzehn Minuten seines Lebens damit, darauf zu warten, nach oben zu kommen. Um seine wachsende Ungeduld und Hektik einzudämmen, verwickelte ihn Eleanor in ein Gespräch.

»Wie sieht dein Plan aus, wenn wir mal oben sind?«

Bosch schüttelte den Kopf.

»Ich habe keinen Plan. Wir werden improvisieren.«

»Na großartig. Und wie soll das aussehen? Einfach von Tür zu Tür gehen?«

Bosch schüttelte den Kopf und hielt das Foto des Fensters hoch.

»Nein. Wir können doch feststellen, welches Zimmer es ist. Das Zimmer hat ein Fenster. Ein Fenster pro Zimmer. Und wir wissen, unser Fenster ist das siebte zur Nathan Road raus. Sobald wir also oben sind, gehen wir ins siebte Zimmer.«

»Wir gehen einfach rein?«

»Klopfen werde ich jedenfalls nicht, Eleanor.«

Die Schlange bewegte sich, und endlich kamen sie an die Reihe. Der Wachmann ließ sich Boschs Schlüssel zeigen und ließ ihn und Eleanor durch, doch hinter ihnen streckte er den Arm aus und hielt Sun zurück. Der Aufzug war voll.

»Warte, Harry«, sagte Eleanor. »Lass uns einfach den nächsten nehmen.«

Bosch zwängte sich in den Lift und drehte sich um. Er sah Eleanor an und dann Sun.

»Ihr könnt ja warten, wenn ihr wollt. Ich warte nicht.«

Nach kurzem Zögern betrat auch Eleanor den Lift und stellte sich neben Bosch. Als die Tür zuging, rief sie Sun etwas auf Chinesisch zu.

Bosch blickte zu der digitalen Stockwerkanzeige hoch.

»Was hast du eben zu ihm gesagt?«

»Dass wir im fünfzehnten auf ihn warten.«

Bosch sagte nichts. Es spielte keine Rolle. Er konzentrierte sich und atmete tief durch. Er versuchte, sich auf das vorzubereiten, was ihn im fünfzehnten Stock möglicherweise erwartete.

Der Lift war sehr langsam. Es stank nach Körperausdünstungen und Fisch. Bosch begann deshalb, durch den Mund zu atmen. Aber er merkte, dass auch er zu diesem Problem beitrug. Er hatte zum letzten Mal am Freitagmorgen in L. A. geduscht. Seitdem schien eine Ewigkeit vergangen zu sein.

Die Fahrt im Lift war nervenaufreibender als das Warten im Erdgeschoss. Nach dem fünften Halt ging die Tür endlich im fünfzehnten Stock auf. Mittlerweile waren die einzigen Fahrgäste, die noch übrig waren, Bosch, Eleanor und zwei Männer, die den sechzehnten Stock gedrückt hatten. Harry sah die zwei Männer kurz an und drückte dann sämtliche Knöpfe unterhalb der Fünfzehn. Der Aufzug würde auf dem Weg nach unten in jedem Stockwerk anhalten. Bosch stieg als Erster aus und hielt die linke Hand hinter seine Hüfte, um notfalls sofort die Pistole ziehen zu können. Eleanor folgte ihm.

»Wenn ich das richtig sehe, warten wir wohl nicht auf Sun Yee?«

»Ich jedenfalls nicht«, entgegnete Bosch.

»Er sollte aber dabei sein.«

Bosch wirbelte zu ihr herum.

»Nein, sollte er nicht.«

Sie hob kapitulierend die Hände und machte einen Schritt zurück. Für solche Diskussionen war jetzt keine Zeit. Wenigstens begriff sie das. Bosch wandte sich von ihr ab und versuchte, sich zu orientieren. Das Gebäude hatte einen H-förmigen Grundriss, und die zwei Aufzüge befanden sich genau in der Mitte der Etage. Er wandte sich dem Gang zu, der nach rechts führte, denn das war die Seite des Gebäudes, die auf die Nathan Road hinausging.

Er begann sofort, die Türen zu zählen, und kam auf der Straßenseite des Gangs auf zwölf Zimmer. Er ging zur siebten Tür, Zimmer fünfzehn vierzehn. Sein Herz begann, schneller zu schlagen. Es war so weit. Das war der Moment, weswegen er hierhergekommen war.

Er beugte sich vor und hielt das Ohr an die Tür. Er lauschte angespannt, aber er hörte keine Geräusche aus dem Zimmer kommen.

»Hörst du was?«, flüsterte Eleanor.

Bosch schüttelte den Kopf. Er legte die Hand auf den Türknopf und versuchte, ihn zu drehen. Er rechnete nicht damit, dass sich die Tür öffnen ließe, aber er wollte ein Gefühl dafür bekommen, wie stabil sie war.

Der Türgriff war alt und locker. Bosch musste sich entscheiden, ob er das Schloss mit einem Pick öffnen oder die Tür eintreten und sich das Überraschungsmoment zunutze machen sollte, wobei in ersterem Fall nicht auszuschließen war, dass er ein Geräusch machte, das die Personen, die sich möglicherweise im Zimmer aufhielten, warnte.

Er ließ sich auf ein Knie nieder und studierte den Türknopf. Das Schloss wäre leicht aufzubekommen, aber möglicherweise war auf der Innenseite der Tür noch ein Riegel oder eine Kette. Ihm kam eine Idee, und er fasste in seine Tasche.

»Geh in unser Zimmer«, flüsterte er Eleanor zu, »und

sieh nach, ob innen an der Tür ein Riegel oder eine Kette ist.«

Er reichte Eleanor den Schlüssel für Zimmer fünfzehn-null-vier.

»Jetzt?«, flüsterte Eleanor.

»Ja, jetzt. Ich will wissen, was innen an der Tür ist.«

Sie nahm den Schlüssel und eilte den Gang hinunter. Bosch holte sein Dienstmarkenetui heraus. Vor der Sicherheitskontrolle am Flughafen hatte er seine zwei besten Picks hinter die Dienstmarke gesteckt. Er wusste, dass die zwei dünnen Metallstreifen fälschlicherweise für einen Teil der Dienstmarke gehalten würden, wenn diese beim Röntgen aufleuchtete. Der Trick hatte auch diesmal funktioniert, und jetzt nahm er die Picks heraus und schob sie vorsichtig in das Schloss im Türknauf.

Er brauchte weniger als eine Minute, um es aufzubekommen. Ohne die Tür aufzudrücken, behielt er die Hand am Griff, bis Eleanor auf dem schwach beleuchteten Flur zu ihm zurückgehuscht kam.

»Auf der Innenseite ist eine Türkette«, flüsterte sie.

Bosch nickte und richtete sich, die rechte Hand immer noch am Türknopf, auf. Er wusste, dass er die Tür trotz der Kette problemlos mit der Schulter aufdrücken könnte.

»Bist du so weit?«, flüsterte er.

Eleanor nickte. Bosch fasste an seinen Rücken und zog die Pistole unter dem Sakko hervor. Er entsicherte sie mit dem Daumen und sah Eleanor an. Sie zählten beide stumm *eins, zwei, drei*, dann drückte er die Tür auf.

Die Kette war nicht vorgelegt. Die Tür ließ sich problemlos öffnen, und Bosch betrat rasch das Zimmer. Eleanor folgte ihm nach drinnen.

Das Zimmer war leer.

29

Bosch ging durch das Zimmer in das winzige Bad und riss den schmutzigen Duschvorhang vor der kleinen gefliesten Nische zurück. Sie war leer. Dann kehrte er ins Zimmer zurück und sah Eleanor an. Er sagte die Worte, die er befürchtet hatte.

»Sie ist weg.«

»Bist du sicher, ist es überhaupt das richtige Zimmer?«, fragte sie.

Bosch war sicher. Er hatte sich bereits die Risse und Nagellöcher in der Wand über dem Bett angesehen. Er holte den gefalteten Ausdruck aus seiner Jacke und reichte ihn ihr.

»Es ist das richtige Zimmer.«

Er schlug sein Sakko zurück und schob sich die Pistole wieder in den Hosenbund. Gleichzeitig kämpfte er gegen ein überwältigendes Gefühl von Hilflosigkeit und Angst an, denn er wusste nicht, wie es jetzt weitergehen sollte.

Eleanor ließ das Foto aufs Bett fallen.

»Irgendeinen Hinweis muss es doch geben, dass sie hier gewesen ist. Irgendetwas.«

»Komm. Wir reden mit dem Kerl unten am Schalter. Er soll uns sagen, wer das Zimmer am Freitag gemietet hat.«

»Nein, warte. Erst müssen wir uns hier noch umsehen.«

Sie ließ sich auf alle viere nieder und schaute unters Bett.

»Sie ist nicht unter dem Bett, Eleanor. Sie ist weg, und wir dürfen keine Zeit verlieren. Ruf Sun an und sag ihm, er soll nicht nach oben kommen. Er soll lieber gleich das Auto holen.«

»Das darf einfach nicht wahr sein.«

Inzwischen schaute sie nicht mehr unters Bett, sondern kniete davor und stützte die Ellbogen darauf wie ein Kind beim Nachtgebet. »Sie kann doch nicht einfach weg sein. Wir ...«

Bosch ging um das Bett herum und beugte sich zu ihr hinab. Er legte die Arme um sie und zog sie hoch.

»Komm, Eleanor, lass uns gehen. Wir werden sie finden. Das habe ich dir doch gesagt. Wir dürfen nur nicht aufgeben. Das ist alles. Wir müssen stark bleiben und dürfen nicht aufgeben.«

Er schob sie in Richtung Tür, aber sie riss sich von ihm los und ging zum Bad.

Sie wollte sich mit eigenen Augen überzeugen, dass es leer war.

»Eleanor, bitte.«

Sie verschwand ins Bad, und Bosch hörte, wie sie den Duschvorhang zurückzog. Doch dann kam sie nicht zurück.

»Harry!«

Rasch folgte ihr Bosch ins Bad. Eleanor war über die Kloschüssel gebeugt und hob den Abfalleimer hoch. Sie hielt ihn Bosch hin. Auf dem Boden des Eimers war ein Stück blutiges Toilettenpapier.

Eleanor nahm es mit zwei Fingern heraus und hielt es

hoch. Der Blutfleck war kleiner als ein Zehncentstück. Die Größe des Flecks und die Art, wie das Papier zusammengeknüllt war, deuteten darauf hin, dass es auf eine kleine Verletzung gedrückt worden war, um den Blutfluss zu stoppen.

Eleanor ließ sich gegen Bosch sinken, und er wusste, sie nahm an, dass sie auf das Blut ihrer Tochter blickten.

»Wir wissen noch nicht, was das zu besagen hat, Eleanor.«

Sein Einwand wurde ignoriert. Ihre Körpersprache kündigte einen Nervenzusammenbruch an.

»Sie haben sie betäubt«, stieß sie hervor. »Sie haben ihr eine Spritze gegeben.«

»Das lässt sich doch jetzt noch gar nicht sagen. Lass uns nach unten fahren und mit diesem Kerl reden.«

Sie rührte sich nicht. Sie starrte auf das Blut auf dem Papier, als wäre es eine rot-weiße Blüte.

»Hast du was, wo wir das reintun können?«

Bosch hatte immer ein paar verschließbare Beweismitteltüten bei sich. Er zog eine aus seiner Jackentasche, und Eleanor steckte das Papierknäuel hinein. Er verschloss die Tüte und schob sie in seine Tasche.

»Okay, aber jetzt lass uns gehen.«

Endlich verließen sie das Zimmer. Bosch hatte einen Arm um Eleanors Rücken gelegt und den Blick auf ihr Gesicht gerichtet, als sie auf den Flur hinaustraten. Halb rechnete er damit, dass sie sich losreißen und in das Zimmer zurücklaufen würde. Doch dann blickte sie den Gang hinunter, und in ihren Augen leuchtete Erkennen auf.

»Harry?«

In der Annahme, es wäre Sun, drehte Bosch sich um. Aber es war nicht Sun.

Vom Ende des Flurs kamen zwei Männer auf sie zu. Sie gingen zielstrebig nebeneinanderher. Bosch erkannte, dass es sich um die beiden Männer handelte, die mit ihnen im Lift gewesen waren. Sie waren in den sechzehnten Stock gefahren.

In dem Moment, in dem die Männer Bosch und Eleanor auf den Flur kommen sahen, rissen sie die Hände unter ihre Jacken, und als Bosch einen von ihnen die Hand schließen sah, wusste er instinktiv, dass der Mann eine Pistole ziehen wollte.

Bosch riss den rechten Arm in die Mitte von Eleanors Rücken hoch und stieß sie quer über den Gang auf die Aufzüge zu. Gleichzeitig fasste er mit der linken Hand an seinen Rücken und packte seine Pistole. Einer der Männer schrie etwas in einer Sprache, die Bosch nicht verstand, und riss seine Waffe hoch.

Bosch zog seine Pistole und zielte. Er eröffnete das Feuer im selben Moment, in dem einer der Männer mehrere Schüsse abzugeben begann. Bosch drückte immer wieder ab, mindestens zehn Schuss, und hörte auch nicht auf, als beide Männer zu Boden sanken.

Die Pistole weiter im Anschlag bewegte er sich auf sie zu. Einer lag auf den Beinen des anderen. Er war tot, und seine Augen starrten ausdruckslos an die Decke. Der andere lebte noch. Er atmete sehr flach und versuchte, die Pistole aus dem Hosenbund zu ziehen. Bosch blickte zu ihm hinab und sah, dass sich der Hahn in seinem Hosenbund verfangen hatte. Deshalb hatte er die Pistole nicht herausbekommen.

Bosch bückte sich, zog die Hand des Mannes von der Waffe fort und riss diese unsanft heraus. Der Arm des Mannes sackte zu Boden. Bosch stieß die Pistole auf dem Teppich von ihm weg.

Im Brustkorb des Mannes waren zwei Wunden. Bosch hatte auf die größte Fläche gezielt und getroffen. Der Mann war am Verbluten.

»Wo ist sie?«, stieß Bosch hervor. »Wo ist sie?«

Der Mann ächzte, und aus seinem Mund lief Blut. Bosch wusste, in einer Minute würde er tot sein.

Ein Stück den Flur hinunter ging eine Tür auf und sofort wieder zu. Bosch schaute in die Richtung, aus der das Geräusch gekommen war, sah aber niemanden. In einer Absteige wie dieser versuchte jeder, sich aus allem herauszuhalten. Trotzdem würde es nicht lange dauern, bis die Schüsse gemeldet wurden und die Polizei anrückte.

Bosch wandte sich wieder dem Sterbenden zu.

»Wo ist sie?«, fragte er noch einmal. »Wo ist meine …«

Er sah, der Mann war tot.

»Scheiße!«

Bosch richtete sich auf und drehte sich zu der Nische mit den Liften um, zu Eleanor. Sie lag auf dem Boden. Er rannte zu ihr und warf sich auf den Boden.

»Eleanor!«

Er kam zu spät. Ihre Augen waren offen und genauso starr wie die des Mannes im Flur.

»Nein, bitte nicht, nein. *Eleanor!*«

Er konnte keine Wunde sehen, aber sie atmete nicht, und ihre Augen waren blicklos. Er schüttelte sie an den Schultern, aber sie zeigte keine Reaktion. Er schob eine

Hand unter ihren Kopf, öffnete mit der anderen ihren Mund und beugte sich über sie, um Luft in ihre Lungen zu blasen. In diesem Moment spürte er die Wunde. Er zog die Hand aus ihrem Haar. Sie war voll Blut. Er drehte Eleanors Kopf, und dann sah er die Eintrittsstelle. Sie war im Haaransatz hinter ihrem linken Ohr. Er erkannte, dass sie vermutlich von der Kugel getroffen worden war, als er sie über den Flur in die Nische mit den Aufzügen geschubst hatte. Er hatte sie in den Schuss gestoßen.

»Eleanor«, sagte er ruhig.

Er beugte sich vor und legte seinen Kopf zwischen ihre Brüste. Er roch ihren vertrauten Geruch. Dann hörte er ein lautes gequältes Stöhnen und merkte, dass es von ihm gekommen war.

Dreißig Sekunden lang bewegte er sich nicht, sondern hielt sie nur. Erst als er hinter sich die Lifttür aufgehen hörte, richtete er sich auf.

Aus dem Aufzug kam Sun. Er schaute sich kurz um, aber dann fiel sein Blick auf Eleanor.

»Eleanor!«

Er eilte an ihre Seite. Bosch registrierte, dass es das erste Mal war, dass er ihn ihren Namen sagen hörte. Er hatte ihn *Ileanor* ausgesprochen.

»Sie ist tot«, sagte Bosch. »Es tut mir leid.«

»Wer war das?«

Bosch richtete sich auf. Er sprach mit monotoner Stimme.

»Dort hinten. Zwei Männer haben auf uns geschossen.«

Sun schaute den Flur hinunter und sah die zwei Männer auf dem Boden liegen. Bosch sah die Verwirrung und das Entsetzen in seinem Gesicht. Dann wandte sich Sun wieder Eleanor zu.

»Nein!«

Bosch ging ein paar Schritte den Flur hinunter und hob die Pistole auf, die er dem Mann aus dem Hosenbund gezogen hatte. Ohne sie sich anzusehen, steckte er sie in seine Hose und ging in die Nische zurück. Sun kniete neben Eleanor. Er hielt ihre Hand in seiner.

»Sun Yee, es tut mir leid. Sie haben uns überrumpelt.«

Er wartete eine Weile.

Sun sagte nichts und bewegte sich nicht.

»Ich muss noch schnell etwas tun, aber dann müssen wir schleunigst weg. Die Polizei kann jeden Moment anrücken.«

Er legte die Hand auf Suns Schulter und zog ihn zurück. Dann kniete er neben Eleanor nieder und hob ihren rechten Arm. Er legte ihre Hand um die Pistole, die Sun ihm beschafft hatte, und schoss damit in die Wand neben dem Aufzug. Dann legte er ihren Arm behutsam so auf den Boden zurück, dass ihre Hand weiter die Pistole umschlossen hielt.

»Was machen Sie da?«, fragte Sun.

»Wegen der Schmauchspuren. Ist die Pistole clean, oder kann sie zu der Person zurückverfolgt werden, die sie Ihnen gegeben hat?«

Sun antwortete nicht.

»Sun Yee, ist die Pistole clean?«

»Ja, sie ist clean.«

»Dann nichts wie weg hier. Wir müssen die Treppe nehmen. Für Eleanor können wir jetzt nichts mehr tun.«

Sun senkte kurz den Kopf, dann stand er langsam auf.

»Sie sind aus dem Treppenhaus gekommen.« Damit meinte Bosch die zwei Männer. »Das nehmen wir jetzt auch.«

Sie liefen den Gang hinunter, aber als sie die zwei auf dem Boden liegenden Männer erreichten, blieb Sun abrupt stehen und betrachtete sie.

»Kommen Sie«, drängte Bosch. »Wir müssen weg hier.«

Endlich folgte ihm Sun. Sie erreichten die Tür zum Treppenhaus und machten sich auf den Weg nach unten.

»Sie sind nicht Triade«, sagte Sun.

Bosch war zwei Stufen vor ihm. Er blieb stehen und blickte zu ihm hoch.

»Was? Woher wissen Sie das?«

»Sie sind keine Chinesen. Keine Chinesen, keine Triade.«

»Was sind sie dann?«

»Indonesier, Vietnamesen – ich glaube Vietnamesen. Keine Chinesen jedenfalls.«

Bosch setzte sich wieder in Bewegung, schneller als zuvor. Sie hatten noch elf Stockwerke vor sich. Dabei dachte er über das nach, was Sun gerade gesagt hatte. Es passte überhaupt nicht zu dem, was er bisher wusste.

Sun fiel ein Stück zurück. Kein Wunder, dachte Bosch. Sein Leben hatte sich einschneidend verändert, als er aus dem Aufzug gekommen war. Das hätte jeden gebremst.

Schon bald hatte Bosch ein ganzes Stockwerk Vorsprung. Als er im Erdgeschoss ankam, öffnete er die Tür des Treppenhauses einen Spalt, um sich zu orientieren.

Sie öffnete sich auf einen Durchgang zwischen dem Chungking Mansions und dem nächsten Gebäude. Da sich der Verkehrslärm und die Sirenen sehr nah anhörten, konnte der Ausgang nicht weit von der Nathan Road sein.

Plötzlich wurde die Tür von innen zugedrückt. Bosch drehte sich um. Sun hatte eine Hand flach auf die Tür gelegt, mit der anderen deutete er wütend auf Bosch.

»Sie! Sie sind schuld, dass sie tot ist!«

»Ich weiß. Ich weiß, Sun Yee. Es ist alles meine Schuld. Wenn ich diesen Fall …«

»Nein, sie sind nicht Triade! *Das habe ich doch gesagt.*«

Bosch sah ihn eine Weile verständnislos an.

»Meinetwegen, dann sind sie eben nicht von einer Triade. Aber …«

»Sie zeigen Ihr Geld, und sie kommen es rauben.«

Jetzt begriff Bosch. Sun wollte ihm zu verstehen geben, dass die zwei Toten, die oben im fünfzehnten Stock bei Eleanor im Flur lagen, nur irgendwelche Kleinganoven gewesen waren, die es auf Boschs Geld abgesehen hatten. Aber wie war das möglich? Wie sollte das gegangen sein? Bosch schüttelte den Kopf.

»Sie standen vor uns in der Schlange am Lift. Sie können mein Geld gar nicht gesehen haben.«

»Sie haben Tipp bekommen.«

Im selben Moment begann es Bosch zu dämmern. Der Mann, der ihm das Zimmer vermietet hatte. Er hatte ihm ohnehin einen Besuch abstatten wollen. Das Szenario, das Sun entworfen hatte, verlieh diesem Vorhaben noch mehr Dringlichkeit.

»Sun Yee, wir müssen sofort raus hier. Sobald sie sehen,

was dort oben passiert ist, wird die Polizei alle Zugänge sperren.«

Sun nahm die Hand von der Tür, und Bosch öffnete sie wieder. Die Luft war rein. Sie traten in den Durchgang hinaus. Fünf Meter weiter mündete er in die Nathan Road.

»Wo ist das Auto?«

Sun deutete auf das andere Ende des Durchgangs.

»Ich habe einem Mann Geld gegeben. Er passt darauf auf.«

»Okay, dann holen Sie jetzt das Auto und warten damit vor dem Eingang. Ich gehe jetzt noch mal da rein, aber in fünf Minuten komme ich vorne raus.«

»Was werden Sie tun?«

»Das möchten Sie bestimmt nicht wissen.«

30

Bosch ging zur Nathan Road, wo sich bereits eine große Menge Schaulustiger versammelt hatte, die den Polizeieinsatz im Chungking Mansions verfolgten. Die anrückenden Polizei- und Feuerwehrfahrzeuge verursachten einen Stau und einiges Durcheinander. Bisher waren keine Absperrungen errichtet worden. Wahrscheinlich waren die eben eingetroffenen Polizeikräfte noch damit beschäftigt, in den fünfzehnten Stock hinaufzukommen und festzustellen, was passiert war. Bosch schloss sich einer Gruppe von Rettungssanitätern an, die mit einer Trage auf den Eingang des Chungking Mansions zuliefen.

Das hektische Durcheinander hatte viele Standinhaber und Kunden zu den Aufzügen gelockt. Ein Mann schrie auf Chinesisch auf die Menge ein, aber niemand schenkte ihm Beachtung. Bosch bahnte sich einen Weg in den hinteren Teil des Gebäudes, wo die Hotelschalter waren. Wegen des Chaos, das vorne bei den Liften herrschte, war der Gang, der zu ihnen führte, vollkommen leer.

An der Theke, an der er die zwei Zimmer gemietet hatte, war zum Zeichen, dass der Schalter geschlossen war, etwa zur Hälfte ein Gitter herabgelassen. Aber der Mann auf dem Hocker war noch da. Er hatte Bosch den Rücken zugewandt und packte Papiere in eine Aktentasche. Es sah so aus, als sei er dabei, nach Hause zu gehen.

Ohne stehen zu bleiben, sprang Bosch auf die Theke und rutschte unter dem Gitter hindurch auf die andere Seite des Schalters, wo er gegen den Mann auf dem Hocker prallte und ihn zu Boden stieß.

Bevor der Mann reagieren konnte, warf Bosch sich auf ihn und schlug ihm mit der Faust zweimal ins Gesicht. Da der Kopf des Mannes auf dem Betonboden auflag, bekam er die volle Wucht der Schläge ab.

»Nein, bitte!«, schaffte er zwischen Boschs Schlägen hervorzustoßen.

Um sicherzugehen, dass sie allein waren, blickte Bosch rasch hinter sich, bevor er die Pistole aus dem Hosenbund zog und ihren Lauf in das Doppelkinn des Mannes drückte.

»Wegen dir ist sie jetzt tot, du Schwein! Dafür bringe ich dich um.«

»Nein, bitte nicht! Sir, bitte!«

»Den Tipp hatten sie doch von dir, oder? Du hast den beiden gesagt, dass ich Geld habe.«

»Nein, habe ich nicht.«

»Lüg mich nicht an, oder ich bring dich auf der Stelle um. Du hast es ihnen gesagt!«

Der Mann hob seinen Kopf vom Boden. »Also gut, hören Sie, bitte, bitte, hören Sie. Ich sage zu ihnen, niemand darf verletzt werden. Sie verstehen? Ich sage, niemand …«

Bosch zog die Pistole zurück und drosch dem Mann damit auf die Nase. Sein Kopf schnellte auf den Betonboden zurück. Bosch drückte ihm den Lauf wieder unter das Kinn.

»Ist mir scheißegal, was du ihnen gesagt hast. Sie haben sie umgebracht, du Schwein! Hast du verstanden? Umgebracht!«

Der Mann war benommen und blutete. Als er, heftig blinzelnd, das Bewusstsein verlor, schlug Bosch ihm mit der rechten Hand so lange gegen die Wange, bis er wieder zu sich kam.

»Jetzt wird nicht geschlafen, Freundchen. Schön wach bleiben.«

»Bitte nicht … es tut mir schrecklich leid, Sir. Bitte, lassen Sie mich …«

»Also gut, du machst jetzt Folgendes. Wenn du nicht sterben willst, dann sagst du mir, wer am Freitag Zimmer fünfzehn vierzehn gemietet hat. Fünfzehn vierzehn. Los, raus mit der Sprache. Ich warte nicht lange.«

»Okay, ich sage Ihnen. Ich zeige Ihnen.«

»Dann zeig es mir.«

Bosch richtete sich auf. Der Mann blutete aus Mund und Nase, Bosch blutete an den Knöcheln seiner linken Hand. Er fasste rasch nach oben und zog das Gitter ganz herunter.

»Los, zeig schon. Ein bisschen Beeilung.«

»Ist da drinnen.«

Er deutete auf die Aktentasche, die er gerade gepackt hatte. Er fasste hinein, und Bosch hob die Pistole und richtete sie auf seinen Kopf.

»Keine Dummheiten.«

Der Mann zog einen Packen Anmeldeformulare heraus. Ganz oben sah Bosch sein eigenes. Er griff danach, zerknüllte es und steckte es in seine Jackentasche. Gleichzeitig hielt er die Pistole weiter auf den Mann gerichtet.

»Freitag, Zimmer fünfzehn vierzehn. Los.«

Der Mann legte die Formulare auf den Tisch hinter dem Schalter und begann, sie durchzusehen. Das dauerte alles viel zu lange. Die Polizei konnte jeden Moment zu den Hotelschaltern kommen und sie entdecken. Seit den Schüssen im fünfzehnten Stock waren mindestens fünfzehn Minuten vergangen. Unter dem Schalter war ein Bord, auf das Bosch jetzt die Pistole legte. Wenn ihn die Polizei damit erwischte, käme er garantiert ins Gefängnis.

Im selben Moment, in dem er die Pistole des Räubers auf das Bord legte, wurde ihm plötzlich bewusst, dass er seine tote Ex-Frau und die Mutter seiner Tochter ganz allein dort oben im fünfzehnten Stock zurückgelassen hatte. Es war, als würde ihm ein Speer durch die Brust getrieben. Er schloss kurz die Augen, um sich den Gedanken und das Bild aus dem Kopf zu schlagen.

»Hier ist es.«

Bosch öffnete die Augen. Der Mann drehte sich zu ihm um. Im selben Moment hörte Bosch ein unverkennbares Klicken. Er sah den rechten Arm des Mannes von unten hochschnellen, und schon bevor er es erkannte, wusste er, dass es ein Messer war. In Sekundenbruchteilen entschied er sich dafür, den Angriff abzublocken, statt ihm auszuweichen. Er warf sich dem Angreifer entgegen, und während er mit dem linken Unterarm den Messerstich abwehrte, schoss seine rechte Faust auf die Kehle des Mannes zu.

Das Messer drang durch den Ärmel von Boschs Sakko, und er spürte, wie die Klinge die Innenseite seines Unterarms entlangfuhr. Sonst trug er keinen Schaden davon.

Von Boschs Faust an der Kehle getroffen, fiel der Mann hintenüber auf den umgestürzten Hocker. Bosch warf sich auf ihn, packte sein Handgelenk und drosch die Hand, die das Messer hielt, so lange auf den Beton, bis es scheppernd zu Boden fiel.

Bosch richtete sich auf, hielt den Mann aber weiter am Hals gepackt. Er spürte, wie das Blut aus der Schnittwunde seinen Arm hinunterfloss, und wieder musste er an Eleanor denken, die tot im fünfzehnten Stock lag. Ihr war das Leben, kurzum alles genommen worden, bevor sie auch nur ein Wort hatte sagen können. Bevor sie ihre Tochter wohlbehalten wieder in die Arme hatte schließen können.

Bosch holte mit der linken Faust aus und versetzte dem Mann einen brutalen Schlag in die Rippen. Und dann machte er einfach weiter, drosch auf Körper und Gesicht des Mannes ein, bis er sicher war, dass er ihn bewusstlos geprügelt und ihm sämtliche Rippen und den Kiefer gebrochen hatte.

Schwer atmend griff Bosch schließlich nach dem Messer, klappte es zu und steckte es in seine Tasche. Dann wälzte er den reglosen Mann von den auf den Boden gefallenen Anmeldeformularen und sammelte sie ein. Als er damit fertig war, stand er auf, steckte sie in die Aktentasche des Mannes zurück und schloss die Mappe. Er beugte sich über den Schalter, um durch das Gitter nach draußen zu spähen. Im Gang war immer noch niemand zu sehen, aber von den Liften drang eine megaphonverstärkte Stimme nach hinten. Ihm war klar, dass die Polizei das ganze Gebäude abriegeln und niemanden mehr nach draußen lassen würde.

Er hob das Gitter einen halben Meter an, nahm die Pistole vom Bord, steckte sie sich am Rücken in den Hosenbund und kletterte mit der Aktentasche über den Schalter. Nachdem er sich vergewissert hatte, dass er keine Blutspuren hinterlassen hatte, zog er das Gitter wieder nach unten.

Erst als er sich vom Schalter entfernte, hob Bosch den Arm, um durch den Schlitz in seinem Jackenärmel die Wunde zu untersuchen. Sie schien zwar nicht tief zu sein, blutete aber sehr stark. Um das Blut aufzusaugen, zog er den Jackenärmel ein Stück hoch und raffte ihn um die Wunde. Dann blickte er im Gehen hinter sich und vergewisserte sich, dass nichts auf den Boden tropfte.

Vorne bei den Liften trieb die Polizei alle auf die Straße hinaus, wo sie in einem abgesperrten Bereich festgehalten und zu den Vorfällen im fünfzehnten Stock vernommen wurden. Bosch war klar, dieser Prozedur musste er sich unbedingt entziehen. Er machte kehrt und verschwand in einen Gang, der nach hinten führte. Als er zu einer Stelle kam, an der sich zwei Gänge kreuzten, sah er links von sich zwei Männer weglaufen, fort von der Polizei.

Bosch stellte fest, dass er nicht der Einzige war, der nicht von der Polizei vernommen werden wollte, und folgte ihnen.

Die zwei Männer verschwanden in einem schmalen Durchgang zwischen zwei der inzwischen geschlossenen Läden. Bosch immer hinterher.

Von dem Gang führte eine Treppe in einen Keller mit zahlreichen Abteilen hinab, in denen die Standinhaber wegen der beengten Platzverhältnisse im Erdgeschoss ihre Waren lagerten. Bosch folgte den Männern einen

Gang hinunter. Sie bogen nach rechts und steuerten auf eine Tür zu, über der ein rotes chinesisches Schriftzeichen leuchtete. Ein Notausgang wahrscheinlich. Als die Männer durch die Tür traten, ertönte ein Alarm, und sie warfen sie hinter sich zu.

Bosch rannte zu der Tür und stieß sie auf. Sie führte in den Durchgang, in dem er vorher schon gewesen war. Er ging rasch zur Nathan Road und hielt nach Sun und dem Mercedes Ausschau.

Etwa hundert Meter weiter leuchteten kurz zwei Autoscheinwerfer auf, und Bosch sah den Wagen vor einer Gruppe Polizeiautos warten, die vor dem Eingang des Chungking Mansions kreuz und quer auf der Straße standen. Sun fuhr los und hielt neben ihm an.

Bosch ging zuerst zur hinteren Tür, erinnerte sich aber im selben Moment, dass Eleanor nicht mehr bei ihnen war, und stieg vorne ein.

»Das hat aber gedauert«, bemerkte Sun.

»Ja, aber jetzt schnell weg hier.«

Sun blickte auf Boschs blutverschmierte Knöchel hinab, die sich um den Griff der Aktentasche krümmten. Er sagte nichts. Er beschleunigte und fuhr vom Chungking Mansions fort. Bosch drehte sich um und schaute aus dem Rückfenster. Sein Blick wanderte zu dem Stockwerk hinauf, in dem sie Eleanor zurückgelassen hatten. Irgendwie hatte Bosch immer geglaubt, sie würden zusammen alt werden. Daran hatte auch ihre Scheidung nichts geändert. Oder andere Liebhaber. Sie hatten immer schon eine Beziehung mit Unterbrechungen gehabt, aber auch das spielte keine Rolle. Eigentlich war er immer der Überzeugung gewesen, dass die Trennungen nur vorübergehend wären und dass sie auf lange Sicht zusammen sein würden. Immerhin hatten sie Madeline gemeinsam, und das würde sie immer aneinanderbinden. Aber er hatte auch geglaubt, es gäbe noch mehr.

Das alles war jetzt verloren, und alles nur wegen der Entscheidungen, die er getroffen hatte. Ob es nun an seinen Ermittlungsmethoden lag oder an seinem Lapsus, sein ganzes Geld zu zeigen, spielte letztlich keine Rolle. Alle Wege führten zurück zu ihm, und er wusste nicht, wie er damit in Zukunft leben sollte.

Er beugte sich vor und stützte den Kopf in die Hände.

»Sun Yee, es tut mir leid … ich habe sie auch geliebt.«

Sun antwortete lange nicht, und als er zu sprechen begann, holte er Bosch aus seiner Abwärtsspirale in die Realität zurück.

»Jetzt müssen wir Ihre Tochter finden. Das werden wir für Eleanor tun.«

Bosch setzte sich auf und nickte. Dann beugte er sich vor und zog die Aktentasche auf seinen Schoß.

»Halten Sie an, wenn Sie irgendwo können. Sie müssen sich das ansehen.«

Sun bog mehrere Male ab und stoppte erst, als er einige Straßen vom Chungking Mansions entfernt war. Auf der gegenüberliegenden Straßenseite war ein heruntergekommener Markt, in dem es von Westlern wimmelte.

»Wo sind wir denn hier?«, fragte Bosch.

»Das ist der Jademarkt. Bei Touristen aus dem Westen sehr beliebt. Hier fallen Sie nicht auf.«

Bosch nickte. Er öffnete die Aktentasche und reichte Sun den unordentlichen Packen mit den Anmeldeformularen. Es waren mindestens fünfzig. Die meisten waren auf Chinesisch ausgefüllt und für Bosch nicht zu entziffern.

»Wonach soll ich suchen?«, fragte Sun.

»Datum und Zimmernummer. Freitag war der elfte. Das ist der Tag, der uns interessiert. Und Zimmernummer fünfzehn vierzehn. Es muss hier dabei sein.«

Sun begann, die Formulare durchzusehen. Eine Weile beobachtete ihn Bosch dabei, dann schaute er aus dem Fenster auf den Jademarkt. Durch die offenen Zugänge waren unter dem baufälligen Dach aus Sperrholz und Planen mehrere Reihen mit Ständen zu erkennen, an denen alte Männer und Frauen ihre Waren zum Verkauf anboten. Es herrschte ein ständiges Kommen und Gehen.

Bosch musste an den Anhänger mit den drei Jadeaffen denken, den er im Zimmer seiner Tochter gesehen hatte. Sie war hier gewesen. Er fragte sich, ob sie den weiten Weg hierher allein oder mit Freunden gekommen war. Vielleicht mit He und Quick?

Vor einem der Eingänge verkaufte eine alte Frau Räucherstäbchen. Neben ihr standen ein Eimer, in dem ein Feuer brannte, und ein Klapptisch, auf dem sie alle möglichen zum Verbrennen gedachten Pappmascheegegenstände zum Verkauf anbot. Bosch sah mehrere Tiger darunter und fragte sich, wozu ein verstorbener Ahne einen Tiger brauchen könnte.

»Hier.«

Sun hielt Bosch ein Meldeformular hin.

»Was steht da drauf?«

»*Tuen Mun.* Wir fahren hin.«

Für Bosch hörte es sich an, als sagte er »Tin Moon«.

»Was ist ›Tin Moon‹?«

»Tuen Mun. Das ist in den New Territories. Dieser Mann wohnt dort.«

»Wie heißt er?«

»Peng Qingcai.«

›Qingcai‹, dachte Bosch. Ein naheliegender Sprung zu einem amerikanisierten Namen, den man bei den Mädchen in der Mall verwenden konnte, wäre Quick. Möglicherweise war Peng Qingcai Hes älterer Bruder, der Junge, in dessen Begleitung Madeline am Freitag die Mall verlassen hatte.

»Steht auf dem Formular auch sein Alter oder sein Geburtsdatum?«

»Nein, kein Alter.«

Wäre auch ein bisschen viel verlangt gewesen. Auch Bosch hatte sein Geburtsdatum nicht angegeben, als er die Zimmer gemietet hatte, und der Mann am Schalter hatte außer seiner Passnummer keine weiteren Angaben zu seiner Person eingetragen.

»Aber die Adresse steht drauf?«

»Ja.«

»Wissen Sie, wie man dorthin kommt?«

»Ja, ich kenne dieses Viertel.«

»Gut. Fahren wir. Wie lange werden wir etwa brauchen?«

»Im Auto lange. Wir fahren nach Norden, dann Westen. Das dauert eine Stunde oder mehr. Mit Zug wäre schneller.«

Die Zeit war ein wichtiger Faktor, aber Bosch wusste, dass sie mit dem Auto unabhängiger waren.

»Nein«, sagte er deshalb. »Wenn wir sie finden, brauchen wir das Auto.«

Sun nickte zum Zeichen seines Einverständnisses und fuhr vom Straßenrand los. Bosch schlüpfte aus seinem Sakko und krempelte den Hemdsärmel hoch, um sich die Wunde an seinem Arm anzusehen. Der fünf Zentimeter lange Schnitt befand sich unterhalb des Ellbogens an der Innenseite des Unterarms. Die Wunde hatte endlich begonnen zu verschorfen.

Sun schaute kurz zu Bosch hinüber, richtete den Blick aber sofort wieder auf die Straße.

»Wer hat das getan?«

»Der Mann hinter dem Schalter.«

Sun nickte.

»Das alles haben wir nur ihm zu verdanken, Sun Yee. Er hat mein Geld gesehen und uns diese zwei Kerle auf den Hals gehetzt. Das war ganz schön dumm von mir.«

»Es war ein Fehler.«

Sun hatte die wütende Anschuldigung, die er im Treppenhaus vorgebracht hatte, inzwischen eindeutig zurückgenommen. Aber Bosch revidierte das Urteil, das er selbst über sich gefällt hatte, nicht. Er war schuld an Eleanors Tod.

»Aber derjenige, der dafür büßen musste, war nicht ich«, sagte er.

Bosch holte das Klappmesser aus seiner Jackentasche, nahm die Decke vom Rücksitz, schnitt einen langen Streifen davon ab und wickelte ihn um seinen Arm. Zum Schluss vergewisserte er sich, dass der Verband nicht zu fest saß und die Blutzirkulation in seinem Arm nicht unterband.

Er rollte den Hemdsärmel nach unten. Er war zwischen Ellbogen und Manschette voll Blut. Dann zog er das Sakko wieder an. Zum Glück war es schwarz, sodass die Blutflecken nicht sofort zu sehen waren.

Je weiter sie in Kowloon nach Norden kamen, desto mehr nahmen die städtische Verschandelung und die Enge zu. Es war wie in jeder großen Stadt, dachte Bosch. Je weiter man sich vom Geld entfernte, desto schäbiger und trostloser wurde das Stadtbild.

»Was können Sie mir über Tuen Mun erzählen?«, fragte Bosch nach einer Weile.

»Sehr eng, sehr viel Menschen. Nur Chinesen. Ein heißes Pflaster.«

»Und eine Triaden-Hochburg?«

»Ja. Kein guter Ort für Ihre Tochter.«

Etwas anderes hatte Bosch nicht erwartet. Aber ein Gutes hatte die Sache doch. Wahrscheinlich war es schwer, ein weißes Mädchen unbemerkt dorthin zu bringen und zu verstecken. Wenn Madeline in Tuen Mun gefangen gehalten wurde, würde er sie finden. *Sie* würden sie finden.

31

In den vergangenen fünf Jahren hatten sich Harry Boschs finanzielle Beiträge zur Unterstützung seiner Tochter darauf beschränkt, ihre Flüge nach Los Angeles zu bezahlen, ihr hin und wieder Taschengeld zu geben und jährlich einen Scheck über zwölftausend Dollar auszustellen, der die Hälfte ihres Schulgelds für die exklusive Happy Valley Academy abdeckte. Dieser Betrag war nicht die Folge irgendwelcher Forderungen seitens seiner Ex-Frau. Eleanor Wish hatte immer sehr gut verdient und auf rechtlichem Weg nie auch nur einen Dollar Unterhalt von Bosch eingeklagt. Es war vielmehr Bosch, der unbedingt in irgendeiner Form etwas beisteuern wollte. Sich an Madelines Schulgeld zu beteiligen, vermittelte ihm – ob nun wirklich zu Recht mal dahingestellt – das Gefühl, maßgeblichen Anteil an der Erziehung seiner Tochter zu haben.

Entsprechend zeigte er zusehends mehr väterliches Interesse an ihren schulischen Belangen. Ob nun bei seinen Besuchen in Hongkong oder den – für ihn – sehr frühen sonntagmorgendlichen Telefongesprächen, Bosch versäumte es nie, sich nach Madelines schulischen Leistungen und ihrem jeweiligen Unterrichtsstoff zu erkundigen.

Diesen Gesprächen verdankte er sein rudimentäres Schulbuchwissen über die Geschichte Hongkongs, aufgrund dessen er auch wusste, dass die New Territories, in die sie jetzt unterwegs waren, trotz ihres Namens keineswegs erst seit Kurzem zu Hongkong gehörten.

Das umfangreiche Gebiet, das die Halbinsel Kowloon umgab, war der damaligen britischen Kronkolonie Hongkong schon vor über einem Jahrhundert per Pachtvertrag als Pufferzone gegen eine Invasion von außen zugesprochen worden. Als dieser Pachtvertrag 1997 auslief und die Oberhoheit über Hongkong von den Engländern wieder an die Volksrepublik China zurückgegeben wurde, blieben auch die New Territories Teil der Sonderverwaltungszone, dank deren speziellem Status Hongkong weiterhin seine einzigartige Stellung als internationales Finanz- und Kulturzentrum beibehalten konnte, in dem sich Ost und West gegenseitig befruchteten.

Die New Territories waren riesig und vorwiegend ländlich geprägt, aber es gab auch einige groß angelegte staatliche Siedlungsprojekte, in denen auf engstem Raum die ärmsten und schlechtest ausgebildeten Bürger der Sonderverwaltungszone zusammenwohnten. Die Kriminalitätsrate war hoch und Geld knapp. Von den Triaden ging ein starker Reiz aus. Tuen Mun war eine dieser Trabantenstädte.

»Als ich jung war, gab es hier viele Piraten«, sagte Sun.

Weder er noch Bosch hatten ein Wort gesprochen, seit sie vor über zwanzig Minuten losgefahren waren. Beide hatten ihren eigenen Gedanken nachgehangen. Die endlosen Reihen klotziger Wohnhochhäuser entlang der Stadtautobahn waren so einförmig, wie es nur staatliche Sozialbauten sein konnten. Sie lagen inmitten sanft gewellter Hügel, die dicht mit den kleineren Häusern älterer Wohnviertel bebaut waren. Eine spektakuläre Skyline gab es hier nicht. Es war armselig und trostlos, ein zu einem gigantischen Wohnsilo mutiertes Fischerdorf.

»Heißt das, Sie sind aus Tuen Mun?«

»Ich bin hier aufgewachsen, ja. Bis ich zweiundzwanzig war.«

»Waren Sie in einer Triade, Sun Yee?«

Sun antwortete nicht. Er tat so, als sei er zu sehr damit beschäftigt, den Blinker zu bedienen und prüfende Blicke in die Rückspiegel zu werfen, als sie von der Autobahn abfuhren.

»Nicht dass mich das groß interessiert«, setzte Bosch nach.

»Mich interessiert nur eins.«

Sun nickte.

»Wir werden sie finden.«

»Das weiß ich.«

Sie hatten einen Fluss überquert und fuhren jetzt durch eine von vierzigstöckigen Häusern gesäumte Straßenschlucht.

»Und die Piraten?«, fragte Bosch. »Was war mit denen?«

»Das waren Schmuggler. Sie kamen aus dem Südchinesischen Meer den Fluss herauf. Sie haben den Fluss kontrolliert.«

Bosch überlegte, ob ihm Sun damit etwas zu sagen versuchte.

»Was haben sie geschmuggelt?«

»Alles. Sie haben Waffen und Drogen hierhergebracht. Menschen.«

»Und was haben sie von hier weggeschafft?«

Sun nickte, als hätte Bosch keine Frage gestellt, sondern beantwortet.

»Was schmuggeln sie *jetzt* raus?«

Es dauerte eine Weile, bis Sun antwortete.

»Elektronische Geräte. Amerikanische DVDs. Manchmal Kinder. Mädchen und Jungen.«

»Und wohin?«

»Das hängt davon ab.«

»Wovon?«

»Wofür Abnehmer sie haben wollen. Zum Teil für Sex. Zum Teil für Organe. Viele Festlandchinesen kaufen Jungen, weil sie keine Söhne haben.«

Bosch musste an das zerknüllte Stück Toilettenpapier mit dem Blutfleck denken. Eleanor hatte daraus den Schluss gezogen, dass sie Madeline ein Mittel gespritzt hatten, um sie gefügiger zu machen. Möglicherweise hatten sie ihr jedoch gar nichts injiziert, sondern nur Blut abgenommen, um ihre Blutgruppe zu bestimmen. Auch in diesem Fall könnten sie ihr nach dem Entfernen der Nadel das Toilettenpapier auf die Einstichwunde gedrückt haben.

»Sie wäre sehr wertvoll, oder?«

»Ja.«

Bosch schloss die Augen. Plötzlich erschien alles in einem völlig anderen Licht. Unter Umständen hatten die Entführer keineswegs vor, seine Tochter nur so lange festzuhalten, bis er in Los Angeles Chang laufen ließ. Unter Umständen planten sie, Madeline in eine Unterwelt aus lauter gleich düsteren Alternativen zu verkaufen, aus der sie nie mehr zurückkehren würde. Er versuchte, nicht an die verschiedenen Möglichkeiten zu denken. Er schaute aus dem Seitenfenster.

»Wir haben Zeit.« Das sagte er in dem vollen Bewusstsein, dass er mit sich selbst sprach, nicht mit Sun. »Noch ist ihr nichts passiert. Bevor sie aus L.A. nichts gehört haben, werden sie nichts tun. Selbst wenn sie vorhaben, sie nicht zurückzugeben, werden sie vorerst noch nichts unternehmen.«

Bosch wandte sich Sun zu, der zustimmend nickte.

»Wir werden sie finden.«

Bosch fasste an seinen Rücken und zog die Pistole hervor, die er einem der beiden Männer abgenommen hatte, die er im Chungking Mansions erschossen hatte. Er sah sie sich zum ersten Mal genauer an und wusste sofort, womit er es zu tun hatte.

»Ich glaube, Sie hatten recht, Sun. Diese zwei waren Vietnamesen.«

Sun warf einen kurzen Blick auf die Pistole, dann schaute er wieder auf die Straße.

»Bitte feuern Sie die Waffe nicht im Auto ab«, sagte er.

Trotz allem, was passiert war, musste Bosch grinsen.

»Keine Angst. Ist ja auch nicht mehr nötig. Wie man mit dem Ding umgeht, weiß ich bereits. Außerdem kann ich mir nicht vorstellen, dass der Kerl, dem sie gehört hat, eine Waffe einstecken hatte, die nicht funktioniert.«

Bosch hielt die Pistole in der linken Hand und visierte über ihren Lauf den Boden an. Dann untersuchte er sie noch einmal. Es war eine in Amerika hergestellte Colt, Kaliber .45, Modell 1911A1. Fast vierzig Jahre zuvor hatte er genau so eine Waffe als Soldat in Vietnam getragen. Wenn er in die unterirdischen Gänge hinabgestiegen war, um den Feind aufzuspüren und zu töten.

Bosch nahm das Magazin und die Kugel, die bereits im Patronenlager war, heraus. Ihm standen die vollen acht Schuss zur Verfügung. Er lud die Pistole mehrmals durch und wollte sie gerade neu laden, als er entdeckte, dass in das Magazin etwas eingeritzt war. Um besser sehen zu können, hielt er es dicht an seine Augen.

In den schwarzen Stahl des Magazins waren von Hand mehrere Buchstaben und Ziffern gekratzt, die aber Zeit und Gebrauch – das ständige Laden der Waffe – beinahe vollständig abgewetzt hatten. Als er die Oberfläche des Magazins schräg ins Licht hielt, konnte er *JFE Sp4, 27th* lesen.

Das rief ihm sofort die pingelige Sorgfalt in Erinnerung, die damals alle Tunnelratten, wie die Mitglieder seiner Spezialeinheit genannt wurden, auf ihre Waffen und ihre Munition verwendet hatten. Wenn man mit nichts als seiner .45er, einer Taschenlampe und vier Reservemagazinen in das Dunkel der unterirdischen Gänge hinuntersteigen musste, prüfte man alles doppelt und dreifach. Wenn man da unten ganz auf sich allein gestellt war, wollte man nicht plötzlich feststellen müssen, dass man eine klemmende Waffe, feuchte Munition oder leere Batterien dabeihatte. Bosch und die anderen Tunnelratten hatten ihre Magazine markiert und gepflegt, wie andere Soldaten ihre Zigaretten und *Playboy*-Hefte hüteten.

Er studierte die Gravur sorgfältig. Wer auch immer JFE war, er hatte als Spec 4 bei der siebenundzwanzigsten Infanterie gedient. Demnach könnte er eine Tunnelratte gewesen sein. Bosch fragte sich, ob die Pistole irgendwo im Eisernen Dreieck in einem unterirdischen Gang zurückgelassen und ob sie aus JFEs kalter toter Hand genommen worden war.

»Wir sind da«, sagte Sun.

Bosch blickte auf. Sun hatte mitten auf der Straße angehalten. Hinter ihnen war kein Verkehr. Durch die Windschutzscheibe deutete Sun auf ein mit Staatsgeldern gebautes Wohnsilo, das so hoch war, dass Bosch sich unter die Sonnenblende ducken musste, um sein Dach sehen zu können. Hinter den offenen Außengängen waren die Eingangstüren und Fenster von schätzungsweise dreihundert Wohnungen zu sehen. Die Wäsche, die fast auf jedem Stockwerk zum Trocknen über den Geländern hing, verwandelte die triste Fassade des Gebäudes in ein farbenfrohes Mosaik, das es von den vollkommen gleich aussehenden Häusern absetzte, die links und rechts davon standen. Laut einem mehrsprachigen Schild über dem tunnelartigen Eingang in der Mitte des Gebäudes hieß es sinnigerweise Miami Beach Garden Estates.

»Die Wohnung ist im sechsten Stock«, sagte Sun nach einem Blick auf das Meldeformular aus dem Chungking Mansions.

»Parken Sie irgendwo, und dann gehen wir rauf.«

Sun nickte und fuhr an dem Gebäude vorbei. An der nächsten Kreuzung wendete er, fuhr zurück und hielt neben einem von einem drei Meter hohen Zaun umgebenen Spielplatz, auf dem es von Kindern und ihren Müttern wimmelte. Bosch wusste, dass Sun den Mercedes ganz bewusst an dieser Stelle abstellte, weil hier das Risiko geringer war, dass er in ihrer Abwesenheit gestohlen oder beschädigt wurde.

Sie stiegen aus und gingen ein Stück an der Einzäunung entlang, bevor sie zum Eingang des Gebäudes links abbogen.

Der Eingangstunnel war auf beiden Seiten von Briefkästen gesäumt, von denen die meisten aufgebrochene Schlösser hatten und mit Graffiti beschmiert waren. Der Gang führte zu mehreren Aufzügen, vor denen zwei Frauen mit kleinen Kindern warteten. Sie schenkten Sun und Bosch keine Beachtung. Hinter einem kleinen Schalter saß ein Wachmann, der kein einziges Mal von seiner Zeitung aufsah.

Bosch und Sun folgten den Frauen in den Lift. Eine der Frauen steckte einen Schlüssel in eine entsprechende Öffnung in der Schalttafel und drückte zwei Knöpfe. Bevor sie den Schlüssel wieder herauszog, drückte Sun rasch auf den Knopf mit der Ziffer sechs.

Der erste Halt des Lifts war im sechsten Stock. Sun und Bosch stiegen aus und gingen auf dem Außengang zur dritten Tür auf der linken Seite des Gebäudes. Eine Tür weiter stand am Geländer ein kleiner Altar mit einem Aschenkübel, der noch von einem Opfer an die unersättlichen Geister rauchte. Es roch nach verbranntem Plastik.

Bosch bezog rechts neben der Tür Stellung, vor der Sun stehen geblieben war.

Er schob die Hand unter sein Sakko und legte sie um den Griff der Pistole, zog diese aber nicht. Dabei brach der Schorf der Wunde an seinem Unterarm auf. Sie würde wieder zu bluten beginnen.

Sun sah Bosch an, und Bosch nickte zum Zeichen, dass er bereit war. Sun klopfte an die Tür, und sie warteten.

Niemand öffnete.

Sun klopfte ein zweites Mal. Diesmal lauter.

Sie warteten erneut. Bosch schaute über den Spielplatz zum Mercedes und sah, dass er bisher nicht angerührt worden war.

Niemand öffnete.

Schließlich trat Sun von der Tür zurück.

»Was wollen Sie tun?«

Bosch blickte zu dem qualmenden Aschenkübel, der fünf Meter weiter am Geländer stand.

»In der Nachbarwohnung ist jemand zu Hause. Fragen wir dort mal, ob jemand den Kerl gesehen hat.«

Sun ging voran und klopfte an die nächste Tür. Diesmal wurde sie einen Spaltbreit geöffnet, und eine winzige Frau um die sechzig spähte nach draußen. Sun nickte und lächelte und sprach sie auf Chinesisch an. Die Anspannung fiel von ihr ab, und sie öffnete die Tür ein Stück weiter. Sun redete weiter auf die Frau ein, und wenig später öffnete sie die Tür ganz und machte Platz, damit sie eintreten konnten.

Als Bosch in die Wohnung ging, flüsterte ihm Sun zu:

»Fünfhundert Hongkong-Dollar. Habe ich ihr versprochen.«

»Kein Problem.«

Es war eine kleine Zweizimmerwohnung. Das erste Zimmer diente als Küche, Ess- und Wohnzimmer. Es war spärlich möbliert und roch nach heißem Speiseöl. Ohne sein Geld aus der Tasche zu nehmen, schälte Bosch fünf Hundertdollarscheine ab. Er schob sie unter eine Schale mit Salz, die auf dem Küchentisch stand. Dann zog er einen Stuhl unter dem Tisch hervor und setzte sich.

Sun und die Frau blieben stehen. Sun setzte die Unterhaltung mit ihr auf Chinesisch fort und deutete kurz auf Bosch. Bosch nickte und lächelte und tat so, als verstünde er, was gesprochen wurde.

Drei Minuten vergingen, bis Sun die Befragung unterbrach, um ihr Ergebnis für Bosch zusammenzufassen.

»Das ist Fengyi Mai. Sie lebt allein hier. Sie sagt, sie hat Peng Qingcai seit gestern Morgen nicht mehr gesehen. Er wohnt mit seiner Mutter und seiner jüngeren Schwester nebenan. Auch die zwei Frauen hat sie nicht gesehen. Aber gestern Nachmittag hat sie sie gehört. Durch die Wand.«

»Wie alt ist Peng Qingcai?«

Sun gab die Frage an die Frau weiter und übersetzte ihre Antwort.

»Sie glaubt, er ist achtzehn. Er geht nicht mehr zur Schule.«

»Wie heißt seine Schwester?«

Ein weiterer Wortwechsel, und dann sagte Sun, die Schwester heiße He. Allerdings sprach er den Namen anders aus als Boschs Tochter.

Über das alles dachte Bosch eine Weile nach, bevor er die nächste Frage stellte.

»Ist sie sicher, dass sie ihn gestern gesehen hat? Samstagmorgen? Was hat er gemacht?«

Während Bosch auf die Übersetzung wartete, beobachtete er die Frau aufmerksam.

Bei den früheren Fragen hatte sie Blickkontakt mit Sun gehalten, doch bei der Beantwortung der letzten Fragen begann sie, seinem Blick auszuweichen.

»Ja, sie ist ganz sicher«, übersetzte Sun. »Gestern früh

hat sie Geräusche vor ihrer Tür gehört. Sie hat nach draußen geschaut, und da war Peng. Er hat eine Opfergabe verbrannt. Auf ihrem Altar.«

Bosch nickte, aber er war sicher, dass ihnen die Frau etwas verschwieg oder log.

»Was hat er verbrannt?«

Sun gab die Frage weiter. Die Frau hielt den Blick die ganze Zeit gesenkt, als sie antwortete.

»Sie sagt, er hat Papiergeld verbrannt.«

Bosch stand auf und ging nach draußen. Er kippte den Inhalt des Aschenkübels, der kleiner war als ein normaler Wassereimer, auf den Boden des Außengangs. Offensichtlich hatte Fengyi Mai in der letzten Stunde etwas darin verbrannt. Bosch nahm ein Räucherstäbchen vom Altar und begann, damit in der rauchenden Asche zu stochern. Unter den heißen Überresten befanden sich ein paar Kartonreste, die nur angekokelt waren, aber das Meiste war zu Asche verbrannt. Bosch rührte weiter in dem Haufen und stieß nach kurzer Zeit auf ein Stück geschmolzenes Plastik. Es war schwarz verkohlt und formlos. Er versuchte, es mit den Fingern zu ergreifen, aber es war zu heiß.

Er ging in die Wohnung zurück.

»Fragen Sie sie, wann sie zum letzten Mal etwas auf dem Altar geopfert hat und was sie verbrannt hat.«

Sun übersetzte die Frage.

»Heute Morgen. Sie hat auch Papiergeld verbrannt.«

Bosch stand noch immer.

»Fragen Sie sie, warum sie lügt.«

Sun zögerte.

»Fragen Sie sie.«

Sun stellte die Frage, und die Frau leugnete, gelogen zu haben.

Bosch nickte, als er die Antwort bekam, und ging zum Tisch.

Er hob die Schale mit dem Salz hoch, nahm die fünf Geldscheine an sich und steckte sie ein.

»Sagen Sie ihr, für Lügen zahlen wir nichts. Aber für die Wahrheit zahle ich zweitausend.«

Die Frau protestierte, als sie Suns Übersetzung hörte, aber dann schlug Sun einen anderen Ton an. Er herrschte die Frau zornig an, und sie bekam sichtlich Angst. Sie legte die Hände aneinander, als wolle sie ihn um Verzeihung bitten, und ging in ein anderes Zimmer.

»Was haben Sie zu ihr gesagt?«, fragte Bosch.

»Dass sie uns die Wahrheit sagen muss, sonst verliert sie die Wohnung.«

Bosch zog die Augenbrauen hoch. Sun hatte den Druck deutlich erhöht.

»Sie glaubt, ich bin Polizist und Sie mein Vorgesetzter«, fügte er hinzu.

»Wie kommt sie denn darauf?«, wollte Bosch wissen.

Bevor Sun antworten konnte, kam die Frau mit einer kleinen Schachtel zurück. Sie ging direkt auf Bosch zu und reichte sie ihm, dann zog sie sich mit einer Verneigung von ihm zurück. Bosch öffnete die Schachtel. Sie enthielt ein angekokeltes und geschmolzenes Handy.

Während die Frau Sun den Sachverhalt erklärte, holte Bosch sein Handy heraus und verglich es mit dem verbrannten Telefon. Obwohl es stark beschädigt war, bestand kein Zweifel, dass das Handy, das die Frau aus dem Aschenkübel gefischt hatte, das gleiche Modell war wie seins.

»Sie sagt, das Handy hat Peng verbrannt«, dolmetschte Sun.

»Es hat fürchterlich gestunken. Deshalb hat sie es herausgenommen. Um die Geister nicht zu verärgern.«

»Es ist das Handy meiner Tochter.«

»Sind Sie sicher?«

»Ich habe es ihr selbst gekauft. Ich bin ganz sicher.«

Bosch klappte sein Handy auf und rief die Fotodateien auf. Er scrollte durch die Fotos seiner Tochter, bis er eines von ihr in Schuluniform fand.

»Zeigen Sie ihr das. Und versuchen Sie herauszufinden, ob sie sie mit Peng gesehen hat.«

Sun zeigte der Frau das Handy und stellte die Frage. Die Frau schüttelte den Kopf, als sie antwortete, und faltete die Hände, um zu unterstreichen, dass sie diesmal die Wahrheit sagte. Bosch wartete nicht auf Suns Übersetzung. Er stand auf und holte sein Geld aus der Tasche. Er zählte zweitausend Hongkong-Dollar auf den Tisch – das war etwas weniger als dreihundert amerikanische – und drehte sich zur Tür.

»Gehen wir.«

32

Sie klopften noch einmal an Pengs Tür, aber niemand öffnete. Bosch kniete nieder, um seinen Schuh auf- und wieder zuzubinden. Dabei sah er sich das Schloss im Türknauf an.

»Was machen wir jetzt?«, fragte Sun, nachdem sich Bosch wieder aufgerichtet hatte.

»Ich habe meine Picks dabei. Ich kann die Tür aufbekommen.«

Trotz der Sonnenbrille konnte Bosch sehen, wie Suns Miene sofort von Widerstreben überschattet wurde.

»Meine Tochter könnte da drinnen sein. Und wenn nicht, finden wir vielleicht etwas, aus dem hervorgeht, wo sie ist. Stellen Sie sich so hinter mich, dass mich niemand sehen kann. In einer Minute habe ich die Tür auf.«

Sun blickte auf die Phalanx aus identischen Hochhäusern hinaus, die sie wie Riesen umringten.

»Wir schauen erst«, sagte er schließlich.

»Schauen?«, fragte Bosch. »Was sollen wir schauen?«

»Die Tür. Peng könnte zurückkommen. Vielleicht führt er uns zu Madeline.«

Bosch sah auf die Uhr. Es war halb zwei.

»So viel Zeit haben wir nicht. Wir können hier nicht Wurzeln schlagen.«

»Was ist ›Wurzeln schlagen‹?«

»Wir können nicht einfach nur rumstehen und Däumchen drehen, Mann. Wir müssen in Bewegung bleiben, wenn wir sie finden wollen.«

Sun drehte sich um und sah Bosch direkt an.

»Eine Stunde. Wir schauen. Wenn wir zurückkommen, um Tür zu öffnen, nehmen Sie Pistole nicht mit.«

Bosch nickte. Er verstand. Bei einem Einbruch erwischt zu werden, war eine Sache. Aber bei einem Einbruch mit einer Schusswaffe erwischt zu werden, hieß ungefähr zehn Jahre von etwas anderem.

»Also gut, eine Stunde.«

Sie fuhren mit dem Aufzug nach unten und gingen durch den Tunnel nach draußen. Bosch tippte Sun an den Arm und fragte ihn, auf welchem Briefkasten Pengs Wohnungsnummer stand. Sun hatte den Briefkasten rasch gefunden. Das Schloss war schon lange herausgebrochen worden. Bosch spähte durch den Tunnel zu dem Zeitung lesenden Wachmann. Dann öffnete er den Briefkasten. Es lagen zwei Briefe darin.

»Sieht ganz so aus, als hätte noch nicht mal jemand die Samstagspost geholt. Ich würde sagen, Peng ist mit seiner Familie abgehauen.«

Sie kehrten zum Auto zurück, und Sun schlug vor, an einer unauffälligeren Stelle zu parken, weil sie jetzt wieder darauf aufpassen konnten. Er fuhr ein Stück die Straße hinauf, wendete und parkte auf der anderen Seite an der Umfassungsmauer, hinter der die Mülltonnen eines anderen Wohnblocks waren. Auch von dort konnten sie den Außengang der sechsten Etage und die Tür zu Pengs Wohnung sehen.

»Ich halte das für reine Zeitverschwendung«, sagte Bosch.

»Die kommen nicht zurück.«

»Eine Stunde, Harry. Bitte.«

Bosch bemerkte, dass Sun ihn zum ersten Mal mit Namen angesprochen hatte. Es besänftigte ihn nicht.

»Sie verhelfen ihm nur zu einer weiteren Stunde Vorsprung, mehr nicht.«

Bosch zog die Schachtel aus seiner Jackentasche. Er öffnete sie und betrachtete das Handy.

»Behalten Sie die Wohnung im Auge, ich sehe mir inzwischen das mal an.«

Die Plastikscharniere des Telefons waren geschmolzen, und Bosch hatte Mühe, es aufzuklappen. Schließlich versuchte er es mit Gewalt, was zur Folge hatte, dass es auseinanderbrach. Das LCD-Display war gesprungen und zum Teil geschmolzen. Bosch legte diese Hälfte des Handys beiseite und konzentrierte sich auf die andere. Die Abdeckung des Batteriefachs war so stark geschmolzen, dass die Nahtstellen verschweißt waren. Bosch öffnete die Autotür, lehnte sich nach draußen und schlug das Handy dreimal und immer fester auf den Randstein, bis die Nähte von der Wucht der Schläge aufplatzten und die Abdeckung abfiel.

Dann zog er sich wieder ins Wageninnere zurück und schloss die Tür. Der Akku des Handys schien noch intakt, aber das Plastik war so stark verformt, dass er sich nicht entfernen ließ. Diesmal nahm Bosch einen seiner Picks aus dem Dienstmarkenetui und stemmte den Akku damit aus der Halterung. Darunter war die Vertiefung für die SIM-Karte des Handys.

Sie war leer.

»Scheiße!«

Bosch schleuderte das Handy auf den Boden des Mercedes. Schon wieder ein Rückschlag.

Er sah auf die Uhr. Es waren erst zwanzig Minuten vergangen, seit er sich bereit erklärt hatte, eine Stunde zu warten. Aber Bosch konnte nicht mehr länger still sitzen. Alles in ihm schrie danach, in diese Wohnung einzubrechen. Vielleicht war dort seine Tochter.

»Tut mir leid, Sun Yee«, sagte er deshalb. »Sie können gern hier warten, aber ich nicht. Ich gehe da jetzt rein.«

Damit beugte er sich vor und zog die Pistole aus dem Hosenbund. Da nicht auszuschließen war, dass sie in der Wohnung von der Polizei gestellt wurden und das Auto mit ihnen in Verbindung gebracht wurde, wollte er die Waffe nicht in Suns Mercedes verstecken. Er schlug die Pistole in die Decke seiner Tochter ein, öffnete die Wagentür und stieg aus. Er ging durch eine Öffnung in der Umfassungsmauer und legte das Bündel auf eine der überquellenden Mülltonnen. Dort konnte er sie sich jederzeit wieder holen, wenn er zurückkam.

Als er den ummauerten Bereich wieder verließ, stand Sun neben dem Auto und wartete auf ihn.

»Okay«, sagte er. »Ich komme mit.«

Sie gingen auf das Haus zu, in dem Peng wohnte.

»Darf ich Sie was fragen, Sun Yee? Nehmen Sie Ihre Sonnenbrille eigentlich auch mal ab?«

Suns Antwort erfolgte ohne Erklärung.

»Nein.«

Wieder blickte der Wachmann im Foyer kein einziges Mal auf. In dem Haus wohnten so viele Menschen, dass immer jemand mit einem Schlüssel auf den Aufzug wartete. Fünf Minuten später waren sie wieder vor Pengs

Wohnung. Während Sun am Geländer Schmiere stand und die Sicht auf die Tür verdeckte, ließ sich Bosch auf ein Knie nieder und machte sich am Türschloss zu schaffen. Er brauchte länger als erwartet – fast vier Minuten –, aber er bekam es auf.

»Alles klar.«

Sun löste sich vom Geländer und folgte Bosch in die Wohnung.

Noch bevor er die Tür wieder hinter sich geschlossen hatte, wusste Bosch, dass in der Wohnung der Tod Einzug gehalten hatte. Da waren zwar kein überwältigender Gestank und kein Blut an den Wänden, und auch sonst gab es im ersten Zimmer keine konkreten Hinweise darauf. Doch Bosch war in seiner Zeit als Polizist an über fünfhundert Mordschauplätzen gewesen und glaubte, einen untrüglichen Riecher für Blut entwickelt zu haben. Auch wenn sich seine Theorie nicht wissenschaftlich untermauern ließ, war er fest davon überzeugt, dass vergossenes Blut in geschlossenen Räumen die Zusammensetzung der Luft veränderte. Und diese Veränderung spürte er jetzt. Das Wissen, dass es sich dabei um das Blut seiner Tochter handeln konnte, machte diese Erkenntnis schier unerträglich.

Um Sun vorzuwarnen, hob Bosch die Hand.

»Spüren Sie es, Sun Yee?«

»Nein. Was?«

»Jemand ist tot. Fassen Sie nichts an und treten Sie möglichst immer dahin, wohin ich getreten bin.«

Der Grundriss war der gleiche wie in der Wohnung nebenan. Zwei Zimmer, in diesem Fall von einer Mutter mit ihren zwei halbwüchsigen Kindern bewohnt. Im ersten Zimmer deutete nichts darauf hin, dass irgendetwas Ungewöhnliches passiert war. Auf dem Sofa lagen ein Kopfkissen und ein Bettlaken. Daraus schloss Bosch, dass der Junge auf der Couch schlief, während sich Mutter und Schwester das Schlafzimmer teilten.

Bosch ging ins Schlafzimmer. Der Vorhang war zugezogen, und es war dunkel. Bosch drückte mit dem Ellbogen auf den Lichtschalter, und die Deckenlampe über dem Bett ging an. Das Bett war nicht gemacht, aber leer. Es gab keinerlei Spuren von Kampf, Gewaltanwendung oder Tod. Bosch blickte nach rechts. Dort waren zwei weitere Türen. Eine führte vermutlich in einen begehbaren Kleiderschrank, die andere ins Bad.

Bosch hatte immer Latexhandschuhe eingesteckt. Er fischte ein Paar aus seiner Jackentasche und zog den Linken an. Zuerst öffnete er die rechte der beiden Türen. Sie führte in einen begehbaren Kleiderschrank. Er war voll mit Kleidern, die entweder an Bügeln hingen oder auf dem Boden gestapelt waren. Auf dem oberen Bord standen mit chinesischen Schriftzeichen beschriftete Schachteln. Bosch verließ die Kammer und ging zur zweiten Tür. Er öffnete sie ohne Zögern.

Das kleine Bad war voll von getrocknetem Blut. Es war über Waschbecken, Kloschüssel und Fliesenboden verteilt. Die Rückwand und der schmutzig weiße Duschvorhang mit dem Blütenmuster waren von Spritz- und Tropfspuren überzogen.

Es war unmöglich, den Raum zu betreten, ohne mit dem Blut in Kontakt zu kommen. Aber das war Bosch jetzt egal. Er musste den Duschvorhang zurückziehen. Er musste Gewissheit haben.

Rasch durchquerte er das Bad und riss den Vorhang zur Seite.

Nach amerikanischen Maßstäben war die Dusche winzig. Nicht größer als die alten Telefonzellen vor dem Du-par's im Farmers Market. Aber irgendwie hatte es jemand geschafft, drei Leichen darin unterzubringen.

Mit angehaltenem Atem beugte sich Bosch vor, um nachzusehen, wer die Opfer waren. Alle waren vollständig bekleidet. Ganz oben war der Junge, der Größte der drei. Er lag mit dem Gesicht nach unten auf einer etwa vierzigjährigen Frau – seiner Mutter –, die mit dem Rücken gegen die Wand gelehnt saß. Die Stellung der beiden suggerierte eine ödipale Phantasie, die jedoch vom Mörder wahrscheinlich nicht beabsichtigt war. Beiden war von einem Ohr zum anderen die Kehle aufgeschnitten.

Hinter und zum Teil unter der Mutter war – als versteckte sie sich – die Leiche eines Mädchens zu sehen, dessen Gesicht von seinem langen dunklen Haar verdeckt wurde.

»O Gott«, entfuhr es Bosch. »Sun Yee!«

Sun kam hinter ihm ins Bad, und Bosch hörte ihn die Luft anhalten. Er zog sich den zweiten Handschuh an.

»Ganz unten liegt ein Mädchen, aber ich kann nicht erkennen, ob es Maddie ist. Schnell, ziehen Sie die an.«

Er holte ein zweites Paar Handschuhe aus seiner Jackentasche und reichte sie Sun, der sie rasch überstreifte. Gemeinsam hoben sie den toten Jungen aus der Dusche und legten ihn neben dem Waschbecken auf den Boden. Dann schob Bosch die Leiche der Mutter behutsam so weit zur Seite, dass er das Gesicht des Mädchens sehen konnte. Auch ihr war die Kehle durchgeschnitten worden. Ihre Augen waren offen und starrten entsetzt dem Tod entgegen. Es zerriss Bosch das Herz, diesen Blick zu sehen, aber es war nicht das Gesicht seiner Tochter.

»Es ist nicht Maddie«, stieß er hervor. »Es muss ihre Freundin sein. He.«

Bosch wandte sich von dem Blutbad ab und zwängte sich an Sun vorbei ins Schlafzimmer hinaus, wo er sich aufs Bett setzte. Kurz darauf hörte er dumpfe Geräusche aus dem Bad kommen. Wahrscheinlich packte Sun die Toten wieder in die Dusche zurück.

Die Arme über der Brust verschränkt atmete Bosch laut aus und beugte sich vor. Der angsterfüllte Blick des Mädchens ließ ihn nicht los. Fast wäre er vornüber vom Bett gefallen.

»Was ist hier passiert?«, murmelte er.

Sun kam aus dem Bad und nahm seine Bodyguard-Haltung ein. Er sagte nichts.

Bosch merkte, dass Blut an seinen Handschuhen war.

Er stand auf und blickte sich im Zimmer um, als berge es eine Erklärung für das Tableau im Bad.

»Könnte eine andere Triade sie ihm weggenommen haben? Und dann alle umgebracht haben, um ihre Spuren zu verwischen?«

Sun schüttelte den Kopf.

»Das gäbe Krieg. Außerdem ist der Junge nicht bei einer Triade.«

»Was? Woher wollen Sie das denn wissen?«

»Im Tuen Mun gibt es nur eine Triade. Goldenes Dreieck. Ich habe nachgesehen, aber er hat das Zeichen nicht.«

»Was für ein Zeichen?«

Nach kurzem Zögern wandte sich Sun der Badezimmertür zu, drehte sich aber wieder zu Bosch um. Er zog einen der Handschuhe aus, fasste an seinen Mund und zog die Unterlippe nach unten. Auf die empfindliche Schleimhaut darunter waren, alt und verschwommen, zwei chinesische Schriftzeichen tätowiert. Bosch nahm an, sie bedeuteten Goldenes Dreieck.

»Dann sind Sie also doch in einer Triade?«

Sun ließ seine Lippe los und schüttelte den Kopf.

»Nicht mehr. Das ist über zwanzig Jahre her.«

»Ich dachte immer, aus einer Triade kann man nicht aussteigen. Unter keinen Umständen. Wenn man sie verlässt, dann in einer Holzkiste.«

»Ich habe ein Opfer gebracht, und der Rat hat mir erlaubt zu gehen. Außerdem musste ich Tuen Mun verlassen. Deshalb bin ich nach Macao gegangen.«

»Was für ein Opfer?«

Suns Widerstreben schien noch stärker als in dem Moment, als er Bosch das Tattoo gezeigt hatte. Doch dann hob er langsam die Hand an sein Gesicht und nahm die Sonnenbrille ab.

Im ersten Moment fiel Bosch nichts Ungewöhnliches auf, doch dann merkte er, dass Suns linkes Auge eine Prothese war. Er hatte ein Glasauge. Vom äußeren Augenwinkel krümmte sich eine kaum erkennbare Narbe nach unten.

»Sie mussten ein Auge opfern, um die Triade verlassen zu dürfen?«

»Ich bereue meine Entscheidung nicht.«

Er setzte die Sonnenbrille wieder auf.

Angesichts Suns Enthüllungen und der grausigen Szenerie im Bad kam sich Bosch mehr und mehr wie in ein mittelalterliches Gemälde versetzt vor. Er musste sich immer wieder daran erinnern, dass seine Tochter nicht im Bad und noch am Leben war.

»Okay«, sagte er schließlich. »Ich weiß zwar nicht, was hier passiert ist oder warum es passiert ist, aber wir müssen dieser Spur weiter folgen. Irgendetwas muss es in dieser Wohnung geben, aus dem hervorgeht, wo Maddie ist. Das müssen wir finden, aber wir haben nicht mehr viel Zeit.«

Bosch fasste in seine Jackentasche, aber sie war leer.

»Ich habe keine Handschuhe mehr, Sun Yee. Seien Sie deshalb vorsichtig, wenn Sie etwas anfassen. Und wahrscheinlich ist Blut an unseren Schuhsohlen. Das sollten wir lieber nicht über die ganze Wohnung verteilen.«

Bosch zog die Schuhe aus und säuberte sie in der Spüle der Kochnische von allen Blutspuren. Sun tat das Gleiche. Dann durchsuchten sie die Wohnung.

Sie begannen im Schlafzimmer und arbeiteten sich zur Eingangstür vor. Sie fanden nichts Brauchbares, bis sie in die kleine Küche kamen, wo Bosch wie in der Wohnung nebenan eine Schale mit Salz auf dem Tisch stehen sah. Nur war in dieser Schale das Salz höher aufgehäuft, und es waren Fingerspuren darin zu erkennen, die davon herrührten, dass jemand die Salzkörner zu einem Hügel geformt hatte. Bosch wühlte mit den Fingern in dem Haufen und zog ein kleines Quadrat aus schwarzem Plastik unter dem Salz hervor. Es war die SIM-Karte eines Handys. »Ich habe was gefunden.«

Sun wandte sich von der Küchenschublade ab, die er gerade durchsucht hatte. Bosch hielt die SIM-Karte hoch.

Er war sich sicher, dass es sich um die fehlende Karte aus dem Handy seiner Tochter handelte.

»Sie war unter dem Salz. Vielleicht hat er sie schnell dort versteckt, als sie kamen.«

Bosch blickte auf das kleine Plastikteil. Es musste einen Grund geben, warum Peng die SIM-Karte herausgenommen hatte, bevor er das Handy seiner Tochter verbrannt hatte. Es musste einen Grund geben, warum er sie zu verstecken versucht hatte. Am liebsten hätte Bosch sofort über diese Gründe nachgedacht, aber es wäre äußerst unklug gewesen, noch länger in einer Wohnung zu bleiben, in der drei Leichen in der Dusche lagen.

»Aber jetzt schnell weg hier«, sagte er deshalb.

Bosch ging zu dem Fenster neben der Wohnungstür und spähte durch den Vorhang auf die Straße hinab, bevor er Sun signalisierte, dass die Luft rein war. Sun öffnete die Tür, und sie verließen die Wohnung. Bosch zog die Tür hinter sich zu, dann streifte er die Handschuhe ab.

Als er von der Tür zurücktrat, warf er einen Blick zur Seite und sah, dass die alte Frau von nebenan vor dem Altar auf dem Außengang kniete und den Geistern ein weiteres Opfer darbrachte. Er traute kaum seinen Augen, denn sie zündete mit einer Kerze einen der echten Hundertdollarscheine an, die er ihr gegeben hatte. Bosch drehte sich um und ging rasch in die andere Richtung davon. Er wusste, das war eine Welt, die er nicht verstand. Das Einzige, was er verstehen musste, war seine Mission, seine Tochter zu finden. Alles andere zählte nicht.

33

Bosch holte sich die Pistole, aber die Decke ließ er zurück. Sobald er wieder im Auto war, zog er sein Handy aus der Tasche. Es war genau das gleiche Modell wie das seiner Tochter, da er beide zusammen im Paket gekauft hatte. Er entfernte die Abdeckung auf der Rückseite und nahm Akku und SIM-Karte heraus. Dann steckte er die Karte aus dem Handy seiner Tochter in die Vertiefung, setzte den Akku wieder ein, brachte die Abdeckung an und schaltete das Handy ein.

Während er wartete, dass es sich initialisierte, fuhr Sun los, und sie entfernten sich von dem Haus, in dem die Familie massakriert worden war.

»Wohin fahren wir?«, fragte Bosch.

»Zum Fluss. Dort ist ein Park. Dorthin fahren wir, bis wir wissen, wohin wir fahren.«

Anders ausgedrückt, sie hatten noch keinen Plan. Die SIM-Karte war der Plan.

»Was Sie da vorhin von den Piraten aus Ihrer Jugend erzählt haben, das war doch eine Triade, oder?«

Nach einer Weile nickte Sun, einmal.

»War es das, was Sie gemacht haben? Menschen rein- und rausschmuggeln?«

»Nein, meine Aufgabe war andere.«

Mehr sagte er nicht, und Bosch beschloss, nicht weiter in ihn zu dringen. Inzwischen war das Handy betriebsbereit. Er ging rasch ins Anrufverzeichnis. Es gab keine Einträge. Die Seite war leer.

»Nichts drauf. Kein einziger Anruf.«

Er machte den E-Mail-Ordner auf, aber auch hier blieb das Display leer.

»Auf der SIM-Karte ist nichts gespeichert«, sagte er mit wachsendem Unmut.

»Das ist normal«, sagte Sun ruhig. »Auf die SIM-Karte kommen nur permanente Dateien. Sehen Sie nach, ob irgendwelche Videos oder Fotos drauf sind.«

Mithilfe der kleinen Kugel in der Mitte der Tastatur ging Bosch auf das Video-Icon und öffnete es. Die Videodatei war leer.

»Keine Videos«, sagte er.

Bosch vermutete, dass Peng die SIM-Karte aus Madelines Handy entfernt hatte, weil er glaubte, darauf wären alle Operationen gespeichert, die sie mit dem Telefon durchgeführt hatte. Aber dem war nicht so. Ihre letzte und vielversprechendste Spur entpuppte sich als Sackgasse.

Er klickte auf das Foto-Icon und kam auf eine Liste gespeicherter JPEG-Fotos.

»Da sind Fotos.«

Er begann, die Fotos eines nach dem anderen zu öffnen, doch die einzigen Aufnahmen neueren Datums waren die zwei Fotos, die Bosch seiner Tochter von John Lis Lunge und von dem Tattoo geschickt hatte. Der Rest waren Fotos von Madelines Freundinnen und von Schulausflügen. Sie waren zwar nicht mit einem Datum versehen, schienen aber mit der Entführung nichts zu tun zu haben. Er fand ein paar Aufnahmen von ihrem

Ausflug zum Jademarkt in Kowloon. Sie hatte verschiedene kleine Jadeskulpturen von Paaren in Kamasutra-Positionen aufgenommen. Bosch erklärte sie sich mit Teenager-Neugier. Fotos, die bei den Mädchen in Madelines Schule garantiert für nervöses Kichern sorgten.

»Nichts«, meldete er Sun.

Er gab jedoch nicht auf, und in der Hoffnung, auf eine versteckte Botschaft zu stoßen, klickte er ein Icon nach dem anderen an. Dabei stellte er fest, dass Madelines Telefonbuch auf der SIM-Karte gespeichert war.

»Ich habe ihr Telefonbuch hier drauf.«

Er öffnete die Datei und kam auf das Verzeichnis ihrer Kontakte. Er kannte nicht alle ihre Freunde, und viele waren nur mit ihrem Spitznamen aufgeführt. Er klickte auf den Eintrag *Dad* und bekam seine Handy- und Festnetznummer angezeigt, aber sonst nichts, nichts, was dort nichts zu suchen hatte.

Er kehrte zum Verzeichnis zurück und suchte weiter. Als er zum Buchstaben T kam, fand er endlich etwas, was vielleicht interessant werden konnte: ein Eintrag für Tuen Mun, der nur aus einer Telefonnummer bestand.

Sun war zu einem lang gezogenen, schmalen Park gefahren, der am Fluss unter einer der Brücken lag. Bosch hielt ihm das Handy hin.

»Diese Nummer habe ich gerade gefunden. Sie stand unter *Tuen Mun*. Es ist die einzige Nummer, die nicht unter einem Namen eingetragen ist.«

»Warum könnte sie diese Nummer auf ihrem Handy haben?«

Bosch überlegte eine Weile, welche Erklärung es dafür geben könnte.

»Keine Ahnung«, sagte er schließlich.

Sun nahm das Handy und sah auf das Display.

»Das ist Handynummer.«

»Woher wissen Sie das?«

»Sie beginnt mit neun. Das ist in Hongkong Handy-Vorwahl.«

»Okay, und was fangen wir jetzt damit an? Sie ist unter *Tuen Mun* gespeichert. Sie könnte dem Kerl gehören, der meine Tochter entführt hat.«

Sun starrte durch die Windschutzscheibe auf den Fluss, während er über eine Antwort und einen Plan nachdachte.

»Wir könnten ihm eine SMS schicken«, sagte er schließlich.

»Vielleicht antwortet er.«

Bosch nickte.

»Genau. Wir versuchen, ihn zu ködern. Vielleicht gelingt es uns so, seinen Standort herauszubekommen.«

»Und wie wollen Sie das genau machen?«

»Na ja, wir stellen ihm eine Falle, locken ihn aus der Deckung. Wir tun so, als würden wir ihn kennen, und verabreden ein Treffen mit ihm. Auf diese Weise verrät er uns seinen Standort.«

Sun blickte weiter auf den Fluss hinaus, während er über diesen Vorschlag nachdachte. Auf dem Wasser glitt träge ein Frachtkahn vorbei. Er war in Richtung Süden, dem Meer entgegen, unterwegs. Bosch begann, sich über eine Alternative Gedanken zu machen. Vielleicht war es David Chu zu Hause in L. A. möglich, den Namen und die Adresse herauszufinden, die zu dieser Hongkonger Handynummer gehörten.

»Vielleicht kennt er die Nummer und merkt, dass es eine Falle ist«, sagte Sun schließlich. »Besser, wir nehmen mein Handy.«

»Meinen Sie?«

»Ja. Ich finde, wir sollten ihm die Nachricht auf Chinesisch schicken. Das wirkt glaubwürdiger.«

Bosch nickte erneut.

»Richtig. Gute Idee.«

Sun holte sein Handy heraus und ließ sich von Bosch die auf Madelines SIM-Karte gespeicherte Handynummer geben. Er ging auf *Neue Nachricht,* doch dann zögerte er.

»Was soll ich schreiben?«

»Es muss auf jeden Fall dringend wirken. Damit er den Eindruck gewinnt, antworten zu müssen – und zu dem vorgeschlagenen Treffen zu erscheinen.«

Sie spielten ein paar Minuten lang verschiedene Möglichkeiten durch und einigten sich schließlich auf einen Text, der einfach und direkt war. Sun übersetzte ihn und schickte ihn ab. Die auf Chinesisch verfasste Nachricht lautete: *Mit dem Mädchen gibt es Probleme. Wo können wir uns treffen?*

»Okay«, sagte Bosch. »Jetzt können wir erst mal nichts tun als warten.«

Er hatte beschlossen, Chu nur hinzuzuziehen, wenn es sich nicht umgehen ließe.

Er sah auf die Uhr. Es war vierzehn Uhr. Inzwischen war er bereits neun Stunden in Hongkong und seiner Tochter keinen Deut näher, als er das zehntausend Meter über dem Pazifik gewesen war. In dieser Zeit hatte er Eleanor Wish unwiederbringlich verloren, und jetzt musste er sich aufs Warten verlegen, ohne etwas zu haben, mit dem er die Trauer und die Schuldgefühle abwehren konnte, die jetzt ungehindert in sein Bewusstsein eindrangen. In der Hoffnung, die SMS würde rasch beantwortet, schaute er auf das Handy in Suns Hand.

Er hoffte vergeblich.

Minuten des Schweigens zogen vorüber, so langsam wie die Boote auf dem Fluss. Bosch versuchte, sich auf Peng Qingcai zu konzentrieren und auf die Frage, wie die Entführung abgelaufen sein könnte. Es gab zwar Verschiedenes, was nach seinem gegenwärtigen Informationsstand keinen Sinn ergab, aber er konnte sich zumindest schon einmal daranmachen, eine Chronologie und eine Ereigniskette zu erstellen. Und als er das tat, wurde ihm klar, dass alles auf seine Handlungen zurückzuführen war.

»Letztlich ist alles meine Schuld, Sun Yee. Ich habe den Fehler gemacht, dessentwegen das alles erst geschehen konnte.«

»Harry, es hat keinen Sinn …«

»Nein, lassen Sie mich bitte ausreden. Sie müssen deshalb alles erfahren, weil Sie vielleicht etwas sehen, was mir entgeht.«

Sun sagte nichts, und Bosch fuhr fort.

»Angefangen hat alles mit mir. Ich habe in L. A. in einem Fall ermittelt, in dem ein Triadenmitglied der Hauptverdächtige war. Weil ich bei den Ermittlungen nicht vorankam, bat ich meine Tochter, mir die chinesischen Schriftzeichen eines Tattoos zu übersetzen. Ich schickte ihr ein Foto davon und sagte ihr, dass es sich um einen Triadenfall handelte und dass sie das Tattoo niemandem zeigen und mit niemandem darüber sprechen dürfte. Das war ein Fehler. Einer Dreizehnjährigen so etwas zu erzählen, ist das Gleiche, wie es in alle Welt hinauszuposaunen – in ihre Welt. Sie war viel mit Peng und seiner Schwester zusammen. Die beiden kamen nicht aus den behüteten Kreisen, in denen Madeline sonst verkehrte. Wahrscheinlich wollte sie damit ein bisschen Eindruck bei ihnen schinden. Sie hat ihnen von dem Tattoo und von meinem Fall erzählt, und damit fing alles an.«

Bosch schaute zu Sun hinüber, aber dessen Miene war unergründlich.

»Was sind behütete Kreise?«, fragte er.

»Ach, das ist nur so eine Redewendung. Es heißt lediglich, dass sie nicht aus Happy Valley waren, mehr nicht. Und Sie haben ja gesagt, dass Peng in Tuen Mun keiner Triade angehörte, aber vielleicht kannte er Leute, die in einer waren, und vielleicht wollte er bei ihnen einsteigen. Er verkehrte in einer völlig anderen Welt, auf der anderen Seite des Hafens in Happy Valley. Vielleicht kannte er jemanden und sah darin eine Möglichkeit, in die Triade aufgenommen zu werden. Er erzählte jemandem, was er gehört hatte. Sie brachten es mit L. A. in Zusammenhang und trugen ihm auf, das Mädchen zu entführen und mir eine Nachricht zu schicken. Das Video.«

An dieser Stelle machte Bosch eine kurze Pause, weil ihn wieder Gedanken an die Situation seiner Tochter ablenkten.

»Aber danach passierte etwas. Irgendetwas änderte sich. Peng brachte sie nach Tuen Mun. Vielleicht hat er sie der Triade dort angeboten, und sie haben sie auch abgeholt. Aber ihn haben sie trotzdem nicht aufgenommen. Stattdessen haben sie ihn und seine Familie umgebracht.«

Sun schüttelte kaum merklich den Kopf und sagte endlich etwas. Boschs Erklärung leuchtete ihm nicht ein:

»Aber warum sollten sie das tun? Seine ganze Familie umbringen?«

»Überlegen Sie doch mal, wann es passiert ist, Sun Yee. Die Frau in der Wohnung nebenan hat die Stimmen am späten Nachmittag durch die Wand dringen hören, richtig?«

»Ja.«

»Zu diesem Zeitpunkt saß ich noch im Flugzeug. Ich war auf dem Weg nach Hongkong, und irgendwie müssen sie das erfahren haben. Sie wollten mit allen Mitteln verhindern, dass ich Peng, seine Schwester oder seine Mutter finde. Deshalb haben sie diesen Risikofaktor beseitigt und jede Verbindung dorthin gekappt. Ich meine, wo wären wir ohne die SIM-Karte, die Peng versteckt hat? Wir wären total aufgeschmissen.«

Schonungslos wies Sun auf etwas, was Bosch übersehen hatte.

»Und woher wussten sie, dass Sie nach Hongkong kommen?«

Bosch schüttelte den Kopf.

»Gute Frage. In dem Ermittlungsverfahren gab es von Anfang an eine undichte Stelle, die die Gegenseite über meine Schritte informiert hat. Aber ich dachte, ich wäre ihnen wenigstens einen Tag voraus.«

»In Los Angeles?«

»Ja, zu Hause in L.A. Jemand hat den Verdächtigen gewarnt, dass wir ihn im Visier hatten, woraufhin er sich abzusetzen versucht hat. Das hatte zur Folge, dass wir ihn festnehmen mussten, obwohl wir noch nicht genügend gegen ihn vorliegen hatten, und deshalb haben sie dann Maddie entführt.«

»Aber wer dahintersteckt, wissen Sie nicht?«

»Jedenfalls nicht sicher. Aber wenn ich wieder zurück bin, werde ich es herausfinden. Ich werde nicht Ruhe geben, bevor ich es weiß.«

Sun las mehr hinein, als Bosch beabsichtigt hatte.

»Selbst wenn Maddie nichts passiert ist?«, fragte er.

Bevor Bosch antworten konnte, begann das Handy in Suns Hand zu vibrieren. Eine SMS war eingegangen. Bosch beugte sich zu Sun hinüber, als der sie las. Die chinesische Nachricht war kurz.

»Was steht da?«

»Falsche Nummer.«

»Mehr nicht?«

»Er hat nicht angebissen.«

»Scheiße.«

»Und was jetzt?«

»Schicken Sie ihm noch eine SMS. Entweder er trifft sich mit uns, oder wir gehen zur Polizei.«

»Zu riskant. Dann versucht er vielleicht, sie loszuwerden.«

»Nicht, wenn er schon einen Käufer an der Hand hat. Sie haben selbst gesagt, dass sie viel wert ist. Egal, ob sie sie für Sex haben wollen oder wegen ihrer Organe, sie bringt viel Geld. Er wird auf keinen Fall versuchen, sie loszuwerden. Höchstens wird er versuchen, das Geschäft schneller abzuwickeln, und genau darin liegt unsere Chance.«

»Wir wissen doch nicht einmal, ob das überhaupt die richtige Person ist. Es ist nur eine Nummer im Telefonbuch Ihrer Tochter.«

Bosch schüttelte den Kopf. Er wusste, dass Sun recht hatte. Auf gut Glück Textnachrichten zu versenden, war zu riskant. Seine Gedanken kehrten zu David Chu zurück. Der AGU-Ermittler konnte ohne Weiteres die undichte Stelle in dem Ermittlungsverfahren sein, das zur Entführung seiner Tochter geführt hatte. Sollte er jetzt riskieren, ihn anzurufen?

»Sun Yee, kennen Sie bei der Casino-Security jemanden, der den Namen und die Adresse herausfinden könnte, die zu dieser Nummer gehören?«

Sun dachte ziemlich lange nach, bevor er den Kopf schüttelte.

»Nein, das können meine Kollegen nicht machen. Es wird zu Ermittlungen kommen wegen Eleanor ...«

Bosch verstand. Sun musste alles tun, um die Auswirkungen auf seine Firma und das Casino so weit wie möglich zu begrenzen. Das ließ die Waage zugunsten Chus ausschlagen.

»Okay. Ich glaube, ich kenne da jemanden.«

Bosch klappte sein Handy auf, um sein Telefonbuch aufzurufen, doch dann merkte er, dass noch die SIM-Karte seiner Tochter darin war. Um wieder seine eigenen Daten zur Verfügung zu haben, tauschte er sie gegen seine eigene aus.

»Wen wollen Sie anrufen?«, fragte Sun.

»Jemand, mit dem ich zusammenarbeite. Er gehört der Asian Gang Unit an und hat in Hongkong Beziehungen.«

»Ist er der Mann, der vielleicht die undichte Stelle ist?«

Bosch nickte. Eine gute Frage.

»Es lässt sich jedenfalls nicht ausschließen. Aber es könnte auch jemand anders in seiner Einheit oder bei einem anderen Police Department gewesen sein, mit dem wir zusammengearbeitet haben. Jedenfalls bleibt mir im Augenblick keine andere Wahl.«

Als die Initialisierung des Handys abgeschlossen war, rief Bosch sein Telefonbuch auf und suchte Chus Handynummer. Dann wählte er sie und sah auf die Uhr. In Los Angeles war es fast Mitternacht.

Chu ging nach dem ersten Läuten dran.

»Detective Chu.«

»David, hier Bosch. Entschuldigen Sie die späte Störung.«

»Von wegen spät. Ich arbeite noch.«

Bosch war überrascht.

»Am Fall Li? Gibt es etwas Neues?«

»Ja, ich habe den halben Abend mit Robert Li zusammengesessen. Ich versuche, ihn zu überreden, mit der Staatsanwaltschaft zu kooperieren, damit sie gegen Chang wenigstens wegen Erpressung Anklage erheben können.«

»Und? Macht er mit?«

Chu antwortete erst nach einigem Zögern.

»Bisher nicht. Aber ich habe noch bis Montagmorgen Zeit, um ihn weichzuklopfen. Sie sind noch in Hongkong, oder? Haben Sie Ihre Tochter schon gefunden?«

Chus Stimme bekam etwas Dringliches, als er sich nach Madeline erkundigte.

»Noch nicht. Aber ich habe einen Anhaltspunkt. Allerdings bräuchte ich dabei Ihre Hilfe. Könnten Sie den Besitzer einer Hongkonger Handynummer für mich herausfinden?« Ein weiteres Zögern.

»Harry, dazu ist die Polizei dort wesentlich besser in der Lage als ich.«

»Ich weiß, aber ich arbeite hier nicht mit der Polizei zusammen.«

»Nicht.«

Das war keine Frage.

»Das Risiko, dass es eine undichte Stelle gibt, ist zu groß. Ich bin schon sehr nah dran. Ich bin den ganzen Tag ihrer Spur gefolgt, und jetzt hängt alles von dieser Nummer ab. Ich glaube, sie gehört ihrem Entführer. Können Sie mir jetzt helfen oder nicht?«

Chu antwortete lange nicht.

»Wenn ich Ihnen helfe, muss ich mich an jemanden von der Hongkong Police Force wenden, das ist Ihnen doch klar, oder?«

»Sie brauchen dem Betreffenden ja nicht zu sagen, warum und für wen Sie die Information brauchen.«

»Aber wenn es in Hongkong Ärger gibt, könnte es auf mich zurückfallen.«

Bosch verlor langsam die Geduld, versuchte aber, es sich nicht anhören zu lassen, als er dem Albtraum, zu dem das Ganze ausarten würde, in aller Schonungslosigkeit Ausdruck verlieh.

»Wir haben nicht mehr viel Zeit. Alles deutet darauf hin, dass sie verkauft werden soll. Höchstwahrscheinlich noch heute. Vielleicht schon in diesem Moment. Ich brauche diese Information, Dave. Können Sie sie mir beschaffen oder nicht?«

Diesmal zögerte Chu nicht.
»Geben Sie mir die Nummer.«

34

Chu sagte, er bräuchte mindestens eine Stunde, um die Handynummer von seinen Kontaktleuten bei der HKPF überprüfen zu lassen. Bosch widerstrebte es zutiefst, so viel Zeit zu opfern, während seine Tochter jede Minute in die Hände des nächsten Besitzers übergehen konnte. Aber er hatte keine Wahl. Chu war sich sehr wohl bewusst, wie dringend die Sache war. Bosch beendete das Gespräch mit der Bitte, beim LAPD niemandem von seinem Anruf zu erzählen.

»Glauben Sie immer noch, es gibt eine undichte Stelle, Harry?«

»Ich weiß, dass es eine gibt, aber das ist jetzt nicht der Zeitpunkt, um darüber zu reden.«

»Und was ist mit mir? Vertrauen Sie mir?«

»Ich habe Sie angerufen, oder nicht?«

»Ich glaube, Sie trauen niemandem, Harry. Sie haben mich nur angerufen, weil es sonst niemanden gibt.«

»Wissen Sie was? Versuchen Sie einfach, die Adresse rauszufinden, die zu dieser Nummer gehört, und dann melden Sie sich wieder.«

»Klar, Harry. Ganz wie Sie meinen.«

Bosch klappte das Handy zu und sah Sun an.

»Er meinte, es könnte bis zu einer Stunde dauern.«

Sun zeigte keine Reaktion. Er drehte den Zündschlüssel und startete den Wagen.

»Sie sollten was essen, während wir warten.«

Bosch schüttelte den Kopf.

»Ich kann jetzt nichts essen. Nicht, wenn sie … nach allem, was passiert ist. Mein Magen … ich bekäme keinen Bissen runter.«

Sun stellte den Motor wieder ab. Sie würden da, wo sie waren, auf Chus Rückruf warten.

Die Minuten verstrichen sehr langsam und fühlten sich sehr kostspielig an. Bosch ging noch einmal alle Schritte durch, die er bisher unternommen hatte, bis zurück zu dem Moment, in dem er sich hinter dem Ladentisch von Fortune Liquors niedergebeugt und John Lis Leiche untersucht hatte. Dabei wurde ihm in aller Deutlichkeit bewusst, dass seine unerbittliche Jagd nach dem Mörder des alten Getränkemarktbesitzers andere in Gefahr gebracht hatte. Seine Tochter. Seine Ex-Frau. Eine ganze Familie im fernen Tuen Mun. Die Last der Schuld, die er von nun an zu tragen hatte, war die Schwerste, die er in seinem ganzen Leben auf sich geladen hatte, und er war sich nicht sicher, ob er ihr gewachsen war.

Zum ersten Mal setzte er das Wort *wenn* in die Gleichung seines Lebens ein. *Wenn* er seine Tochter zurückbekäme, fände er eine Möglichkeit, sich zu erlösen. *Wenn* er sie nie mehr wiedersähe, gäbe es keine Erlösung.

Dann wäre alles aus.

Diese Erkenntnis ließ ihn körperlich erschaudern, und er drehte sich zur Seite und öffnete die Autotür.

»Ich mache einen kleinen Spaziergang.«

Er stieg aus und schloss die Tür, bevor ihm Sun eine Frage stellen konnte. Am Fluss entlang lief ein Weg, und ihm folgte Bosch jetzt. Sein Kopf war gesenkt und voll bedrückender Gedanken, und er schenkte weder den Menschen Beachtung, die ihm auf dem Weg entgegenkamen, noch den Booten, die an ihm vorbei den Fluss hinunterglitten.

Irgendwann erkannte Bosch, dass er weder sich noch seiner Tochter half, wenn er sich über Dinge den Kopf zerbrach, auf die er keinen Einfluss hatte. Er versuchte, den dunklen Schleier, der sich auf ihn herabgesenkt hatte, abzuschütteln und sich auf etwas Sinnvolles zu konzentrieren. Da war immer noch eine Frage in Zusammenhang mit der SIM-Karte seiner Tochter, die ihrer Beantwortung harrte. Warum hatte Madeline die unter Tuen Mun gespeicherte Handynummer auf ihrem Handy gehabt?

Nachdem er sich eine Weile mit diesem Problem herumgeschlagen hatte, fand er endlich eine Erklärung, auf die er bis dahin nicht gekommen war. Madeline war entführt worden. Deshalb war ihr das Handy weggenommen worden. Folglich war es vermutlich nicht Madeline gewesen, die die Nummer auf ihrem Handy gespeichert hatte, sondern ihr Entführer. Dieser Schluss zog eine Kaskade von Möglichkeiten nach sich. Peng hatte das Video aufgenommen und an Bosch geschickt. Folglich hatte er sich im Besitz des Handys befunden. Angesichts dessen war es gut möglich, dass er es auch im weiteren Verlauf der Entführung anstelle seines eigenen Handys benutzt und Madelines Weiterverkauf darüber abgewickelt hatte.

Wahrscheinlich war er es gewesen, der die Nummer auf Madelines Handy gespeichert hatte. Entweder weil er sie bei den Verhandlungen gebraucht hatte oder weil er für den Fall, dass ihm etwas zustieß, eine Spur hatte hinterlassen wollen. Und Letzteres hätte auch erklärt, warum er die SIM-Karte unter dem Salz versteckt hatte. Damit jemand sie fände.

Bosch machte kehrt, um Sun von seiner neuen Theorie zu erzählen. Als er noch etwa hundert Meter vom Auto entfernt war, sah er Sun neben dem Mercedes stehen und ihm aufgeregt zuwinken. Bosch hatte das Handy noch in der Hand und warf einen kurzen Blick auf das Display. Einen Anruf hatte er nicht verpasst, und sein Telefonat mit Chu konnte nicht der Grund für Suns Aufregung sein.

Bosch begann, auf das Auto zuzulaufen.

Sun stieg ein und schloss die Tür. Kurz darauf sprang Bosch neben ihm auf den Beifahrersitz.

»Was gibt's?«

»Eine neue Nachricht. Eine SMS.«

Sun hielt sein Handy hoch, um Bosch die Nachricht zu zeigen, obwohl sie auf Chinesisch war.

»Was heißt das?«

»Hier steht: ›Welches Problem? Wer sind Sie?‹«

Bosch nickte. Der Absender heuchelte weiterhin Ahnungslosigkeit. Aber obwohl er angeblich nicht wusste, worum es ging, hatte er auf ihre Nachricht geantwortet. Das war für Bosch ein untrügliches Zeichen, dass sie auf der richtigen Spur waren.

»Wie reagieren wir jetzt?«, fragte Sun.

Bosch antwortete nicht. Er dachte nach.

Suns Handy begann zu vibrieren. Er schaute auf das Display.

»Ein Anruf. Das ist er. Dieselbe Nummer.«

»Gehen Sie nicht dran«, sagte Bosch rasch. »Das könnte alles verderben. Wir können immer noch zurückrufen. Sehen Sie erst, ob er eine Nachricht hinterlässt.«

Das Handy hörte zu vibrieren auf, und sie warteten. Bosch machte sich Gedanken über den nächsten Zug, den sie in diesem vertrackten und tödlichen Spiel machen könnten. Nach einer Weile schüttelte Sun den Kopf.

»Er hat nicht auf die Mailbox gesprochen. Sonst hätte ich inzwischen einen Hinweis erhalten.«

»Wie ist Ihr Mailboxtext? Enthält er Ihren Namen?«

»Nein, kein Name. Ich verwende den voreingestellten Standardtext.«

Das war gut. Eine künstlich generierte Antwort. Wahrscheinlich hatte der Anrufer gehofft, einen Namen oder eine Stimme oder sonst einen Hinweis zu erhalten.

»Okay, dann schicken Sie ihm eine SMS. Sagen Sie ihm, keine Gespräche oder Textnachrichten übers Telefon, weil das zu gefährlich ist. Sagen Sie ihm, Sie wollen sich persönlich mit ihm treffen.«

»Mehr nicht? Er will wissen, was das Problem ist. Soll ich darauf nicht antworten?«

»Nein, vorerst noch nicht. Schinden Sie Zeit. Je länger wir es hinauszögern, desto mehr Zeit gewinnen wir für Maddie. Verstehen Sie?«

Sun nickte einmal.

»Ja, ich verstehe.«

Er tippte die Nachricht, die Bosch vorgeschlagen hatte, und sendete sie.

»Jetzt heißt es wieder warten.«

Das war Bosch längst klar. Aber irgendetwas sagte ihm, dass sie nicht allzu lange ausharren müssten. Der Köder hatte seinen Zweck erfüllt, und sie hatten jemanden an der Leine. Kaum wurde ihm das bewusst, ging auf Suns Handy eine weitere SMS ein.

»Er will sich mit uns treffen.« Sun schaute auf das Display.

»Um fünf im Geo.«

»Ist das ein Lokal?«

»Ja, ein Restaurant in Gold Coast. Sehr bekannt. Sonntagnachmittag ist es dort brechend voll.«

»Wie weit ist es bis dorthin?«

»Von hier fast eine Stunde mit dem Auto.«

Bosch musste die Möglichkeit in Betracht ziehen, dass sie die Person, mit der sie verhandelten, nur an der Nase herumführen und eine Stunde durch die Gegend schicken wollte. Er sah auf die Uhr. Seit dem Telefonat mit Chu war fast eine Stunde vergangen. Bevor er zu dem Treffen in Gold Coast fuhr, wollte er erst erfahren, was Chu herausgefunden hatte.

Als Sun den Wagen startete und aus dem Park fuhr, rief Bosch erneut Chu an.

»Detective Chu.«

»Hier Bosch. Die Stunde ist um.«

»Nicht ganz. Ich habe noch keine Rückmeldung erhalten. Ich habe angerufen, warte aber noch auf den Rückruf.«

»Haben Sie persönlich mit jemandem gesprochen?«

»Äh, nein, ich habe meinem Mann in Hongkong eine Nachricht hinterlassen. Weil es schon so spät ist, könnte er vielleicht nicht …«

»Hier ist es nicht spät, Chu! Bei Ihnen ist es spät, aber nicht bei uns. Haben Sie jetzt angerufen oder nicht?«

»Harry, natürlich habe ich angerufen. Ich habe nur die Zeiten durcheinandergebracht. Hier ist es spät, aber bei Ihnen ist es schon Sonntag. Aber weil *Sonntag* ist, ruft er seine Nachrichten vermutlich nicht so regelmäßig ab wie sonst. Jedenfalls, ich habe angerufen und melde mich, sobald ich etwas weiß.«

»Na schön, nur ist es dann vielleicht schon zu spät.«

Bosch beendete das Gespräch. Er bereute bereits, sich auf Chu verlassen zu haben.

»Nichts«, sagte er zu Sun.

Sie erreichten Gold Coast in fünfundvierzig Minuten. Es war eine große Luxusanlage am Westrand der New Territories, mit einem Jachthafen und zahlreichen anderen Erholungsmöglichkeiten sowie einem an der Castle Peak Bay gelegenen Hotelresort, das bei Urlaubern aus der Volksrepublik und Hongkong ebenso beliebt war wie bei Touristen aus dem Rest der Welt. An der Hafenpromenade gab es zahlreiche Freiluftrestaurants.

Mit dem Geo hatte ihr unbekannter Gesprächspartner eine kluge Wahl getroffen. Es war von zwei ähnlichen Freiluftlokalen flankiert, die alle dicht besetzt waren. Zusätzliche Versteckmöglichkeiten für einen Beobachter, der nicht entdeckt werden wollte, bot ein Kunstmarkt auf der Promenade. Das machte es extrem schwierig, ihren Verhandlungspartner zu entdecken.

Wie während der Fahrt besprochen, setzte Sun Bosch am Eingang des Gold Coast Hotel ab. Nach einem kurzen Uhrenvergleich fuhr Sun weiter. Auf dem Weg durch das Hotel machte Bosch am Souvenirshop halt und kaufte eine Sonnenbrille und eine Baseballkappe mit dem goldenen Emblem des Hotels darauf. Außerdem besorgte er sich einen Stadtplan und eine Billigkamera.

Zehn vor fünf erreichte Bosch den Eingang des Yellow Flower, des Restaurants neben dem Geo, von dem man dessen gesamten Außenbereich einsehen konnte. Der Plan war simpel. Sie wollten den Besitzer der Handynummer, die Bosch im Telefonbuch seiner Tochter gefunden hatte, identifizieren und ihm folgen, wenn er das Geo verließ.

Die Tische von Yellow Flower, Geo und Big Sur, einem daran angrenzenden dritten Restaurant, standen dicht gedrängt unter weißen Markisen. Der vom Meer hereinwehende Wind verschaffte den Gästen Kühlung und spannte die Markisen. Während Bosch darauf wartete, einen Tisch zugeteilt zu bekommen, behielt er abwechselnd die Uhr und die dicht besetzten Lokale im Auge.

Es gab zahlreiche größere Gruppen, ganze Familien bei einem gemeinsamen Sonntagsessen. Diese Tische glaubte Bosch auf der Suche nach dem Handy-Kontakt bedenkenlos außer Acht lassen zu können, da er davon ausging, dass die gesuchte Person nicht Teil einer größeren Gesellschaft wäre. Dessen ungeachtet wurde ihm rasch klar, wie schwierig es wäre, diese zu entdecken. Nur weil sie sich im Geo verabredet hatten, hieß das nicht, dass der Gesuchte auch dort auf sie wartete. Es war gut möglich, dass er in einem der beiden anderen Lokale war und wie Bosch und Sun versuchte, die Gegenpartei zu identifizieren, ohne selbst erkannt zu werden.

Bosch hatte keine andere Wahl, als sich weiter an ihren Plan zu halten. Er hob den Finger und wurde von der Hostess an einen Tisch geführt, von dem man zwar einen guten Blick auf alle drei Lokale hatte, aber nicht aufs Meer. Es war ein schlechter Tisch, der vor allem Einzelpersonen angedreht wurde, aber genau darauf hatte Bosch spekuliert.

Nach einem erneuten Blick auf die Uhr breitete er den Stadtplan auf dem Tisch aus. Er beschwerte ihn mit der Kamera und nahm die Mütze ab. Sie war billig produziert und saß schlecht. Er war froh, sie abnehmen zu können.

Kurz vor fünf Uhr sah er sich noch einmal in den drei Restaurants um, aber ihm fiel niemand auf, der als der große Unbekannte infrage gekommen wäre. Niemand, der wie er allein an einem Tisch saß oder zusammen mit anderen geheimnisvollen Männern, die eine Sonnenbrille oder sonst eine Art der Tarnung trugen. Er begann bereits zu fürchten, dass ihr Trick nicht funktioniert hatte. Dass ihr Gegenspieler den Braten gerochen und stattdessen sie ausgetrickst hatte.

Als der Sekundenzeiger eine Minute vor fünf auf die Zwölf zurückte, schaute Bosch auf die Uhr. Punkt fünf würde Sun die erste SMS senden.

Bosch versuchte, alle drei Restaurants gleichzeitig im Blick zu behalten, und hoffte, jemanden zu entdecken, der rasch nach seinem Handy griff und eine Textnachricht las. Aber es waren zu viele Menschen, und er sah nichts, während die Sekunden verstrichen.

»Guten Tag, Sir. Sind Sie allein?«

Eine Bedienung war an seinen Tisch gekommen. Bosch ignorierte sie. Sein Blick wanderte weiter von Gast zu Gast.

»Sir?«

Bosch antwortete, ohne die Frau anzusehen.

»Würden Sie mir erst mal bitte nur eine Tasse Kaffee bringen? Schwarz.«

»Gern, Sir.«

Bosch spürte, wie sich die Bedienung entfernte. Er behielt die Gäste des Geo weiter im Auge und dehnte seine Suche auf Yellow Flower und Big Sur aus. Er sah eine Frau telefonieren, aber sonst benutzte niemand ein Handy.

Aus Boschs Hosentasche kam ein leises Summen. Das konnte nur Sun sein. Er holte sein Handy heraus und ging dran.

»Er hat auf die erste SMS geantwortet. Er hat geschrieben: ›Ich warte.‹ Mehr nicht.«

Wie geplant hatte Sun Punkt fünf Uhr eine SMS geschickt, dass sie im Stau steckten und sich deshalb verspäten würden. Diese Nachricht war von dem Unbekannten empfangen und beantwortet worden.

»Mir ist niemand aufgefallen«, sagte Bosch. »Es sind einfach zu viele Menschen hier. Der Treffpunkt war sehr geschickt gewählt.«

»Ja.«

»Wo sind Sie jetzt?«

»An der Bar hinten im Big Sur. Ich habe auch niemanden bemerkt.«

»Okay. Sind Sie bereit?«

»Bereit.«

»Wir versuchen es noch mal.«

Gerade als Bosch das Handy zuklappte, brachte die Bedienung seinen Kaffee.

»Möchten Sie jetzt bestellen?«

»Ich muss mir erst noch die Speisekarte ansehen.«

Die Frau entfernte sich wieder. Bosch nahm rasch einen Schluck von dem heißen Kaffee und schlug die Speisekarte auf. Um die Uhr im Blick behalten zu können, während er die Gerichte studierte, ließ er die rechte Hand auf dem Tisch liegen. Um 17:05 Uhr würde Sun die nächste SMS schicken.

Die Bedienung kam zurück und fragte Bosch erneut, was sie ihm bringen dürfe. Die Botschaft war unmissverständlich. Wenn er nichts bestellte, müsste er den Tisch für andere Gäste frei machen.

»Haben Sie Gway lang go?«

»Das ist Schildkrötenpanzergelatine.«

Der Ton, in dem sie das sagte, suggerierte, dass er einen Fauxpas begangen hatte.

»Ich weiß. Das Mittel, das gegen alles hilft. Haben Sie das?«

»Nicht auf der Speisekarte.«

»Okay, dann bringen Sie mir einfach irgendwelche Nudeln.«

»Was für Nudeln?«

Sie deutete auf die Speisekarte. Weil sie aber keine Abbildungen der Gerichte enthielt, war Bosch aufgeschmissen.

»Egal, bringen Sie mir einfach gebratenen Reis mit Krabben.«

»Ist das alles?«

»Das ist alles.«

Er reichte ihr die Speisekarte, damit sie endlich ging.

Die Bedienung entfernte sich, und Bosch schaute erst

auf die Uhr, bevor er sich wieder in den Restaurants umsah. Sun schickte gerade die nächste SMS. Hektisch blickte Bosch von Tisch zu Tisch. Wieder entdeckte er nichts Verdächtiges. Die Frau, die ihm beim ersten Mal aufgefallen war, bekam auch diesmal wieder einen Anruf und sprach kurz mit jemandem. Bei ihr am Tisch saß ein kleiner Junge, der in seinen Sonntagskleidern einen gelangweilten und sichtlich unfrohen Eindruck machte.

Boschs Handy auf dem Tisch vibrierte.

»Ich habe bereits wieder eine Antwort bekommen«, sagte Sun. »Wenn Sie in fünf Minuten nicht da sind, wird nichts aus dem Treffen.«

»Und Sie haben niemanden gesehen?«

»Nichts.«

»Haben Sie die nächste Nachricht schon gesendet?«

»Das mache ich zehn nach.«

»Okay.«

Bosch klappte das Handy zu und legte es wieder auf den Tisch. Sie hatten die dritte Nachricht so formuliert, dass sie den unbekannten Gesprächspartner endgültig aus der Deckung locken würde. Sun würde schreiben, er müsse das Treffen absagen, weil er einen Beschatter entdeckt habe und glaube, es sei die Polizei. Diese Nachricht hätte zur Folge, dass ihr unbekannter Empfänger das Geo auf der Stelle verlassen würde.

Die Bedienung kam und stellte eine Schale Reis auf den Tisch. Die Krabben darauf waren ganz, ihre geweiteten Augen weiß gekocht. Bosch schob die Schale weg.

Sein Handy brummte. Er sah auf die Uhr, bevor er dranging.

»Haben Sie die SMS schon abgeschickt?«, fragte er.

Zuerst erhielt er keine Antwort.

»Sun Yee?«

»Harry, hier Chu.«

Bosch sah wieder auf die Uhr. Es war Zeit für die letzte SMS.

»Ich rufe gleich zurück.«

Er klappte das Handy zu und schaute wieder auf die Tische der drei Lokale, in der Hoffnung, die Nadel im Heuhaufen zu entdecken: jemanden, der eine SMS las, vielleicht eine Antwort tippte.

Nichts passierte. Er sah niemanden ein Handy herausholen und auf das Display schauen. Es waren zu viele Menschen, um alle gleichzeitig im Auge zu behalten, und die Unzulänglichkeit ihres Plans begann, ein Loch in seine Brust zu bohren. Sein Blick wanderte zu dem Tisch, an dem die Frau mit dem Jungen gesessen hatte. Sie waren weg. Er schaute sich nach ihnen um und sah sie das Restaurant verlassen. Die Frau schien es eilig zu haben. An einer Hand zog sie den Jungen hinter sich her, in der anderen Hand hielt sie ihr Handy.

Bosch rief Sun an. Er ging sofort dran.

»Die Frau mit dem Jungen. Sie kommt in Ihre Richtung. Sie könnte es sein.«

»Hat sie die SMS bekommen?«

»Nein. Ich glaube, sie wurde hergeschickt, um den Kontakt herzustellen. Die SMS gingen an jemand anderen. Wir müssen der Frau folgen. Wo haben Sie das Auto stehen?«

»Vor dem Lokal.«

Bosch stand auf, legte drei Hundertdollarscheine auf den Tisch und ging zum Ausgang.

35

Der Mercedes stand vor dem Yellow Flower. Sun saß bereits am Steuer. Als Bosch die Tür öffnete, hörte er hinter sich jemanden rufen.

»Sir! Sir!«

Er drehte sich um. Es war die Bedienung, die ihm mit seiner Mütze und dem Stadtplan hinterherkam. Außerdem hatte sie das Wechselgeld dabei.

»Das haben Sie vergessen, Sir.«

Bosch nahm die Sachen an sich und bedankte sich. Das Wechselgeld drückte er ihr wieder in die Hand.

»Das ist für Sie.«

»Sie haben Ihren Reis nicht gegessen«, sagte sie.

»Ja.«

Bosch ließ sich auf den Beifahrersitz fallen und hoffte, die kurze Verzögerung hätte nicht zur Folge, dass sie die Frau mit dem Jungen aus den Augen verlören. Sun fuhr sofort los und ordnete sich in den Verkehr ein. Er deutete durch die Windschutzscheibe nach vorn.

»Sie sind in dem weißen Mercedes.«

Das Auto, das er meinte, fuhr mehrere Hundert Meter vor ihnen. Es herrschte wenig Verkehr.

»Fährt die Frau?«, fragte Bosch.

»Nein, sie ist mit dem Jungen in ein wartendes Auto gestiegen. Es fährt ein Mann.«

»Okay, bleiben Sie dran. Ich muss kurz telefonieren.«

»Alles klar.«

Während Sun dem weißen Mercedes folgte, rief Bosch Chu an. »Hier Bosch.«

»Also, ich habe inzwischen Informationen von der HKPF. Aber sie haben mir eine Menge Fragen gestellt, Harry.«

»Geben Sie mir erst die Informationen.«

Bosch zog Notizblock und Stift heraus.

»Also, die Telefonnummer, die Sie mir gegeben haben, ist auf eine Firma eingetragen. Northstar Seafood and Shipping. Northstar in einem Wort. Ihr Sitz befindet sich in Tuen Mun. Das ist oben in den New …«

»Weiß ich. Haben Sie die genaue Adresse?«

Chu nannte ihm eine Adresse in der Hoi Wah Road, und Bosch wiederholte sie laut. Sun nickte. Er wusste, wo das war.

»Okay, sonst noch was?«

»Ja. Northstar ist der Polizei bereits bekannt, Harry.«

»Was soll das heißen? Wegen was sind sie bekannt?«

»Genaueres war nicht aus den Kollegen in Hongkong rauszukriegen. Irgendwelche illegalen Geschäfte.«

»Auch Menschenhandel?«

»Möglicherweise. Wie gesagt, Näheres wollten sie nicht herausrücken. Aber sie wollten unbedingt wissen, warum ich diese Nummer überprüfe.«

»Was haben Sie ihnen erzählt?«

»Dass es eine blinde Spur wäre. Die Nummer hätte auf einem Zettel gestanden, der bei Mordermittlungen aufgetaucht wäre. Ich habe gesagt, über die näheren Zusammenhänge wüsste ich nichts.«

»Gut. Gibt es einen Namen zu dieser Nummer?«

»Zu der Nummer direkt nicht, nein. Aber der Inhaber von Northstar Seafood and Shipping ist ein Dennis Ho. Fünfundvierzig Jahre alt. Mehr konnte ich allerdings nicht in Erfahrung bringen, ohne den Eindruck zu erwecken, dass ich etwas Bestimmtem auf der Spur bin. Hilft Ihnen das?«

»Ja, es hilft. Danke.«

Bosch beendete das Gespräch, dann erzählte er Sun, was er gerade erfahren hatte.

»Sagt Ihnen der Name Dennis Ho was?«

Sun schüttelte den Kopf.

»Nein.«

Bosch wusste, sie mussten eine wichtige Entscheidung treffen.

»Wir wissen nicht, ob die Frau dort vorne etwas mit der Sache zu tun hat.« Er deutete auf den weißen Mercedes.

»Vielleicht vergeuden wir hier nur kostbare Zeit. Ich würde sagen, wir folgen ihr nicht weiter, sondern fahren direkt zu Northstar.«

»Wir müssen uns noch nicht entscheiden.«

»Warum nicht? Ich will keine Zeit verlieren.«

Sun deutete mit dem Kopf auf den weißen Mercedes. Er war etwa zweihundert Meter vor ihnen.

»Wir sind bereits auf dem Weg zum Hafen. Vielleicht fahren sie auch hin.«

Bosch nickte. Noch waren beide Ermittlungsstrategien im Spiel.

»Haben wir noch genügend Benzin?«, fragte Bosch.

»Es ist ein Diesel«, antwortete Sun. »Und der Tank ist voll.«

Die nächste halbe Stunde fuhren sie auf der Castle Peak Road die Küste entlang. Sie hielten ausreichend Abstand zu dem weißen Mercedes, verloren ihn jedoch nie aus den Augen. Sie wechselten während des Fahrens kein Wort. Sie waren an einem Punkt, an dem beide wussten, dass es jetzt ernst wurde und es nichts mehr zu sagen gab. Entweder der weiße Mercedes oder Northstar würden sie zu Maddie Bosch führen, oder sie würden sie nie mehr zu Gesicht bekommen.

Als die hohen Wohnsilos von Central Tuen Mun vor ihnen auftauchten, sah Bosch den Blinker des Mercedes aufleuchten. Das Auto bog links ab, fort vom Wasser.

»Sie biegen ab«, warnte er.

»Das ist nicht gut«, antwortete Sun. »Zum Hafen geht es geradeaus weiter. Sie fahren in eine Wohngegend.«

Eine Weile sagten beide nichts, vermutlich in der Hoffnung, ein Plan würde von selbst Gestalt annehmen oder der Fahrer des Mercedes würde merken, dass sie geradeaus weiterfahren mussten, und seinen Kurs korrigieren.

Nichts von beidem trat ein.

»Und jetzt?«, fragte Sun schließlich.

Bosch spürte ein schmerzhaftes Ziehen in seiner Brust. Von der Entscheidung, die er jetzt traf, konnte das Leben seiner Tochter abhängen. Er wusste, er und Sun konnten sich nicht trennen, sodass einer dem Mercedes gefolgt und der andere zum Hafen weitergefahren wäre. Das hier war eine Welt, in der Bosch sich nicht auskannte und ohne Hilfe auf verlorenem Posten stand. Ohne Sun war er aufgeschmissen. Er traf erneut die Entscheidung, zu der er schon nach Chus Anruf gelangt war.

»Wir folgen nicht der Frau. Wir fahren zu Northstar.«

Sun fuhr geradeaus weiter, und sie passierten den weißen Mercedes, als dieser nach links in die Tsing Ha Lane abbog. Bosch warf einen Blick zu der langsamer werdenden Limousine hinüber. Der Mann am Steuer des weißen Mercedes schaute ebenfalls zu ihm herüber, aber nur flüchtig.

»Scheiße«, zischte Bosch.

»Was ist?«, fragte Sun.

»Er hat zu mir rübergeschaut. Der Fahrer. Ich glaube, sie wissen, dass wir ihnen gefolgt sind. Ich glaube, wir liegen richtig – die Frau steckt da mit drin.«

»Das ist doch gut.«

»Wie bitte? Wie das denn?«

»Falls sie gemerkt haben, dass wir ihnen folgen, sind sie vielleicht nur abgebogen, um uns von Northstar wegzulocken. Verstehen Sie?«

»Ja. Hoffen wir mal, Sie haben recht.«

Wenig später erreichten sie einen Industriehafen mit heruntergekommenen Lagerhäusern und Abpackbetrieben. An den Kais und Piers lagen Frachtkähne und mittelgroße seetüchtige Schiffe in zum Teil zwei bis drei Reihen nebeneinander. Das Gelände schien verlassen. Sonntags wurde nicht gearbeitet.

Draußen auf dem Wasser lagen mehrere Fischerboote vor Anker, alle im Schutz einer langen Betonmole, die das Hafenbecken umschloss und Schutz vor Taifunen bot.

Der Verkehr wurde schwächer, und Bosch fürchtete, der elegante schwarze Mercedes des Casinos könnte zu sehr auffallen, wenn sie sich Northstar näherten. Sun mussten ähnliche Bedenken gekommen sein. Er fuhr auf den Parkplatz eines geschlossenen Lebensmittelgeschäfts und hielt an.

»Wir sind fast da. Ich würde vorschlagen, wir lassen das Auto lieber hier stehen.«

»Einverstanden«, sagte Bosch.

Sie stiegen aus und gingen das letzte Stück zu Fuß. Sie blieben dicht an den Fassaden der Lagerhäuser und hielten in allen Richtungen nach verdächtigen Personen Ausschau. Sun ging voraus, Bosch folgte ihm dichtauf.

Northstar Seafood and Shipping befand sich an Kai sieben. Der Firmenname stand auf Chinesisch und Englisch auf dem großen grünen Lagerhaus, das direkt am Wasser stand. Davor lief ein Pier in das Hafenbecken hinaus, an dessen Seiten vier Fangboote von rund fünfundzwanzig Metern Länge mit schwarzen Rümpfen und grünen Ruderhäusern vertäut waren. Am Ende des Anlegers lag ein größeres Boot mit einem hohen Kran.

Von seinem Standort an der Ecke eines Lagerhauses an Kai sechs konnte Bosch nichts Auffälliges erkennen. Die Tore des Northstar-Lagerhauses waren geschlossen, und auf den Kais und Schiffen schien der Betrieb übers Wochenende eingestellt. Bosch begann bereits zu fürchten, es könnte ein verhängnisvoller Fehler gewesen sein, dem weißen Mercedes nicht gefolgt zu sein. Doch dann tippte ihm Sun auf die Schulter und deutete auf das Boot mit dem hohen Kran, das am Ende des Piers lag.

Suns Finger war nach oben gerichtet, und Boschs Blick folgte ihm zu dem Kran. Die Plattform mit seinem stählernen Arm saß auf zwei Schienen, die etwa fünf Meter über dem Deck verliefen. So ließ sich der Kran, je nachdem, welches Schiff beladen werden sollte, über die gesamte Länge des Boots verschieben. Offensichtlich war es dafür gedacht, aufs offene Meer hinauszufahren und die kleineren Fangboote zu entladen, damit diese dort weiter auf Fischfang gehen konnten. Bedient wurde der Kran von einer auf der Plattform angebrachten Kabine, die den Kranführer auf hoher See vor Wind und Wetter schützte.

Sun deutete auf die getönten Scheiben der Kabine. Im Gegenlicht konnte Bosch die Umrisse eines Mannes darin erkennen.

Bosch zog sich mit Sun hinter die Ecke des Lagerhauses zurück.

»Hier muss es sein.« Boschs Stimme war gepresst vor Anspannung. »Glauben Sie, er hat uns gesehen?«

»Nein. Er hat keine auffällige Reaktion gezeigt.«

Bosch nickte und überlegte. Inzwischen war er fest überzeugt, dass sich seine Tochter auf diesem Boot befand. Aber wie an Bord kommen, ohne dass sie der Mann im Ausguck entdeckte? Sie konnten warten, bis er seinen Posten verließ, um sich etwas zu essen zu holen oder auf die Toilette zu gehen oder sich ablösen zu lassen. Allerdings ließ sich nicht absehen, wann es, wenn überhaupt, dazu käme. Zudem widerstrebte es Bosch zutiefst, in dieser Situation lediglich zu warten.

Er sah auf die Uhr. Fast sechs. Noch mindestens zwei Stunden, bis es vollkommen dunkel wurde. Eine Möglichkeit war, so lange zu warten, um erst im Schutz der Dunkelheit etwas zu unternehmen. Aber diese zwei Stunden konnten sich als zu lange erweisen. Die SMS-Nachrichten hatten die Entführer seiner Tochter gewarnt. Sie konnten sie jeden Moment anderswohin bringen oder sonst etwas mit ihr tun.

Wie um diese Befürchtung zu unterstreichen, drang vom Ende des Piers plötzlich das tiefe Brummen eines Bootsmotors zu ihnen herüber. Bosch spähte um die Ecke des Lagerhauses und sah Auspuffgase vom Heck des Boots mit dem Kran aufsteigen. Außerdem war jetzt zu erkennen, dass sich hinter den Fenstern des Ruderhauses jemand bewegte.

Er zog sich wieder zurück.

»Vielleicht haben sie uns doch gesehen. Sie machen sich bereit zum Ablegen.«

»Wie viel Personen haben Sie gesehen?«, fragte Sun.

»Mindestens einen im Ruderhaus, und einer ist noch oben in der Krankabine. Wir müssen etwas tun. Sofort.«

Wie um das zu unterstreichen, fasste Bosch an seinen Rücken und zog die Pistole. Er war versucht, seine Deckung zu verlassen und feuernd den Anleger hinunterzustürmen. Er hatte eine geladene .45er und schätzte seine Chancen nicht schlecht ein. Sie hatten damals in Vietnam, in den unterirdischen Gängen nicht wenige Male schon schlechter gestanden. Acht Kugeln, acht Drachen. Und dann war da noch er selbst. Er war der neunte Drache, so unaufhaltsam wie eine Kugel.

»Und was jetzt?«, fragte Sun.

»Ganz einfach. Ich versuche, an Bord zu kommen, und befreie sie. Sollte ich es nicht schaffen, sehe ich zu, dass auch keiner von denen überlebt. Dann gehen Sie an Bord und befreien Maddie und setzen sie ins nächste Flugzeug, weit weg von hier. Ihr Pass ist im Kofferraum. Das ist mein ganzer Plan.«

Sun schüttelte den Kopf.

»Warten Sie. Diese Männer sind sicher bewaffnet. Das ist kein guter Plan.«

»Haben Sie vielleicht eine bessere Idee? Wir können nicht warten, bis es dunkel wird. Das Boot legt jeden Moment ab.«

Bosch schob sich wieder ein Stück nach vorn und spähte um die Ecke. Noch war alles beim Alten. Der Wächter saß in der Krankabine, eine zweite Person hielt sich im Ruderhaus auf. Der Bootsmotor brummte im Leerlauf, das Boot war weiterhin am Ende des Piers vertäut. Fast war es, als warteten sie auf etwas. Oder jemanden.

Bosch zog sich wieder zurück und versuchte, Ruhe zu bewahren. Dann blickte er sich aufmerksam nach etwas um, was er sich für sein Vorhaben zunutze machen könnte. Vielleicht gab es noch eine andere Möglichkeit als ein Selbstmordkommando. Er sah Sun an.

»Wir brauchen ein Boot.«

»Ein Boot?«

»Ja, ein kleines Boot. Wenn wir über den Anleger laufen, sehen sie uns sofort. Sie behalten ihn sicher scharf im Auge. Aber mit einem kleinen Boot könnte sie einer von uns von der anderen Seite so lange ablenken, dass der andere in der Zwischenzeit auf dem Anleger unbemerkt zu ihrem Boot kommt.«

Sun schob sich an Bosch vorbei und spähte um die Ecke. Er schaute zum Ende des Piers und zog sich wieder zurück.

»Ja, mit einem Boot könnte das klappen. Soll ich das Boot besorgen?«

»Ja, ich habe die Pistole und werde den Anleger runterlaufen, um meine Tochter von Bord zu holen.«

Sun nickte. Er griff in seine Hosentasche und zog den Autoschlüssel heraus.

»Da, nehmen Sie den Schlüssel. Fahren Sie einfach weg, wenn Sie Ihre Tochter haben. Machen Sie sich um mich keine Gedanken.«

Bosch schüttelte den Kopf und holte sein Handy heraus.

»Wir bringen uns irgendwo in der Nähe in Sicherheit, und dann rufe ich Sie an. Wir warten auf Sie.«

Sun nickte.

»Alles Gute, Harry.«

Er wandte sich zum Gehen.

»Ihnen auch«, sagte Bosch.

Als Sun weg war, drückte sich Bosch mit dem Rücken an die Wand des Lagerhauses und stellte sich auf ein längeres Warten ein. Er hatte keine Ahnung, wie und wo Sun ein Boot organisieren wollte, aber er verließ sich darauf, dass Sun es schaffen würde und dann das Ablenkungsmanöver inszenierte, das ihm ermöglichte, an Bord des Boots zu kommen.

Zugleich überlegte er, ob er nicht doch die Hongkonger Polizei verständigen sollte, nachdem er jetzt seine Tochter endlich gefunden hatte. Aber er tat diesen Gedanken rasch wieder ab. Eine Schar über den Pier schwärmender Polizisten war kein Garant für die Sicherheit seiner Tochter. Er würde sich an den Plan halten.

Als er gerade wieder um die Ecke des Lagerhauses spähen wollte, um zu sehen, was sich an Bord des Northstar-Boots tat, nahte von Süden ein Auto. Der Kühlergrill war unverkennbar. Es war ein weißer Mercedes.

Bosch zog sich an eine Stelle zurück, wo ihm die

Netze, die zum Trocknen von der Takelage zweier Boote hingen, etwas Sichtschutz vor dem nahenden Auto boten. Der weiße Mercedes verlangsamte die Fahrt, erreichte Kai sieben und fuhr auf dem Pier zu dem an seinem Ende vertäuten Boot. Es war die Limousine, der sie vom Gold Coast Hotel gefolgt waren. Ein Blick auf den Fahrer genügte Bosch, um den Mann zu erkennen, der beim Abbiegen zu ihm herübergeschaut hatte. Nach kurzem Überlegen gelangte Bosch zu dem Schluss, dass der Mann am Steuer des Mercedes der Mann sein musste, dessen Handynummer Peng auf Madelines Handy gespeichert hatte. Er hatte die Frau und den Jungen – wahrscheinlich seine Frau und sein Sohn – als Köder ins Geo geschickt, um mit ihrer Hilfe die Person zu identifizieren, die ihm die SMS geschickt hatte. Doch dann hatte er sie, von Suns letzter Nachricht kopfscheu gemacht, nach Hause oder an einen anderen sicheren Ort gebracht, um anschließend zum Kai sieben zu fahren, wo Boschs Tochter gefangen gehalten wurde.

Angesichts der wenigen Fakten, die Bosch vorlagen, waren das eine Menge Mutmaßungen, aber er glaubte, mit seiner Einschätzung richtig zu liegen. Außerdem sah es so aus, als sei der Mann im Mercedes im Begriff, seinen ursprünglichen Plan umzustoßen. Entweder hatte er vor, die Sache schneller durchzuziehen, die Ware an einen anderen Ort zu bringen oder – noch schlimmer – sie loszuwerden.

Der Mercedes hielt vor dem Boot am Ende des Piers. Der Fahrer sprang heraus und ging auf der Gangway rasch an Bord. Er schrie etwas zu dem Mann in der Krankabine hinauf, blieb aber nicht stehen, sondern steuerte direkt auf das Ruderhaus zu.

Danach passierte erst einmal nichts mehr. Nach einer Weile kam der Wächter aus der Krankabine, kletterte von der Plattform auf Deck und folgte dem Mann aus dem Mercedes ins Ruderhaus.

Damit hatten sie einen strategischen Fehler begangen, der Bosch zu einem kurzen Vorteil verhalf. Das war seine Chance, unbemerkt zu ihrem Boot zu kommen. Er holte das Handy heraus und rief Sun an. Schon nach dem ersten Läuten schaltete sich die Mailbox ein.

»Sun, wo sind Sie? Der Mann mit dem weißen Mercedes ist hier, und im Moment ist das Boot nicht bewacht. Lassen Sie das Ablenkungsmanöver und kommen Sie wieder zurück, damit wir hinterher sofort wegfahren können. Ich gehe jetzt an Bord.«

Bosch steckte das Handy ein und richtete sich auf. Er spähte ein letztes Mal um die Ecke, dann schoss er aus der Deckung hervor und rannte über den Kai zum Anleger und auf das Boot zu. Um notfalls sofort das Feuer eröffnen zu können, hielt er die Pistole im Laufen mit beiden Händen schussbereit vor sich gestreckt.

36

Auf dem Pier boten Bosch immer wieder Stapel leerer Kisten Deckung, doch auf den letzten zwanzig Metern zur Gangway des Kranboots war er vollkommen ungeschützt und von allen Seiten zu sehen. Er legte das letzte Stück im Spurt zurück und duckte sich hinter den weißen Mercedes, der mit laufendem Motor an der Gangway stand. Unter der Kühlerhaube drangen das leise Summen und der Geruch des Dieselmotors hervor. Bosch spähte über die Kante des Kofferraums. An Bord deutete nichts darauf hin, dass jemand sein Erscheinen bemerkt hatte. Er sprang hinter seiner Deckung hervor, huschte lautlos die Gangway hinauf und rannte auf Deck zwischen den zwei Meter breiten Ladeluken hindurch zum Ruderhaus, wo er sich neben der Tür an die Wand drückte.

Er atmete in tiefen langen Zügen und lauschte. Außer dem Brummen der Bootsmotoren und dem Wind in den Takelagen der Boote am Pier war nichts zu hören. Er drehte sich zur Seite und spähte durch das kleine quadratische Fenster in der Tür. Im Ruderhaus war niemand zu sehen. Er legte die Hand um den Türgriff, öffnete leise die Tür und schlüpfte nach drinnen.

Das Ruderhaus war die Kommandobrücke des Boots. Neben dem Steuerruder gab es mehrere Leuchtanzeigen, zwei Radarschirme, zwei Gashebel und einen großen kardanisch aufgehängten Kompass. An der Rückwand, neben einer Reihe mit Vorhängen versehener Einbaukojen, stand ein Kartentisch.

Links vorne war eine offene Luke im Boden, von der eine Leiter in den Rumpf des Boots hinabführte. Bosch kauerte neben der Öffnung nieder. Unter Deck waren die Stimmen mehrerer Männer zu hören, aber sie sprachen chinesisch. Er versuchte, sie voneinander zu unterscheiden und festzustellen, wie viele Personen dort unten waren, aber das war wegen des starken Halls nicht möglich. Fest stand nur, dass es mindestens drei Männer waren. Die Stimme seiner Tochter konnte er zwar nicht hören, aber er wusste, dass auch sie dort unten war.

Bosch ging zum Steuerstand des Boots. Es gab zahlreiche Anzeigen und Schalter, aber alle waren chinesisch beschriftet. Schließlich entschied sich Bosch für zwei nebeneinanderliegende Schalter mit roten Lämpchen. Als er einen von ihnen umlegte, nahm das Brummen der Maschinen sofort deutlich ab. Er hatte einen der Bootsmotoren ausgeschaltet. Er wartete fünf Sekunden, dann legte er den anderen Schalter um. Auch der zweite Motor ging aus. Darauf zog sich Bosch in die hintere Ecke des Ruderhauses zurück und kletterte in die untere der beiden Kojen. Er zog den Vorhang zur Hälfte zu, ging in die Hocke und wartete. Er wusste, dass er an dieser Stelle für jemanden, der von unten die Leiter heraufkam, nicht zu sehen war. Er steckte die Pistole in den Hosenbund, nahm das Messer aus seiner Jackentasche und klappte es leise auf.

Schon nach Kurzem hörte er unter Deck rasche Schritte. Das hieß, dass sich die Männer im vorderen Teil des Rumpfs befanden. Er hörte die Schritte von nur einer Person. Das würde ihm die Sache erleichtern.

Ein Mann kam durch die Luke nach oben. Er hatte den Kojen den Rücken zugekehrt und den Blick auf den Steuerstand gerichtet. Ohne sich umzublicken, eilte der Mann ans Steuerrad und suchte nach dem Grund, weshalb die Maschinen ausgegangen waren. Als er nichts Ungewöhnliches entdeckte, machte er sich daran, die Motoren wieder zu starten. Lautlos kletterte Bosch aus der Koje und schlich von hinten auf den Mann zu. In dem Moment, in dem der zweite Motor ansprang, drückte er die Messerspitze gegen die Wirbelsäule des Mannes.

Er packte ihn von hinten am Kragen, zog ihn vom Steuerstand fort und flüsterte ihm ins Ohr: »Wo ist das Mädchen?«

Der Mann sagte etwas auf Chinesisch.

»Ich will wissen, wo das Mädchen ist.«

Der Mann schüttelte den Kopf.

»Wie viel Mann sind unter Deck?«

Als der Mann nicht antwortete, zerrte ihn Bosch rasch aufs Deck hinaus, schob ihn an die Reling und drückte ihn mit dem Oberkörper darüber. Das Wasser war mehr als drei Meter unter ihnen.

»Kannst du schwimmen, du Arschloch? Wo ist das Mädchen?«

»Nicht … sprechen«, brachte der Mann hervor. »Nicht sprechen.«

Den Chinesen weiter über die Reling beugend blickte sich Bosch nach Sun – seinem Dolmetscher – um, sah ihn aber nirgendwo. Wo steckte er bloß?

Diese kurze Unaufmerksamkeit nutzte der Mann, um

Bosch den Ellbogen mit solcher Wucht in die Rippen zu rammen, dass er gegen die Seitenwand des Ruderhauses flog. Der Chinese wirbelte herum und hob zum Angriff die Hände. Bosch riss zu seiner Deckung die Unterarme hoch, aber als Erstes kam der Fuß des Mannes angeschossen und traf Bosch so fest am Handgelenk, dass das Messer in hohem Bogen durch die Luft flog.

Statt jedoch dem Messer hinterherzusehen, ging der Mann sofort auf Bosch los und attackierte ihn mit kurzen kraftvollen Schlägen gegen den Oberkörper. Bosch spürte, wie ihm die Luft wegblieb, und im selben Moment traf ihn ein Tritt am Kinn.

Bosch ging zu Boden. Er versuchte, den schweren Treffer wegzustecken, aber sein Blickfeld engte sich bedrohlich ein. Der Angreifer wandte sich seelenruhig von ihm ab, und Bosch hörte, wie er das Klappmesser aufhob. Verzweifelt gegen seine aufkommende Bewusstlosigkeit ankämpfend griff er nach der Pistole an seinem Rücken.

Der Mann kam auf ihn zu und sprach in klar verständlichem Englisch.

»Kannst du schwimmen, du Arschloch?«

Bosch zog die Pistole hinter seinem Rücken hervor und drückte zweimal ab. Der erste Schuss streifte nur die Schulter des Mannes, doch der zweite traf ihn leicht nach links versetzt mitten in die Brust. Er sank mit verdutztem Gesicht zu Boden.

Mühsam kämpfte sich Bosch auf alle viere hoch. Aus seinem Mund tropfte ein Rinnsal aus Blut und Speichel aufs Deck. Sich am Ruderhaus abstützend versuchte er, sich ganz aufzurichten. Er durfte keine Zeit verlieren. Die Männer unter Deck hatten die Schüsse sicher gehört.

Kaum hatte er sich aufgerichtet, wurde er vom Bug her unter Beschuss genommen. Die Kugeln pfiffen über seinen Kopf hinweg und prallten von der Stahlwand des Ruderhauses zurück. Bosch duckte sich und ging hinter dem Ruderhaus in Deckung. Dann richtete er sich vorsichtig wieder auf und spähte durch die Fenster des Aufbaus zum Bug. Von dort kam ein Mann mit einer Pistole in jeder Hand nach achtern. Hinter ihm war die offene Luke, durch die er aus dem vorderen Laderaum geklettert war.

Bosch wusste, dass er noch sechs Schuss hatte, während der auf ihn zukommende Chinese vermutlich mit vollen Magazinen zu schießen begonnen hatte. Munitionsmäßig war Bosch dem Angreifer unterlegen. Er musste in die Offensive gehen und ihn möglichst schnell ausschalten.

Während er sich noch umblickte und überlegte, wie er das am besten anstellen könnte, fiel sein Blick auf eine Reihe von Gummitendern, die achtern am Schanzkleid festgemacht waren. Er steckte sich die Pistole in den Hosenbund und hob einen der Tender aus seiner Halterung. Dann schlich er wieder ans hintere Fenster des Ruderhauses und spähte zum Bug. Der Kerl mit den Pistolen hatte sich dafür entschieden, auf der Backbordseite nach achtern zu kommen. Bosch machte einen Schritt zurück, hob den einen Meter langen Tender mit beiden Händen über seinen Kopf und warf ihn über das Ruderhaus. Noch während er durch die Luft flog, huschte Bosch auf der Steuerbordseite nach vorn und zog die Pistole.

Im selben Moment, in dem sich der Chinese unter dem Tender wegduckte, erreichte Bosch die Vorderseite des

Ruderhauses. Er eröffnete das Feuer und traf den Mann mehrere Male. Ohne einen Schuss abgegeben zu haben, stürzte der Angreifer auf Deck.

Bosch vergewisserte sich, dass der Mann tot war. Dann warf er seine leer geschossene .45er über Bord, nahm die zwei Black-Stars-Halbautomatik des Toten an sich und zog sich wieder ins Ruderhaus zurück.

Es war immer noch leer. Demnach musste noch mindestens ein Mann unter Deck bei seiner Tochter sein. Er nahm die Magazine beider Pistolen heraus und zählte insgesamt elf Kugeln.

Er steckte sich die Black Stars in den Hosenbund und rutschte, die Füße wie ein Feuerwehrmann außen an die Holme gelegt, die Leiter in den Laderaum hinunter. Das letzte Stück ließ er sich einfach fallen und rollte sich bei der Landung ab. Gleichzeitig zog er die Pistolen, denn er rechnete damit, jeden Moment unter Beschuss genommen zu werden. Aber diesmal flogen ihm keine Kugeln um die Ohren.

Seine Augen hatten sich rasch an das Halbdunkel gewöhnt, und er sah, dass er sich in einem leeren Mannschaftsraum befand, von dem ein Gang über die gesamte Länge des Rumpfs zum Bug führte. Das einzige Licht kam durch die offene Ladeluke im vorderen Teil des Boots. Von dem Gang gingen auf jeder Seite drei Luken ab. Die letzte auf der linken Seite stand weit offen. Bosch richtete sich auf und steckte sich eine der Pistolen in den Gürtel, um eine Hand frei zu haben. Die zweite Pistole weiter im Anschlag, begann er, den Gang hinunterzugehen.

Die Luken dienten zum Verschließen der Abteile für

die Lagerung des Fangs und waren mit einer Vier-Punkt-Verriegelung versehen. Auf den rostigen Stahl gepinselte Pfeile zeigten an, in welche Richtung man die Griffe bewegen musste, um die Luke zu entriegeln. Bosch ging den Gang hinunter und sah in jedes Abteil. Alle waren leer und offensichtlich schon länger nicht mehr zur Lagerung von Fisch verwendet worden. Der Boden jedes der mit Stahlwänden versehenen, fensterlosen Abteile war von leeren Cornflakes-Schachteln, Lebensmittelpackungen und Trinkwasserflaschen übersät. Aus hölzernen Steigen quollen weitere Abfälle. An Wandhaken waren zu Hängematten umfunktionierte Fischernetze befestigt. Aus jedem Abteil schlug Bosch ein fauliger Geruch entgegen, der jedoch nicht von dem Fisch herrührte, der dort einmal gelagert worden war. Dieses Boot beförderte menschliche Fracht.

Am meisten beunruhigten Bosch die Cornflakes-Packungen. Alle waren von derselben Sorte, und von der Vorderseite jeder Packung lächelte ein Comic-Pandabär, der auf dem Rand einer Schale mit einem Schatz zuckerglitzernder Reis-Crispies stand. Es waren Frühstücksflocken für Kinder.

Als Letztes kam Bosch zu der offenen Luke. Er ging in die Hocke und schwang sich mit einer flüssigen Bewegung in das Abteil dahinter.

Es war ebenfalls leer.

Aber es war anders. Hier gab es keinen Müll. Von einem Haken an der Decke hing an einem Draht eine batteriebetriebene Lampe. In einer Ecke war eine umgestürzte Kiste voll mit ungeöffneten Cornflakes- und Nudelpackungen und Trinkwasserbehältern. Bosch hielt nach Hinweisen Ausschau, dass seine Tochter in dem Raum gefangen gehalten worden war, entdeckte aber keine Spur von ihr.

Plötzlich hörte er die Angeln der Luke hinter ihm laut quietschen. Er wirbelte herum, aber die Luke war bereits scheppernd zugefallen. Er sah, wie sich der Zapfen in der rechten oberen Ecke in die ZU-Stellung drehte, und stellte gleichzeitig fest, dass die Griffe auf der Innenseite entfernt worden waren. Er saß in der Falle. Er zog die zweite Pistole und wartete, beide Waffen auf die Tür gerichtet, dass sich der nächste Riegel zu drehen begann.

Es war der untere rechte. Sobald sich der Riegel zu bewegen begann, zielte Bosch und schoss mit beiden Pistolen mehrere Male auf die Tür. Die Kugeln drangen durch das von jahrelanger Korrosion zerfressene Metall, und auf der anderen Seite schrie jemand überrascht oder verletzt auf. Dann ertönte ein dumpfer Knall, als wäre ein menschlicher Körper zu Boden gefallen.

Bosch stellte sich an die Tür und versuchte, den rechten oberen Zapfen mit der Hand zu drehen. Der war jedoch zu klein, als dass seine Finger daran Halt finden konnten. In seiner Verzweiflung machte Bosch einen Schritt zurück und warf sich in der Hoffnung, die Verriegelung sprengen zu können, mit der Schulter gegen die Tür. Aber sie gab nicht nach und fühlte sich so stabil an, dass nicht daran zu denken war, sie auf diese Weise aufzubekommen.

Er war eingesperrt.

Er legte ein Ohr an die Tür, um zu lauschen. Es war nur noch das Brummen der Bootsmotoren zu hören. Er drosch mit dem Griff einer der Pistolen gegen die Metallluke und brüllte: »Maddie? Bist du hier, Maddie?«

Keine Antwort. Er schlug wieder gegen die Tür, diesmal noch lauter.

»Gib mir ein Zeichen, Schatz. Mach irgendein Geräusch, wenn du hier bist!«

Wieder erhielt er keine Antwort. Bosch zog sein Handy aus der Tasche und öffnete es, um Sun anzurufen. Aber er sah, dass er keinen Empfang hatte. Er versuchte es trotzdem, aber es ging nicht. Weil der Raum vollständig von Metall umschlossen war, funktionierte das Handy nicht.

Bosch drehte sich um und hämmerte erneut gegen die Tür und schrie den Namen seiner Tochter.

Es kam keine Antwort. Niedergeschlagen ließ er seine schweißüberströmte Stirn gegen die verrostete Tür sinken. Er saß in diesem Metallkasten fest, gefangen mit der Einsicht, dass seine Tochter gar nicht auf dem Boot war. Er hatte versagt und bekommen, was er verdiente, was er sich selbst eingebrockt hatte.

Seine Brust durchfuhr ein brennender Schmerz, der seinen seelischen Qualen in nichts nachstand. Scharf, tief und unbarmherzig. Schwer atmend lehnte er sich mit dem Rücken gegen die Luke. Er öffnete seinen Hemdkragen einen Knopf weiter und rutschte an dem verrosteten Metall nach unten, bis er mit angezogenen Knien auf dem Boden zu sitzen kam. Ihm wurde bewusst, dass an diesem Ort die gleiche klaustrophobische Enge herrschte wie in den unterirdischen Gängen, in denen er einmal unterwegs gewesen war. Die Batterie der Deckenlampe wurde schwächer, und bald würde es vollkommen dunkel. Ihn überkamen Niedergeschlagenheit und Verzweiflung. Er hatte seine Tochter enttäuscht, und er hatte sich selbst enttäuscht.

37

Plötzlich blickte Bosch von den Grübeleien über sein Versagen auf. Er hatte etwas gehört. Über dem Brummen der Motoren hatte er ein schepperndes Klopfen gehört. Es kam nicht von oben. Es kam von unten, aus dem Rumpf.

Er sprang auf und drehte sich zur Luke. Wieder hörte er ein Klopfen und merkte, dass jemand, wie kurz zuvor er das getan hatte, in alle Abteile schaute.

Er schlug mit den Griffen beider Pistolen gegen die Tür und überbrüllte das metallische Dröhnen.

»Sun Yee? Hallo! Hier unten! Hallo! Hier unten!«

Es kam keine Antwort, aber dann drehte sich der rechte obere Zapfen. Die Luke wurde entriegelt. Bosch machte einen Schritt zurück, wischte mit den Ärmeln über sein Gesicht und wartete. Als Nächstes drehte sich der linke untere Riegel, und dann ging langsam die Luke auf. Bosch war nicht sicher, wie viel Schuss er noch hatte, als er die Pistolen hob. Im schwachen Licht des Gangs erschien Suns Gesicht. Bosch machte einen Schritt nach vorn und drückte die Luke ganz auf.

»Wo waren Sie, verdammte Scheiße?«

»Ich habe nach einem Boot gesucht und ...«

»Ich habe Sie doch angerufen und Ihnen gesagt, Sie sollen zurückkommen.«

Sobald er draußen auf dem Gang war, sah Bosch etwa

einen Meter neben der Luke den Mann aus dem Mercedes mit dem Gesicht nach unten auf dem Boden liegen. In der Hoffnung, er möge noch am Leben sein, bückte Bosch sich rasch zu ihm hinab und wälzte ihn in seinem Blut auf den Rücken.

Er war tot.

»Harry, wo ist Madeline?«, fragte Sun.

»Keine Ahnung. Alle sind tot, und ich weiß es nicht!«

Außer …

Eine letzte Idee begann in Boschs Kopf, Gestalt anzunehmen. Eine letzte Chance. Der weiße Mercedes. Funkelnagelneu. Der Wagen war sicher mit allen Schikanen ausgestattet, darunter auch einem Navigationssystem, und die erste darin gespeicherte Adresse wäre die seines Besitzers.

Dorthin würden sie fahren. Sie würden zum Haus des Mercedes-Besitzers fahren, und Bosch würde alles tun, was nötig wäre, um seine Tochter zu finden. Wenn dazu auch gehörte, dem genervten kleinen Jungen, den er im Geo gesehen hatte, eine Pistole an den Kopf zu halten, würde er auch das tun. Und die Frau würde reden. Sie würde ihm seine Tochter zurückgeben.

Bosch betrachtete den Toten auf dem Boden. Vermutlich hatte er Dennis Ho vor sich, den Mann hinter Northstar. Er klopfte die Taschen des Toten nach den Autoschlüsseln ab, und als er sie nicht fand, löste sich sein Plan genauso schnell wieder in Luft auf, wie er Gestalt angenommen hatte. Wo konnten die Schlüssel sein? Er brauchte dieses dämliche Navi, um herauszufinden, wohin er fahren musste und wie er dorthin käme.

»Harry, was ist denn?«

»Seine Schlüssel! Wir brauchen seine Schlüssel, sonst …«

Er verstummte mitten im Satz. Ihm war eine neue Idee gekommen. Als er ans Ende des Piers gestürmt und hinter dem weißen Mercedes in Deckung gegangen war, hatte er den Dieselmotor des Wagens gehört und gerochen. Das Auto hatte mit laufendem Motor auf dem Anleger gestanden.

Darüber hatte sich Bosch zu diesem Zeitpunkt keine Gedanken gemacht, weil er fest angenommen hatte, seine Tochter wäre auf dem Boot. Doch jetzt wurde ihm bewusst, dass er sich getäuscht hatte.

Seine Gedanken waren ihm bereits weit voraus, als er sich aufrichtete und den Gang hinunter zur Leiter rannte. Er hörte, wie Sun ihm folgte.

Es gab nur einen Grund, warum Dennis Ho sein Auto mit laufendem Motor auf dem Pier hatte stehen lassen. Er hatte vorgehabt, zu ihm zurückzukehren. Aber nicht *mit* dem Mädchen, denn sie war gar nicht auf dem Boot. Sondern um das Mädchen zu *holen,* sobald das Abteil im Rumpf des Boots fertig war und er sie dort unterbringen konnte.

Bosch stürmte aus dem Ruderhaus und rannte die Gangway hinunter auf den Anleger, wo der Mercedes stand. Er riss die Fahrertür auf und schaute auf den Rücksitz. Er war leer. Dann suchte er am Armaturenbrett nach dem Knopf für die Kofferraumentriegelung.

Als er ihn nicht fand, machte er den Motor aus und zog den Schlüssel ab. Dann ging er damit zum Heck des Mercedes und drückte am Schlüsselanhänger den Knopf zum Öffnen des Kofferraums.

Der Deckel schwang automatisch hoch. Bosch beugte sich in den Kofferraum, und da lag sie, auf einer Decke. Geknebelt und mit verbundenen Augen. Ihre Arme waren mit Klebeband an ihren Körper gefesselt. Auch ihre Fußgelenke waren mit Tape umwickelt. Bosch entfuhr ein Schrei, als er sie sah.

»Maddie!«

Fast wäre er zu ihr in den Kofferraum gesprungen, bevor er ihr hastig die Augenbinde abnahm und sich am Knebel zu schaffen machte.

»Ich bin's, Schatz! Dad!«

Sie öffnete die Augen und blinzelte.

»Du bist in Sicherheit, Maddie. Jetzt kann dir nichts mehr passieren!«

Als sich der Knebel löste, stieß das Mädchen einen schrillen Schrei aus, der sich durch das Herz ihres Vaters bohrte und immer dort bleiben würde. Er war alles in einem: Ausdruck der Angst, Hilferuf und ein Laut der Erleichterung und sogar Freude.

»Daddy!«

Als Bosch seine Tochter aus dem Kofferraum hob, begann sie zu weinen. Inzwischen war auch Sun da und half ihm.

»Jetzt wird alles gut«, sagte Bosch. »Alles wird gut.«

Sie stellten das Mädchen auf die Beine, und Bosch machte sich daran, mit den Zähnen eines Schlüssels das Klebeband zu durchtrennen. Madeline trug immer noch ihre Schuluniform. Sobald ihre Arme und Hände frei waren, schlang sie sie Bosch um den Hals und drückte ihn ganz fest an sich.

»Ich wusste, dass du kommst«, schluchzte sie.

Bosch war sich nicht sicher, ob er jemals Worte gehört hatte, die ihm mehr bedeuteten. Er hielt seine Tochter ganz fest in den Armen und drehte den Kopf, um ihr ins Ohr zu flüstern.

»Maddie?«

»Ja, Dad?«

»Haben sie dir wehgetan, Maddie? Ich meine, körperlich. Wenn sie dir wehgetan haben, müssen wir zu einem …«

»Nein, sie haben mir nicht wehgetan.«

Er löste sich von ihr, legte ihr die Hände auf die Schultern und sah ihr in die Augen.

»Wirklich nicht? Du kannst es mir ruhig sagen.«

»Klar, Dad. Aber sie haben mir nichts getan.«

»Gut. Dann müssen wir jetzt los.«

Er wandte sich Sun zu.

»Können Sie uns zum Flughafen bringen?«

»Kein Problem.«

»Dann lassen Sie uns fahren.«

Bosch legte den Arm um seine Tochter, und sie folgten Sun den Anleger hinunter. Sie klammerte sich beim Gehen die ganze Zeit an Bosch, und erst als sie das Auto erreichten, schien ihr aufzugehen, was es bedeutete, dass Sun bei ihnen war. Sie stellte die Frage, vor der Bosch sich schon die ganze Zeit gefürchtet hatte.

»Dad?«

»Ja, Maddie?«

»Wo ist Mom?«

38

Bosch beantwortete die Frage nicht direkt. Er sagte seiner Tochter nur, ihre Mutter könne im Augenblick nicht bei ihnen sein, habe aber eine Tasche für sie gepackt, weil sie zum Flughafen fahren und Hongkong verlassen müssten. Sun sagte nichts und begann, schneller zu gehen, um etwas Abstand zwischen sich und sie zu bringen und sich aus dem Gespräch auszuklinken.

Bosch hoffte, dass diese Erklärung ihm Zeit verschaffte, um sich zu überlegen, wie und wann er seiner Tochter die Antwort geben sollte, die ihr ganzes weiteres Leben verändern würde. Als sie den schwarzen Mercedes erreichten, setzte er zuerst Madeline auf den Rücksitz, bevor er zum Kofferraum ging, um ihren Rucksack zu holen. Er wollte nicht, dass sie die Tasche sähe, die Eleanor für sich selbst gepackt hatte. Er durchsuchte die Fächer von Eleanors Tasche nach dem Pass seiner Tochter und steckte ihn ein.

Er setzte sich auf den Vordersitz, gab Madeline den Rucksack und forderte sie auf, ihre Schuluniform auszuziehen. Dann sah er auf die Uhr und nickte Sun zu.

»Wir sind so weit.«

Sun fuhr los und verließ das Hafengelände in zügigem Tempo, aber nicht so schnell, dass er Verdacht erregt hätte.

»Können Sie uns an einer Fähre oder U-Bahn absetzen, mit der wir direkt zum Flughafen kommen?«, fragte Bosch.

»Nein, die Fährenlinie wurde eingestellt, und Sie müssten umsteigen. Es ist besser, ich fahre Sie hin. Außerdem möchte ich das.«

»Gut, Sun Yee.«

Ein paar Minuten fuhren sie schweigend dahin. Bosch hatte das Bedürfnis, sich umzudrehen und mit seiner Tochter zu sprechen, sie anzusehen, um sich zu vergewissern, dass ihr nichts fehlte.

»Maddie, bist du fertig mit Umziehen?«

Sie antwortete nicht.

»Maddie?«

Bosch drehte sich zu ihr um. Sie hatte sich umgezogen. Sie lehnte hinter Sun an der Tür und starrte, das Kissen an ihre Brust gedrückt, aus dem Seitenfenster. Auf ihren Wangen waren Tränen. Sie schien das Durchschussloch im Kissen noch nicht bemerkt zu haben.

»Maddie, alles okay?«

Ohne zu antworten oder den Blick vom Fenster abzuwenden, sagte sie: »Sie ist tot, oder?«

»Was?«

Bosch wusste genau, was sie meinte, aber er versuchte, Zeit zu schinden und das Unvermeidliche so lange wie möglich hinauszuzögern.

»Ich bin doch nicht blöd. Du bist hier. Sun Yee ist hier. Sie sollte auch hier sein. Das wäre sie auch, aber ihr ist was passiert.«

Bosch spürte, wie eine unsichtbare Faust seine Brust traf. Madeline drückte weiter ihr Kissen an sich und sah mit Tränen in den Augen aus dem Fenster.

»Maddie, es tut mir leid. Ich wollte es dir sagen, aber irgendwie war der richtige Zeitpunkt noch nicht gekommen.«

»Und wann wäre der richtige Zeitpunkt gewesen?«

Bosch nickte.

»Du hast vollkommen recht. Nie.«

Er fasste nach hinten und legte die Hand auf ihr Knie, aber sie stieß sie sofort weg. Es war das erste Anzeichen der Schuld, die er jetzt immer zu tragen hatte.

»Es tut mir leid. Ich weiß nicht, wie ich es ausdrücken soll. Als ich heute Morgen hier gelandet bin, hat mich deine Mutter am Flughafen abgeholt. Mit Sun Yee. Sie hatte nur ein Ziel, Maddie. Dich gesund und wohlbehalten nach Hause zu holen. Alles andere hat sie nicht interessiert. Auch ihr eigenes Leben nicht.«

»Was ist passiert?«

Bosch zögerte, aber die einzige Möglichkeit, diese Frage zu beantworten, war, die Wahrheit zu sagen.

»Sie wurde erschossen, Schatz. Jemand hat auf mich geschossen und sie getroffen. Ich glaube, sie hat nichts gespürt.«

Madeline schlug die Hände vor die Augen. »Es ist alles meine Schuld.«

Obwohl sie ihn nicht ansah, schüttelte Bosch den Kopf.

»Nein, Maddie. Jetzt hör mal gut zu. So etwas darfst du auf keinen Fall sagen. So etwas darfst du nicht einmal denken. Es ist nicht deine Schuld. Es ist meine Schuld. Es ist alles allein meine Schuld.«

Sie antwortete nicht, sondern drückte das Kissen nur fester an ihre Brust und hielt den Blick auf die am Fenster vorbeiwischende Stadtlandschaft gerichtet.

Eine Stunde später setzte sie Sun Yee vor der Abflughalle ab. Bosch half seiner Tochter aus dem Mercedes, dann wandte er sich Sun zu. Im Auto hatten sie wenig gesprochen. Doch jetzt war es Zeit, sich zu verabschieden, und Bosch wusste, dass ohne Suns Hilfe seine Tochter jetzt nicht bei ihm wäre.

»Sun Yee, danke, dass Sie meine Tochter gerettet haben.«

»Gerettet haben Sie sie. Nichts konnte Sie aufhalten, Harry Bosch.«

»Was werden Sie jetzt tun? Wegen Eleanor wird die Polizei sicher zu Ihnen kommen, möglicherweise auch wegen allem anderen.«

»Ich regle das. Ihr Name wird nicht fallen. Das ist mein Versprechen. Egal, was passiert, ich werde Sie und Ihre Tochter aus allem heraushalten.«

Bosch nickte.

»Alles Gute.«

»Auch Ihnen alles Gute.«

Bosch schüttelte ihm die Hand, dann trat er zurück. Nach einer verlegenen Pause ging Madeline auf Sun zu und umarmte ihn. Trotz der Sonnenbrille entging Bosch der Ausdruck in Suns Gesicht nicht. Bosch spürte, dass Sun im Lauf von Madelines Rettung ungeachtet all ihrer Differenzen zu einer gewissen inneren Festigkeit gefunden hatte. Vielleicht half sie ihm, Zuflucht in sich selbst zu finden.

»Es tut mir wahnsinnig leid«, sagte Madeline.

Sun löste ihre Umarmung.

»Dein Leben geht weiter«, sagte er. »Und es wird glücklich werden.«

Damit wandten sie sich von ihm ab und gingen durch die Glastüren in den Terminal.

Am First-Class-Schalter von Cathay Pacific kaufte Bosch zwei Tickets für den Flug um 23:40 Uhr nach Los Angeles. Er bekam zwar etwas Geld für den Flug erstattet, den er für den nächsten Morgen gebucht hatte, musste aber trotzdem zwei Kreditkarten benutzen, um den vollen Betrag bezahlen zu können. Aber das spielte keine Rolle. Er wusste, dass Erste-Klasse-Passagiere einen Sonderstatus hatten und schneller durch die Sicherheitskontrollen und an Bord kamen. Das Risiko, dass sich Flughafenpersonal, Flugbegleiter und Wachleute für einen Fluggast interessierten, war bei First-Class-Passagieren geringer, selbst wenn es sich dabei um einen abgerissenen Mann in einem blutverschmierten Sakko handelte, der von einer Dreizehnjährigen begleitet wurde, die gar nicht mehr aufhören konnte zu weinen.

Zudem wusste Bosch, dass seine Tochter in den letzten sechzig Stunden extrem traumatisierende Erfahrungen gemacht hatte, und obwohl ihm nicht einmal annähernd klar war, was er dagegen tun könnte, spürte er dennoch instinktiv, dass jedes Bisschen mehr an Komfort nicht schaden konnte.

Angesichts Boschs wüstem Äußeren machte ihn die Frau hinter dem Schalter darauf aufmerksam, dass es im First-Class-Wartebereich eine Dusche gab. Bosch bedankte sich für den Hinweis, nahm ihre Boarding-Pässe an sich und folgte einer First-Class-Hostess zur Sicherheitskontrolle. Wie erwartet, gab es beim Security-Check dank ihres neu erworbenen Status keinerlei Probleme.

Sie hatten noch fast drei Stunden totzuschlagen, aber trotz der Lockungen einer heißen Dusche entschied Bosch, dass Nahrungsaufnahme das vordringlichere Bedürfnis wäre. Er konnte sich nicht erinnern, wann und was er zuletzt gegessen hatte, und nahm an, dass seine Tochter ähnlich ausgehungert war.

»Hast du Hunger, Mads?«

»Eigentlich nicht.«

»Hast du was zu essen bekommen?«

»Nein. Aber ich hätte sowieso nichts runtergekriegt.«

»Wann hast du zum letzten Mal was gegessen?«

Sie musste überlegen.

»Am Freitag, in der Mall. Ein Stück Pizza. Und davor …«

»Okay, dann müssen wir unbedingt was essen.«

Sie fuhren im Lift in eine Etage mit mehreren Restaurants, von denen man auf das Duty-free-Einkaufsmekka hinabblickte. Bosch entschied sich für ein Restaurant in der Mitte, von dem man einen guten Blick auf die verschiedenen Shopping-Ebenen hatte. Seine Tochter bestellte Chicken Fingers, Bosch ein Steak mit Pommes.

»Am Flughafen sollte man nie Steak essen«, sagte Madeline.

»Warum nicht?«

»Weil man kein Gescheites bekommt.«

Bosch nickte. Es war das erste Mal, dass sie mehr als ein, zwei Worte von sich aus gesagt hatte, seit sie sich von Sun verabschiedet hatten. Bosch war nicht entgangen, wie sie langsam in sich zusammengefallen war, als der nach ihrer Befreiung einsetzende Angstabbau nachzulassen begann und der Realität dessen Platz machte, was sie durchgemacht hatte und was ihrer Mutter zugestoßen war. Bosch befürchtete schon die ganze Zeit, sie könnte in eine Art Schockzustand verfallen. Die eigenartige Bemerkung über die Qualität von Steaks in Flughafenrestaurants schien darauf hinzudeuten, dass sie sich in einem dissoziativen Zustand befand.

»Das werde ich ja gleich sehen.«

Darauf sprang sie zu einem neuen Thema.

»Werde ich also jetzt bei dir in L. A. wohnen?«

»Ich denke schon.«

Er forschte nach einer Reaktion in ihrem Gesicht. Ihre Miene blieb unverändert – ausdrucksloser Blick über Wangen, die von getrockneten Tränen und Traurigkeit gezeichnet waren.

»Ich würde mich jedenfalls freuen«, fügte Bosch hinzu. »Als du letztes Mal zu Besuch warst, hast du ja auch gesagt, du wolltest gern bleiben.«

»Aber nicht so.«

»Ich weiß.«

»Kann ich noch mal nach Hause, meine Sachen holen und mich von meinen Freundinnen verabschieden?«

Bosch dachte eine Weile nach, bevor er antwortete.

»Ich glaube nicht. Deine Sachen kann ich vielleicht nachschicken lassen. Aber deinen Freundinnen wirst du wohl nur eine Mail senden können. Oder sie anrufen.«

»Aber verabschieden kann ich mich von ihnen.«

Bosch nickte und schwieg angesichts der unüberhörbaren Anspielung auf ihre tote Mutter. Aber sie redete schon kurz darauf wieder weiter, ihre Gedanken wie ein vom Wind erfasster Luftballon, der, von unvorhersehbaren Strömungen erfasst, bald hier, bald da aufsetzte.

»Werden wir hier von der Polizei gesucht?«

Bevor Bosch sich vorbeugte, um zu antworten, schaute er sich um, ob jemand in der Nähe die Frage gehört haben könnte.

»Das weiß ich nicht. Vielleicht. Ich zumindest. Aber ich möchte es nicht darauf ankommen lassen, das herauszufinden, solange wir noch hier sind. Es ist bestimmt besser, das alles in L. A. zu klären.«

Und dann, nach einer Pause, stellte sie Bosch eine weitere Frage, und von der blieb ihm erst mal die Luft weg.

»Dad, hast du die Männer, die mich entführt haben, umgebracht? Da wurde doch ziemlich viel geschossen.«

Bosch dachte nach, wie er darauf antworten sollte – ob als Polizist oder als Vater –, aber er musste nicht lange überlegen.

»Sagen wir einfach, sie haben bekommen, was sie verdient haben. Und was ihnen passiert ist, haben sie ganz allein sich selbst zuzuschreiben. Okay?«

»Okay.«

Als ihr Essen kam, hörten sie zu reden auf und machten sich heißhungrig darüber her. Bosch hatte das Restaurant, den Tisch und seinen Platz so gewählt, dass er sowohl die Läden als auch die Sicherheitskontrolle gut im Blick hatte. Er passte beim Essen genau auf, ob sich das Flughafen-Sicherheitspersonal in irgendeiner Weise auffällig verhielt. Jegliche gemeinsamen Aktionen mehrerer Personen hätten ihn sofort in Alarmbereitschaft versetzt. Er hatte zwar keine Ahnung, ob ihn die Polizei überhaupt schon im Visier hatte, aber er hatte eine tödliche Spur durch Hongkong gezogen und musste aufpassen, dass sie ihn nicht einholte.

»Willst du deine Pommes nicht mehr?«, fragte Maddie.

Bosch drehte seinen Teller so, dass sie an die Pommes frites herankam.

»Greif zu.«

Als sie über den Tisch langte, wich ihr Ärmel zurück, und Bosch sah das Pflaster in ihrer Armbeuge. Er musste an das blutige Papiertaschentuch denken, das Eleanor im Abfallkorb des Zimmers im Chungking Mansions gefunden hatte.

Bosch deutete auf ihren Arm.

»Was ist denn da passiert, Maddie? Haben sie dir Blut abgenommen?«

Sie legte ihre Hand auf die Wunde, als könnte das alle weiteren Fragen zu diesem Thema beenden.

»Muss das jetzt sein?«

»Kannst du mir nur eins sagen?«

»Ja, Quick hat mir Blut abgenommen.«

»Nein, ich wollte eigentlich etwas anderes wissen. Wo warst du, bevor sie dich in den Kofferraum gepackt und zum Hafen gefahren haben?«

»Keine Ahnung, in einer Art Krankenhaus. In einer Art Arztpraxis. Ich war die ganze Zeit in einem Zimmer eingesperrt. Bitte, Dad, darüber will ich nicht reden. Jedenfalls nicht jetzt.«

»Okay, Schatz, dann reden wir darüber, wenn *du* willst.«

Nach dem Essen gingen sie in die Ladenmeile hinunter. Dort kleidete sich Bosch in einem Herrengeschäft komplett neu ein und kaufte sich in einem Sportgeschäft ein Paar Joggingschuhe und Schweißbänder für die Handgelenke. Maddie wollte keine neuen Kleider und sagte, ihr genügten die Sachen aus ihrem Rucksack.

Als Nächstes gingen sie in einen Geschenkeladen, wo sich Maddie einen Stoffpandabären aussuchte, den sie als Kissen benutzen wollte, und ein Buch mit dem Titel *Percy Jackson – Diebe im Olymp.*

Anschließend meldeten sie sich im First-Class-Wartebereich der Fluggesellschaft für die Benutzung der Dusche an. Obwohl Bosch im Lauf des Tages einiges an Blut, Schmutz und Schweiß auf seinem Körper angesammelt hatte, duschte er nur kurz, denn er wollte seine Tochter auf keinen Fall länger als unbedingt nötig unbeaufsichtigt lassen. Bevor er sich wieder anzog, untersuchte er die Wunde an seinem Unterarm. Das Blut war inzwischen geronnen, erste Anzeichen, dass der Schnitt zu verheilen begann, waren zu sehen. Er benutzte die Schweißbänder, die er kurz zuvor gekauft hatte, als Wundverband.

Sobald er sich fertig angezogen hatte, nahm er den Deckel von dem Mülleimer neben dem Waschbecken, stopfte seine alten Kleider und Schuhe hinein und versteckte sie unter einer Schicht Papierhandtücher. Er wollte nicht, dass jemand seine Sachen entdeckte und herausnähme, vor allem nicht seine Schuhe, in denen er in Tuen Mun über den blutigen Fliesenboden gegangen war.

Einigermaßen erfrischt und gestärkt für den langen Flug verließ er den Waschraum, um nach seiner Tochter zu sehen. Als er sie nirgendwo fand, ging er zum Eingang des Frauenwaschraums, um dort auf sie zu warten. Als sie nach fünfzehn Minuten immer noch nicht auftauchte, begann er, unruhig zu werden. Er wartete weitere fünf

Minuten, dann ging er an die Rezeption und bat die Frau am Schalter, jemanden in den Waschraum zu schicken, um nach seiner Tochter zu sehen.

Die Frau sagte, sie werde das selbst übernehmen. Bosch folgte ihr und blieb am Eingang stehen. Als sie die Tür öffnete und den Waschraum betrat, konnte er die Dusche laufen hören. Dann ertönten Stimmen, und kurz darauf kam die Frau wieder nach draußen.

»Sie ist noch unter der Dusche und sagt, es ist alles okay. Sie wird allerdings noch eine Weile brauchen.«

»Gut, danke.«

Die Frau kehrte an ihren Schalter zurück, und Bosch sah auf die Uhr. Sie konnten frühestens in einer halben Stunde an Bord ihrer Maschine gehen. Es war also noch Zeit. Er kehrte in den Wartesaal zurück und setzte sich in einen Sessel in unmittelbarer Nähe des Gangs, der zum Waschraum führte. Er hielt die ganze Zeit Wache.

Er konnte sich nicht vorstellen, was in Madeline vor sich ging. Ihm war nur klar, dass sie Hilfe benötigte und dass er nicht in der Lage war, sie zu leisten. Deshalb gab er sich damit zufrieden, sie zunächst einfach nach Los Angeles zu bringen und dort weiterzusehen. Er hatte bereits eine Idee, wen er zu Hause anrufen konnte, damit Maddie die Hilfe bekommen würde, die sie benötigte.

Gerade als ihr Flug aufgerufen wurde, kam Madeline den Gang herunter. Sie hatte ihr nasses dunkles Haar glatt nach hinten gestrichen und trug dieselben Kleider, die sie im Auto angezogen hatte, nur dass sie sich inzwischen noch ein Kapuzenshirt übergestreift hatte. Irgendwie schien ihr kalt zu sein.

»Alles klar?«, fragte Bosch.

Sie antwortete nicht. Sie blieb nur mit gesenktem Kopf vor ihm stehen.

»Ich weiß, es ist eine dumme Frage«, fuhr Bosch fort. »Aber traust du dir überhaupt zu, in ein Flugzeug zu steigen? Eben wurde unser Flug aufgerufen. Wir müssen jetzt an Bord gehen.«

»Meinetwegen kann's losgehen. Ich wollte einfach nur richtig schön und lange duschen.«

»Klar.«

Sie verließen den Wartebereich und gingen zum Flugsteig. Das Sicherheitsaufgebot dort war nicht umfangreicher als sonst. Sie mussten Tickets und Pässe vorlegen, dann wurden sie an Bord gelassen.

Das Flugzeug war ein großer Doppeldecker, in dem sich das Cockpit auf der oberen Ebene befand und die First-Class-Kabine direkt darunter in der Nase des Flugzeugs. Eine Flugbegleiterin sagte ihnen, sie seien die einzigen First-Class-Passagiere und könnten sich ihre Plätze selbst aussuchen. Sie entschieden sich für die zwei Sitze in der vordersten Reihe, und es war, als hätten sie das ganze Flugzeug für sich allein. Bosch hatte sich fest vorgenommen, seine Tochter nicht aus den Augen zu lassen, bis sie in Los Angeles eintrafen.

Als alle Passagiere an Bord waren, begrüßte sie der Kapitän über die Sprechanlage und teilte ihnen mit, dass die Flugzeit nur dreizehn Stunden betrüge. Sie sei wegen Rückenwinds kürzer als auf dem Hinflug. Außerdem flögen sie gegen die Zeit zurück und würden deshalb Sonntagabend 21:30 Uhr in Los Angeles landen, zwei Stunden vor dem Start in Hongkong.

Bosch rechnete kurz nach und gelangte zu dem Ergebnis, dass er dann einen 39-Stunden-Tag hinter sich hätte. Den längsten Tag seines Lebens.

Wenig später erhielt die Maschine pünktlich ihre Starterlaubnis. Sie rollte auf die Startbahn, beschleunigte und stieg lärmend in den dunklen Himmel auf. Bosch begann, etwas befreiter zu atmen, als er aus dem Fenster schaute und die Lichter Hongkongs unter den Wolken verschwinden sah. Er hoffte, nie mehr zurückzukommen.

Seine Tochter fasste über den Zwischenraum zwischen ihren Sitzen und ergriff seine Hand. Er drehte sich zu ihr und sah ihr in die Augen. Sie hatte wieder zu weinen begonnen. Bosch drückte ihre Hand und nickte.

»Es wird alles wieder gut, Maddie.«

Sie nickte ebenfalls und hielt weiter seine Hand.

Als die Maschine Reiseflughöhe erreicht hatte, kam die Flugbegleiterin und bot ihnen etwas zu essen und zu trinken an, aber sowohl Bosch als auch seine Tochter lehnten ab. Madeline sah sich einen Film über Vampire im Teenageralter an, dann klappte sie ihren Sitz flach nach hinten – einer der Vorteile der ersten Klasse – und kuschelte sich an ihr neues Kissen.

Wenig später schlief sie tief und fest, und Bosch stellte sich vor, dass eine Art innerer Heilungsprozess einsetzte. Die Armeen des Schlafs, die durch ihr Hirn marschierten und die bösen Erinnerungen angriffen.

Er beugte sich zu ihr hinüber und küsste sie ganz leicht auf die Wange. Während die Sekunden, Minuten und Stunden rückwärtsliefen, beobachtete er sie im Schlaf und wünschte sich das Unmögliche: dass sich die Uhr so weit zurückdrehen ließe, dass er den ganzen Tag noch einmal von Neuem beginnen könnte. Das war sein Wunschtraum. Die Realität war, dass sich sein Leben fast ebenso einschneidend verändert hatte wie ihres. Sie war jetzt bei ihm. Und er wusste, egal, was er bis zu diesem Punkt in seinem Leben getan oder bewirkt hatte, sie war seine Chance auf Vergebung.

Wenn er sich gut um sie kümmerte, hatte er die Möglichkeit, alles wiedergutzumachen. Alles.

Eigentlich hatte er sich vorgenommen, die ganze Nacht auf sie aufzupassen. Aber schließlich überwältigte ihn die Müdigkeit, und er schloss die Augen. Bald träumte er von einem Platz an einem Fluss. Im Freien stand ein Tisch mit einem weißen, vom Wind gekräuselten Tischtuch. Er saß daran Eleanor und Madeline gegenüber, und sie lächelten ihn an. Es war ein Traum von einem Ort, den es nie gegeben hatte und nie geben würde.

TEIL 3

Schützen und Dienen

39

Die letzte Hürde waren Zoll und Passkontrolle in Los Angeles. Der Mann am Einreiseschalter zog ihre Pässe über den Scanner und wollte sie gerade routinemäßig abstempeln, als ihm auf seinem Computermonitor etwas ins Auge fiel. Bosch hielt den Atem an.

»Mr. Bosch. Sie waren nicht mal einen Tag lang in Hongkong?«

»Das ist richtig. Ich habe nicht mal eine Tasche dabei. Ich habe nur meine Tochter abgeholt.«

Der Mann nickte, als leuchtete ihm das ein. Er drückte den Stempel in die Pässe. Dann sah er Madeline an und sagte:

»Willkommen in L. A., junge Dame.«

»Danke«, sagte sie.

Als sie in Boschs Haus im Woodrow Wilson Drive ankamen, war es fast Mitternacht. Bosch trug Madelines Rucksack ins Gästezimmer, und seine Tochter folgte ihm. Sie kannte das Zimmer, weil sie bei ihren früheren Besuchen darin untergebracht gewesen war.

»Nachdem du jetzt die ganze Zeit hier wohnen wirst«, sagte Bosch, »können wir das Zimmer so einrichten, wie du es möchtest. Ich weiß, in Hongkong hattest du jede Menge Poster und Sachen.«

In der Ecke standen zwei Schachteln mit Kopien alter Akten.

»Die werde ich gleich mal rausschaffen.«

Er trug jede von ihnen einzeln in sein Schlafzimmer und sprach weiter mit Madeline, während er zwischen den Zimmern hin- und herging.

»In deinem Zimmer gibt es zwar kein eigenes Bad, aber du kannst das Gästebad im Flur ganz für dich allein haben. Ich bekomme nicht oft Besuch.«

Nachdem er die Schachteln weggeräumt hatte, setzte sich Bosch aufs Bett und sah seine Tochter an. Sie stand immer noch in der Mitte des Zimmers.

Ihr Gesichtsausdruck ging ihm durch und durch. Er konnte sehen, dass die Realität ihrer Situation bei ihr angekommen war. Da tat es auch nichts zur Sache, dass sie wiederholte Male den Wunsch geäußert hatte, in L. A. zu leben. Jetzt war sie für immer hier, und sich darauf einzustellen, war nicht leicht für sie.

»Maddie, da ist noch etwas, was ich dir sagen wollte«, begann Bosch. »Bisher war ich immer nur vier Wochen im Jahr dein Vater. Das war einfach. Aber jetzt wird es schwierig. Ich werde Fehler machen, und ich muss dich jetzt schon bitten, Geduld mit mir zu haben, während ich lerne. Aber ich verspreche dir, ich werde mein Bestes tun.«

»Okay.«

»So, und was kann ich jetzt für dich tun? Bist du hungrig? Müde? Sonst irgendwas?«

»Nein, ich brauche nichts. Wahrscheinlich hätte ich im Flugzeug nicht so viel schlafen sollen.«

»Das macht nichts. Du hast den Schlaf gebraucht. Und Schlafen ist immer gut. Es heilt.«

Sie nickte und blickte sich etwas bedrückt in ihrem

neuen Zimmer um. Es war ein typisches Gästezimmer. Ein Bett, eine Kommode und ein Tisch mit einer Lampe.

»Morgen kaufen wir einen Fernseher, den du hier aufstellen kannst. Einen mit Flachbildschirm. Und einen Computer und einen Schreibtisch. Wir werden alles Mögliche besorgen müssen.«

»Ein neues Handy werde ich auch brauchen. Mein altes hat Quick genommen.«

»Klar, ein neues Handy bekommst du auch. Ich habe noch die SIM-Karte aus deinem Alten. Deine Adressen sind also nicht weg.«

Sie sah ihn an, und er merkte, dass er einen Fehler gemacht hatte.

»Du hast die Karte? Hat Quick sie dir gegeben? War seine Schwester auch da?«

Bosch hob beschwichtigend die Hände und schüttelte den Kopf. »Ich bin Quick und seiner Schwester nie begegnet. Ich habe dein Handy gefunden, aber es war kaputt. Alles, was davon noch zu gebrauchen war, ist die SIM-Karte.«

»Sie hat versucht, mir zu helfen. Sie hat gemerkt, dass Quick mich verkaufen wollte, und wollte ihn davon abbringen. Aber er hat sie einfach aus dem Auto geworfen.«

Bosch wartete, dass sie mehr erzählte, aber sie verstummte. Er hatte viele Fragen, die er ihr über den Bruder und die Schwester und alles andere stellen wollte, aber dann gewann der Vater in ihm die Oberhand über den Polizisten. Dafür war jetzt nicht der richtige Zeitpunkt. Erst musste sie wieder auf die Beine kommen und sich an ihre neue Umgebung gewöhnen. Der Polizist käme später an die Reihe, um ihr Fragen zu Quick und He zu stellen und ihr zu erzählen, was mit ihnen passiert war.

Er studierte ihr Gesicht, und sie machte den Eindruck, als wären keine Emotionen mehr in ihr übrig. Obwohl sie im Flugzeug lange geschlafen hatte, wirkte sie immer noch müde.

»Es wird alles wieder gut, Maddie. Das verspreche ich dir.«

Sie nickte.

»Ähm, könnte ich vielleicht eine Weile einfach nur allein sein?«

»Klar. Es ist dein Zimmer. Außerdem müsste ich sowieso ein paar Telefongespräche führen.«

Er stand auf und ging zur Tür. Er zögerte, bevor er sie hinter sich zuzog, und schaute noch einmal zu ihr hinein.

»Du sagst mir einfach Bescheid, wenn du was brauchst, ja?«

»Mach ich, Dad. Danke.«

Er schloss die Tür und ging ins Wohnzimmer. Dort holte er sein Handy aus der Tasche und rief David Chu an.

»Hier Bosch. Entschuldigung, dass ich so spät noch störe.«

»Kein Problem. Wie sieht's bei Ihnen in Hongkong aus?«

»Ich bin schon wieder in L. A.«

»Sie sind bereits zurück? Und Ihre Tochter?«

»Ist in Sicherheit. Was gibt's Neues von Chang?«

Chu antwortete erst nach kurzem Zögern. Er wollte nicht derjenige sein, der Bosch die schlechte Nachricht überbrachte.

»Tja, er kommt morgen frei. Wir haben nichts, um Anklage gegen ihn zu erheben.«

»Und die Erpressung?«

»Ich habe heute noch mal einen letzten Versuch gestartet. Aber Li und Lam wollen nicht Anzeige erstatten. Sie haben zu viel Angst vor der Triade. Li hat gesagt, es hätte bereits jemand angerufen und ihm gedroht.«

Bosch musste an den Drohanruf denken, den er am Freitag erhalten hatte. Vermutlich war es derselbe Anrufer gewesen.

»Chang kommt also morgen frei und fährt zum Flughafen, steigt in ein Flugzeug und verschwindet für immer.«

»Sieht ganz so aus, Harry.«

Bosch schüttelte den Kopf. Innerlich kochte er vor Wut.

»Diese verdammten Schweine.«

Bosch merkte, dass ihn seine Tochter hören könnte. Er öffnete eine der Schiebetüren des Wohnzimmers und ging auf die Terrasse hinaus. Das Rauschen des Freeways unten im Pass würde seine Worte übertönen.

»Sie wollten meine Tochter verkaufen«, fuhr er fort. »Wegen ihrer Organe.«

»Im Ernst?«, sagte Chu. »Ich dachte, sie wollten Sie bloß einschüchtern.«

»Sie haben ihr Blut abgenommen, und offensichtlich hatte sie die gleiche Blutgruppe wie jemand mit sehr viel Geld, denn plötzlich haben sie es sich anders überlegt.«

»Sie könnten den Bluttest ja auch nur gemacht haben, um festzustellen, dass sie keine ansteckenden Krankheiten hat, bevor sie …«

Chu verstummte, als er merkte, dass diese Alternative

kaum weniger beängstigend war. Dann gab er dem Gespräch eine andere Richtung.

»Ist sie bei Ihnen, Harry?«

»Ich habe Ihnen doch gesagt, sie ist in Sicherheit.«

Bosch wusste, Chu würde seine ausweichende Antwort als Zeichen seines mangelnden Vertrauens auslegen, aber dann war es eben so. Nach dem Tag, den er hinter sich hatte, konnte er einfach nicht anders. Er versuchte, das Thema zu wechseln.

»Wann haben Sie zum letzten Mal mit Ferras oder Gandle gesprochen?«

»Von Ihrem Partner habe ich seit Freitag nichts mehr gehört, mit dem Lieutenant habe ich erst vor zwei Stunden telefoniert. Er wollte wissen, wie die Dinge stehen. Auch er war ziemlich angefressen.«

Es war Sonntag und fast Mitternacht, und trotzdem war der Freeway unten im Tal voll, alle zehn Fahrspuren. Die Luft war frisch und kühl, eine willkommene Abwechslung zu Hongkong.

»Wer sagt der Staatsanwaltschaft eigentlich Bescheid, dass sie ihn freilassen sollen?«, fragte Bosch.

»Ich wollte morgen Vormittag bei ihnen anrufen. Es sei denn, Sie möchten das übernehmen.«

»Ich weiß noch nicht, ob ich morgen Vormittag reinkomme. Übernehmen ruhig Sie das, aber rufen Sie nicht vor zehn an.«

»Klar, aber warum erst nach zehn?«

»Damit ich noch Zeit habe, in die Stadt zu fahren und mich von Mr. Chang zu verabschieden.«

»Harry, tun Sie nichts, was Sie hinterher bereuen werden.«

Bosch dachte kurz an die letzten drei Tage.

»Dafür ist es zu spät.«

Bosch beendete das Gespräch mit Chu. Er blieb am Geländer stehen und blickte in die Nacht hinaus. Es vermittelte ihm zweifellos ein gewisses Gefühl von Sicherheit, zu Hause zu sein, aber er konnte einfach nicht anders: Er musste an das denken, was er verloren und zurückgelassen hatte. Es war, als wären ihm die hungrigen Geister Hongkongs über den Pazifik gefolgt.

»Dad?«

Er drehte sich um. Seine Tochter stand in der offenen Tür.

»Ja, Schatz.«

»Ist irgendwas?«

»Nein, warum?«

Sie kam auf die Terrasse und stellte sich neben ihn ans Geländer.

»Du hast dich gerade ziemlich wütend angehört. Als du telefoniert hast, meine ich.«

»Ach, das war wegen eines Falls. Und da läuft einiges schief.«

»Das tut mir leid.«

»Nicht deine Schuld. Aber hör zu, ich muss morgen früh kurz in die Stadt. Ich werde ein paar Leute anrufen, ob vielleicht jemand auf dich aufpassen kann, solange ich weg bin. Aber wenn ich wieder zurückkomme, fahren wir einkaufen – wie versprochen. Okay?«

»Meinst du, so eine Art Babysitter?«

»Nein … ich meine, na ja, vielleicht doch.«

»Dad, ich hatte keinen Babysitter und kein Kindermädchen mehr, seit ich zwölf bin.«

»Ja, schon, aber das ist erst ein Jahr her.«

»Ich komme schon allein klar. Ich meine, Mom lässt mich doch nach der Schule auch allein in die Mall gehen.«

Bosch entging nicht, dass sie im Präsens sprach. Es lag ihm auf der Zunge, dass die Entscheidung, sie allein in die Mall gehen zu lassen, nicht besonders glücklich gewesen war, aber er war klug genug, sich das für eine spätere Gelegenheit aufzusparen. Der entscheidende Punkt war, dass Madelines Sicherheit absoluten Vorrang hatte. Konnten sie die Kreise, die sie in Hongkong in ihre Gewalt gebracht hatten, auch hier, auf der anderen Seite der Welt, in seinem Haus finden? Eigentlich schien es ausgeschlossen, aber selbst wenn die Wahrscheinlichkeit nur sehr gering war, durfte er nicht riskieren, seine Tochter unbeaufsichtigt zu lassen. Das Problem war nur, dass er nicht sicher war, wen er damit beauftragen konnte. In der Nachbarschaft war er nicht wirklich eingebunden. Er war nur der Polizist im Viertel, den man rief, wenn es Ärger gab. Aber darüber hinaus hatte er kaum etwas mit den Leuten in seiner Straße zu tun oder mit sonst jemandem, der nicht bei der Polizei war. Er wusste nicht, wem er vertrauen konnte und wer dafür eher infrage käme als eine wildfremde Person, die er in den Babysitterannoncen im Telefonbuch aussuchte. Bosch wusste nicht weiter, und allmählich dämmerte ihm, dass er vollkommen ungeeignet war, seine Tochter großzuziehen.

»Maddie, das ist jetzt einer dieser Momente, die ich gemeint habe, als ich dir gesagt habe, du müsstest Geduld mit mir haben. Ich möchte dich im Moment einfach noch nicht allein lassen. Du kannst ja in deinem Zimmer bleiben, wenn du möchtest – wahrscheinlich wirst du wegen des Jetlags sowieso noch schlafen. Aber ich möchte, dass ein Erwachsener bei dir im Haus ist. Jemand, dem ich vertraue.«

»Wenn du unbedingt meinst.«

Der Gedanke, dass er der Polizist im Viertel war, brachte ihn plötzlich auf eine andere Idee.

»Und was hältst du davon? Wenn du nicht willst, dass jemand auf dich aufpasst, hätte ich einen anderen Vorschlag. Unten am Fuß des Hügels gibt es eine Schule. Eine staatliche Mittelschule. Ich glaube, die Ferien sind erst letzte Woche zu Ende gegangen. Ich habe nämlich auf dem Weg zur Arbeit die ganzen Autos davor stehen sehen. Ich weiß zwar noch nicht, ob du dort zur Schule gehen wirst oder ob wir versuchen sollen, in einer Privatschule einen Platz für dich zu organisieren, aber ich könnte dich trotzdem hinbringen, damit du dir die Schule schon mal ansehen kannst. Dich vielleicht in ein paar Klassen reinsetzen und sehen, wie du es dort so findest, während ich in die Stadt fahre. Wie fändest du das? Ich kenne die stellvertretende Direktorin. Bei ihr bist du in guten Händen.«

Seine Tochter steckte sich eine Haarsträhne hinters Ohr und blickte eine Weile reglos auf die Stadt hinab, bevor sie antwortete.

»Okay, meinetwegen.«

»Gut, dann machen wir das. Ich rufe morgen früh an und kümmere mich darum.«

Problem gelöst, dachte Bosch.

»Dad?«

»Ja, Schatz?«

»Ich habe gehört, was du am Telefon gesagt hast.«

Er zuckte innerlich zusammen.

»Sorry. Ich werde versuchen, künftig besser auf meine Wortwahl zu achten. Ganz besonders, wenn du dabei bist.«

»Nein, nicht das. Ich meine, als du hier draußen warst. Als du gesagt hast, dass sie meine Organe verkaufen wollten. Stimmt das?«

»Das weiß ich nicht, Schatz. Ich weiß nicht, was sie genau vorhatten.«

»Quick hat mir Blut abgenommen. Er hat gesagt, er würde es dir schicken. Du weißt schon, damit du einen DNA-Test machen kannst und einen Beweis hast, dass ich tatsächlich entführt worden bin.«

Bosch nickte.

»Also, da hat er dich angeschwindelt. Das Video, das er mir geschickt hat, war Beweis genug. Die Blutprobe wäre vollkommen überflüssig gewesen. Er hat dich belogen, Mad. Er hat dich auf übelste Weise hintergangen, und er hat verdient, was ihm danach passiert ist.«

Sie drehte sich abrupt zu ihm herum, und er merkte, dass ihm schon wieder ein Lapsus unterlaufen war.

»Wieso? Was ist ihm passiert?«

Bosch wusste, er wollte sich nicht auf den rutschigen Abhang begeben, seine Tochter zu belügen, zumal er wusste, dass ihr an Quicks Schwester und vielleicht sogar an Quick selbst etwas gelegen war. Wahrscheinlich war ihr das wahre Ausmaß seines Vertrauensbruchs noch immer nicht bewusst.

»Er ist tot.«

Ihr stockte der Atem, und sie riss die Hände an ihren Mund.

»Hast du ihn …«

»Nein, Maddie. Ich habe nur seine Leiche entdeckt, als ich dein Handy gefunden habe. Ich nehme an, du mochtest ihn, aber er hat dich auf übelste Weise hintergangen, Schatz. Allerdings muss ich gestehen, dass ich es vielleicht getan hätte, wenn er noch gelebt hätte, als ich ihn gefunden habe. Aber jetzt lass uns reingehen.«

Bosch wandte sich vom Geländer ab.

»Und He?«

Bosch blieb stehen und schaute zu ihr zurück.

»Was aus He wurde, weiß ich nicht.«

Er ging nach drinnen. Da, eben hatte er sie zum ersten Mal belogen. Er hatte es getan, um ihr weiteren Kummer zu ersparen, aber das spielte keine Rolle. Es ging bereits los, und er spürte, dass er diesen Abhang hinunterzurutschen begann.

40

Am Montag um elf Uhr wartete Bosch vor dem Downtown Detention Center auf Bo-Jing Changs Haftentlassung. Er war nicht sicher, was er tun oder sagen würde, wenn der Mörder als freier Mann nach draußen kam. Aber er wusste, er durfte sich diese Gelegenheit nicht entgehen lassen.

Wenn Changs Festnahme der Auslöser für die Geschehnisse in Hongkong gewesen war, unter anderem auch für Eleanors Tod, dann könnte er sich nie mehr ins Gesicht schauen, wenn er den Mann nicht zur Rede stellte, solange er noch die Gelegenheit dazu hatte.

Das Handy in seiner Tasche begann zu vibrieren, und um nicht zu riskieren, Chang zu verpassen, hätte er den Anruf am liebsten gar nicht entgegengenommen. Aber auf dem Display sah er, dass es Lieutenant Gandle war. Er ging ran.

»Ich höre, Sie sind wieder zurück.«

»Ja, bin ich. Ich wollte Sie auch anrufen.«

»Haben Sie Ihre Tochter?«

»Ja, sie ist in Sicherheit.«

»Wo?«

Bosch zögerte, aber nicht zu lange.

»Sie ist bei mir.«

»Und ihre Mutter?«

»Ist noch in Hongkong.«

»Wie soll das denn gehen?«

»Sie wird bei mir wohnen. Eine Weile jedenfalls.«

»Was ist in Hongkong passiert? Irgendetwas, weswegen ich mir Sorgen machen muss?«

Bosch wusste nicht, wie viel er dem Lieutenant erzählen sollte. Er beschloss, es vorerst aufzuschieben.

»Eigentlich dürfte nichts nachkommen. Aber man weiß natürlich nie.«

»Ich sage Ihnen Bescheid, wenn ich was höre. Kommen Sie zum Dienst?«

»Äh, heute nicht. Ich würde mir gern ein, zwei Tage freinehmen. Es gibt da wegen meiner Tochter einiges zu regeln – Sie wissen schon, in welche Schule sie geht und so. Außerdem möchte ich mich darum kümmern, dass sie eine Therapie bekommt.«

»Weiße Zeit oder Urlaub? Ich muss das nämlich angeben.«

Angesparte Überstunden hießen beim LAPD wegen der weißen Formulare, auf denen sie von den Vorgesetzten eingetragen wurden, allgemein »weiße Zeit«.

»Das ist mir egal. Aber an sich müsste ich genügend weiße Zeit angespart haben.«

»Dann nehme ich es davon. Sonst alles okay, Harry?«

»Ja, alles bestens.«

»Chu hat Ihnen wahrscheinlich schon erzählt, dass Chang freikommt.«

»Ja, hat er.«

»Dieser Arsch von Anwalt war heute Morgen bereits hier, um seinen Koffer abzuholen. Tut mir leid, Harry, aber wir konnten einfach nichts machen. Wir haben keine Beweise, und diese zwei Luschen oben im Valley wollten uns nicht helfen, ihn wegen Erpressung unter Anklage zu stellen.«

»Ich weiß.«

»Dazu kommt noch, dass Ihr Partner das ganze Wochenende zu Hause geblieben ist. Angeblich war er krank.«

»Tja …«

Damit hatte Ferras das Fass endgültig zum Überlaufen gebracht, aber das würde Bosch selbst mit seinem Partner regeln. Gandle wollte er dabei vorerst aus dem Spiel lassen.

Die Tür der Entlassungsstelle ging auf, und Bosch sah einen Asiaten nach draußen kommen. Der Mann trug einen Anzug und hatte einen Aktenkoffer bei sich. Es war nicht Chang. Er hielt mit dem Körper die Tür auf und winkte einem Auto, das ein Stück weiter am Straßenrand wartete. Bosch wusste, es war so weit. Der Mann im Anzug war Anthony Wing, ein bekannter Strafverteidiger.

»Ich muss jetzt Schluss machen, Lieutenant. Kann ich Sie später noch mal anrufen?«

»Rufen Sie mich einfach an, wenn Sie wissen, wie viel Tage Sie frei nehmen wollen und wann ich Sie wieder zum Dienst einteilen kann. Bis dahin sehe ich, was ich Ferras zu tun gebe. Irgendeinen Schreibtischjob.«

»Wir telefonieren.«

Gerade als Bosch das Handy wegsteckte, glitt ein schwarzer Cadillac Escalade auf ihn zu, und Bo-Jing Chang kam durch die Gefängnistür. Bosch pflanzte sich zwischen ihm und dem SUV auf. Wing stellte sich zwischen Bosch und Chang.

»Entschuldigung, Detective«, sagte der Anwalt. »Aber

Sie schränken die Bewegungsfreiheit meines Mandanten ein.«

»Ach, das ist also, was ich mache, ihn einschränken? Und was ist damit, dass er John Lis Leben einschränkt?«

Bosch sah, wie Chang hinter Wing grinsend den Kopf schüttelte. Dann hörte er hinter sich eine Autotür zufallen, und Wings Blick richtete sich plötzlich auf eine Stelle hinter ihm.

»Sehen Sie zu, dass Sie alles aufnehmen«, ordnete der Anwalt an.

Bosch blickte hinter sich und sah, dass ein Mann mit einer Videokamera aus dem großen SUV gestiegen war. Das Objektiv der Kamera war auf Bosch gerichtet.

»Detective, wenn Sie Mr. Chang in irgendeiner Weise anfassen oder belästigen, wird alles aufgezeichnet und an die Medien weitergeleitet.«

Bosch wandte sich wieder Wing und Chang zu. Changs hämisches Grinsen war einem zufriedenen Lächeln gewichen.

»Sie glauben, damit ist der Fall erledigt, Chang? Dass Sie sich da mal nicht täuschen. Sie und Ihre Leute haben es eindeutig überreizt. Jetzt nehme ich die Sache nämlich persönlich in die Hand, und die Seite von mir sollen Sie erst noch kennenlernen.«

»Machen Sie bitte Platz, Detective«, sagte Wing, bewusst an die Kamera gerichtet. »Mr. Chang fährt jetzt weg, weil die Vorwürfe, die Sie gegen ihn erhoben haben, vollkommen haltlos sind. Er wird wegen der Belästigung seitens des LAPD nach Hongkong zurückkehren. Ihretwegen ist es ihm nun nicht mehr möglich, sein Leben hier in der Form weiterzuführen, wie er es bisher tat.«

Bosch machte den zwei Männern Platz und ließ sie zum Auto gehen.

»Sie können so viel Scheiße reden, wie Sie wollen, Wing. Und Ihre Kamera können Sie sich den Arsch hochschieben.«

Zuerst stieg Chang in den Cadillac Escalade, dann signalisierte Wing dem Kameramann, vorn einzusteigen.

»Jetzt haben wir Ihre Drohung auf Video, Detective«, stellte Wing fest. »Merken Sie sich das gut.«

Damit ließ Wing sich neben Chang nieder und schloss die Tür. Bosch stand da und sah zu, wie der große Geländewagen losfuhr, um Chang wahrscheinlich direkt zum Flughafen zu bringen und endgültig dem Zugriff der Behörden zu entziehen.

Als Bosch in die Schule zurückkam, suchte er als Erstes das Büro der stellvertretenden Direktorin auf. Sue Bambrough hatte sich am Morgen bereit erklärt, Madeline probeweise am Unterricht der achten Klassen teilnehmen zu lassen, damit sie sich einen Eindruck von der Schule verschaffen konnte. Als Bosch Bambroughs Büro betrat, forderte sie ihn auf, Platz zu nehmen, und erzählte ihm dann, seine Tochter sei noch im Unterricht und finde sich bereits erstaunlich gut zurecht. Bosch war überrascht. Sie war gerade einmal zwölf Stunden in Los Angeles, und das, nachdem sie ihre Mutter verloren und ein nervenaufreibendes Wochenende in der Gewalt ihrer Entführer verbracht hatte. Er hatte befürchtet, Madeline in der Schule abzuliefern, könnte sich als verhängnisvoller Fehler erweisen.

Bosch kannte Bambrough bereits. Ein Nachbar, dessen Sohn die Schule besuchte, hatte ihn vor ein paar

Jahren gebeten, in der Klasse des Jungen über Kriminalität und die Tätigkeit der Polizei zu sprechen. Bambrough war eine kluge, resolute Frau, die sich ausführlich mit Bosch unterhalten hatte, bevor sie ihn vor ihren Schülern sprechen ließ. So gründlich war Bosch selbst vor Gericht von Strafverteidigern selten auf den Zahn gefühlt worden. Sie ließ kaum ein gutes Haar an der Arbeit der Polizei in L. A., aber ihre Argumente hatten Hand und Fuß und waren klar formuliert. Bosch respektierte sie.

»Der Unterricht ist in zehn Minuten zu Ende, dann bringe ich Sie zu ihr«, sagte Bambrough. »Da wäre allerdings noch ein Punkt, über den ich vorher gern mit Ihnen sprechen würde, Detective Bosch.«

»Ich habe Ihnen doch letztes Mal schon gesagt, Sie können mich gern Harry nennen. Aber, worüber wollen Sie mit mir sprechen?«

»Na ja, Ihre Tochter erzählt ja vielleicht abenteuerliche Geschichten. Jemand hat gehört, wie sie in der Pause ein paar anderen Schülern berichtet hat, sie sei eben erst von Hongkong hierhergezogen, weil ihre Mutter ermordet und sie selbst entführt worden sei. Ich mache mir ein wenig Sorgen, ob sie nicht ein bisschen gewaltsam versucht, sich interessant zu machen, um …«

»Es stimmt aber. Alles.«

»Wie bitte?«

»Sie wurde entführt, und ihre Mutter wurde bei dem Versuch, sie zu befreien, ermordet.«

»Oh, mein Gott! Wann war das?«

Bosch bereute, Bambrough nicht alles erzählt zu haben, als sie sich am Morgen unterhalten hatten. Er hatte ihr lediglich mitgeteilt, dass seine Tochter künftig bei ihm leben werde und sich die Schule ansehen wolle.

»Dieses Wochenende«, antwortete er. »Wir sind gestern Abend aus Hongkong zurückgekommen.«

Bambrough sah ihn entgeistert an.

»Am Wochenende? Wollen Sie mich auf den Arm nehmen?«

»Ganz und gar nicht. Sie hat wirklich einiges durchgemacht. Ich weiß, es könnte noch zu früh sein, sie schon in die Schule zu schicken, aber ich hatte heute Morgen einen ... Termin, den ich nicht absagen konnte. Ich nehme sie jetzt wieder mit nach Hause, und falls sie in ein paar Tagen wieder in die Schule kommen will, sage ich Ihnen Bescheid.«

»Und was ist mit einer Therapie? Und einer ärztlichen Untersuchung?«

»Darum kümmere ich mich gerade.«

»Sehen Sie unbedingt zu, dass sie Hilfe bekommt. Kinder sprechen gern über belastende Dinge. Die Sache ist nur, dass sie es nicht unbedingt mit ihren Eltern tun wollen. Ich habe festgestellt, dass Kinder von Natur aus ein äußerst feines Gespür dafür haben, was sie brauchen, um sich nach so einem Erlebnis selbst zu heilen und wieder ins normale Leben zurückzufinden. Nachdem sie ihre Mutter verloren hat und die Rolle des alleinerziehenden Vaters noch etwas neu für Sie sein dürfte, braucht Madeline vermutlich einen Außenstehenden, mit dem sie über alles reden kann.«

Bosch nickte, als der Vortrag zu Ende war.

»Sie wird alles bekommen, was sie braucht. Was müsste ich tun, wenn sie hier zur Schule gehen möchte?«

»Rufen Sie mich einfach an. Sie wohnen hier im Viertel, und wir haben genügend freie Plätze. Die Anmeldung ist nicht mit großem Aufwand verbunden. Wir brauchen nur ihren Schülerbogen aus Hongkong und die Geburtsurkunde, und damit hat es sich im Grunde genommen schon.«

Bosch wurde bewusst, dass die Geburtsurkunde seiner Tochter wahrscheinlich in der Wohnung in Hongkong war.

»Ich habe ihre Geburtsurkunde nicht. Ich muss erst eine beantragen. Ich glaube, sie wurde in Las Vegas geboren.«

»Sie glauben?«

»Ich, äh, habe erst von ihrer Existenz erfahren, als sie vier war. Damals hat sie mit ihrer Mutter in Las Vegas gelebt, und deshalb nehme ich an, dass sie auch dort geboren wurde. Ich kann sie ja fragen.«

Bambrough sah ihn noch verdutzter an.

»Ich habe ihren Pass«, erklärte Bosch. »Darin steht, wo sie geboren wurde. Ich habe nur noch nicht nachgesehen.«

»Na ja, auch das würde uns vorläufig genügen, bis Sie die Geburtsurkunde haben. Ich glaube, im Moment ist das Wichtigste, dass Ihre Tochter psychologische Betreuung erhält. Das ist ein fürchterliches Trauma für sie. Sie müssen sie dazu bringen, mit einem Therapeuten zu sprechen.«

»Keine Sorge, das werde ich.«

Ein Läuten kündigte das Ende der Unterrichtsstunde an, und Bambrough stand auf. Sie verließen das Büro und gingen einen Gang hinunter. Weil das Schulgelände an einem Hang lag, war es lang und schmal. Bosch entging nicht, dass Bambrough immer noch zu verdauen versuchte, was Madeline vor Kurzem durchgemacht und zu verarbeiten hatte.

»Sie ist ganz schön tough«, sagte er schließlich.

»Das muss sie nach so einem Erlebnis auch sein.«

Bosch wollte das Thema wechseln.

»Welche Fächer hat sie sich ausgesucht?«

»Angefangen hat sie mit Mathe und dann, nach einer kurzen Pause, Sozialkunde. Danach war Mittagspause, und jetzt kommt sie gerade aus dem Spanisch-Unterricht.«

»In Hongkong hat sie Chinesisch gelernt.«

»Das ist sicher nur eine der vielen schwierigen Umstellungen, die auf sie zukommen werden.«

»Wie gesagt, sie ist ziemlich tough. Ich glaube, sie packt das.«

Bambrough wandte sich ihm im Gehen lächelnd zu.

»Wie Ihr Vater, hm?«

»Ihre Mutter war tougher.«

Der Gang füllte sich mit Kindern, die die Klassenzimmer wechselten. Bambrough entdeckte Boschs Tochter als Erste und rief: »Madeline.«

Bosch winkte. Maddie unterhielt sich mit zwei Mädchen und schien bereits Kontakte zu knüpfen. Sie verabschiedete sich von den beiden Mitschülerinnen und kam auf Bosch zugerannt.

»Hi, Dad.«

»Na, wie hat es dir gefallen?«

»Ganz okay.«

Ihr Tonfall war zurückhaltend, und Bosch wusste

nicht, ob es daran lag, dass die stellvertretende Schulleiterin dabei war.

»Wie ging's dir in Spanisch?«, fragte Bambrough.

»Na ja, nicht so besonders.«

»Ich habe gehört, du hast Chinesisch gelernt. Das ist wesentlich schwieriger als Spanisch. Da kommst du bestimmt auch in Spanisch schon bald problemlos mit.«

»Hoffentlich.«

Bosch beschloss, ihr den Small Talk zu ersparen.

»Und? Wie sieht's aus, Mad? Wir wollten doch heute noch einkaufen gehen.«

»Klar, gern.«

Bosch sah Bambrough an und nickte.

»Schon mal vielen Dank, und ich melde mich dann bei Ihnen.«

Auch seine Tochter fiel in den Dank mit ein, und sie verließen die Schule. Sobald sie im Auto saßen, fuhr Bosch den Hügel hinauf nach Hause.

»So, Maddie. Jetzt, wo wir allein sind: Wie fandest du es wirklich?«

»Ähm, eigentlich ganz okay. Es ist nur nicht dasselbe, weißt du?«

»Klar, verstehe ich. Wir können uns auch ein paar Privatschulen ansehen. Einige sind auch gar nicht weit von hier, auf der Valley-Seite.«

»Ich will aber kein Valley-Girl werden, Dad.«

»Wirst du bestimmt auch nicht. Außerdem hängt das nicht davon ab, wo du zur Schule gehst.«

»Ich glaube, diese Schule wäre ganz okay«, sagte sie nach einigem Nachdenken. »Ich habe schon ein paar Mädchen kennengelernt, die ganz nett waren.«

»Willst du es dir nicht noch überlegen?«

»Eigentlich nicht. Kann ich morgen schon anfangen?«

Bosch schaute kurz zu ihr hinüber und dann wieder auf die kurvenreiche Straße.

»Ist das nicht ein bisschen schnell? Du bist erst gestern Nacht hier angekommen.«

»Na und? Was soll ich denn sonst tun? In diesem Haus da oben rumhocken und den ganzen Tag flennen?«

»Nein, aber ich dachte, wenn wir die Sache in aller Ruhe angehen, könnte es …«

»Ich will nichts versäumen. Die Schule hat erst letzte Woche angefangen.«

Bosch musste daran denken, was Bambrough gesagt hatte: dass Kinder selbst am besten wussten, was sie brauchten, um sich zu regenerieren. Er beschloss, sich auf den Instinkt seiner Tochter zu verlassen.

»Okay, wenn du es dir schon zutraust. Dann rufe ich gleich Mrs. Bambrough an. Ach, übrigens, du bist doch in Las Vegas geboren, oder?«

»Weißt du das etwa nicht?«

»Doch, doch, natürlich weiß ich das. Ich wollte mich nur noch mal vergewissern, weil ich eine Kopie deiner Geburtsurkunde beantragen muss. Für die Schule.«

Sie antwortete nicht. Bosch fuhr in den Carport neben dem Haus.

»In Las Vegas also?«

»Ja! Du hast es echt nicht gewusst, wie? Krass!«

Bevor er sich eine Antwort überlegen konnte, wurde Bosch von seinem Handy gerettet. Es summte, und er zog es heraus. Ohne auf das Display zu schauen, sagte er seiner Tochter, er müsse drangehen.

Es war Ignacio Ferras.

»Harry, wie ich höre, bist du zurück und mit deiner Tochter ist alles okay.«

Das hatte er eindeutig etwas spät mitbekommen. Bosch öffnete die Tür und hielt sie seiner Tochter auf.

»Ja, es geht uns beiden gut.«

»Nimmst du ein paar Tage frei?«

»Das hatte ich jedenfalls vor. Woran arbeitest du gerade?«

»Ach, nichts Besonderes. Nur ein paar Abschlussberichte zum Fall Li.«

»Wozu? Das hat sich doch inzwischen erledigt. Wir haben Scheiße gebaut.«

»Ich weiß, aber die Akte muss trotzdem vollständig sein, und ich muss die Durchsuchungsbeschlüsse bei Gericht abmelden. Deshalb rufe ich eigentlich auch an. Du bist am Freitag einfach verschwunden, ohne mir was zu hinterlassen, was du bei der Durchsuchung des Handys und des Koffers gefunden hast. Den Bericht über die Autodurchsuchung habe ich schon fertig.«

»Tja, leider habe ich nichts gefunden. Das ist ja auch mit ein Grund, warum wir nicht Anklage gegen ihn erheben konnten, wie du dich vielleicht erinnerst.«

Bosch warf die Schlüssel auf den Esstisch und beobachtete, wie seine Tochter den Flur hinunter in ihr Zimmer ging. Sein Ärger über Ferras wuchs. Es hatte einmal eine Zeit gegeben, in der er sich gut hatte vorstellen können, den jungen Detective unter seine Fittiche zu nehmen und zu einem richtig guten Ermittler heranzuziehen. Aber inzwischen hatte er sich damit abgefunden, dass sich Ferras nie mehr davon erholen würde, dass er im Dienst verwundet worden war. Körperlich ja. Mental nein. Er würde die Kurve nicht mehr kriegen. Er würde ein Bürohengst werden.

»Soll ich also null Ergebnisse eintragen?«, fragte Ferras.

Bosch musste kurz an die Visitenkarte des Hongkonger Taxiunternehmens denken. Sie hatte sie nicht weitergebracht und war es nicht wert, in den Abschlussbericht für den Richter aufgenommen zu werden.

»Ja, null Ergebnisse. Es ist nichts dabei herausgekommen.«

»Und auf dem Handy war auch nichts?«

Plötzlich fiel Bosch etwas ein. Im selben Augenblick wurde ihm allerdings auch klar, dass es dafür jetzt wahrscheinlich zu spät war.

»*Auf* dem Handy selbst nichts, nein, aber habt ihr bei der Telefongesellschaft wegen der Gesprächsaufzeichnungen nachgefragt?«

Chang mochte vielleicht alle registrierten Anrufe von seinem Handy gelöscht haben, aber auf die Aufzeichnungen seines Mobilfunkanbieters hätte er keinen Zugriff gehabt. Ferras antwortete erst nach einer kurzen Pause.

»Nein, ich dachte ... du hattest doch das Handy, Harry. Ich dachte, du hättest bei der Telefongesellschaft angerufen.«

»Habe ich nicht, weil ich auf dem Weg nach Hongkong war.«

Beim Einreichen und Umsetzen gerichtlicher Durchsuchungsbeschlüsse war das Vorgehen bei allen Telefongesellschaften das Gleiche. In der Regel wurde der unterzeichnete Durchsuchungsbeschluss automatisch an die

Rechtsabteilung des betreffenden Mobilfunkanbieters gefaxt. Eigentlich ein simpler Schritt, der jedoch in diesem Fall versäumt worden war. Inzwischen war Chang allerdings auf freiem Fuß und wahrscheinlich längst über alle Berge.

»Verdammte Scheiße«, fluchte Bosch. »Darum hättest du dich kümmern sollen, Ignacio.«

»Ich? Du hattest das Handy, Harry. Ich dachte, du würdest das machen.«

»Ich hatte das Handy, aber du hattest die ganzen Durchsuchungsbeschlüsse. Das hättest du erledigen müssen, bevor du am Freitag Schluss gemacht hast.«

»Was soll dieser Scheiß schon wieder, Mann? Willst du das jetzt etwa mir vorwerfen?«

»Ich werfe es uns beiden vor. Klar, ich hätte es auch tun können, aber du hättest dich *vergewissern* müssen, dass es gemacht wurde. Und getan hast du es deshalb nicht, weil du wieder mal früh Schluss machen wolltest und die Sache hast schleifen lassen – wie du auch den Job insgesamt schleifen lässt, Partner.«

Jetzt war es raus.

»Und du redest einen Haufen Scheiße, Partner. Du meinst, ich lasse alles schleifen, bloß weil ich nicht bin wie du, weil ich meine Familie nicht für den Job aufgebe, weil ich meine Familie nicht für den Job *aufs Spiel setze*. Überleg doch erst mal, was du da sagst.«

Diese verbale Breitseite verschlug Bosch die Sprache. Ferras hatte ihn genau an der Stelle getroffen, an der er die letzten zweiundsiebzig Stunden so verwundbar gewesen war. Schließlich schüttelte er es ab und fing sich wieder.

»Ignacio«, sagte er ruhig. »So hat das keinen Sinn. Ich weiß nicht, wann ich diese Woche wieder zum Dienst komme, aber wenn ich wieder da bin, müssen wir reden.«

»Meinetwegen. Ich bin hier.«

»Natürlich bist du das. Du bist immer im Bereitschaftsraum. Wir sehen uns dort.«

Bosch drückte die Trenntaste, bevor Ferras etwas auf seine letzte Spitze erwidern konnte. Bosch war sicher, Gandle würde ihn unterstützen, wenn er um einen neuen Partner bat. Er ging in die Küche zurück, um sich ein Bier zu holen und den bitteren Nachgeschmack des Wortwechsels loszuwerden. Er öffnete den Kühlschrank und wollte gerade hineinfassen, aber dann hielt er inne. Es war zu früh, und er wollte mit seiner Tochter noch zum Shoppen ins Valley fahren.

Er machte den Kühlschrank wieder zu und ging den Flur hinunter. Die Tür zum Zimmer seiner Tochter war geschlossen.

»Maddie, können wir langsam los?«

»Bin gleich so weit. Zieh mich nur noch um.«

Sie hatte in kurz angebundenem Lass-mich-in-Ruhe-Ton geantwortet. Bosch wusste nicht recht, was er davon halten sollte. Er hatte vor, zuerst mit ihr zum Handy-Shop zu fahren und dann nach Kleidung, Möbeln und einem Laptop zu sehen. Er würde seiner Tochter alles kaufen, was sie wollte, und sie wusste das. Trotzdem war sie pampig, und er verstand nicht, warum. Das war erst der erste Tag in seiner neuen Rolle als Vollzeitvater, und schon kam er sich restlos überfordert vor.

41

Am nächsten Morgen machten sich Bosch und seine Tochter daran, einige der Dinge zusammenzubauen, die sie am Tag zuvor erstanden hatten. Maddie ging noch nicht zur Schule, weil ihre Anmeldung erst einmal die Mühlen der Schulbürokratie durchlaufen musste – ein Aufschub, über den Bosch froh war, weil er ihm zu mehr Zeit mit ihr verhalf.

Als Erstes nahmen sie sich den Computertisch und den Schreibtischstuhl vor, die sie in Burbank bei IKEA gekauft hatten. Auf ihrer vierstündigen Einkaufstour waren so viele Schulsachen, Kleider, elektronische Geräte und Möbel zusammengekommen, dass Boschs Auto voll gewesen war und Schuldgefühle in ihm hochgekommen waren, die er bis dahin nicht gekannt hatte. Er wusste, wenn er seiner Tochter alles kaufte, worauf sie deutete oder worum sie ihn bat, versuchte er nur, ihr Glück zu erhandeln – und sich selbst die Vergebung, die, so hoffte er, damit einherginge.

Er hatte den Couchtisch beiseitegeschoben und die Teile des Schreibtischs auf dem Wohnzimmerboden ausgebreitet. Laut Bauanleitung ließ er sich mit einem einzigen Werkzeug zusammenbauen – einem kleinen mitgelieferten Inbusschlüssel. Bosch und Madeline saßen im Schneidersitz auf dem Boden und versuchten, aus der Bauanleitung schlau zu werden.

»Anscheinend muss man zuerst die Seitenteile an der Schreibtischplatte befestigen«, sagte Madeline.

»Meinst du?«

»Ja. Schau, alles, was mit Eins gekennzeichnet ist, braucht man für den ersten Schritt.«

»Ach so, ich dachte, das hieße, es gibt jeweils nur eins von diesen Teilen.«

»Nein, denn es gibt zwei Seitenteile, und beide sind mit einer Eins gekennzeichnet. Ich glaube, das bedeutet, dass man sie für den ersten Schritt braucht.«

»Aha.«

Ein Telefon läutete, und sie sahen sich an. Madeline hatte am Tag zuvor ein neues Handy bekommen, und es war wieder ein Modell wie das ihres Vaters. Das Problem war nur, dass sie sich noch keinen eigenen Klingelton ausgesucht hatte, weshalb sich beide Telefone gleich anhörten. Sie hatte im Lauf des Vormittags bereits mehrere Anrufe von Freundinnen aus Hongkong bekommen, denen sie per SMS mitgeteilt hatte, dass sie nach Los Angeles gezogen war.

»Das muss deins sein«, sagte sie. »Ich habe meins in meinem Zimmer gelassen.«

Boschs Knie schmerzten vom langen Sitzen im Schneidersitz, als er langsam aufstand. Er schaffte es, zum Esstisch zu kommen und nach dem Handy zu greifen, bevor der Anrufer auflegte.

»Harry, hier Dr. Hinojos, wie geht's?«

»Ich kann nicht klagen, Doc. Danke, dass Sie zurückrufen.«

Bosch öffnete die Schiebetür und ging auf die Terrasse hinaus, dann zog er die Tür hinter sich zu.

»Entschuldigen Sie, dass ich erst jetzt zurückrufe«, sagte Hinojos. »Montags ist hier immer der Teufel los. Wo drückt der Schuh?«

Hinojos leitete die Behavioral Science Section des LAPD, die Polizeiangehörige betreute, die psychologische Hilfe benötigten. Bosch hatte sie vor fast fünfzehn Jahren kennengelernt, als sie noch als Therapeutin tätig gewesen war und ein psychologisches Gutachten über ihn erstellt hatte, nachdem er mit seinem Vorgesetzten bei der Hollywood Division massiv aneinandergeraten war.

Bosch versuchte, möglichst leise zu sprechen.

»Ich wollte Sie eigentlich um einen Gefallen bitten.«

»Hängt ganz davon ab, was.«

»Ich möchte, dass Sie mit meiner Tochter reden.«

»Mit Ihrer Tochter? Haben Sie denn nicht mal erzählt, sie lebt bei ihrer Mutter in Las Vegas?«

»Sie sind inzwischen umgezogen. Die letzten sechs Jahre hat sie in Hongkong gewohnt, und jetzt ist sie bei mir. Ihre Mutter ist tot.«

Hinojos antwortete erst nach einer kurzen Pause. Bosch hörte das Anklopfzeichen in seinem Handy, aber er ignorierte den anderen Anruf und wartete.

»Harry, Sie wissen doch, dass wir hier nur Polizeiangehörige beraten, nicht ihre Familienangehörigen. Aber ich kann Ihnen einen Jugendtherapeuten empfehlen.«

»Ich will aber nicht irgendeinen Seelenklempner für Kinder. Wenn ich so jemanden wollte, könnte ich auch im Telefonbuch nachsehen. Deshalb habe ich ja auch gesagt, dass ich Sie um einen Gefallen bitten möchte. Ich möchte, dass sie mit Ihnen redet. Sie kennen mich, ich kenne Sie. Deshalb.«

»So einfach geht das aber nicht, Harry.«

»Sie wurde in Hongkong entführt. Und ihre Mutter kam bei dem Versuch, sie zu befreien, ums Leben. Die Kleine hat also einiges zu verarbeiten, Doc.«

»Oh, mein Gott! Wann war das?«

»Am Wochenende.«

»Harry!«

»Ja, furchtbar. Sie sollte unbedingt mit jemand anderem sprechen als mit mir. Und ich hätte gern, dass Sie das sind, Doctor.«

Eine weitere Pause, und wieder wartete Bosch ab. Hinojos zu drängen, führte zu nichts. Das wusste Bosch aus eigener Erfahrung.

»Ich könnte mich vielleicht außerdienstlich mit ihr zusammensetzen. Hat sie von sich aus den Wunsch geäußert, mit jemandem zu sprechen?«

»Nein, hat sie nicht. Aber ich habe ihr gesagt, dass ich es gern möchte. Und sie hatte nichts dagegen. Ich glaube, sie wird Sie sympathisch finden. Wann könnten Sie sich mit ihr treffen?«

Bosch wusste, er ging ziemlich weit. Aber er tat es für einen guten Zweck.

»Also, ich hätte sogar heute etwas Zeit«, antwortete Hinojos. »Ich könnte mich nach der Mittagspause mit ihr treffen. Wie heißt sie übrigens?«

»Madeline. Wann?«

»Könnte sie um eins vorbeikommen?«

»Klar, kein Problem. Soll ich sie einfach zu Ihnen bringen, oder bekommen Sie dann Ärger?«

»Nein, das glaube ich nicht. Ich werde es nicht als offizielle Beratung eintragen.«

Boschs Handy begann erneut zu piepen. Diesmal nahm er es von seinem Ohr, um auf die Anruferkennung zu schauen. Es war Lieutenant Gandle.

»Also dann, Doc«, antwortete Bosch. »Und vielen Dank.«

»Ich freue mich schon, Sie wiederzusehen. Vielleicht sollten auch Sie und ich mal miteinander reden. Ich weiß, Sie haben noch sehr an Ihrer Ex-Frau gehangen.«

»Ich würde sagen, kümmern wir uns erst einmal um meine Tochter. Dann können wir uns über mich Gedanken machen. Ich bringe sie bei Ihnen vorbei und lasse Sie beide dann allein. Vielleicht gehe ich in der Zwischenzeit ins Philippe's rüber oder so was.«

»Bis dann also, Harry.«

Er beendete das Gespräch und sah nach, ob Gandle eine Nachricht hinterlassen hatte. Hatte er nicht. Er ging wieder nach drinnen und stellte fest, dass seine Tochter den Schreibtisch fast vollständig zusammengebaut hatte.

»Ich muss schon sagen, Mad, nicht übel.«

»Das war doch total easy.«

»Den Eindruck hatte ich eigentlich nicht.«

Er hatte sich gerade wieder auf dem Boden niedergelassen, als das Telefon in der Küche zu läuten begann. Er stand auf und hastete zu dem alten Wandapparat, der keine Anruferkennung hatte.

»Bosch, wo stecken Sie denn?«

Es war Lieutenant Gandle.

»Ich habe Ihnen doch gesagt, dass ich ein paar Tage freinehme.«

»Sie müssen aber dringend reinkommen. Und bringen Sie Ihre Tochter mit.«

Bosch starrte in die leere Spüle.

»Meine Tochter? Warum, Lieutenant?«

»Weil in Captain Dodds' Büro zwei Herren von der Hongkong Police Force sitzen, die mit Ihnen sprechen wollen. Sie haben mir ja gar nicht erzählt, dass Ihre Ex-Frau tot ist, Harry. Und Sie haben mir auch nichts von der Spur aus Leichen erzählt, die Sie laut Aussagen dieser zwei Herren durch Hongkong gezogen haben.«

Bosch zögerte, um über seine Optionen nachzudenken.

»Sagen Sie ihnen, ich komme um halb zwei rein«, sagte er schließlich.

Gandle reagierte ungehalten.

»Um halb zwei? Wozu brauchen Sie drei Stunden? Kommen Sie sofort.«

»Das geht nicht, Lieutenant. Ich kann erst um halb zwei vorbeikommen.«

Bosch legte auf und holte sein Handy heraus. Er hatte damit gerechnet, dass die Hongkonger Polizei irgendwann anrücken würde, und hatte sich für diesen Fall bereits einen Plan zurechtgelegt.

Zuerst rief er Sun Yee an. Er wusste, in Hongkong war es sehr spät, aber darauf konnte er jetzt keine Rücksicht nehmen. Nach dem achten Läuten schaltete sich die Mailbox ein.

»Hier Bosch. Rufen Sie mich so schnell wie möglich zurück.«

Bosch drückte die Trenntaste und starrte auf das Handy. Das war kein gutes Zeichen. In Hongkong war es halb zwei Uhr morgens, also eine Zeit, zu der Sun Yee sein Handy normalerweise hätte griffbereit haben müssen. Außer es unterlag nicht mehr seiner Entscheidung.

Als Nächstes scrollte er das Nummernverzeichnis seines Handys durch, bis er zu einer Nummer kam, die er schon mindestens ein Jahr lang nicht mehr angerufen hatte.

Doch jetzt wählte er sie, und es ging sofort jemand dran.

»Mickey Haller.«

»Hier Bosch.«

»Harry? Ich hätte nicht gedacht, dass …«

»Ich glaube, ich brauche einen Anwalt.«

Eine Pause.

»Okay, wann?«

»Jetzt gleich.«

42

Gandle stürmte aus seinem Büro, sobald er Bosch den Bereitschaftsraum betreten sah.

»Bosch, ich habe Ihnen doch gesagt, Sie sollen auf der Stelle herkommen. Warum haben Sie nicht …«

Er blieb stehen, als er sah, wer hinter Bosch hereinkam. Mickey Haller war ein bekannter Strafverteidiger. Es gab bei der RHD keinen Detective, der ihn nicht vom Sehen kannte.

»Ist das Ihr Anwalt?«, schnaubte Gandle verächtlich. »Sie sollten Ihre Tochter mitbringen, nicht Ihren Anwalt.«

»Lieutenant«, sagte Bosch, »nur um das gleich von Anfang an klarzustellen: Meine Tochter hat mit dieser Sache absolut nichts zu tun. Mr. Haller ist mitgekommen, um mich zu beraten und mir zu helfen, den Herren aus Hongkong klarzumachen, dass ich keine Straftaten begangen habe, als ich in ihrer Stadt war. Wären Sie vielleicht so freundlich, mich ihnen vorzustellen, oder soll ich das selbst tun?«

Nach kurzem Zögern gab Gandle klein bei.

»Kommen Sie.«

Der Lieutenant führte sie in das Besprechungszimmer neben Captain Dodds' Büro. Dort warteten zwei Männer aus Hongkong. Sie standen auf, als Bosch eintrat, und reichten ihm ihre Visitenkarten. Alfred Lo und Clifford Wu. Beide waren vom Triadendezernat der Hongkong Police Force.

Bosch stellte Haller vor und gab die Visitenkarten an ihn weiter.

»Brauchen wir einen Dolmetscher, meine Herren?«, fragte Haller.

»Das ist nicht nötig«, antwortete Wu.

»Das ist doch schon mal ein guter Anfang«, befand Haller.

»Dann würde ich vorschlagen, wir setzen uns und versuchen zu klären, was es für Probleme gibt.«

Alle, Gandle eingeschlossen, nahmen am Konferenztisch Platz. Haller ergriff das Wort.

»Lassen Sie mich gleich zu Beginn darauf hinweisen, dass mein Mandant, Detective Bosch, nicht bereit ist, auf eines seiner verfassungsmäßig garantierten Rechte zu verzichten. Wir befinden uns hier auf amerikanischem Boden, und demzufolge ist er nicht verpflichtet, mit Ihnen zu sprechen, meine Herren. Allerdings ist er auch Polizist und weiß als solcher, womit Sie beide sich Tag für Tag herumzuschlagen haben. Daher ist er gegen meinen Willen bereit, mit Ihnen zu sprechen. Wir werden deshalb folgendermaßen verfahren: Sie können ihm Fragen stellen, und er wird versuchen, sie zu beantworten, wenn ich der Ansicht bin, dass er das tun sollte. Eine Aufzeichnung dieses Gesprächs ist nicht zulässig, aber wenn Sie wollen, können Sie sich Notizen machen. Wir hoffen, dass Sie nach Beendigung dieses Gesprächs mit einem besseren Verständnis der Vorkommnisse des vergangenen Wochenendes nach Hongkong zurückkehren werden. Aber eines steht jetzt schon fest: Sie werden nicht mit Detective Bosch dorthin zurückkehren. Seine Kooperation in dieser Angelegenheit endet, wenn diese Besprechung endet.«

Haller unterstrich seinen Eröffnungssermon mit einem Lächeln.

Bevor Bosch ins PAB gekommen war, hatte er sich mit dem Anwalt fast eine Stunde lang im Fond von dessen Lincoln Town Car besprochen. Sie hatten an der Hundewiese in der Nähe des Franklin Canyon geparkt, wo sie, während sie miteinander redeten, Boschs Tochter im Auge behalten konnten, während sie herumschlenderte und die zugänglichen Hunde streichelte. Als sie fertig waren, brachten sie Maddie zu ihrem Termin bei Dr. Hinojos und fuhren zum PAB weiter.

Sie waren zwar nicht in allen Punkten einer Meinung, konnten sich aber dennoch auf eine gemeinsame Strategie einigen. Eine kurze Internetrecherche auf Hallers Laptop hatte sogar einiges Hintergrundmaterial zutage gefördert. Sie waren also gut gerüstet, um Boschs Standpunkt gegenüber den Männern aus Hongkong zu rechtfertigen.

Da er selbst Polizist war, stand Bosch eine schwierige Gratwanderung bevor. Einerseits wollte er, dass seine Kollegen auf der anderen Seite des Pazifiks erführen, was passiert war, andererseits war er nicht willens, sich selbst, seine Tochter oder Sun Yee zu gefährden. Er hielt alles, was er in Hongkong getan hatte, für gerechtfertigt. Er erzählte Haller, dass er in Situationen gebracht worden war, in denen er nur noch die Wahl gehabt hatte zwischen Töten und Getötetwerden. Dazu zählte er auch seine Begegnung mit dem Hotelportier im Chungking Mansions. Er war in allen Fällen als Sieger aus diesen Konfrontationen hervorgegangen. Daran war nichts Unrechtes. Nicht, wie er die Sache sah.

Lo zückte seinen Stift, und Wu stellte die erste Frage, womit klar war, dass er der Ranghöhere der beiden war.

»Zuerst, wir wollen wissen, warum sind Sie gekommen nach Hongkong so kurz?«

Bosch zuckte mit den Achseln, als läge die Antwort auf der Hand.

»Um meine Tochter zu befreien und hierherzubringen.«

»Samstagmorgen Ihre frühere Frau, sie meldet Tochter vermisst bei Polizei«, sagte Wu.

Bosch sah ihn durchdringend an.

»Ist das eine Frage?«

»War sie vermisst?«

»Meines Wissens war sie am Samstagmorgen tatsächlich vermisst, aber ich war am Samstagmorgen zehntausend Meter über dem Pazifik. Ich kann Ihnen nichts darüber sagen, was meine Ex-Frau zu diesem Zeitpunkt getan hat.«

»Wir glauben, Ihre Tochter wurde geraubt von einem Mann, heißt Peng Qingcai. Kennen Sie ihn?«

»Ich bin ihm nie begegnet.«

»Peng ist tot«, sagte Lo.

Bosch nickte.

»Deswegen werde ich nicht in Tränen ausbrechen.«

»Herr Pengs Nachbarin, Frau Fengyi Mai, sie erinnert sich, sie hat gesprochen mit Ihnen in ihre Wohnung Sonntag«, sagte Wu. »Mit Ihnen und Herr Sun Yee.«

»Ja, wir waren bei ihr. Sie war keine große Hilfe.«

»Warum?«

»Weil sie offenbar nichts wusste. Sie hatte keine Ahnung, wo Peng war.«

Wu beugte sich vor. Seine Körpersprache war leicht zu durchschauen. Er glaubte, Bosch in die Enge zu treiben.

»Sind Sie in Wohnung von Peng gegangen?«

»Wir haben bei ihm geklopft, aber es kam niemand an die Tür. Deshalb sind wir schließlich gegangen.«

Enttäuscht lehnte sich Wu zurück.

»Sie geben zu, dass Sie mit Sun Yee waren?«, fragte er.

»Sicher. Ich war mit ihm zusammen.«

»Woher Sie kennen diesen Mann?«

»Über meine Ex-Frau. Sie haben mich am Sonntagmorgen am Flughafen abgeholt und mir mitgeteilt, dass sie nach meiner Tochter suchen, weil ihnen die Polizei von Hongkong nicht glaubte, dass sie entführt worden war.«

Bosch beobachtete die zwei Männer kurz, bevor er fortfuhr.

»Sie sehen also, bei der HKPF hat man das Ganze nicht ernst genommen. Ich hoffe, Sie werden das in Ihren Berichten erwähnen. Denn ich werde das mit Sicherheit tun, wenn Sie mich da hineinziehen. Ich werde jede Zeitung in Hongkong – egal welcher Sprache – anrufen und meine Geschichte erzählen.«

Hinter der Drohung, die Hongkonger Polizei auf internationaler Ebene bloßzustellen, stand die Absicht, ihre zwei Vertreter zu mehr Vorsicht zu gemahnen.

»Wissen Sie«, fuhr Wu fort, »dass Eleanor Wish, Ihre Ex-Frau, gestorben ist von einer Schusswunde in den Kopf, die sie hat erhalten im fünfzehnten Stock von Chungking Mansions in Kowloon?«

»Ja, das weiß ich.«

»Waren Sie dabei, als ist passiert?«

Bosch sah Haller an, und der Anwalt nickte.

»Ich war dabei. Ich habe gesehen, wie es passiert ist.«

»Können Sie uns sagen, wie?«

»Wir haben nach unserer Tochter gesucht. Wir haben sie nicht gefunden. Wir waren auf dem Hotelflur und wollten gerade gehen, doch dann tauchten zwei Männer auf und begannen, auf uns zu feuern. Eleanor wurde von einem Schuss getroffen und ... starb. Die zwei Männer wurden ebenfalls von Schüssen getroffen. Es war Notwehr.«

Wu beugte sich vor.

»Wer hat diese Männer erschossen?«

»Ich glaube, das wissen Sie.«

»Sagen Sie es uns, bitte.«

Bosch dachte an die Pistole, die er seiner toten Ex-Frau in die Hand gedrückt hatte. Er wollte die Lüge gerade aussprechen, als sich Haller vorbeugte.

»Ich wehre mich entschieden dagegen, Detective Bosch zu erlauben, sich über irgendwelche Theorien zu der Frage auszulassen, wer wen erschossen hat. Ich bin sicher, die HKPF verfügt über die erforderlichen kriminaltechnischen Mittel, um diese Frage mittels ballistischer Untersuchungen längst erschöpfend geklärt zu haben.«

Wu ging zum nächsten Punkt über.

»War Sun Yee im fünfzehnten Stock?«

»Nicht zu diesem Zeitpunkt.«

»Können Sie uns genauere Angaben machen?«

»Zu den Schüssen? Nein. Aber ich kann Ihnen etwas über das Zimmer sagen, in dem meine Tochter festgehalten wurde. Wir haben dort ein blutiges Papiertaschentuch gefunden. Ihr war Blut abgenommen worden.«

Bosch beobachtete die zwei Männer, um zu sehen, wie sie diese Information aufnahmen. Sie zeigten keine Reaktion.

Die Männer aus Hongkong hatten einen Aktenordner vor sich liegen, den Wu jetzt öffnete. Er entnahm ihm ein Dokument mit einer Büroklammer daran und schob es Bosch über den Tisch hinweg zu.

»Das ist Aussage von Sun Yee. Sie ist übersetzt in Englisch. Bitte lesen Sie und bestätigen, dass richtig.«

Haller beugte sich ebenfalls vor, und beide Männer lasen das zwei Seiten umfassende Dokument. Bosch durchschaute ihren Trick sofort. Sie hatten ihre Ermittlungstheorie als Suns Aussage getarnt. Etwa die Hälfte davon entsprach den Tatsachen. Der Rest waren Annahmen, die sich auf Vernehmungen und Indizien stützten. Sie lasteten die Ermordung der Familie Peng Bosch und Sun Yee an.

Entweder versuchten sie zu bluffen, damit Bosch ihnen erzählte, was tatsächlich passiert war, oder sie hatten Sun festgenommen und ihn gezwungen, seinen Namen unter eine ihnen genehme Version der Geschichte zu setzen, der zufolge Bosch dieses Blutbad in Hongkong angerichtet hatte. Es wäre die bequemste Möglichkeit, neun gewaltsame Todesfälle an einem einzigen Sonntag zu erklären: Der Amerikaner war's.

Bosch musste daran denken, was Sun am Flughafen zu ihm gesagt hatte. *Ich regle das. Ihr Name wird nicht fallen. Das ist mein Versprechen. Egal, was passiert, ich werde Sie und Ihre Tochter aus allem heraushalten.*

»Meine Herren«, sagte Haller, der das Dokument als Erster durchgelesen hatte. »Dieses Dokument ist …«

»Kompletter Blödsinn«, beendete Bosch den Satz.

Er schob das Dokument über den Tisch zurück. Es traf Wu an der Brust.

»Nein, nein«, antwortete Wu rasch. »Das ist alles richtig. Es ist von Sun Yee unterschrieben.«

»Vielleicht, wenn Sie ihm eine Pistole an den Kopf gedrückt haben. Machen Sie das in Hongkong immer so?«

»Detective Bosch!«, brauste Wu auf. »Sie werden kommen nach Hongkong und antworten auf diese Vorwürfe.«

»Ich komme nicht nach Hongkong, das können Sie vergessen.«

»Sie haben getötet viele Menschen. Sie haben benutzt Schusswaffen. Sie haben Vorrang gegeben Ihre Tochter über alle chinesische Bürger und …«

»Sie haben ihr Blut abgenommen, um ihre Blutgruppe zu bestimmen!«, stieß Bosch wütend hervor. »Wissen Sie, wann sie das tun? Wenn sie Spenderorgane zu verkaufen versuchen.«

Er machte eine Pause und beobachtete das wachsende Unbehagen in Wus Miene. Lo interessierte ihn nicht. Die Entscheidungsgewalt lag bei Wu, und wenn Bosch ihn umstimmen konnte, hätte er nichts mehr zu befürchten. Haller hatte recht behalten mit der Strategie, die er auf dem Rücksitz seines Lincoln für diese Begegnung entworfen hatte. Statt sich darauf zu verlegen, Boschs Vorgehen als Notwehr zu rechtfertigen, hatte er darauf bestanden, den Männern aus Hongkong in aller Deutlichkeit klarzumachen, was seitens der internationalen

Medien auf sie zukäme, sollten sie ein Verfahren gegen Bosch anstrengen.

Jetzt war der Zeitpunkt gekommen, diesen Punkt ins Spiel zu bringen, weshalb Haller die Gesprächsführung übernahm und seelenruhig zum entscheidenden Schlag ansetzte.

»Meine Herren, Sie können sich gern weiter auf Ihre unterzeichnete Aussage stützen«, erklärte er mit einem Lächeln, das durch nichts zu erschüttern schien. »Aber lassen Sie mich trotzdem kurz die Fakten zusammenfassen, die von den vorliegenden Indizien gestützt werden. In Ihrer Stadt wurde ein dreizehnjähriges amerikanisches Mädchen entführt. Ihre Mutter rief, wie es sich gehört, bei der Polizei an, um die Straftat zu melden. Die Polizei weigerte sich, Ermittlungen anzustellen, worauf ...«

»Das Mädchen war schon einmal ausgerissen«, unterbrach ihn Lo. »Es bestand kein Anl...«

Haller schnitt ihm mit erhobenem Zeigefinger das Wort ab.

»Das tut in diesem Fall nichts zu Sache«, entgegnete er in einem Ton beherrschten Zorns. Das Lächeln war verflogen.

»Die Hongkong Police Force wurde über das Verschwinden eines amerikanischen Mädchens in Kenntnis gesetzt, woraufhin sie, *aus welchem Grund auch immer*, entschied, diesen Hinweis zu ignorieren, sodass sich die Mutter des Mädchens gezwungen sah, auf eigene Faust nach ihrer Tochter zu suchen. Und das Erste, was sie tat, war, den Vater des Mädchens zu bitten, ihr aus Los Angeles zu Hilfe zu kommen.«

Haller deutete auf Bosch.

»Detective Bosch flog umgehend nach Hongkong und machte sich gemeinsam mit seiner Ex-Frau und Mr. Sun Yee, einem Freund der Familie, auf die Suche, an der sich die HKPF, wie sie der Mutter des Mädchens in aller Deutlichkeit zu verstehen gegeben hatte, nicht zu beteiligen beabsichtigte. Dabei stießen sie, auf eigene Faust wohlgemerkt, auf Hinweise, dass das Mädchen wegen seiner Organe entführt worden war. Dieses amerikanische Mädchen, es sollte wegen seiner Organe verkauft werden!«

Seine Wut nahm beständig zu, und Bosch hatte nicht den Eindruck, dass sie gespielt war. Haller ließ seinen Zorn über den Tisch ziehen wie eine Gewitterfront, bevor er fortfuhr.

»Nun wurden, wie Sie wissen, meine Herren, mehrere Personen getötet. Mein Mandant wird sich Ihnen gegenüber dazu nicht in allen Einzelheiten äußern. Es mag deshalb genügen, hierzu nur so viel zu sagen, dass es eine Mutter und ein Vater, die bei dem Versuch, ihre Tochter zu finden, vom Staat und von der Polizei Hongkongs keinerlei Unterstützung erhielten, mit einigen extrem skrupellosen Personen zu tun bekamen und dabei in Situationen gerieten, in denen sie vor die Entscheidung gestellt wurden, zu töten oder selbst getötet zu werden. Es *war* Notwehr!«

Bosch sah die zwei Hongkonger Polizisten buchstäblich zurückweichen, als ihnen Haller den letzten Satz entgegenschleuderte. Danach fuhr der Anwalt sofort wieder in ruhigem und beherrschtem Gerichtssaaltonfall fort.

»Nun können wir natürlich gut verstehen, dass Sie wissen wollen, was genau passiert ist. Sie haben Berichte zu schreiben und Vorgesetzte zu informieren. Dennoch sollten Sie sich auch fragen, ob der Weg, den Sie hier einschlagen, der richtige ist.«

Wieder eine Pause.

»Was in Hongkong passiert ist, ist passiert, weil Ihre Polizei dieses amerikanische Mädchen und diese Familie sträflich im Stich gelassen hat. Und wenn Sie jetzt ankommen und in aller Ruhe analysieren wollen, welche Maßnahmen Detective Bosch ergriffen hat, weil Ihre Polizei es versäumt hat, angemessen zu reagieren – wenn Sie also einen Sündenbock suchen, den Sie nach Hongkong mitnehmen können –, dann werden Sie ihn hier mit Sicherheit nicht finden. Wir werden nicht mit Ihnen kooperieren. Allerdings habe ich jemanden, mit dem Sie *gern* über das alles sprechen können. Wir können mit ihm anfangen.«

Haller zog eine Visitenkarte aus der Brusttasche seines Hemds und schob sie über den Tisch. Wu nahm sie an sich und studierte sie. Haller hatte sie zuvor Bosch gezeigt. Es war die Visitenkarte eines Reporters der *Los Angeles Times.*

»*Tschack Mäkiwoi*«, las Lo ab. »Hat er Informationen?«

»Ja, Jack McEvoy. Informationen hat er allerdings im Moment noch keine. Aber er wäre sicher brennend an einer Story wie dieser interessiert.«

Das alles war Teil des Plans. Haller bluffte. In Wirklichkeit, wusste Bosch, war McEvoy sechs Monate zuvor bei der *Times* entlassen worden. Haller hatte seine alte Karte aus einem Packen Visitenkarten herausgesucht, die er in seinem Lincoln aufbewahrte.

»Genau so wird das Ganze losgehen«, sagte Haller ruhig.

»Und ich glaube, es wird eine phantastische Story abgeben. Dreizehnjährige Amerikanerin wegen ihrer Organe in China entführt, aber die Polizei unternimmt nichts. Ihre Eltern sehen sich gezwungen, auf eigene Faust nach ihr zu suchen, woraufhin die Mutter bei dem Versuch, ihre Tochter zu befreien, erschossen wird. Das wird natürlich für weltweites Aufsehen sorgen. Jede Zeitung, jeder Nachrichtensender wird darüber berichten wollen. In Hollywood werden sie einen Film daraus machen. Und Oliver Stone wird Regie führen!«

Jetzt öffnete Haller den Ordner, den er zu dem Treffen mitgebracht hatte. Er enthielt die Pressemeldungen, die er nach seinen Internetrecherchen im Auto ausgedruckt hatte. Er schob Wu und Lo einen Stoß Ausdrucke zu. Die beiden Männer rückten näher zusammen, um sie gemeinsam zu studieren.

»Und zum Schluss haben Sie hier noch eine Reihe von Pressemeldungen, die ich Mr. McEvoy und jedem anderen Journalisten zukommen lassen werde, der sich in dieser Angelegenheit an mich oder Detective Bosch wendet. Diese Meldungen befassen sich mit der jüngsten Ausweitung des illegalen Organhandels in China. Es soll weltweit das Land mit der längsten Warteliste sein, verschiedenen Berichten zufolge warten dort eine Million Menschen auf ein Spenderorgan. Daran ändert auch nicht viel, dass die chinesische Regierung vor ein paar Jahren auf internationalen Druck hin die Organentnahme von hingerichteten Häftlingen verboten hat. Das hat die Nachfrage nach menschlichen Organen und deren Schwarzmarktwert nur erhöht. Sie können also anhand dieser Meldungen hochrenommierter Zeitungen, darunter auch der *Beijing Review*, sicher schon ersehen, welche Richtung Mr. McEvoy bei seiner Berichterstattung einschlagen wird. Die Entscheidung über den weiteren Verlauf dieser Angelegenheit liegt demnach ganz in Ihrer Hand.«

Wu wandte sich Lo zu und flüsterte ihm in Schnellfeuer-Chinesisch ins Ohr.

»Sie brauchen nicht so leise zu sprechen, meine Herren«, bemerkte Haller. »Wir können Sie nicht verstehen.«

Wu setzte sich kerzengerade auf. »Wir würden gern führen Telefongespräch, bevor wir fahren fort.«

»Mit Hongkong?«, fragte Bosch. »Dort ist es jetzt kurz vor fünf Uhr morgens.«

»Das macht nichts«, sagte Wu. »Ich muss telefonieren, bitte.«

Gandle stand auf.

»Sie können das Gespräch in meinem Büro führen. Dort sind Sie ungestört.«

»Danke, Lieutenant.«

Die zwei Ermittler aus Hongkong standen auf.

»Noch ein Letztes, meine Herren«, schickte Haller ihnen hinterher.

Sie sahen ihn an, als wollten sie sagen: »Was denn jetzt noch?«

»Ich möchte nur, dass Ihnen und den Herren, die Sie anrufen wollen, bewusst ist, dass uns in dieser Angelegenheit auch sehr viel am Wohlergehen von Mr. Sun Yee gelegen ist. Wir möchten Sie deshalb darauf hinweisen, dass wir uns mit Mr. Sun in Verbindung setzen werden, und sollten wir ihn nicht erreichen oder erfahren, dass er in irgendeiner Weise in seiner persönlichen Freiheit eingeschränkt wird, sind wir fest entschlossen, auch seinen Fall vor das Gericht der öffentlichen Meinung zu bringen.«

Haller lächelte und legte eine kurze Pause ein, bevor er fortfuhr. »Diese Angelegenheit wird nur im Paket verhandelt, meine Herren. Sagen Sie das Ihren Leuten.«

Haller nickte, und das Lächeln, das in krassem Widerspruch zu der unmissverständlichen Drohung stand, wich nicht von seinen Lippen. Zum Zeichen, dass sie verstanden hatten, nickten Wu und Lo und folgten Gandle aus dem Zimmer.

»Und?«, fragte Bosch Haller, als sie allein waren. »Sind wir aus dem Schneider?«

»Ja, ich glaube schon«, sagte Haller. »Ich glaube, damit ist die Sache aus der Welt. Was in Hongkong passiert, bleibt in Hongkong.«

43

Bosch beschloss, nicht im Besprechungszimmer zu warten, bis die Ermittler aus Hongkong zurückkamen. Weil ihn die verbale Auseinandersetzung, die er am Tag zuvor mit Ferras gehabt hatte, noch immer beschäftigte, ging er in den Bereitschaftsraum und machte sich auf die Suche nach seinem Partner.

Ferras war jedoch nicht da, und Bosch fragte sich, ob er absichtlich mittagessen war, um einem weiteren Streit mit ihm aus dem Weg zu gehen.

Bosch sah in seinem Abteil nach, ob irgendwelche Nachrichten auf seinem Schreibtisch lagen. Es waren keine da, aber das rote Lämpchen seines Telefons blinkte. Jemand hatte ihm eine Nachricht hinterlassen. Er musste sich immer noch daran gewöhnen, sein Telefon auf Nachrichten abzuhören. Im Parker Center war es im Bereitschaftsraum noch sehr antiquiert zugegangen, und es hatte keine persönlichen Anrufbeantworter gegeben. Alle Nachrichten waren an einen zentralen Anschluss gegangen, der von der Sekretärin der Abteilung betreut worden war. Sie hatte die eingegangenen Nachrichten auf Zettel geschrieben, die anschließend in den Postfächern oder auf den Schreibtischen der betreffenden Detectives hinterlegt wurden. War ein Anruf dringend, hatte die Sekretärin versucht, den Ermittler per Pager oder Handy zu erreichen.

Bosch setzte sich und gab seinen Code in das Telefon ein. Er hatte fünf Nachrichten. Die ersten drei waren Routineanrufe, die andere Fälle betrafen. Er machte sich auf einem Block Notizen und löschte die Nachrichten. Die vierte hatte am Abend zuvor Detective Wu von der Hong Kong Police Force hinterlassen. Er war gerade in Los Angeles eingetroffen und hatte in einem Hotel eingecheckt und wollte einen Termin vereinbaren. Bosch löschte sie.

Die fünfte Nachricht war von Teri Sopp aus der Abteilung Fingerabdrücke. Sie hatte um 9:15 Uhr morgens angerufen, etwa zu der Zeit, als Bosch gerade den neuen Computer seiner Tochter ausgepackt hatte.

»Harry, wir haben mit der Patronenhülse, die Sie mir gegeben haben, den elektrostatischen Verstärkungstest gemacht und einen Fingerabdruck erhalten. Und ich muss sagen, wir sind begeistert. Wir haben in der DOJ-Datenbank auch schon eine Übereinstimmung gefunden. Rufen Sie mich also so bald wie möglich an.«

Als Bosch darauf die Nummer der Abteilung wählte, schaute er über die Wand seines Abteils und sah Gandle mit den zwei HKPF-Ermittlern in das Besprechungszimmer zurückkehren. Der Lieutenant winkte Bosch, ebenfalls zu kommen. Bosch zeigte ihm mit erhobenem Finger an, dass er noch einen Moment bräuchte.

»Fingerabdrücke.«

»Könnte ich bitte Teri Sopp sprechen.«

Mit wachsender Aufregung wartete er zehn Sekunden. Selbst wenn Bo-Jing Chang wieder auf freiem Fuß und inzwischen bereits in Hongkong war, sähe die Sache völlig anders aus, wenn sein Fingerabdruck auf einer der

Patronenhülsen war, mit denen John Li getötet worden war. Es wäre ein Indiz, das ihn direkt mit dem Mord in Verbindung brachte. Sie könnten Anklage gegen ihn erheben und seine Auslieferung beantragen.

»Hier Teri.«

»Harry Bosch. Ich habe gerade Ihre Nachricht erhalten.«

»Ich habe mich schon gefragt, wo Sie so lange stecken. Wir haben eine Übereinstimmung für Ihre Hülse.«

»Super. Bo-Jing Chang?«

»Ich bin noch im Labor und muss erst zu meinem Schreibtisch gehen. Es war ein chinesischer Name, aber nicht der auf der Fingerabdruckkarte, die mir Ihr Partner gegeben hat. Diese Abdrücke haben nicht übereingestimmt. Ich lege Sie kurz auf die Warteschleife.«

Sie war weg, und plötzlich bildete sich ein Riss in Boschs Hypothesen zu dem Fall.

»Harry, kommen Sie endlich?«

Bosch schaute aus seinem Abteil. Gandle hatte von der Tür des Besprechungszimmers nach ihm gerufen. Bosch deutete auf das Telefon und schüttelte den Kopf. Aber Gandle ließ sich nicht abwimmeln. Er kam aus dem Besprechungszimmer zu Boschs Abteil.

»Sie ziehen den Schwanz ein«, sagte er nervös. »Aber Sie müssen kommen und das Ganze endgültig zum Abschluss bringen.«

»Das bekommt mein Anwalt auch allein hin. Ich habe gerade einen wichtigen Anruf erhalten.«

»Was für einen Anruf?«

»Der Anruf, der alles …«

»Harry?«

Sopp war wieder in der Leitung. Bosch hielt das Mundstück zu.

»Ich muss diesen Anruf entgegennehmen«, sagte er zu Gandle. Dann nahm er die Hand weg und sagte ins Telefon: »Teri, geben Sie mir den Namen.«

Kopfschüttelnd ging Gandle ins Besprechungszimmer zurück.

»Also, es ist nicht der Name, den Sie mir gegeben haben, sondern Henry Lau, *L-A-U.* Geburtsdatum neunter neunter zwoundachtzig.«

»Und weswegen haben Sie den Kerl im Computer?«

»Er wurde vor zwei Jahren in Venice wegen einer zweiten Verkehrsübertretung angehalten.«

»Mehr nicht?«

»Nein. Sonst liegt nichts gegen ihn vor.«

»Haben Sie eine Adresse?«

»Die Adresse auf seinem Führerschein ist Quarterdeck achtzehn in Venice. Wohnung elf.«

Bosch notierte sich die Angaben in seinem Notizbuch.

»Alles klar, und dieser Fingerabdruck ist zuverlässig?«

»Absolut, Harry. Er war ganz deutlich zu sehen, das kann ich Ihnen versichern. Wirklich unglaublich, dieses Verfahren. Bahnbrechend.«

»Und sie wollen das als Testfall für Kalifornien verwenden?«

»Meine Hand ins Feuer legen würde ich dafür nicht. Mein Chef will erst abwarten, ob es sich bei Ihrem Fall bewährt. Sie wissen schon, ob der Kerl tatsächlich der Täter ist und was für andere Beweise es gibt. Wir brauchen einen Fall, bei dem das Verfahren unverzichtbarer Bestandteil der Anklageerhebung ist.«

»Ich gebe Ihnen Bescheid, sobald ich Näheres weiß, Teri. Und vielen Dank. Wir werden der Sache sofort nachgehen.«

»Viel Erfolg, Harry.«

Bosch hängte auf. Zuerst schaute er über die Wand des Abteils zum Besprechungszimmer. Die Jalousie war heruntergelassen, aber die Lamellen standen waagerecht, sodass Bosch hindurchblicken konnte. Er konnte Haller in Richtung der zwei Hongkonger Ermittler gestikulieren sehen. Bosch schaute noch einmal ins Abteil seines Partners, aber es war immer noch leer. Er traf eine Entscheidung und griff wieder nach dem Telefon.

David Chu war im AGU-Büro und ging sofort dran. Bosch erzählte ihm von dem Fingerabdruck auf der Patronenhülse und bat ihn, Henry Laus Namen durch seine Triaden-Datenbanken laufen zu lassen. In der Zwischenzeit, sagte ihm Bosch, würde er zur AGU fahren, um ihn abzuholen.

»Und wohin wollen Sie dann mit mir fahren?«, fragte Chu.

»Wir suchen diesen Kerl.«

Bosch legte auf und ging zum Besprechungszimmer – nicht, um sich an der Diskussion zu beteiligen, die dort geführt wurde, sondern um Gandle mitzuteilen, dass es wichtige neue Erkenntnisse zu dem Fall gab.

Als er die Tür öffnete, setzte Gandle seinen Wurde-aber-auch-langsam-Zeit-Blick auf. Bosch signalisierte ihm, nach draußen zu kommen.

»Harry, die beiden Herren haben immer noch Fragen an Sie«, sagte Gandle.

»Dann müssen Sie eben warten. Es gibt eine wichtige

neue Erkenntnis im Fall Li, und ich muss der Sache sofort nachgehen. Auf der Stelle.«

Gandle stand auf und kam zur Tür.

»Ich glaube, ich bekomme das schon geregelt, Harry«, sagte Haller. »Aber eine Frage gibt es trotzdem noch, die du selbst beantworten müsstest.«

Bosch sah Haller fragend an, worauf dieser ihm mit einem Nicken signalisierte, dass die Frage unbedenklich war.

»Ja, was?«

»Soll die Leiche deiner Ex-Frau nach Los Angeles überführt werden?«

Die Frage ließ Bosch stutzen. Seine spontane Antwort war Ja, aber sein Zögern lag daran, dass er sich über die Konsequenzen für seine Tochter Gedanken machte.

»Ja«, antwortete er schließlich. »Sie sollen sie an mich überführen.«

Bosch ging mit Gandle aus dem Zimmer und schloss die Tür.

»Also, was gibt's?«, fragte Gandle.

Chu wartete bereits vor dem AGU-Gebäude, als Bosch am Straßenrand hielt. Er hatte eine Aktentasche bei sich, worin Bosch einen Hinweis darauf sah, dass er bereits Informationen über Henry Lau hatte. Chu stieg ein, und Bosch fuhr los.

»Wir fangen also in Venice an?«, fragte Chu.

»Ja. Was haben Sie über Lau herausgefunden?«

»Nichts.«

Bosch sah zu ihm hinüber.

»Nichts?«

»Soweit wir das feststellen können, liegt nichts gegen ihn vor. Ich konnte seinen Namen nirgendwo in unseren Datenbanken finden. Außerdem habe ich mit verschiedenen Leuten gesprochen und ein bisschen herumtelefoniert. Es gibt absolut nichts. Übrigens, ich habe Ihnen sein Führerscheinfoto ausgedruckt.«

Er beugte sich vor, öffnete seine Aktentasche und nahm einen Farbausdruck von Laus Führerscheinfoto heraus. Er reichte ihn Bosch, der im Fahren immer wieder kurze Blicke darauf warf. Am Broadway fuhren sie auf den Freeway 101 und weiter zum 110er hoch. Downtown herrschte Stau auf den Freeways.

Lau lächelte in die Kamera. Er hatte ein junges Gesicht und einen modischen Haarschnitt. Es war schwer, das Gesicht mit einer Tätigkeit für die Triaden in Verbindung zu bringen, vor allem mit dem kaltblütigen Mord an dem Getränkemarktbesitzer. Auch die Adresse in Venice passte nicht recht ins Bild.

»Ich habe mich auch beim ATF erkundigt. Henry Lau ist als Besitzer einer Neun-Millimeter-Glock Modell neunzehn registriert. Er hat die Tatwaffe nicht nur geladen, sie gehört ihm auch.«

»Wann hat er sie gekauft?«

»Vor sechs Jahren, einen Tag nach seinem einundzwanzigsten Geburtstag.«

Für Bosch hieß das, dass es warm wurde. Lau besaß die richtige Waffe, und der Umstand, dass er die Pistole erworben hatte, sobald er das gesetzlich vorgeschriebene Alter erreicht hatte, deutete darauf hin, dass er schon lange den Wunsch gehegt hatte, sich eine Schusswaffe zuzulegen. Das machte ihn zu einem Reisenden in der

Welt, die Bosch kannte. Seine Verbindung zu John Li und Bo-Jing Chang käme zutage, sobald sie ihn festnahmen und anfingen, sein Leben zu zerpflücken.

Sie wechselten auf den Freeway 10 und fuhren in Richtung Westen zum Pazifik weiter. Boschs Handy läutete, und er ging ran, ohne aufs Display zu schauen, weil er annahm, es wäre Haller, der ihm vom Ausgang des Treffens mit den Hongkonger Ermittlern berichten wollte.

»Harry, hier Dr. Hinojos. Wo bleiben Sie denn?«

Bosch hatte es völlig vergessen. Über dreißig Jahre lang war seine Zeiteinteilung einfach den Notwendigkeiten der Ermittlungen gefolgt. Er hatte nie auf jemand anderen Rücksicht nehmen müssen.

»Oh! Entschuldigen Sie bitte, Doctor. Ich habe völlig ... ich bin gerade auf dem Weg, um einen Verdächtigen festzunehmen.«

»Wie bitte?«

»Wir haben gerade ein paar wichtige neue Erkenntnisse gewonnen, und ich musste ... ließe es sich denn irgendwie machen, dass Maddie noch etwas länger bei Ihnen bleibt?«

»Also, das ist ... na ja, an sich könnte sie schon hier bleiben. Ich muss heute Nachmittag sowieso nur Verwaltungskram erledigen. Aber halten Sie das wirklich für richtig?«

»Ich weiß natürlich, dass es nicht gut ist. Es macht einen schlechten Eindruck. Sie ist gerade hier angekommen, und ich liefere sie bei Ihnen ab und vergesse sie dann völlig. Aber dieser Fall ist der Grund, weshalb sie hier ist. Ich kann jetzt nicht auf halbem Weg kehrtmachen. Ich schnappe mir diesen Kerl, wenn er zu Hause ist, und komme wieder in die Stadt zurück. Dann rufe ich Sie an und komme sie abholen.«

»Okay, Harry. Es würde sowieso nicht schaden, wenn ich noch etwas länger mit ihr spreche. Und Sie und ich, wir sollten auch mal miteinander reden. Über Maddie und dann auch über Sie.«

»Okay, können wir gern machen. Ist sie gerade in der Nähe? Kann ich kurz mit ihr sprechen?«

»Augenblick.«

Maddie kam ans Telefon. »Dad?«

Mit einem einzigen Wort übermittelte sie sämtliche Botschaften: Überraschung, Enttäuschung, Ungläubigkeit, tiefe Gekränktheit.

»Ich weiß, Schatz. Entschuldige bitte. Es hat sich unerwartet etwas ergeben, dem ich unbedingt nachgehen muss. Bleib bitte so lange noch bei Dr. Hinojos, dann komme ich dich abholen, so schnell ich kann.«

»Okay.«

Eine doppelte Portion Enttäuschung. Bosch fürchtete, es wäre nicht das letzte Mal.

»Danke, Mad. Du bist ein Schatz.«

Er beendete das Gespräch und steckte das Telefon ein.

»Ich will nicht darüber reden«, sagte er, bevor Chu eine Frage stellen konnte.

»Okay«, erwiderte Chu.

Der Verkehr lichtete sich, und sie schafften es in weniger als einer halben Stunde nach Venice. Unterwegs bekam Bosch einen weiteren Anruf, diesmal war es der erwartete von Haller.

Der Anwalt erzählte ihm, dass ihn die HKPF von nun an in Ruhe lassen werde.

»Dann ist das also vom Tisch?«

»Sie werden sich noch mal wegen der Leiche deiner Ex-Frau melden, aber damit hat es sich. Sie stellen jegliche Nachforschungen über deine Beteiligung an der ganzen Geschichte ein.«

»Und was ist mit Sun Yee?«

»Sie sagen, sie werden ihn auf freien Fuß setzen und keine Anklage gegen ihn erheben. Sicherheitshalber solltest du dich allerdings mit ihm in Verbindung setzen, ob das auch tatsächlich stimmt.«

»Keine Angst, werde ich. Danke, Mickey.«

»Alles an einem Tag erledigt.«

»Schick mir die Rechnung.«

»Nein, Harry, ich weiß da was Besseres. Statt dir meine Dienste in Rechnung zu stellen, erklärst du dich einverstanden, dass unsere Töchter sich kennenlernen. Sie sind sowieso fast im gleichen Alter.«

Bosch zögerte. Er wusste, Haller bat um mehr als ein Treffen der beiden Mädchen. Haller war Boschs Halbbruder. Allerdings waren sie einander erst ein Jahr zuvor zum ersten Mal begegnet, als sie beide in denselben Fall verwickelt gewesen waren. Die Töchter zu verbandeln, hieß auch, die Väter zu verbandeln, und Bosch war nicht sicher, ob er das schon wollte.

»Wenn es sich anbietet, können wir das gern mal machen«, sagte er. »Aber im Moment ist es so, dass sie morgen mit der Schule anfängt und sich erst mal hier einleben muss.«

»Klar, wunderbar. Bis dann also, Harry.«

Bosch steckte das Handy weg und konzentrierte sich auf die Suche nach Henry Laus Wohnung. Die Querstraßen, die im Südteil von Venice vom Speedway abgingen, waren in alphabetischer Reihenfolge angeordnet, und die Quarterdeck Street war eine der letzten vor dem künstlich angelegten Bootshafen Marina del Rey.

Venice war eine Künstlerkolonie mit luxuriösen Preisen. Der Gebäudekomplex, in dem Lau wohnte, war eine dieser schnieken neuen Wohnanlagen mit großen Glasflächen, die mehr und mehr die kleinen Wochenendbungalows verdrängten, die früher den Strand gesäumt hatten. Bosch parkte in einer Seitenstraße des Speedway, und sie gingen zu Fuß zur Quarterdeck zurück.

Vor der Eigentumswohnanlage waren Schilder, auf denen zwei Wohneinheiten zum Verkauf angeboten wurden. Sie betraten die Anlage durch eine Glastür und gelangten in einen kleinen Vorraum mit einer Sicherheitstür und einer Klingelanlage für die einzelnen Wohnungen. Bosch hatte nicht vor, bei Wohnung elf zu klingeln. Wenn Lau mitbekam, dass die Polizei am Eingang war, konnte er über jeden Notausgang des Hauses entkommen.

»Und was jetzt?«, fragte Chu.

Bosch begann, die Klingelknöpfe der anderen Wohnungen zu drücken. Nachdem sie eine Weile gewartet hatten, ertönte eine Frauenstimme aus der Sprechanlage.

»Ja?«

»Polizei, Ma'am«, sagte Bosch. »Könnten wir kurz mit Ihnen sprechen?«

»Mit mir sprechen? Worüber?«

Bosch schüttelte den Kopf. Es hatte einmal Zeiten gegeben, in denen ihm keine Fragen gestellt wurden. Die Tür wäre sofort geöffnet worden.

»Wir ermitteln in einem Mordfall, Ma'am. Würden Sie uns bitte reinlassen?«

Darauf passierte erst einmal lange nichts, und Bosch wollte bereits erneut klingeln, als er merkte, dass er nicht wusste, welcher der Klingelknöpfe zur Wohnung der Frau gehörte.

»Könnten Sie bitte Ihre Dienstmarken in die Kamera halten?«, sagte die Frau schließlich.

Bosch hatte keine Überwachungskamera bemerkt und blickte sich suchend um.

»Hier.«

Chu deutete auf eine kleine Öffnung oben in der Klingelanlage. Sie hielten ihre Dienstmarken hoch, und kurz darauf ertönte ein leises Summen. Bosch zog die Innentür auf.

»Ich weiß nicht mal, in welcher Wohnung sie ist«, sagte Bosch.

Die Tür führte in einen offenen Innenhof mit einem kleinen Pool in der Mitte, von dem die zwölf Wohneinheiten der Anlage abgingen, auf Nord- und Südseite jeweils vier, auf Ost- und Westseite jeweils zwei. Wohnung Nummer elf lag auf der Westseite, und das hieß, dass ihre Fenster zum Meer hinaus lagen.

Bosch ging zur Tür von Nummer elf und klopfte. Niemand öffnete ihm, aber die Tür von Nummer zwölf ging auf, und eine Frau erschien.

»Ich dachte, Sie wollten mit mir sprechen«, sagte sie.

»Eigentlich suchen wir Mr. Lau«, antwortete Chu. »Wissen Sie, wo er ist?«

»Er könnte bei der Arbeit sein. Aber wenn mich nicht alles täuscht, hat er erzählt, dass sie diese Woche nachts drehen.«

»Was drehen?«, fragte Bosch.

»Er ist Drehbuchautor und macht gerade einen Film oder eine Fernsehserie. Was genau, kann ich Ihnen nicht sagen.«

In diesem Moment ging die Tür von Nummer elf einen Spaltbreit auf. Ein Mann mit verquollenen Augen und zerzausten Haaren linste nach draußen. Bosch erkannte ihn von dem Foto, das Chu ausgedruckt hatte.

»Henry Lau?«, fragte Bosch. »LAPD. Wir haben ein paar Fragen an Sie.«

44

Henry Lau hatte eine großzügige Wohnung, von deren drei Meter über der Strandpromenade liegenden Terrasse man über das breiteste Strandstück von Venice auf den Pazifik hinausblickte. Er bat Bosch und Chu, reinzukommen und im Wohnzimmer Platz zu nehmen. Chu setzte sich, aber Bosch blieb stehen. Um bei der Vernehmung nicht von der Aussicht abgelenkt zu werden, kehrte er dem Fenster den Rücken zu. Er spürte nicht die Ausstrahlung, die er erwartet hatte. Lau schien nichts Ungewöhnliches daran zu finden, dass sie bei ihm auftauchten. Damit hatte Bosch nicht gerechnet.

Lau trug Bluejeans, Slipper und ein langärmeliges T-Shirt mit dem Siebdruckbild eines langhaarigen Mannes mit einer Sonnenbrille und der Aufschrift *The Dude Abides*. Wenn er geschlafen hatte, hatte er in seinen Kleidern geschlafen.

Bosch deutete auf einen kubischen schwarzen Ledersessel mit dreißig Zentimeter breiten Armstützen.

»Nehmen Sie Platz, Mr. Lau, und wir werden versuchen, Sie nicht allzu lange aufzuhalten.«

Lau war klein und hatte etwas Katzenartiges. Er setzte sich und zog die Beine auf den Sessel hoch.

»Sind Sie wegen der Schießerei hier?«, fragte er.

Bosch sah kurz Chu an und wandte sich dann wieder Lau zu.

»Welche Schießerei meinen Sie?«

»Na, die neulich vorne am Strand. Der Raubüberfall.«

»Wann war das?«

»Keine Ahnung. Vor zwei Wochen etwa. Aber das ist wahrscheinlich nicht der Grund, warum Sie hier sind, wenn Sie nicht einmal wissen, wann es war.«

»Das ist richtig, Mr. Lau. Unsere Ermittlungen beziehen sich auf eine andere Schießerei, nicht auf diese. Wären Sie bereit, uns ein paar Fragen zu beantworten?«

Lau hob die Schultern.

»Keine Ahnung. Von anderen Schießereien weiß ich nichts, Officers.«

»Wir sind Detectives.«

»Gut, Detectives. Über welche Schießerei wollen Sie etwas wissen?«

»Kennen Sie einen gewissen Bo-Jing Chang?«

»Bo-Jing Chang? Nein, nie gehört.«

Seine Überraschung wirkte nicht gespielt. Bosch gab Chu ein Zeichen, worauf dieser einen Ausdruck des Fotos, das bei Changs Festnahme gemacht worden war, aus seiner Aktentasche zog und Lau zeigte. Während Lau das Foto betrachtete, ging Bosch an eine andere Stelle des Zimmers, um ihn aus einem anderen Blickwinkel zu beobachten. Er wollte in Bewegung bleiben. Außerdem half es, Lau abzulenken und unachtsam zu machen.

Nachdem Lau das Foto eine Weile studiert hatte, schüttelte er den Kopf.

»Nein, nie gesehen. Um was für eine Schießerei geht es hier eigentlich?«

»Überlassen Sie das Fragenstellen erst mal uns«, sagte Bosch.

»Dann kommen wir zu Ihnen. Ihre Nachbarin sagt, Sie sind Drehbuchautor?«

»Ja.«

»Haben Sie was geschrieben, was ich gesehen haben könnte?«

»Nein.«

»Woher wollen Sie das wissen?«

»Weil ich bis vor Kurzem nichts geschrieben habe, was tatsächlich realisiert wurde. Deshalb gibt es keinen Film von mir, den Sie gesehen haben könnten.«

»Aha, und wer zahlt dann diese schicke Wohnung hier direkt am Strand?«

»Ich zahle sie. Ich werde fürs Schreiben bezahlt. Bis vor Kurzem wurde nur noch nichts von mir realisiert. So was dauert seine Zeit, verstehen Sie?«

Bosch stellte sich hinter Lau, und der junge Mann musste sich in seinem bequemen Sessel drehen, um ihn im Auge behalten zu können.

»Wo sind Sie aufgewachsen, Henry?«

»In San Francisco. Dann bin ich zum Studium hier runtergekommen und geblieben.«

»Geboren sind Sie aber dort oben?«

»Ja.«

»Sind Sie Giants- oder Dodgers-Fan?«

»Giants natürlich.«

»Habe ich mir fast gedacht. Wann waren Sie zum letzten Mal in South L. A.?«

Die Frage kam unerwartet, und Lau musste überlegen. Schließlich schüttelte er den Kopf.

»Keine Ahnung. Das ist sicher schon fünf, sechs Jahre her. Jedenfalls eine Weile. Könnten Sie mir vielleicht langsam sagen, worum es hier geht? Dann kann ich Ihnen vielleicht auch helfen.«

»Wenn also jemand behaupten würde, er hätte Sie letzte Woche dort unten gesehen, würde er lügen?«

Lau verzog das Gesicht, als spielten sie ein Spiel mit ihm.

»Entweder das, oder er hat mich mit jemandem verwechselt. Sie wissen doch, was man über uns sagt.«

»Nein, was sagt man denn über Sie?«

»Dass wir alle gleich aussehen.«

Lau lächelte strahlend und sah Chu Bestätigung heischend an. Chu ließ sich jedoch nicht um den Finger wickeln und starrte nur ausdruckslos zurück.

»Und in Monterey Park?«, fragte Bosch.

»Meinen Sie, wann ich das letzte Mal dort war?«

»Ja, das meine ich.«

»Hm, ich war dort ein paarmal essen, aber es war die lange Fahrt nicht wirklich wert.«

»Sie kennen also in Monterey Park niemanden?«

»Nein, nicht näher.«

Bosch hatte Lau umkreist, ihm allgemeine Fragen gestellt und versucht, ihn festzunageln. Jetzt war es Zeit, ihn weiter einzukreisen.

»Wo ist Ihre Pistole, Mr. Lau?«

Lau setzte die Füße auf den Boden. Er sah zu Chu und dann wieder zu Bosch.

»Ach, wegen meiner Pistole sind Sie hier?«

»Sie haben vor sechs Jahren eine Glock Modell neunzehn gekauft und angemeldet. Können Sie uns sagen, wo sie ist?«

»Klar, natürlich. Sie ist in einer verschließbaren Kassette in meinem Nachttisch. Wo sie immer ist.«

»Sind Sie da ganz sicher?«

»Ach, jetzt verstehe ich, lassen Sie mich mal raten. Dieser Vollarsch aus Wohnung acht hat mich damit nach der Schießerei am Strand auf der Terrasse gesehen und Anzeige erstattet?«

»Nein, Henry, es hat niemand Anzeige erstattet. Aber heißt das, Sie haben die Pistole nach der Schießerei am Strand mit nach draußen auf die Terrasse genommen?«

»Ja. Ich habe da draußen Schüsse gehört und einen Schrei. Ich war auf meinem Grund und Boden und somit berechtigt, mich zu verteidigen.«

Bosch nickte Chu zu. Chu öffnete die Schiebetür und ging auf die Terrasse hinaus. Nachdem er die Tür hinter sich geschlossen hatte, holte er sein Handy heraus, um wegen der Schießerei am Strand anzurufen.

»Also, wenn jemand behauptet hat, ich hätte damit geschossen, stimmt das einfach nicht«, fuhr Lau fort.

Bosch sah ihn eine Weile schweigend an. Er gewann mehr und mehr den Eindruck, dass sie schon die ganze Zeit aneinander vorbeiredeten, weil er über einen wichtigen Punkt ihres Gesprächs nicht im Bilde war.

»Meines Wissens hat das auch niemand behauptet«, sagte er schließlich.

»Also, bitte, worum geht es hier dann eigentlich?«

»Das habe ich Ihnen doch gesagt. Um Ihre Pistole. Können Sie sie uns zeigen, Henry?«

»Sicher, ich gehe sie schnell holen.«

Er stemmte sich aus seinem Sessel hoch und ging zur Treppe.

»Langsam, langsam, Henry«, sagte Bosch. »Wir kommen mit.«

Lau schaute von der Treppe zurück.

»Wie Sie möchten. Aber bringen wir das hier endlich hinter uns.«

Bosch drehte sich zur Terrasse. Chu kam gerade wieder nach drinnen. Sie folgten Lau die Treppe hinauf und dann einen Gang hinunter, der in den hinteren Teil der Wohnung führte. Auf beiden Seiten des Flurs hingen gerahmte Fotos, Filmplakate und Diplome. Sie gingen durch eine offene Tür in ein Schlafzimmer, das als Arbeitszimmer diente, und von dort ins eigentliche Schlafzimmer, einen großen dreieinhalb Meter hohen Raum mit einem Panoramafenster auf den Strand hinaus.

»Ich habe bei der Pacific Division angerufen«, sagte Chu zu Bosch. »Die Schießerei war in der Nacht zum Ersten. Sie haben bereits zwei Verdächtige festgenommen.«

Bosch blätterte in Gedanken in seinem Kalender zurück. Der Erste war der Dienstag, eine Woche vor John Lis Ermordung gewesen.

Lau setzte sich neben einem Nachttisch mit zwei Schubläden auf das ungemachte Bett. Er öffnete die untere und nahm eine Metallkassette mit einem Griff am Deckel heraus.

»Ganz vorsichtig jetzt«, sagte Bosch.

Lau stellte die Kassette aufs Bett und stand mit erhobenen Händen auf.

»Ich wollte doch gar nichts tun, Mann. Sie haben selbst gesagt, ich soll sie Ihnen zeigen.«

»Sind Sie einverstanden, wenn mein Partner die Kassette öffnet?«, fragte Bosch.

»Klar, meinetwegen.«

»Detective.«

Bosch fischte ein Paar Gummihandschuhe aus seiner Jackentasche und reichte sie Chu. Dann stellte er sich neben Lau, damit er notfalls in Reichweite wäre.

»Warum haben Sie die Pistole gekauft, Henry?«

»Weil ich damals in einer richtig üblen Gegend gewohnt habe, in der es nur so von schrägen Vögeln gewimmelt hat. Aber wirklich komisch. Da habe ich jetzt eine Million für diese Wohnung gezahlt, und sie sind immer noch da, gleich da vorn am Strand, und ballern rum.«

Chu streifte sich den zweiten Handschuh über und sah Lau an.

»Erteilen Sie uns die Erlaubnis, diese Kassette zu öffnen?«

»Klar, nur zu. Ich weiß zwar nicht, was das Ganze soll, aber machen Sie ruhig. Öffnen Sie sie. Der Schlüssel hängt an einem kleinen Haken an der Rückseite des Nachttischs.«

Chu fasste hinter den Nachttisch und fand den Schlüssel. Dann schloss er die Kassette damit auf. Auf ein paar gefalteten Papieren und Umschlägen lagen ein schwarzer Filzbeutel sowie ein Pass und eine Schachtel mit Munition. Vorsichtig hob Chu den Beutel heraus, öffnete ihn und holte eine schwarze Halbautomatik hervor. Er drehte sie in seinen Händen und untersuchte sie.

»Eine Schachtel Cor-Bon-Neun-Millimeter-Patronen, eine Glock Modell neunzehn. Ich glaube, das ist sie, Harry.«

Er nahm das Magazin der Pistole heraus und betrachtete die Kugeln durch den Schlitz. Dann warf er das Projektil im Patronenlager aus.

»Vollständig geladen und schussbereit.«

Lau machte einen Schritt in Richtung Tür, aber Bosch legte sofort die Hand auf seine Brust, um ihn aufzuhalten. Dann drängte er ihn an die Wand zurück.

»Also wirklich«, protestierte Lau. »Ich weiß wirklich nicht, was das alles soll, aber langsam reicht es mir. Was wollen Sie eigentlich von mir?«

Bosch behielt seine Hand auf Laus Brust.

»Mich interessiert nur Ihre Pistole, Henry. Sie hatten sie in der Nacht zum Ersten. Hat sie sich seitdem einmal nicht in Ihrem Besitz befunden?«

»Nein, ich … sie ist immer in meinem Nachttisch.«

»Wo waren Sie letzten Dienstag um drei Uhr nachmittags?«

»Ähm, letzte Woche war ich hier. Ich glaube, ich war hier, arbeiten. Zu drehen haben wir erst am Donnerstag angefangen.«

»Arbeiten Sie hier allein?«

»Ja, ich arbeite allein. Schreiben ist ein einsamer Job. Nein, warten Sie! Warten Sie! Letzten Dienstag war ich den ganzen Tag bei Paramount. Wir haben mit der ganzen Besetzung das Drehbuch gelesen. Ich war den ganzen Nachmittag im Studio.«

»Und gibt es Leute, die das bezeugen können?«

»Mindestens ein Dutzend. Kein Geringerer als Matthew McConaughey wird für mich bürgen. Er war dabei. Er spielt die Hauptrolle.«

An diesem Punkt machte Bosch einen unerwarteten Gedankensprung und stellte Lau eine Frage, die ihn überrumpeln sollte. Es war immer wieder erstaunlich, was den Leuten alles aus den Taschen purzelte, wenn sie mit scheinbar zusammenhangslosen Fragen geschüttelt wurden.

»Gehören Sie einer Triade an, Henry?«

Lau lachte schallend.

»Was? Sind Sie vollkommen ... jetzt reicht's mir aber, ich gehe.«

Er stieß Boschs Hand weg und löste sich von der Wand, um zur Tür zu gehen. Darauf war Bosch vorbereitet. Er packte Lau am Arm und wirbelte ihn herum. Gleichzeitig trat er ihm gegen das Fußgelenk und warf ihn mit dem Gesicht nach unten aufs Bett. Dann kniete er sich auf seinen Rücken und legte ihm Handschellen an.

»Sind Sie jetzt vollkommen übergeschnappt?«, brüllte Lau.

»Was denken Sie sich eigentlich?«

»Immer mit der Ruhe, Henry, nur keine Aufregung«, sagte Bosch. »Wir fahren jetzt in die Stadt und klären alles auf.«

»Aber ich habe einen Film! Ich muss in drei Stunden am Set sein!«

»Vergessen Sie Ihren Film, Henry. Wir sind hier im richtigen Leben und bringen Sie jetzt in die Stadt.«

Bosch zog Lau vom Bett hoch und drehte ihn in Richtung Tür.

»Haben Sie alles, Dave?«

»Ja.«

»Gut, dann gehen Sie voran.«

Chu verließ das Zimmer mit der Metallkassette, in der sich die Glock befand. Bosch folgte ihm; er hielt Lau an der Kette zwischen den Handschellen und schob ihn vor sich her. Sie gingen den Gang hinunter, aber als sie die Treppe erreichten, zog Bosch an den Handschellen wie an den Zügeln eines Pferds und blieb stehen.

»Augenblick. Noch mal zurück.«

Er zog Lau rückwärts zu einer Stelle auf halber Höhe des Gangs. Dort war ihm im Vorübergehen etwas ins Auge gefallen, aber geschaltet hatte er erst, als sie die Treppe erreichten. Jetzt blickte er auf ein gerahmtes Diplom der University of Southern California. Dort hatte Lau 2004 seinen Abschluss in Liberal Arts gemacht.

»Waren Sie an der USC?«, fragte Bosch.

»Ja, an der Filmhochschule. Warum?«

Universität und Abschlussjahr stimmten mit den Angaben auf dem Diplom überein, das Bosch im Büro von Fortune Fine Foods & Liquor gesehen hatte. Dazu kam noch die chinesische Abstammung. Bosch wusste zwar, dass an der USC viele junge Leute studierten und dass dort jedes Jahr Tausende, darunter viele chinesischer Abstammung, ihren Abschluss machten. Aber er hatte noch nie an Zufälle geglaubt.

»Kannten Sie an der USC einen Robert Li … *›L-I‹* geschrieben?«

Lau nickte.

»Ja. Wir haben sogar zusammengewohnt.«

Bosch spürte, wie plötzlich alles mit unleugbarer Wucht zusammenknallte.

»Und Eugene Lam? Kannten Sie ihn auch?«

Lau nickte wieder.

»Wir haben immer noch Kontakt. Er hat damals ebenfalls mit uns zusammengewohnt.«

»Wo?«

»Habe ich Ihnen doch gesagt. In so einem richtig miesen Drecksloch unten im Gangland. Nicht weit von der Uni.«

Bosch wusste, die USC war eine Oase hervorragender und kostspieliger Ausbildungsmöglichkeiten inmitten richtig übler Viertel, in denen man seines Lebens nicht sicher sein konnte. Ein paar Jahre zuvor war auf einem Trainingsplatz des Campus ein Footballspieler von einer Kugel getroffen worden, die sich von einem in der Nähe ausgetragenen Bandenkrieg dorthin verirrt hatte.

»Haben Sie sich die Pistole zu Ihrem Schutz zugelegt? Weil es Ihnen dort unten zu unsicher war?«

»Was denn sonst?«

Chu hatte gemerkt, dass Bosch und Lau nicht mehr hinter ihm waren, und kam die Treppe heraufgelaufen.

»Harry, was ist?«

Bosch hob seine freie Hand, um Chu zu signalisieren, Abstand zu halten und still zu sein. Er wandte sich wieder an Lau.

»Und Ihre ehemaligen Zimmergenossen wussten, dass Sie sich vor sechs Jahren eine Pistole gekauft hatten?«

»Wir haben sie sogar zusammen ausgesucht. Warum wollen Sie ...«

»Sind Sie immer noch befreundet? Treffen Sie sich hin und wieder?«

»Ja, aber was soll das damit zu tun ...«

»Wann haben Sie zum letzten Mal einen der beiden gesehen?«

»Letzte Woche. Beide. Wir treffen uns fast jede Woche zum Pokern.«

Bosch warf Chu einen Blick zu. Der Fall stand dicht vor seiner Aufklärung.

»Wo, Henry? Wo pokern Sie?«

»Meistens hier, bei mir. Robert wohnt noch bei seinen Eltern, und Huge hat eine winzige Wohnung im Valley. Ich meine, schließlich habe ich hier den Strand direkt vor der Tür.«

»An welchem Tag haben Sie letzte Woche gespielt?«

»Mittwoch.«

»Bestimmt?«

»Sicher. Das war nämlich der Abend, bevor die Dreharbeiten begannen, und deshalb wollte ich eigentlich gar nicht, dass sie kommen. Aber sie standen einfach vor der Tür, und deshalb haben wir doch ein paar Runden gespielt. Sehr spät wurde es allerdings nicht.«

»Und davor? Wann hatten Sie davor Ihren letzten Pokerabend?«

»Die Woche davor. Mittwoch oder Donnerstag, genau weiß ich das nicht mehr.«

»Aber es war nach der Schießerei am Strand?«

Lau zuckte mit den Achseln.

»Hm, ich glaube schon. Warum?«

»Wie ist das mit dem Schlüssel für die Kassette? Könnte einer von den beiden gewusst haben, wo der Schlüssel ist?«

»Wieso, was haben die beiden getan?«

»Beantworten Sie nur meine Frage, Henry.«

»Ja, sie wussten es. Manchmal haben sie die Pistole sogar rausgeholt und damit rumgespielt.«

Bosch holte seine Schlüssel aus der Tasche und nahm Lau die Handschellen ab. Der Drehbuchautor drehte sich um und begann, seine Handgelenke zu massieren.

»Ich wollte immer schon wissen, wie sich das anfühlt«, murmelte er. »Damit ich darüber schreiben kann. Das letzte Mal war ich zu betrunken, um mich daran erinnern zu können.«

Schließlich blickte er auf und bemerkte Boschs durchdringenden Blick.

»Was haben Sie denn?«

Bosch legte ihm die Hand auf die Schulter und drehte ihn zur Treppe.

»Gehen wir ins Wohnzimmer runter und unterhalten uns dort noch mal, Henry. Ich glaube, Sie können uns einiges erzählen.«

45

Sie warteten im Hinterhof von Fortune Fine Foods & Liquor auf Eugene Lam. Zwischen mehrere Mülltonnen und Stapel gebündelter Kartons war dort ein kleiner Mitarbeiterparkplatz gezwängt. Es war Donnerstag, zwei Tage nach ihrem Besuch bei Henry Lau, und der Fall stand kurz vor seiner Lösung. Sie hatten die Zeit genutzt, um Beweismaterial zu sammeln und zu analysieren und eine Strategie zu entwickeln. Außerdem hatte Bosch seine Tochter in der Schule am Fuß des Hügels angemeldet. Sie nahm seit diesem Morgen am Unterricht teil.

Sie waren der Ansicht, dass zwar Eugene Lam die tödlichen Schüsse abgegeben hatte, aber auch der schwächere der beiden Verdächtigen war. Deshalb wollten sie zuerst ihn festnehmen und dann Robert Li. Sie waren bereit. Als Bosch den Parkplatz beobachtete, war er zuversichtlich, dass der Mord an John Li noch vor Ende des Tages aufgeklärt sein würde.

»Jetzt wird es ernst.« Chu deutete auf die andere Seite des Hinterhofs, wo gerade Lams Auto aufgetaucht war.

Sie brachten Lam in das erste Vernehmungszimmer und ließen ihn eine Weile allein vor sich hin schmoren. Die Zeit arbeitete immer für den verhörenden Polizisten, nie für den Verdächtigen. Bei der RHD nannten sie das »den Braten einlegen«. Um die Verdächtigen mürbe zu machen. Bo-Jing Chang war die Ausnahme von dieser Regel gewesen. Er hatte kein Wort gesagt und war nicht einen Moment ins Wanken geraten. Solche Unerschütterlichkeit verlieh einem nur Unschuld. Aber das war etwas, was Lam nicht hatte.

Eine Stunde später, Bosch hatte sich inzwischen mit einem Ankläger der Staatsanwaltschaft abgesprochen, betrat er das Vernehmungszimmer mit einer Schachtel, die das Beweismaterial zu dem Fall enthielt, und setzte sich Lam gegenüber an den Tisch. Der Verdächtige schaute mit einem bangen Blick auf. Das war immer so, wenn sie eine Weile isoliert gewesen waren. Was draußen nur eine Stunde war, war drinnen eine Ewigkeit.

Bosch stellte die Schachtel auf den Boden und stützte seine verschränkten Arme auf den Tisch.

»Eugene, ich bin hier, um Ihnen ein paar grundlegende Dinge zu erklären«, begann er. »Hören Sie also gut zu. Sie müssen jetzt eine Entscheidung von enormer Tragweite treffen. Tatsache ist, ins Gefängnis kommen Sie auf jeden Fall. Daran führt kein Weg vorbei. Worüber Sie allerdings in den nächsten Minuten entscheiden können, ist, wie lange Sie dort bleiben werden: bis Sie ein sehr alter Mann sind oder bis man Ihnen eine Spritze verpasst und Sie einschläfert wie einen Hund … Aber Sie haben es auch in der Hand, sich die Möglichkeit offenzuhalten, eines Tages wieder in Freiheit zu kommen. Sie sind noch jung, Eugene. Deshalb hoffe ich, Sie treffen die richtige Entscheidung.«

Er machte eine Pause und wartete, aber Lam zeigte keine Reaktion.

»Eigentlich komisch. Ich mache das schon ziemlich

lange, und ich habe schon vielen Männern, die einen anderen Menschen getötet haben, an einem Tisch wie diesem gegenübergesessen. Ich könnte nicht behaupten, dass alle von ihnen schlechte oder böse Menschen waren. Manche hatten Gründe, und manche wurden dazu angestiftet. Sie wurden auf die schiefe Bahn gelockt.«

In gespielter Unerschütterlichkeit schüttelte Lam den Kopf.

»Ich habe Ihnen doch gesagt, ich will einen Anwalt. Ich kenne meine Rechte. Sie dürfen mir keine Fragen mehr stellen, sobald ich einen Anwalt verlangt habe.«

Bosch nickte.

»Ja, da haben Sie recht, Eugene. Vollkommen. Sobald Sie Ihre Rechte geltend machen, dürfen wir Ihnen keine Fragen mehr stellen. Das ist nicht erlaubt. Aber deshalb stelle ich Ihnen ja auch keine Fragen, wie Sie sicherlich bemerkt haben. Ich sage Ihnen nur, was Sie erwartet. Ich sage Ihnen, dass Sie eine Entscheidung treffen müssen. Schweigen ist mit Sicherheit eine Option. Aber wenn Sie die Option Schweigen wählen, werden Sie die Welt da draußen nie mehr wiedersehen.«

Lam schüttelte den Kopf und starrte auf den Tisch.

»Lassen Sie mich bitte in Ruhe.«

»Aber vielleicht hilft es Ihnen, wenn ich Ihnen den Sachverhalt erkläre, damit Sie klarer sehen, wo genau Sie stehen. Ich bin durchaus bereit, Ihnen entgegenzukommen. Ich lasse mir von Ihnen sogar in die Karten schauen, denn, wissen Sie was? Ich habe einen Royal Flush. Sie spielen doch Poker, oder? Dann wissen Sie auch, dass ein Royal Flush unschlagbar ist. Und genau das habe ich. Einen Royal Flush.«

Bosch machte eine Pause. Er konnte Neugier in Lams Augen aufleuchten sehen. Natürlich fragte er sich, was sie gegen ihn vorliegen hatten.

»Wir wissen, dass Sie in diesem Fall die Drecksarbeit gemacht haben, Eugene. Sie sind in den Getränkemarkt gegangen und haben Mr. Li kaltblütig erschossen. Aber wir sind ziemlich sicher, dass das nicht Ihre Idee war. Es war Robert, der Sie dazu angestiftet hat, seinen Vater zu töten. Deshalb haben wir es in erster Linie auf ihn abgesehen. Im Zimmer nebenan sitzt ein stellvertretender Bezirksstaatsanwalt, der bereit ist, Ihnen einen Deal anzubieten – zwischen fünfzehn Jahre und lebenslänglich, wenn Sie uns Robert liefern. Die fünfzehn Jahre werden Sie absitzen müssen, aber danach haben Sie eine reelle Chance, aus der Haft entlassen zu werden. Sie überzeugen den Bewährungsausschuss, dass Sie nur ein Opfer waren, dass Sie von dem Drahtzieher im Hintergrund manipuliert wurden, und Sie kommen frei …«

Nach einer kurzen Pause fuhr Bosch fort: »Das wäre die eine Möglichkeit. Schlagen Sie dagegen den anderen Weg ein, gibt es kein Zurück mehr. Wenn Sie vor Gericht verlieren, sind Sie geliefert. Das heißt, Sie werden in fünfzig Jahren im Gefängnis sterben – falls die Geschworenen nicht zu der Überzeugung gelangen, dass Sie die Spritze verdient haben.«

Lam erklärte ruhig: »Ich will einen Anwalt.«

Bosch nickte und antwortete in resigniertem Ton.

»Klar, Mann, das müssen Sie schließlich selbst am besten wissen. Wir besorgen Ihnen einen Anwalt.«

Er blickte zu der Kamera an der Decke hoch und hob ein imaginäres Telefon an sein Ohr.

Dann sah er wieder Lam an und merkte, dass er mit Worten allein nicht zu überzeugen wäre. Es wurde Zeit, die Karten auf den Tisch zu legen.

»Okay, die Kollegen rufen jetzt an, damit Sie Ihren Anwalt bekommen. Aber wenn Sie nichts dagegen haben, möchte ich Ihnen noch einiges erzählen, während wir hier warten. Das können Sie dann gleich Ihrem Anwalt mitteilen, wenn er kommt.«

»Meinetwegen«, entgegnete Lam. »Solange ich einen Anwalt bekomme, können Sie reden, so viel Sie wollen.«

»Gut, dann fangen wir am besten mit dem Tatort an. Wie Sie wissen, gab es von Anfang an Verschiedenes, was mir eigenartig vorkam. Einer dieser Punkte war, dass Mr. Li seine Pistole direkt unter dem Ladentisch hatte und nicht dazu kam, sie zu ziehen. Ein weiterer war, dass er keine Kopfwunden hatte. Der Täter schoss Mr. Li dreimal in die Brust, und damit hatte es sich. Kein einziges Mal ins Gesicht.«

»Sehr interessant«, bemerkte Lam sarkastisch.

Bosch ignorierte es.

»Und wissen Sie, was das für mich hieß? Es hieß, dass Li seinen Mörder wahrscheinlich kannte und sich nicht von ihm bedroht fühlte. Und dass es etwas Geschäftliches war. Es ging dabei nicht um Rache, und es war nichts Persönliches. Es war etwas rein Geschäftliches.«

Bosch fasste zu der Schachtel hinunter und entfernte den Deckel. Er nahm den Beweismittelbeutel mit der Patronenhülse, die in der Kehle des Opfers gesteckt hatte, heraus und warf ihn vor Lam auf den Tisch.

»Da ist sie, Eugene. Erinnern Sie sich noch, wie Sie danach gesucht haben? Wie Sie hinter den Ladentisch gegangen sind und die Leiche zur Seite geschoben haben und sich nicht erklären konnten, wohin diese blöde Patronenhülse verschwunden ist? Tja, hier ist sie. Das war der entscheidende Fehler, der Ihnen alles anlastet.«

Er machte eine Pause und beobachtete, wie sich nackte Angst in Lams Augen einnistete, während er die Patronenhülse anstarrte.

»Man lässt eine Patronenhülse unter keinen Umständen am Tatort zurück. Eine unumstößliche Grundregel. Aber Sie haben dagegen verstoßen, Mann. Sie haben diese Hülse am Tatort zurückgelassen, und sie hat uns direkt vor Ihre Haustür geführt.«

Bosch griff nach der Tüte und hielt sie hoch.

»Auf der Hülse war ein Fingerabdruck, Eugene, den wir mithilfe eines neuen Verfahrens, das sich elektrostatische Verstärkung nennt, sichtbar machen konnten. Es kommt erst seit Kurzem zur Anwendung. Und der Fingerabdruck, der damit auf der Hülse entdeckt wurde, stammte von Ihrem alten Freund Henry Lau. Ja, der Fingerabdruck hat uns auf Henry Laus Spur geführt, und ich muss sagen, er war außerordentlich hilfsbereit. Er erzählte uns, er hätte seine Pistole zum letzten Mal vor etwa acht Monaten auf dem Schießstand benutzt und danach neu geladen. So lange war sein Fingerabdruck also auf der Patrone.«

Bosch fasste wieder in die Schachtel und holte Henry Laus Pistole heraus, die sich immer noch in dem schwarzen Filzbeutel befand. Er nahm die Waffe aus dem Beutel und legte sie auf den Tisch.

»Wir waren bei Henry Lau, und er gab uns die Pistole mit. Wir haben sie gestern in der Ballistik untersuchen lassen, und es besteht kein Zweifel, sie ist die Tatwaffe. Das ist die Pistole, mit der John Li am achten September im Fortune Liquors erschossen wurde. Das Problem ist nun allerdings, dass Henry Lau für den Zeitpunkt, zu dem die Schüsse auf Li abgegeben wurden, ein hieb- und stichfestes Alibi hat. Er befand sich nämlich zusammen mit dreizehn anderen Personen in einem Zimmer und kann unter anderem sogar Matthew McConaughey als Alibizeugen vorweisen. Außerdem hat er uns versichert, die Pistole niemandem geliehen zu haben.«

Bosch lehnte sich zurück und kratzte sich am Kinn, als suchte er immer noch nach einer Erklärung, wie Laus Pistole zur Ermordung John Lis hatte verwendet werden können.

»Ich muss gestehen, Eugene, das war eine harte Nuss. Aber dann hatten wir schließlich Glück. Die Guten haben oft Glück. Sie haben uns Glück gebracht, Eugene.«

Er machte eine Pause, um das Gesagte wirken zu lassen, bevor er zum entscheidenden Schlag ausholte.

»Die Person, die Henry Laus Pistole benutzt hatte, um damit John Li zu erschießen, säuberte und lud sie hinterher wieder, denn Lau sollte natürlich nicht merken, dass sich jemand seine Pistole ausgeliehen hatte, um damit jemanden umzubringen. An sich war der Plan gut, aber dann machte der Täter einen Fehler.«

Bosch beugte sich über den Tisch und sah Lam in die Augen. Er drehte die Pistole auf dem Tisch so, dass ihr Lauf auf die Brust des Verdächtigen gerichtet war.

»Auf einer der Kugeln, mit denen das Magazin nachgeladen wurde, befand sich ein deutlich erkennbarer Fingerabdruck. Ihr Daumenabdruck, Eugene. Er stimmt mit dem Abdruck überein, den man Ihnen abgenommen hat, als Sie Ihren New Yorker Führerschein gegen einen kalifornischen umgetauscht haben.«

Lams Blick senkte sich vor Boschs Augen langsam auf den Tisch. »Das hat alles nichts zu besagen«, murmelte er.

Er hörte sich nicht sehr überzeugt an.

»So?«, entgegnete Bosch. »Meinen Sie? Da wäre ich mir nicht so sicher. Wenn Sie mich fragen, besagt es sogar sehr viel, Eugene. Und dieser Ansicht ist auch der Staatsanwalt, der unser Gespräch über diese Kamera mitverfolgt. Er findet, es hört sich nach einer zufallenden Gefängnistür an, und Sie befinden sich auf der falschen Seite dieser Tür.«

Bosch nahm die Pistole und die Tüte mit der Patronenhülse und legte beides in die Schachtel zurück. Dann hob er die Schachtel mit beiden Händen hoch und stand auf.

»So sieht es also im Moment aus, Eugene. Sie können ja in Ruhe noch einmal über alles nachdenken, während Sie auf Ihren Anwalt warten.«

Langsam ging Bosch zur Tür. Er hoffte, Lam würde bitten, er solle bleiben, er sei zu einem Deal bereit. Aber der Verdächtige sagte nichts. Bosch klemmte sich die Schachtel unter den Arm, öffnete die Tür und verließ das Zimmer.

Bosch trug die Beweismittelschachtel in sein Abteil zurück und ließ sie auf den Schreibtisch plumpsen. Er schaute zum Abteil seines Partners hinüber. Es war noch leer. Ferras war im Valley geblieben, um Robert Li im Auge zu behalten. Wenn Li nämlich mitbekam, dass sich Lam in Polizeigewahrsam befand und möglicherweise auspackte, versuchte er möglicherweise unterzutauchen. Ferras war nicht gerade begeistert gewesen über diesen Babysitterauftrag, aber das war Bosch egal. Ferras hatte sich bei den Ermittlungen selbst ins Abseits manövriert, und dort würde er auch bleiben.

Wenig später kamen Chu und Gandle, die Boschs Unterhaltung mit Lam im Videoraum auf einem Monitor verfolgt hatten, in sein Abteil.

»Ich habe Ihnen doch gesagt, dass dieses Manöver ziemlich leicht zu durchschauen ist«, sagte Gandle. »Wir wissen, Lam ist nicht auf den Kopf gefallen. Er muss Handschuhe getragen haben, als er die Pistole nachgeladen hat. Sobald er gemerkt hat, dass Sie ihn nur auszutricksen versuchen, war der Fall für ihn klar.«

»Ich weiß«, erwiderte Bosch. »Aber es war unsere einzige Chance.«

»Das finde ich auch«, kam Chu ihm zu Hilfe.

»Trotzdem müssen wir ihn laufen lassen«, sagte Gandle. »Wir wissen zwar, dass er die Gelegenheit hatte, die Pistole an sich zu bringen, aber wir können nicht beweisen, dass er es tatsächlich getan hat. Die Gelegenheit allein genügt nicht. Damit kommen Sie vor Gericht nicht durch.«

»Ist es das, was Cook gesagt hat?«

»Das ist, was er gedacht hat.«

Abner Cook war der stellvertretende Bezirksstaatsanwalt, der vom CCB herübergekommen war, um das Verhör im Videoraum zu verfolgen.

»Wo ist er übrigens?«

Wie um diese Frage selbst zu beantworten, rief Cook von der anderen Seite des Bereitschaftsraums Boschs Namen.

»Kommen Sie! Schnell!«

Bosch richtete sich auf und schaute über die Trennwand seines Abteils. Cook winkte ihnen von der Tür des Videoraums hektisch zu. Bosch stand auf und ging ihm entgegen.

»Er will Sie sprechen«, rief Cook. »Gehen Sie noch mal zu ihm rein!«

Aufgeregt eilte Bosch zum Vernehmungszimmer, doch dann begann er, das Tempo zu drosseln, und fasste sich erst, bevor er die Tür öffnete und gelassen hineinschaute.

»Was ist?«, fragte er. »Wir haben Ihren Anwalt verständigt. Er ist bereits auf dem Weg hierher.«

»Ihr Angebot? Steht es noch?«

»Ja. Der Staatsanwalt wollte allerdings gerade gehen.«

»Holen Sie ihn. Ich will den Deal.«

Bosch trat ganz in das Zimmer und schloss die Tür hinter sich.

»Was bieten Sie uns dafür, Eugene? Wenn Sie den Deal möchten, muss ich wissen, was Sie mir dafür geben. Den Staatsanwalt hole ich erst, wenn ich weiß, was Sie zu bieten haben.«

Lam nickte.

»Ich biete Ihnen Robert Li … und seine Schwester. Das Ganze war ihr Plan. Ihr Vater war stur und wollte alles beim Alten lassen. Sie hätten den Getränkemarkt schließen und im Valley ein neues Geschäft eröffnen müssen. Eines, das etwas abgeworfen hätte. Aber das wollte er nicht. Er stellte sich stur, und irgendwann hatte Rob die Schnauze voll.«

Bosch setzte sich wieder und versuchte, seine Überraschung über Mia Lis Beteiligung zu verbergen.

»Die Schwester steckt da auch mit drin?«

»Sie war diejenige, die alles geplant hat. Außer …«

»Ja, was?«

»Außer dass sie wollte, dass ich beide erschieße. Die Mutter und den Vater. Sie wollte, dass ich früher in den Laden komme und beide töte. Aber Robert war dagegen. Er wollte seiner Mutter kein Leid antun.«

»Wer kam auf die Idee, es als einen Triadenmord hinzustellen?«

»Das war Mias Idee, und dann hat Robert alles eingefädelt. Sie wussten, dass die Polizei darauf hereinfallen würde.«

Bosch nickte. Er kannte Mia kaum, aber er wusste genug über ihre Vergangenheit, um ein gewisses Bedauern für sie zu empfinden.

Er schaute zu der Kamera an der Decke hoch, in der Hoffnung, Gandle mit seinem Blick zu verstehen zu geben, dass er jemanden losschickte, um Mia Li ausfindig zu machen, damit die Festnahmeteams gleichzeitig zuschlagen konnten. Bosch richtete den Blick wieder auf Lam, der niedergeschlagen auf den Tisch starrte.

»Und Sie, Eugene? Warum haben Sie dabei mitgemacht?«

Lam schüttelte den Kopf. Bosch konnte die Reue in seiner Miene sehen.

»Ich weiß selbst nicht. Robert sagte, er müsste mich entlassen, weil der Laden seines Vaters zu viel Verlust machte. Er meinte, ich könnte meine Stelle retten … und ich würde Geschäftsführer, wenn sie einen zweiten Laden im Valley eröffneten.«

Die Antwort war nicht erbärmlicher als viele andere,

die Bosch im Lauf der Jahre zu hören bekommen hatte. Was Mordmotive anging, konnte ihn nichts mehr überraschen.

Er überlegte, ob er sich noch gegen irgendwelche Eventualitäten absichern sollte, bevor Abner Cook hereinkam und den Deal perfekt machte.

»Wie war das mit Henry Lau? Hat er Ihnen die Pistole gegeben, oder haben Sie sie ohne sein Wissen genommen?«

»Wir – das heißt, ich – haben sie genommen. Wir haben uns in seiner Wohnung zum Pokern getroffen, und dann sagte ich, ich müsste auf die Toilette. Aber in Wirklichkeit ging ich ins Schlafzimmer und holte sie mir. Ich wusste, wo er den Schlüssel für die Kassette aufbewahrte. Ich nahm mir die Pistole, und als wir uns das nächste Mal zum Pokern trafen, legte ich sie wieder zurück. So hatten wir es geplant. Wir dachten, er würde es nicht mitbekommen.«

Das schien Bosch glaubhaft. Außerdem wusste er, er bekäme noch ausreichend Gelegenheit, Lam ausführlicher zu all dem zu befragen, sobald Cook und Lam den Deal formuliert und unterschrieben hatten.

Es gab nur noch einen Punkt zu klären, bevor er Cook holen konnte.

»Wie war das mit Hongkong?«, fragte er.

Lam schien über die Frage erstaunt.

»Mit Hongkong? Was soll mit Hongkong gewesen sein?«

»Wer von Ihnen hat dorthin Beziehungen?«

Lam schüttelte verständnislos den Kopf. Seine Reaktion schien Bosch nicht gespielt.

»Ich weiß nicht, was Sie meinen. Meine Familie lebt in New York, nicht in Hongkong. Ich kenne dort niemanden, und meines Wissens auch Robert und Mia nicht. Von Hongkong war nie die Rede.«

Bosch dachte kurz nach. Jetzt war er derjenige, der ratlos war. Er wusste nicht mehr weiter.

»Sie sagen also, dass Ihres Wissens weder Robert noch Mia Li wegen des Falls oder wegen der beteiligten Ermittler mit jemandem in Hongkong telefoniert haben?«

»Soviel ich weiß, nicht. Ich kann mir auch nicht vorstellen, dass sie dort jemanden kennen.«

»Und was ist mit Monterey Park? Mit der Triade, an die Mr. Li Schutzgeld gezahlt hat?«

»Darüber waren wir im Bilde, und Robert wusste auch, wann Chang jede Woche zum Kassieren kam. Darauf baute sein Plan auf. Ich wartete vor dem Laden, und als ich Chang wieder nach draußen kommen sah, ging ich hinein. Robert sagte mir, ich solle die DVD aus dem Gerät mitnehmen, aber die anderen im Laden lassen. Er wusste, dass Chang auf einer von ihnen zu sehen war und die Polizei deshalb auf seine Spur geführt würde.«

Kein übler Trick, den sich Robert da hatte einfallen lassen, dachte Bosch. Und er war ihm prompt auf den Leim gegangen.

»Was haben Sie beide zu Chang gesagt, als er danach im anderen Laden bei Ihnen aufgetaucht ist?«

»Auch das war Teil des Plans. Robert wusste, er würde aufkreuzen, um das Schutzgeld jetzt von ihm zu kassieren.«

Er senkte den Blick, als wäre ihm die Sache peinlich.

»Jetzt reden Sie schon«, drängte Bosch. »Was haben Sie zu ihm gesagt?«

»Robert erzählte ihm, die Polizei hätte uns ein Foto von ihm gezeigt und behauptet, er hätte den Mord begangen. Er hat zu ihm gesagt, die Polizei würde nach ihm fahnden und ihn festnehmen. Wir dachten, dass er dann untertauchen würde; und wenn er plötzlich verschwunden wäre, sähe es so aus, als hätte er den Mord begangen. Uns wäre es jedenfalls sehr entgegengekommen, wenn er sich nach China abgesetzt hätte und von der Bildfläche verschwunden wäre.«

Bosch starrte Lam finster an, als die Bedeutung und die Konsequenzen dieser Feststellung in das dunkle Blut in seinem Herzen sanken. Er war von vorn bis hinten hereingelegt worden.

»Wer hat mich angerufen?«, fragte er. »Wer hat mich angerufen und mir gesagt, ich soll die Finger von der Sache lassen?«

Lam nickte langsam.

»Das war ich. Robert schrieb mir auf, was ich sagen sollte, und dann habe ich Sie von einem Münztelefon angerufen. Es tut mir leid, Detective Bosch. Ich wollte Ihnen keine Angst einjagen, aber ich musste tun, was Robert wollte.«

Bosch nickte. Auch ihm tat es leid, aber nicht aus den gleichen Gründen.

46

Eine Stunde später kamen Bosch und Cook mit einem umfassenden Geständnis und einer schriftlichen Kooperationseinwilligung Eugene Lams aus dem Vernehmungszimmer. Cook erklärte, er werde den jungen Mörder sowie Robert und Mia Li umgehend unter Anklage stellen. Außerdem sagte er, es liege genügend Belastungsmaterial vor, um die Geschwister festzunehmen.

Daraufhin zogen sich Bosch, Chu, Gandle und vier weitere Detectives in das Besprechungszimmer zurück, um ihr Vorgehen bei der Verhaftung abzusprechen. Robert Li wurde weiterhin von Ferras observiert. Der Ermittler, der von Gandle mit der Überwachung des Hauses der Lis im Wilshire District beauftragt worden war, hatte allerdings gemeldet, das Auto der Familie sei weg und allem Anschein nach sei niemand zu Hause.

»Warten wir, bis wir wissen, wo die Schwester ist?«, fragte Gandle. »Oder schnappen wir uns den Bruder sofort, bevor er noch anfängt, sich wegen Lam Gedanken zu machen?«

»Ich denke, wir sollten sofort zuschlagen«, sagte Bosch. »Eigentlich müsste er sich jetzt schon fragen, wo Lam bleibt. Wenn er Verdacht schöpft, haut er vielleicht ab.«

Gandle blickte sich um, ob jemand Einwände hatte. Das war nicht der Fall.

»Okay, dann los. Wir schnappen uns den Bruder im

Laden, und dann suchen wir die Schwester. Ich will diese Leute heute noch festgesetzt haben. Harry, rufen Sie Ihren Partner an, ob Robert Li immer noch im Geschäft ist. Sagen Sie ihm, dass wir zu ihm hochfahren. Ich komme mit Ihnen und Chu mit.«

Es war ungewöhnlich, dass der Lieutenant das Büro verlassen wollte. Aber das war längst keine Routineangelegenheit mehr. Offensichtlich wollte Gandle dabei sein, wenn der Fall mit einer Festnahme abgeschlossen wurde.

Alle standen auf und verließen das Besprechungszimmer. Nur Bosch und Gandle blieben zurück.

Bosch holte sein Handy heraus und drückte die Schnellwahltaste für Ferras. Als er sich das letzte Mal bei ihm gemeldet hatte, hatte er noch gegenüber von Fortune Fine Foods & Liquor in seinem Auto gesessen und den Supermarkt beobachtet.

»Wissen Sie, was ich immer noch nicht begreife, Harry?«, sagte Gandle.

»Nein, was?«

»Wer Ihre Tochter entführt hat. Lam behauptet, nichts darüber zu wissen. Und es besteht für ihn auch keinerlei Grund, diesbezüglich zu lügen. Glauben Sie immer noch, es waren Changs Leute, obwohl er gar nichts mit dem Mord zu tun hatte?«

Bevor Bosch dem Lieutenant antworten konnte, meldete sich Ferras.

»Ja?«

»Ich bin's«, sagte Bosch. »Wo ist Li?«

Er hielt einen Finger hoch, um Gandle zu vertrösten, bis er das Telefonat beendet hatte.

»Er ist im Supermarkt«, antwortete Ferras. »Und nur dass du's weißt, Harry, wir müssen wirklich reden.«

Der angespannte Ton seines Partners verriet Bosch, dass es nicht Robert Li war, über den Ferras sprechen wollte. Er hatte den ganzen Vormittag allein im Auto gesessen, und in seinem Kopf hatte es zu schwären begonnen.

»Reden können wir später. Im Moment müssen wir handeln. Wir haben Lam weichgeklopft. Er hat alles rausgerückt. Robert Li *und* seine Schwester. Sie stecken beide mit drin. Ist sie auch im Geschäft?«

»Nicht, dass ich wüsste. Sie hat die Mutter vorbeigebracht, ist dann aber wieder weggefahren.«

»Wann war das?«

»Vor etwa einer Stunde.«

Weil Gandle nicht mehr länger warten wollte und sich fertig machen musste, um die Festnahmeteams zu begleiten, ging er in sein Büro. Bosch war deshalb vorerst davon befreit, die Frage des Lieutenants beantworten zu müssen, und konnte sich ganz auf Ferras konzentrieren.

»Okay, dann bleib, wo du bist«, sagte er. »Und gib mir Bescheid, wenn sich irgendetwas tut.«

»Weißt du was, Harry?«

»Nein, was, Ignacio?«, fragte Bosch ungeduldig zurück.

»Du hast mir keine Chance gegeben, Mann.«

Ferras' weinerlicher Ton ging Bosch auf die Nerven.

»Was für eine Chance? Wovon redest du eigentlich?«

»Ich rede davon, dass du dem Lieutenant gesagt hast, dass du einen anderen Partner willst. Du hättest mir noch mal eine Chance geben sollen. Jetzt versucht er, mich zu den Autodiebstählen zu versetzen. Er meint, auf *mich* könnte man sich nicht verlassen, und deshalb wäre ich derjenige, der gehen muss.«

»Jetzt hör mal gut zu, Ignacio. Das geht jetzt schon zwei Jahre so, ja? Ich habe dir zwei Jahre lang eine Chance nach der anderen gegeben. Aber jetzt ist nicht der Zeitpunkt, um darüber zu reden. Das machen wir später, ja? Aber erst mal bleibst du, wo du bist. Wir fahren jetzt los.«

»Nein, du bleibst, wo du bist, Harry.«

Bosch stutzte.

»Was soll das jetzt bitte heißen?«

»Es heißt, dass ich Li übernehme.«

»Auf keinen Fall, Ignacio. Du bist ganz allein. Du gehst nicht in diesen Laden, bevor nicht ein Festnahmeteam bei dir eingetroffen ist, kapiert? Wenn du ihm unbedingt selbst die Handschellen anlegen möchtest, meinetwegen, kannst du haben. Aber du wartest, bis wir da sind.«

»Ich brauche kein Team, und ich brauche vor allem dich nicht, Harry.«

Ferras unterbrach die Verbindung. Bosch drückte die Wiederwahl und ging zu Gandles Büro.

Ferras nahm nicht ab, und der Anruf ging direkt an die Mailbox. Als Bosch Gandles Büro betrat, knöpfte der Lieutenant gerade sein Hemd über der kugelsicheren Weste zu, die er für den Einsatz angelegt hatte.

»Wir dürfen keine Zeit verlieren«, sagte Bosch. »Ferras schert aus.«

47

Als Bosch von der Beerdigung nach Hause kam, nahm er seine Krawatte ab und holte sich ein Bier aus dem Kühlschrank. Dann ging er auf die Terrasse, setzte sich in den Liegestuhl und schloss die Augen. Er überlegte, ob er Musik auflegen sollte, vielleicht was von Art Pepper, etwas, was ihm den Blues austrieb.

Aber er stellte fest, dass er nicht in der Lage war, sich von der Stelle zu rühren.

Er ließ einfach die Augen geschlossen und versuchte, so viel wie möglich von den zwei Wochen zu vergessen, die gerade vergangen waren. Er wusste, das war eine unlösbare Aufgabe, aber einen Versuch war es trotzdem wert, und das Bier würde ihm dabei helfen, wenn auch nur vorübergehend. Es war das letzte im Kühlschrank gewesen, und er hatte sich geschworen, dass es auch das letzte bliebe. Er musste sich jetzt um seine Tochter kümmern, und dafür musste er sich ihr von seiner besten Seite zeigen.

Als hätten die Gedanken an sie Madeline heraufbeschworen, hörte er die Schiebetür aufgehen.

»Hi, Mads.«

»Dad.«

In nur diesem einen Wort klang ihre Stimme anders als sonst, aufgewühlt. Er öffnete die Augen und blinzelte in die Nachmittagssonne. Sie hatte sich bereits umgezogen und trug jetzt eine Jeans und ein Hemd. Beides stammte aus dem Rucksack, den ihre Mutter für sie gepackt hatte. Bosch war nicht entgangen, dass sie die wenigen Sachen, die ihre Mutter in Hongkong für sie zusammengesucht hatte, häufiger trug als die vielen Kleider, die er mit ihr gekauft hatte.

»Was ist?«

»Ich wollte mit dir reden.«

»Klar.«

»Das mit deinem Partner tut mir wirklich leid.«

»Mir auch. Er hat einen schweren Fehler gemacht und dafür bezahlt. Allerdings finde ich nicht, dass die Strafe dem Vergehen angemessen war.«

Boschs Gedanken kehrten kurz zu der bestürzenden Szene im Büro von Fortune Fine Foods & Liquor zurück. Ferras, der mit vier Schüssen im Rücken bäuchlings auf dem Boden lag. Robert Li, der zitternd und winselnd in der Ecke kauerte und auf die Leiche seiner Schwester stierte. Nach den Schüssen auf Ferras hatte sie die Waffe gegen sich selbst gerichtet. Mrs. Li, die Matriarchin dieser Familie von Mördern und Opfern stand stoisch in der Tür, als Bosch eintraf.

Ignacio hatte Mia nicht kommen sehen. Sie hatte ihre Mutter im Supermarkt abgesetzt und war danach weggefahren. Aber aus irgendeinem Grund war sie zurückgekommen und hatte das Auto unbemerkt auf dem kleinen Mitarbeiterparkplatz abgestellt. Im Bereitschaftsraum wurde später gemutmaßt, dass sie Ferras bei seiner Observierung entdeckt und daraus den Schluss gezogen hatte, dass ihnen die Polizei auf die Schliche gekommen war. Daraufhin war sie nach Hause gefahren, hatte die Pistole geholt, die ihr ermordeter Vater unter dem Ladentisch des Getränkemarkts aufbewahrt hatte, und war damit zum Geschäft im Valley zurückgekehrt. Was sie dort ursprünglich vorgehabt hatte, war nicht klar und würde wohl immer ein Rätsel bleiben. Vielleicht wollte sie Lam oder ihre Mutter suchen. Vielleicht wollte sie auch nur auf die Polizei warten. Jedenfalls fuhr sie zum Supermarkt zurück und betrat ihn durch den Mitarbeitereingang etwa zum gleichen Zeitpunkt, in dem Ferras durch den Vordereingang kam, um Robert Li auf eigene Faust festzunehmen. Sie beobachtete, wie Ferras in das Büro ihres Bruders ging, und näherte sich ihm dann von hinten.

Bosch hätte gern gewusst, was Ignacios letzte Gedanken gewesen waren, als die Kugeln in seinen Körper einschlugen. Er fragte sich, ob sein junger Partner sich gewundert hatte, dass man zweimal vom Blitz getroffen werden konnte und erst beim zweiten Mal richtig.

Bosch schob das Bild und die Gedanken beiseite. Er setzte sich auf und sah seine Tochter an. Er sah die Last in ihren Augen und wusste, was jetzt käme.

»Dad?«

»Ja, was ist, Schatz?«

»Ich habe auch einen schweren Fehler gemacht. Nur war ich nicht diejenige, die dafür zahlen musste.«

»Das musst du mir genauer erklären.«

»Als ich mit Dr. Hinojos geredet habe, meinte sie, ich muss mir alles von der Seele reden. Ich muss erzählen, was mich belastet.«

Jetzt kamen ihr die Tränen. Bosch setzte sich seitlich auf den Liegestuhl und nahm seine Tochter an der Hand und lotste sie zu einem Stuhl direkt neben ihm. Er legte ihr den Arm um die Schultern.

»Du kannst mir alles erzählen, Madeline.«

Sie schloss die Augen und hielt eine Hand vor sie. Mit der anderen drückte sie seine Hand.

»Ich bin schuld an Moms Tod«, brach es schließlich aus ihr hervor. »Ich bin schuld an ihrem Tod, und eigentlich hätte es mich erwischen sollen.«

»Moment, Moment. Du bist doch nicht verant...«

»Nein, warte und hör mir zu. Hör mir zu. Doch, das bin ich. Ich bin schuld daran, Dad, und ich muss ins Gefängnis.«

Bosch drückte sie ganz fest an sich und küsste sie auf den Scheitel. »Nein, du hörst jetzt mir zu, Mads. Du musst nirgendwohin. Du bleibst hier bei mir. Ich weiß, was passiert ist, aber deshalb bist du nicht verantwortlich für das, was andere getan haben. Ich will nicht, dass du so etwas denkst.«

Sie löste sich von ihm und sah ihn an.

»Du weißt es? *Du weißt,* was ich getan habe?«

»Ich glaube, du hast dem Falschen getraut ... und der Rest, alles andere, geht auf seine Kappe.«

Sie schüttelte den Kopf.

»Nein, nein. Das Ganze war meine Idee. Ich wusste, dass du kommen würdest, und dachte, dass du Mom vielleicht überreden könntest, dass sie mich zu dir nach L.A. ziehen lässt.«

»Ich weiß.«

»Woher weißt du das?«, fragte sie.

Bosch zuckte mit den Achseln.

»Das spielt keine Rolle. Der entscheidende Punkt ist,

dass du nicht ahnen konntest, was Quick tun würde: dass er deinen Plan zu seinem machen würde.«

Sie ließ den Kopf sinken.

»Trotzdem. Ich habe meine Mutter umgebracht.«

»Madeline, nein. Wenn jemand die Verantwortung dafür trägt, dann ich. Sie wurde wegen etwas umgebracht, was absolut nichts mit dir zu tun hatte. Es war ein Raubüberfall, und er ist passiert, weil ich eine Dummheit begangen habe, weil ich an einem Ort, an dem ich das nie hätte tun dürfen, mein ganzes Geld gezeigt habe. Siehst du jetzt? Es ist meine Schuld, nicht deine. Ich habe den Fehler gemacht.«

Sie ließ sich nicht beruhigen oder trösten. Sie schüttelte den Kopf so heftig, dass Bosch Tränen ins Gesicht geschleudert wurden.

»Du wärst doch gar nicht nach Hongkong gekommen, Dad, wenn wir dir das Video nicht geschickt hätten. Das war ich! Ich wusste, was dann passiert! Dass du dich ins nächste Flugzeug setzt und rüberkommst! Ich wäre schon wieder frei gewesen, bevor du gelandet wärst. Du wärst nach Hongkong gekommen, und nichts wäre passiert, aber du hättest Mom klargemacht, dass es in Hongkong zu gefährlich für mich ist, und dann hättest du mich nach Los Angeles mitgenommen.«

Bosch nickte nur. Auf eine ähnliche Erklärung war er schon ein paar Tage zuvor gekommen, als er gemerkt hatte, dass Bo-Jing Chang nichts mit dem Mord an John Li zu tun hatte.

»Aber jetzt ist Mom *tot*! Und sie sind *tot*! Und alle sind *tot*, und es ist alles nur *meine* Schuld!«

Bosch packte sie an den Schultern und zog sie an sich.

»Wie viel von all dem hast du Dr. Hinojos erzählt?«

»Nichts.«

»Okay.«

»Ich wollte es dir als Erstem erzählen. Jetzt musst du mich ins Gefängnis bringen.«

Bosch drückte sie ganz fest an sich und hielt ihren Kopf an seine Brust.

»Nein, mein Schatz, du bleibst hier bei mir.«

Er streichelte behutsam ihr Haar und redete beruhigend auf sie ein.

»Wir machen alle Fehler. Jeder. Manchmal, wie im Fall meines Partners, macht man einen Fehler, den man nicht mehr gutmachen kann. Diese Chance erhält man nicht immer. Aber manchmal schon. Wir können unsere Fehler wiedergutmachen. Wir beide.«

Ihre Tränen versiegten. Er hörte sie schniefen. Er glaubte, dass sie vielleicht deswegen zu ihm gekommen war. Wegen eines Auswegs.

»Vielleicht können wir etwas Gutes tun und wettmachen, was wir falsch gemacht haben. Wir werden alles wiedergutmachen.«

»Wie?«, fragte sie zerknirscht.

»Ich werde es dir zeigen. Ich zeige es dir, und du wirst sehen, dass wir es wiedergutmachen können.«

Bosch nickte sich selbst zu. Er drückte seine Tochter fest an sich und wünschte, sie nie mehr loslassen zu müssen.

Danksagung

Ohne Steve Vasciks und Dennis Wojciechowskis Hilfe hätte dieses Buch nicht geschrieben werden können. Steve zeigte mir, was ich in Hongkong brauchte, und Wojo fand alles, was ich brauchte, im Internet. Mein ewiger Dank ist ihnen gewiss.

Eine große Hilfe waren mir außerdem Asya Muchnick, Bill Massey, Michael Pietsch, Shannon Byrne, Jane Davis, Siu Wai Mai, Pamela Marshall, Rick Jackson, Tim Marcia, Michael Krikorian, Terrill Lee Lankford, Daniel Daly, Roger Mills, Philip Spitzer, John Houghton und Linda Connelly. Euch allen vielen Dank.

Ein besonderes Dankeschön geht an William J. Bratton, von 2002 bis 2009 Polizeichef des LAPD, weil er mir und Harry Bosch so viele Türen geöffnet hat.

KAMPA VERLAG

RENÉE BALLARD
DETECTIVE DER NACHTSCHICHT IN L. A.

Late Show
Renée Ballard – ihr erster Fall

Night Team
Renée Ballard trifft Harry Bosch

Glutnacht
Ein Fall für Renée Ballard und Harry Bosch

Dunkle Stunden
Ein Fall für Renée Ballard und Harry Bosch

Wüstenstern
Ein Fall für Renée Ballard und Harry Bosch

Weitere Fälle in Vorbereitung

KAMPA VERLAG

POLIZEIREPORTER JACK MCEVOY

Der Poet

Der erste Fall für Jack McEvoy

Jack McEvoy ist Polizeireporter bei den *Rocky Mountain News* in Denver. Als er vom Tod seines Zwillingsbruders Sean, Detective bei der Mordkommission, erfährt, gerät sein Leben vollkommen aus dem Gleichgewicht.

Die Vogelscheuche

Der zweite Fall für Jack McEvoy

Jack McEvoy wird gekündigt, doch er will noch einen letzten Scoop landen: Ein schwarzer Jugendlicher steht unter Verdacht, eine Tänzerin brutal ermordet zu haben, aber McEvoy hält ihn für unschuldig.

Tödliches Muster

Ein neuer Fall für Jack McEvoy

McEvoy ist bei einem Nachrichtenportal angestellt, das sich dem Verbraucherschutz verschrieben hat. Als er sich gegen den Willen seines Chefs in Ermittlungen stürzt, gerät er in die düstersten Ecken des Darknet.

KAMPA VERLAG

STARANWALT MICHAEL
»MICKEY« HALLER

Seine Fälle löst er von der Rückbank seines Wagens,
was ihm den Spitznamen »Lincoln Lawyer« eingebracht hat.

Bekannt aus der *Netflix*-Serie

Der Lincoln Lawyer
Sein erster Fall

Das Gesetz der Straße
Ein Fall für den Lincoln Lawyer

Die Spur der toten Mädchen
Ein Fall für den Lincoln Lawyer

Der fünfte Zeuge
Ein Fall für den Lincoln Lawyer

Götter der Schuld
Ein Fall für den Lincoln Lawyer

Weitere Fälle in Vorbereitung